KB263359

데카메론

데카메론 ^하

Decameron

조반니 보카치오 지음   김운찬 옮김

DECAMERON
by GIOVANNI BOCCACCIO(1349~1353)

일러두기

1. 외래어 표기는 국립 국어원의 외래어 표기법을 기준으로 하되 일부는 관용에 따랐다.
2. 등장인물의 이름은 이탈리아어 이름으로 표기하고, 지명은 해당 나라 언어의 이름으로 표기하였지만, 일부는 관용에 따랐다.
3. 『성경』에 나오는 고유 명사 표기나 번역은 〈한국 천주교 주교회의〉의 새 번역 『성경』(2005)을 기준으로 하였고, 교황이나 성인의 이름은 학계의 라틴어 표기 방식을 기준으로 하였지만, 일부는 관용에 따랐다.

이 책은 실로 꿰매어 제본하는 정통적인 사철 방식으로 만들어졌습니다.
사철 방식으로 제본된 책은 오랫동안 보관해도 손상되지 않습니다.

여덟째 날

『데카메론』의 여덟째 날이 시작된다.
여기에서는 라우레타의 통솔 아래, 계속해서 남자가 여자를,
또는 여자가 남자를, 또는 한 남자가 다른 남자를
속이는 것에 대해 이야기한다.

일요일 아침 솟아오르는 햇살이 벌써 높은 산 꼭대기에 비치고 모든 어둠이 사라지면서 사물들을 분명히 알아볼 수 있게 되었을 때, 여왕은 일어나 먼저 동료들과 함께 이슬에 젖은 풀밭을 한동안 걸었고, 그런 다음 셋째 시간 중간 무렵[1]에 가까이 있는 작은 성당으로 가서 거룩한 미사를 드렸습니다. 그리고 저택으로 돌아와 즐겁고 유쾌하게 식사한 다음 한참 노래하고 춤을 추었으며, 이어서 원하는 사람은 여왕의 허락을 받아 쉬러 갔습니다. 하지만 태양이 벌써 자오선을 넘었을 무렵 여왕이 원하는 대로 전처럼 이야기하기 위해 모두 아름다운 분수 옆에 앉았고, 여왕의 명령에 네이필레는 이렇게 시작했습니다.

1 대략 오전 7시 30분 정도이다.

첫째 이야기

굴파르도는 과스파루올로에게서 돈을 빌리고,
과스파루올로의 아내에게 그 돈을 주고 잠자리를 함께한다.
그리고 과스파루올로에게 빌린 돈을 아내에게 돌려주었다고
말하고, 아내는 사실이라고 말한다.

[제 이야기로 오늘 하루를 시작하라고 하느님께서 정하셨다면 저는 좋습니다. 그렇다면 사랑스러운 여인들이여, 여자가 남자를 속이는 이야기는 많이 했으므로, 저는 어느 남자가 여자를 속이는 이야기를 들려드리고 싶습니다. 그 이야기에서 저는 남자가 한 일을 비난하거나 여자에게 합당한 것이 주어지지 않았다고 말하고 싶지 않고, 오히려 남자를 칭찬하고 여자를 비난하고 싶기 때문이며, 남자들도 자기가 믿는 사람에게 속는 것처럼 자기를 믿는 사람을 속일 수 있음을 보여 주고 싶기 때문입니다.

그러니까 엄밀하게 말하자면, 제가 이야기하려는 것은 속임수가 아니라, 오히려 합당한 처벌이라고 말해야 할 것입니다. 모든 여자는 최대한 정숙해야 하고 자기 정조를 목숨처럼 지켜야 하며 어떤 이유로도 더럽히는 일에 넘어가지 않아야 하는데, 연약함으로 인해 우리는 완전히 그렇게 할 수 없습니다. 따라서 돈에 이끌려 그러는 여자는 화형당해야 마땅하다고 저는 주장합니다. 반면에 사랑 때문에, 사랑의 아주 큰 힘을 알면서 그렇게 하는 여자는, 지나치게 엄격하지 않

은 심판관에 의해 용서받을 수 있습니다. 며칠 전 필로스트라토의 이야기에서 프라토에 사는 필리파 부인에게 난 판결처럼 말입니다.[2]

그러니까 옛날 밀라노에 굴파르도라는 독일 용병이 살았습니다. 그는 준수한 용모에 자기가 봉사하는 사람들에게 매우 충실했습니다. 독일 사람들에게 그건 드문 일이었지요. 그는 돈을 빌리면 매우 충실하게 갚는 사람이었으므로, 싼 이자로 그에게 상당한 돈을 빌려줄 상인들이 아주 많았습니다. 그는 밀라노에 살면서 암브루오자 부인이라는 아름다운 여인을 사랑하게 되었는데, 그가 잘 아는 친구이자 상인인 과스파루올로 카가스트라초의 아내였습니다. 남편과 다른 사람이 전혀 모르게 신중하게 그녀를 사랑한 그는 어느 날 그녀에게 사람을 보내 자기 사랑을 친절하게 받아 주면 좋겠으며 자기로서는 그녀의 명령을 곧바로 따를 준비가 되어 있다고 말했습니다. 부인은 여러 이야기를 늘어놓은 다음 이런 결론을 내렸습니다. 굴파르도가 두 가지를 해준다면 원하는 대로 해줄 준비가 되어 있다고 말입니다. 하나는 그것이 누구에게도 알려지지 않아야 한다는 것이었고, 다른 하나는 자기가 어떤 일로 금화 200피오리노가 필요하니까 부자인 그가 그 돈을 선물해 주면 좋겠다는 것이었어요. 그러면 언제나 곧바로 그에게 봉사할 것이라고 했습니다.

굴파르도는 탐욕스러운 그녀의 말을 듣고 훌륭한 여인이

2 여섯째 날 일곱째 이야기 참조.

라고 믿었던 그녀의 비열함에 격분했고, 열렬한 사랑이 거의 증오로 바뀌었습니다. 그래서 그녀를 속이려고 생각했고, 사람을 보내 그녀가 원하는 일은 할 수 있는 한 기꺼이 하겠다고 말했습니다. 그리고 언제 오기를 원하는지 말하면 돈을 가져갈 것이며, 자기가 무척 신뢰하고 언제나 함께 다니는 동료 외에는 그것에 대해 아무도 모르게 할 것이라고 전했습니다. 그러자 부인, 아니, 나쁜 여자는 그 말을 듣고 만족했고, 남편 과스파루올로가 며칠 뒤 일이 있어 제노바에 가야 하는데, 그때 사람을 보내 알려 주겠다고 전했습니다. 굴파르도는 적당한 때에 과스파루올로에게 가서 말했습니다.

「내가 사업을 하려고 하는데, 금화 200피오리노가 필요하네. 나에게 언제나 빌려주는 이자로 자네가 그 돈을 빌려주면 좋겠네.」

과스파루올로는 기꺼이 그러겠다고 대답했고, 즉석에서 돈을 세어 빌려주었습니다. 그리고 며칠 뒤 과스파루올로는 부인이 말한 대로 제노바에 갔습니다. 그러자 부인은 굴파르도에게 사람을 보내 금화 200피오리노를 가지고 자기에게 오라고 했습니다. 굴파르도는 자기 동료를 데리고 부인의 집으로 갔고, 기다리는 그녀를 보고 가장 먼저 동료가 보는 앞에서 금화 200피오리노를 그녀의 손에 건네주며 말했습니다.

「부인, 이 돈을 받고, 당신 남편이 돌아오면 그에게 주세요.」

부인은 돈을 받았고, 굴파르도가 왜 그렇게 말하는지 깨달지 못하고 돈을 대가로 해준다는 사실을 동료가 눈치채지 못하도록 그런다고 믿었습니다. 그래서 말했지요.

「기꺼이 그렇게 하겠어요. 하지만 얼마인지 보고 싶어요.」

그리고 탁자 위에 돈을 쏟았고 200피오리노라는 것을 확인하고 무척 기뻐하며 돈을 다시 집어넣었습니다. 그리고 굴파르도를 자기 침실로 데려갔고, 단지 그때 한 번뿐 아니라 남편이 제노바에서 돌아오기 전까지 여러 번 자기 몸으로 그를 만족시켜 주었습니다. 과스파루올로가 제노바에서 돌아오자 곧바로 굴파르도는 아내와 함께 있을 때를 골라 그에게 갔고, 아내가 보는 앞에서 말했습니다.

「과스파루올로, 지난날 자네가 빌려준 돈은 필요 없게 되었네. 돈을 빌리게 된 일을 끝낼 수 없었으니까. 그래서 이 자리에 가져와서 부인에게 돌려주었네. 그러니 내 채무를 지워주게.」

과스파루올로는 아내에게 몸을 돌려 돈을 받았냐고 물었습니다. 그녀는 거기에 증인이 있는 것을 보고 부정할 수 없어 말했습니다.

「물론 내가 받았어요. 당신에게 말하는 걸 깜박 잊었네요.」

그러자 과스파루올로는 말했습니다.

「굴파르도, 좋아. 하느님과 함께 잘 가게. 자네 채무를 잘 정리할 테니까.」

굴파르도는 떠났고, 조롱당한 부인은 사악함의 부정한 대가를 남편에게 주었습니다. 현명한 남자는 그렇게 돈 한 푼 들이지 않고 탐욕스러운 부인을 즐겼답니다.」

둘째 이야기

바를룬고의 사제는 벨콜로레 부인과 함께 자고,
그 담보로 외투를 남겨 둔다. 그리고 그녀에게서 절구를 빌렸다가
돌려주면서 담보로 남겨 둔 외투를 돌려달라고 한다.
부인은 투덜거리면서 외투를 돌려준다.

청년들과 여인들은 모두 굴파르도가 탐욕스러운 밀라노 여인에게 한 일을 칭찬했습니다. 여왕은 판필로를 향해 미소를 지으면서 이어서 이야기하라고 명령했고, 그러자 판필로는 이렇게 시작했습니다.

[아름다운 여인들이여, 언제나 우리에게 모욕을 주지만 우리에게서 똑같은 모욕을 받지 않는 사람들, 말하자면 성직자들에 대한 짧막한 이야기를 저는 들려드리고 싶습니다. 그들은 우리의 아내들에게 십자군 전쟁을 선포하고, 만약 한 명이라도 정복하게 되면, 마치 알렉산드리아[3]의 술탄을 잡아 아비뇽[4]으로 끌고 간 것과 똑같이 죄와 벌에 대한 사면을 얻은 것처럼 생각하지요. 불쌍한 속인들은 그들에게 그렇게 할 수 없습니다. 비록 그들이 자기 아내를 공격하는 것에 못지 않은 열정으로 그들의 어머니나 자매나 연인이나 딸에게 분노를 복수하더라도 말입니다. 그래서 저는 시골의 저급한 사랑 이야기를 여러분에게 들려드리고 싶은데, 장황한 말보다

---

3 여기에서는 이집트 전체를 가리킨다.
4 교황청을 가리킨다(다섯째 날 셋째 이야기의 주석 15 참조).

결론에서 웃을 수 있는 이야기로, 여기서도 성직자들에 대해서는 언제나 아무것도 믿지 않아야 한다는 교훈을 결실로 얻을 수 있을 것입니다.

그러니까 여러분 모두가 알거나 들었겠지만, 이곳에서 아주 가까운 마을 바를룬고[5]에 여자들에게 봉사하는 데에서 강건하고 유능한 신부가 있었습니다. 그는 글은 아주 훌륭하게 읽지 못했지만 그래도 멋지고 거룩한 말로 일요일이면 느릅나무 아래에서 교구 사람들을 즐겁게 해주었습니다. 그리고 남자들이 다른 곳으로 갈 때면 다른 신부보다 먼저 아내들을 때로는 집에까지 방문했으며, 성물이나 성수, 타다 남은 양초 같은 것을 갖다주며 축복을 내렸습니다.

신부는 마음에 드는 여자 중에 벨콜로레라는 여자를 특히 좋아했습니다. 그녀는 벤티베냐 델 마초라는 농부의 아내로 갈색 피부에 탄탄하고 어느 여자보다 절구 찧기를 잘하며 정말 호감을 주고 생기 있는 시골 여자였습니다. 게다가 탬버린을 치며 〈물이 구덩이로 흐르네〉[6]를 잘 불렀고, 필요할 때 손에 우아하고 멋진 손수건을 들고 어떤 여자보다 춤[7]을 잘 이끌었습니다. 그래서 신부 나리[8]는 얼마나 그녀를 좋아하고 열망하게 되었는지 온종일 그녀를 보려고 어슬렁거리며 돌

---

5 Varlungo. 피렌체 동쪽의 마을이었다.
6 원문은 〈L'acqua corre la borrana〉로, 당시 민중 노래의 서두이다.
7 원문은 〈리다 ridda와 발론키오 ballonchino〉인데, 시골 농부들의 춤을 말한다.
8 상대방에 대한 존칭으로 널리 사용되던 〈messer〉(첫째 날 첫째 이야기 주석 39 참조)를 붙여 비아냥거리는 것이다

아다녔습니다. 그리고 일요일 아침 그녀가 성당에 오면 노래의 대단한 대가처럼 보이려고 노력하면서 〈키리에〉나 〈상투스〉[9]를 노래했는데, 마치 당나귀가 울부짖는 것 같았고, 그러다 그녀가 보이지 않으면 서둘러 노래를 마쳤습니다. 하지만 신중하게 행동해서 벤티베냐 델 마초나 어느 이웃 여자도 그 것을 깨닫지 못했습니다.

그리고 벨콜로레 부인과 더 친숙해지려고 이따금 그녀에게 선물을 주었고, 때로는 채소밭에서 자기 손으로 직접 수확한 그 구역에서 가장 좋은 신선한 마늘 한 묶음을 보냈고, 때로는 콩 한 광주리, 때로는 양파나 샬롯[10] 한 묶음을 보내기도 했습니다. 그리고 기회가 있으면 곁눈질로 그녀를 잠시 쳐다본 다음 다정하게 질책하였고, 그러면 그녀는 부루퉁한 태도로 모르는 척하면서 무표정하게 대했습니다. 그러니 신부는 목적을 이룰 수 없었습니다. 그런데 어느 날 신부는 한낮에 마을 여기저기를 어슬렁대다가 짐을 가득 진 당나귀를 앞세우고 가던 벤티베냐 델 마초와 마주쳤고 어디에 가느냐고 물었습니다. 그러자 벤티베냐는 대답했습니다.

「오, 신부님, 사실은 일이 있어 시내에 가는 길입니다. 저를 좀 도와주도록 이것을 보나코리 다 지네스트라토 나리께 가져다드리려고 말입니다. 무슨 일인지 모르겠지만, 악한 것

---

9 〈키리에Kyrie〉는 〈주님〉을 뜻하는 그리스어 키리오스κύριος의 호격(呼格)으로 자비송(慈悲誦)의 서두이다. 〈상투스Sanctus〉는 〈거룩하다〉는 뜻의 라틴어로 성찬 때 부르는 찬미가이다.

10 원문 〈scalogni〉 또한 양파의 일종으로, 영어로는 〈shallot〉이라고 한다.

의 재판관이 자기 대리인을 통하여 확정 출석을 하라고 저를
불렀어요.[11]」

신부는 기뻐서 말했습니다.

「잘하는 일이야. 그렇다면 내 축복과 함께 가서 곧 돌아오
게. 그리고 라푸초나 날디노를 보거든 잊지 말고 내 도리깨
묶는 가죽끈을 가져오라고 말하게.」

벤티베냐는 그러겠다고 말하고 피렌체를 향해 떠났습니
다. 신부는 이제 벨콜로레에게 가서 자기 행운을 시도해 볼
기회라고 생각했고, 곧바로 멈추지 않고 그녀의 집까지 가서
안으로 들어가 말했습니다.

「하느님, 복을 주소서. 안에 누구 있나?」

다락방에 올라가 있던 벨콜로레는 그 소리를 듣고 말했
어요.

「오, 신부님, 잘 오셨어요. 이 더위에 무엇 하러 돌아다니
고 계시나요?」

신부는 대답했습니다.

「하느님께서 나에게 복을 주신다면, 그대와 함께 잠시 머
무르려고 왔지. 시내에 가는 그대 남편을 만났으니까.」

벨콜로레는 아래로 내려와서 앉았고, 남편이 얼마 전에 타
작해 놓은 양배추 씨앗을 고르기 시작했습니다. 신부는 말했
습니다.

「좋아, 벨콜로레, 계속해서 나를 이런 식으로 죽여야겠

11 법정의 용어들을 우스꽝스럽게 비틀어서 표현하고 있다.

는가?」

벨콜로레는 웃으면서 말했어요.

「오, 제가 신부님께 어떻게 하는데요?」

신부는 말했습니다.

「나한테 아무것도 하지 않지. 하지만 그대는 내가 원하고 하느님께서 명령하신 것을 하게 놔두지 않고 있어.」

벨콜로레는 말했습니다.

「세상에! 어서 가세요. 아니, 신부님들도 그런 것을 해요?」

신부는 대답했어요.

「그래, 우리는 다른 남자들보다 더 잘하지. 왜 아니겠어? 내가 더 말해 주지. 우리가 훨씬 더 잘한다고. 왜 그런지 알아? 왜냐하면 우리는 모아서 한꺼번에 방아를 찧기[12] 때문이야. 사실 그대는 그냥 가만히 있으면서 내가 알아서 하게 놔두면 이익이 될 거야.」

벨콜로레는 말했습니다.

「그것이 나에게 어떤 이익이 될 수 있어요? 신부님들은 모두 악마보다 더 탐욕스럽잖아요.」

그러자 신부는 말했습니다.

「나는 모르니 무엇을 원하는지 말해 봐. 신발 한 켤레? 아니면 머리 장식 띠? 아니면 멋진 양모 허리띠? 아니면 다른 원하는 것을 말해 봐.」

벨콜로레는 말했습니다.

12 이 역시 음란한 성적 암시가 담긴 표현으로, 어떤 물레방아는 방아를 찧기 위해 물이 충분히 모일 때까지 기다려야 했다고 한다.

「신부님, 놔두세요! 그런 것은 다 가지고 있어요. 하지만 만약 저를 그렇게 좋아하신다면, 저에게 도움을 주지 않겠어요? 그러면 신부님이 원하는 것을 해줄 거예요.」

그러자 신부는 말했습니다.

「원하는 것을 말해 봐, 내가 기꺼이 해줄 테니까.」

그러자 벨콜로레는 말했어요.

「저는 토요일 피렌체에 가야 해요. 뽑은 양모 실을 갖다주고 내 물레를 고치려고 말이에요. 신부님이 그 정도는 갖고 있다고 생각해요. 저에게 5리라를 빌려주시면, 시집올 때 가져온 검정 치마와 축제일에 두르는 허리띠를 돈놀이꾼에게서 찾아올 거예요. 보시다시피 그게 없어서 성당이나 다른 좋은 곳에 갈 수 없으니까요. 그렇게 해주면 신부님이 원하는 것을 언제나 할게요.」

신부는 대답했어요.

「하느님, 저를 도와주세요. 그런데 지금은 없어. 하지만 나를 믿어. 토요일 전에는 내가 받게 해줄 테니까.」

벨콜로레는 말했습니다.

「그래요, 신부님들은 모두 그렇게 약속하고는 전혀 지키지 않아요. 빈손으로 돌아간 빌리우차에게 했던 것처럼 나에게도 할 건가요? 하느님께 맹세코 그렇게 하지 못할 거예요. 그것 때문에 그녀는 거리의 여자[13]가 되었으니까요. 지금 가지고 있지 않으면 가서 가져오세요.」

---

13 원문은 〈femina del mondo〉, 직역하면 〈세상의 여자〉이다.

신부는 말했습니다.

「세상에! 집에까지 갔다 오게 하지 마. 보다시피 행운이 이렇게 일어서 있고[14] 지금 아무도 없어. 그리고 혹시 집으로 돌아가다가 방해꾼을 만날 수도 있다고. 그러면 지금처럼 좋은 기회가 언제 올지 몰라.」

그러자 그녀는 말했어요.

「마음대로 해요. 가고 싶으면 가고, 가고 싶지 않으면 하지 말아요.」

신부는 그녀가 〈담보를 주지〉 않으면 원하는 것을 하지 않으려 하고, 자기는 〈담보 없이〉[15] 하려고 한다는 것을 깨닫고 말했습니다.

「그래, 내가 나중에 준다는 것을 믿지 않는군. 그럼 나를 믿도록 이 파란 겉옷을 담보로 남겨 두지.」

벨콜로레는 얼굴을 번쩍 들고 말했습니다.

「그 겉옷은 값이 얼마나 나가는데요?」

신부는 말했습니다.

「아니, 얼마나 값이 나가냐고? 이걸 알아야 해. 이건 〈두에 천〉으로, 심지어 〈세에 천〉으로 만든 것이고, 우리 교구에는 〈네에 천〉[16]으로 만들었다는 사람도 있어. 고물상 로토에게서 7리라나 주고 산 지 아직 보름도 되지 않았고, 알다시피

14 음란한 성적 암시가 담긴 표현이다.

15 원문은 라틴어 〈salvum me fac〉 그리고 〈sine custodia〉로, 사법적 표현이다. 〈salvum me fac〉은 원래 〈저를 구해 주십시오〉를 뜻하지만 여기에서는 〈담보를 주다〉라는 의미이고, 〈sine custodia〉는 〈담보 없이〉를 의미한다.

이런 파란 천을 아주 잘 아는 불리에토 달레르타가 나한테
말했는데, 무려 5리라나 싼 가격에 샀다고 했어.」

벨콜로레는 말했어요.

「오, 그래요? 하느님께서 도와주시겠지만, 나는 믿을 수 없
어요. 하지만 일단 주세요.」

석궁을 완전히 당기고 있던 신부 나리는 겉옷을 벗어 주었
고, 그녀는 받아서 넣어 둔 다음 말했습니다.

「신부님, 이쪽 움막으로 가요. 여기에는 아무도 오지 않
아요.」

그리하여 거기에서 신부는 그녀에게 세상에서 가장 달콤
한 입맞춤을 하고 그녀를 하느님의 친척으로 만들면서 한동
안 즐겼습니다. 그리고 마치 결혼식 주례를 하고 오는 것처
럼 신부복 차림으로 성당으로 돌아갔습니다.

그리고 한 해 내내 봉헌된 양초 토막들을 모두 모아도 5리
라의 절반도 되지 않는다는 것을 생각하자 자기가 잘못한 것
같았고, 겉옷을 남겨 둔 것을 후회하면서 어떻게 하면 돈을
들이지 않고 되찾을 수 있을지 생각하기 시작했습니다. 신부
는 상당히 교활하였으므로 어떻게 되찾을지 너무나도 잘 생
각해 냈고 또 성공했습니다. 그러니까 다음 날이 휴일이었는

16 원문은 〈duagio〉, 〈treagio〉, 〈quattragio〉이다. 〈duagio〉는 프랑스 북
부 플랑드르 지방의 두에Duoai에서 생산되던 고급 천이다. 낱말 앞의 〈dua〉
는 〈둘〉을 뜻하는 〈due〉를 연상하게 하고, 따라서 신부는 벨콜로레를 현혹하
고 속이기 위해 〈셋〉과 〈넷〉을 뜻하는 〈tre〉와 〈quattro〉를 앞에 붙여 만들어
낸 용어이다. 그런 효과를 조금이라도 살리기 위해 〈두에 천〉, 〈세에 천〉, 〈네
에 천〉으로 옮겨 보았다.

데 이웃에 사는 아이 하나를 벨콜로레 부인의 집으로 보내 돌절구를 빌려달라고 부탁하라고 했습니다. 오전에 빈구초 달 포조와 누토 불리에티와 함께 식사하는데 양념을 만들고 싶기 때문이라고 말입니다. 벨콜로레는 돌절구를 보냈지요. 그리고 식사 시간 무렵 신부는 벤티베냐 델 마초와 벨콜로레 부인이 식사하는 것을 염탐한 다음 복사를 불러 말했습니다.

「이 절구를 벨콜로레 부인에게 갖다주면서 말해라. 〈신부 님이 감사하다고 하면서 이 아이가 부인에게 담보로 맡겨 놓 은 겉옷을 돌려달라고 합니다.〉」

복사는 절구를 가지고 벨콜로레 부인의 집으로 가서 벤티 베냐와 함께 식사하고 있는 부인을 보고 식탁에 절구를 내려 놓으면서 신부의 말을 전했습니다. 벨콜로레 부인은 겉옷을 돌려달라는 말을 듣고 대답하려고 했습니다. 하지만 남편이 험한 얼굴로 말했습니다.

「그러니까 신부님에게 담보를 받았어? 그리스도님께 맹세 코 한 대 후려갈기고 싶군. 가서 빨리 돌려드려, 암에나 걸릴 여자야. 무엇을 원하시든지, 분명히 말하지만, 우리 당나귀 를 원하셔도 절대 안 된다고 말하지 마.」

벨콜로레는 투덜거리면서 일어났고, 서랍장에서 겉옷을 꺼내 복사에게 주면서 말했습니다.

「신부님에게 내 말을 전해 다오. 〈벨콜로레 부인은 신부님 이 이것으로 명예를 더럽혔으니 이제 다시는 자기 절구에서 양념을 찧을 수 없도록 하느님께 기도한다고 말합니다.〉」

복사는 겉옷을 가지고 돌아가 신부에게 그 말을 전했습니다. 그러자 신부는 웃으면서 말했습니다.

「혹시 그녀를 보거든 전해라. 만약 나에게 절구를 빌려주지 않는다면 나는 절굿공이를 빌려주지 않겠다고 말이야. 서로 마찬가지니까.」

벤티베냐는 자기가 혼냈기 때문에 아내가 그런 말을 한다고 생각했고, 그래서 신경 쓰지 않았습니다. 하지만 웃음거리가 된 벨콜로레는 신부와 사이가 틀어졌고, 포도 수확 때까지 대화하지 않았습니다. 나중에 신부가 커다란 루키페르[17]의 입안으로 보내겠다고 위협했기 때문에, 그녀는 속으로 두려운 나머지 방금 거른 포도주와 따뜻한 군밤으로 신부와 화해하였고, 이후로 여러 번 함께 즐겼습니다. 그리고 신부는 5리라 대신 그녀의 탬버린 가죽을 새로 바꿔 주고 방울을 달아주었기에 그녀는 만족했답니다.]

셋째 이야기

칼란드리노, 브루노, 부팔마코는 무뇨네 강변으로 혈석(血石)을 찾으러 간다. 칼란드리노는 찾았다고 믿고, 돌을 가득 가지고 집으로 돌아간다. 아내는 그를 비난하고, 그는 화가 나서 아내를 때리고, 친구들에게 그들이 자기보다 더 잘 아는 것에 대해 이야기한다.

17 Lucifer. 그리스도교에서 말하는 하늘나라에서 추방된 천사, 즉 악마의 우두머리를 가리킨다.

판필로의 이야기에 여인들은 많이 웃었고 이야기가 끝난 뒤에도 웃고 있었는데, 여왕은 엘리사에게 이어서 이야기하라고 명령했고, 그녀는 여전히 웃으면서 시작했습니다.

[다정한 여인들이여, 제가 들려드리려는 짧은 이야기는 재미있을 뿐 아니라 실제로 있었던 일로 판필로의 이야기만큼 웃길지 모르겠지만 노력하겠습니다.

언제나 다양한 풍습과 특이한 사람들이 넘치는 우리 도시에 얼마 전에 칼란드리노[18]라는 순진하고 약간 기괴한 화가가 살았습니다. 그는 다른 두 화가 브루노, 부팔마코[19]와 자주 어울렸는데, 두 사람은 매우 유쾌하면서 다른 한편으로 현명하고 신중하였기에 칼란드리노와 어울리면서 그의 순진함과 행동 방식에서 종종 즐거움을 얻었습니다.

그와 비슷하게 당시 피렌체에는 놀라울 정도로 유쾌하고, 하고자 하는 모든 일에서 유능하고 교활한 청년 마소 델 사조가 살았습니다. 그는 칼란드리노의 순진함에 대한 몇 가지 일을 듣고 그를 속이거나 이상한 것을 믿게 하여 즐거움을 얻으려고 생각했습니다. 그리고 어느 날 우연히 산 조반니 성당[20]에서 그를 보았는데 성당의 제단 위에 얼마 전에 세워

18 프란체스코 칼란드리노Francesco Calandrino는 실존 인물로 본명은 조반노초 디 피에리노Giovannozzo di Pierino(?~1318)로 피렌체 출신 화가였다.

19 둘 다 피렌체 출신 화가로 브루노는 브루노 디 조반니Bruno di Giovanni를 가리키는데, 그에 대한 자세한 정보는 찾지 못했다. 부팔마코Buffalmacco의 본명은 부오나미코 디 마르티노Buonamico di Martino(1290?~1340)이다.

진 감실(龕室)의 돌을새김과 그림을 바라보는 데 몰두해 있는 것을 발견하고 자기 의도를 실현할 장소와 시기를 생각해 냈습니다. 그래서 동료에게 자기가 하고자 하는 것을 알리고 함께 칼란드리노가 혼자 앉아 있는 곳으로 다가갔습니다. 그리고 그를 못 본 척하고 동료와 함께 다양한 돌의 효능에 대해 논의하기 시작했는데, 마소는 마치 돌들에 대한 탁월하고 대단한 전문가인 것처럼 유능하게 말했습니다. 그들의 논의에 칼란드리노는 귀를 기울였고 그것이 비밀이 아니라는 것을 알고 잠시 후 일어나 그들과 합류하였고, 마소는 무척 좋아했습니다.

자기 이야기를 계속하던 마소에게 칼란드리노는 그런 효능이 있는 돌을 어디서 찾을 수 있는지 물었습니다. 마소는 그런 돌은 대개 바스크 사람들의 땅인 베를린초네[21]의 벤고디라는 구역에서 발견된다고 대답했습니다. 거기에서는 포도나무를 소시지로 묶고, 1데나로[22]에 거위 한 마리와 덤으로 어린 거위 한 마리를 주고, 완전히 파르마산(産) 가루 치즈로 된 산이 있는데, 거기에 사는 사람들은 오로지 마카로니와 라비올리만 요리하고 수탉을 국물에 삶고, 그런 다음 삶은 수탉을 아래로 던지고, 그러면 많이 줍는 사람이 그만큼 많이 가지며, 그 근처에는 전혀 마셔 본 적 없는 최고급 베

---

20 원문은 〈chiesa di San Giovanni〉로, 아마 산 조반니 세례당(여섯째 날 아홉째 이야기 주석 41 참조)을 가리키는 것으로 짐작된다.

21 Berlinzone. 뒤이어 나오는 〈벤고디Bengodi〉와 함께 보카치오가 지어낸 이름이다.

22 화폐 단위 데나로에 대해서는 둘째 날 둘째 이야기 주석 18 참조.

르나차 백포도주 강이 물 한 방울 섞이지 않은 채 흐르고 있
다고 말했습니다.

칼란드리노는 말했습니다.

「오! 정말 멋진 곳이군요. 그런데 그 사람들이 삶는 수탉은
어떻게 해요?」

마소는 대답했습니다.

「모든 바스크 사람이 먹지요.」

그러자 칼란드리노는 말했습니다.

「당신은 거기 가봤어요?」

그러자 마소는 대답했어요.

「내가 거기 가보았는지 묻는 거요? 그래요, 아마 한 번 가
보았다면, 천 번 정도는 갔을 거요.[23]」

그러자 칼란드리노는 말했습니다.

「여기에서 얼마나 멀어요?」

마소는 대답했어요.

「천도 넘으니,[24] 밤새도록 노래할 정도예요.」

칼란드리노는 말했습니다.

「그렇다면 아브루치보다 더 멀겠군요.」

마소는 대답했어요.

「아마 대략 그럴 거예요.」

---

23 교묘한 말장난이다. 겉으로는 많이 가보았다고 주장하는 것 같지만,
실제로는 한 번도 가보지 않았다는 말이다. 이어지는 다른 말들도 마찬가지
이다.

24 원문은 〈Haccene più di millanta〉로, 실질적으로 아무런 의미 없는 표
현이다.

순진한 칼란드리노는 마소가 웃지도 않고 무표정한 얼굴로 그렇게 말하는 것을 보고 아주 명백한 사실이라고 믿으며 말했습니다.

「나에게는 너무 먼 곳이군요. 더 가깝다면 당신과 함께 한번 가보고 싶어요. 그 마카로니 더미를 무너뜨릴 수 있는지 보고 배가 터지도록 먹어 보려고 말이에요. 그런데 괜찮다면 말해 주세요. 이 근처에는 그런 효능 있는 돌이 전혀 없나요?」

그러자 마소는 대답했습니다.

「있지요. 효능이 대단한 돌 광산이 두 개 있어요. 하나는 세티냐노와 몬티쉬[25]의 사암인데, 그걸로 맷돌을 만들면 거기에서 밀가루가 나오지요. 그래서 그곳 고장 사람들은 말한답니다. 하느님에게서는 은총이 나오고, 몬티쉬에서는 맷돌이 나온다고 말입니다. 하지만 그 사암은 양이 아주 많아서 우리에게는 별로 높게 평가되지 않아요. 그들에게 에메랄드가 그런 것처럼 말이에요. 그 에메랄드산은 모렐로산[26]보다 크고 한밤중에도 반짝이니 믿지 못할 정도예요. 그리고 구멍을 뚫기 전에 멋진 맷돌들을 목걸이처럼 꿰어서[27] 술탄에게 가져가면 원하는 것을 모두 가질 수 있을 거예요. 다른 하나는 우리 다른 돌 전문가들이 혈석이라고 부르는 돌인데, 효능이 너무나 뛰어난 돌이에요. 어떤 사람이든지 그 돌을 가

---

25 세티냐노Settignano는 피렌체 동쪽의 지역이고, 몬티쉬Montisci는 피렌체 동남쪽의 지역 몬티치Montici를 가리킨다.

26 모렐로Morello산은 피렌체 계곡에서 가장 높은 산으로 해발 고도는 934미터이다.

27 이것 역시 말이 되지 않는 표현이다.

지고 있는 동안에는 그가 없는 곳에서 다른 사람이 보지 못하기 때문이지요.[28]」

그러자 칼란드리노는 말했습니다.

「정말 대단한 효능이네요. 그런데 그 두 번째 돌은 어디에 있어요?」

그러자 마소는 무뇨네강[29]에서 발견된다고 대답했습니다. 그러자 칼란드리노는 말했어요.

「그 돌은 크기가 어느 정도이고 무슨 색깔이에요?」

마소는 대답했어요.

「크기는 다양해요. 큰 것도 있고 작은 것도 있으니까요. 하지만 모두 거의 검은색에 가까운 색깔이에요.」

칼란드리노는 그것을 모두 기억한 다음 다른 할 일이 있는 척하면서 마소와 헤어졌고 그 돌을 찾으러 가야겠다고 속으로 결심했습니다. 하지만 특별히 사랑하는 브루노와 부팔마코가 모르게 하고 싶지 않았습니다. 그래서 다른 사람이 먼저 찾으러 가기 전에 얼른 가려고 그들을 찾으러 갔고, 남은 오전 내내 그들을 찾았습니다. 마침내 아홉째 시간이 이미 넘었을 때 그들이 파엔차 성문 밖의 수녀원[30]에서 일한다는

---

28 이것도 교묘한 말장난으로, 없는 곳에서 보이지 않는다는 것은 당연한 말인데, 눈앞에 있는 사람을 보이지 않게 만든다고 믿도록 유도하는 표현이다.

29 무뇨네Mugnone강은 피렌체를 가로지르는 강으로 아르노강의 지류이다.

30 원문은 〈monistero delle donne di Faenza〉, 즉 〈파엔차의 수녀원〉이다. 파엔차로 가는 길에 있었기 때문에 그런 이름이 붙었다.

것을 기억하고 엄청나게 더운데도 불구하고 다른 일을 모두
놔두고 거의 달리다시피 갔고, 그들을 불러 말했습니다.

「친구들, 내 말을 믿는다면 우리는 피렌체에서 제일 부자
가 될 수 있어. 믿을 만한 사람에게서 무뇨네 강에 특별한 돌
이 있다는 말을 들었는데, 그 돌을 가지고 있는 사람을 누구
에게도 보이지 않게 해준다는 거야. 그러니까 다른 사람이
가기 전에 우리가 먼저 찾으러 가야 할 것 같아. 분명히 찾을
수 있을 거야. 내가 알고 있으니까. 돌을 찾은 다음에는 호주
머니에 넣고 환전상들의 탁자로 가기만 하면 돼. 알다시피
거기에는 언제나 금화들과 은화들이 가득하니까 우리가 원
하는 만큼 가져오면 되잖아? 아무도 우리를 보지 못할 거야.
그러면 우리는 곧바로 부자가 될 수 있고, 온종일 달팽이처
럼 벽에 그림을 그릴 필요도 없어.」

브루노와 부팔마코는 그의 말을 듣고 속으로 웃기 시작했
지만, 잠시 서로를 바라본 다음 깜짝 놀란 척하면서 칼란드
리노의 충고를 칭찬했습니다. 하지만 부팔마코는 그 돌의 이
름이 뭐냐고 물었습니다. 멍청한 칼란드리노는 벌써 이름을
잊었기에 대답했습니다.

「그 효능을 아는데 이름이 무슨 소용 있어? 머뭇거리지 말
고 바로 찾으러 가야 할 거야.」

브루노가 말했습니다.

「좋아, 어떻게 생겼어?」

칼란드리노는 말했어요.

「온갖 모양이지만 모두가 거의 검은색이야. 그러니까 우리

는 보이는 대로 검은색 돌을 주워야 할 거야. 더 보이지 않을 때까지 말이야. 그러니까 시간 낭비하지 말고 가자고.」

그러자 브루노가 말했습니다.

「잠시 기다려.」

그리고 부팔마코를 향해 말했어요.

「내 생각에는 칼란드리노의 말이 맞는 것 같아. 하지만 지금은 적합한 시간이 아닌 것 같아. 해가 중천에 있고 무뇨네 강 안에까지 비쳐서 모든 돌이 말랐을 테니까. 그래서 지금은 거기 있는 모든 돌이 하얗게 보일 거야. 오전 햇빛에 마르기 전에는 검게 보이겠지. 게다가 오늘은 일하는 날이니까 많은 사람이 무뇨네 강가에 있어. 그들이 보면 우리가 하는 일을 짐작하고 그들도 똑같이 할 거야. 그러면 그들이 돌을 손에 넣고, 우리는 목적을 잃을 수도 있어. 그러니까 자네들도 괜찮다면, 이 일은 하얀 돌과 검은 돌이 잘 구별되는 오전에 해야 할 것 같아. 그리고 우리를 보는 사람들이 없는 휴일에 말이야.」

부팔마코는 브루노의 충고를 칭찬했고, 칼란드리노도 동의했습니다. 그래서 다음 일요일 오전에 셋이 함께 그 돌을 찾으러 가기로 정했습니다. 하지만 무엇보다도 칼란드리노는 비밀을 약속했으니까 세상 누구에게도 그것에 대해 말하지 말라고 부탁했습니다. 그렇게 말한 다음 사실이라고 맹세하면서 벤고디 지방에 대해 들은 것을 그들에게 말해 주었습니다. 칼란드리노가 떠나고 둘은 자기들끼리 해야 할 일을 정했습니다.

칼란드리노는 열렬하게 일요일 아침을 기다렸고, 날이 샐 무렵 일어나 친구들을 불렀고, 산 갈로 성문[31]을 통해 나가서 무뇨네강으로 내려가 돌을 찾기 시작했습니다. 칼란드리노는 더 의욕적이었기에 앞에 가며 재빨리 이쪽저쪽으로 뛰면서 검은색 돌을 볼 때마다 달려가 주워서 품 안에 넣었어요. 친구들은 뒤따라가면서 때로는 이것, 때로는 저것을 주웠지만, 칼란드리노는 얼마 가지 않아 품에 돌이 가득했습니다. 그래서 에노[32] 방식이 아닌 옷의 끝자락을 잡아 올려 사방을 허리띠로 잘 묶어서 널찍한 자루를 만들었는데, 얼마 지나지 않아 가득 찼습니다. 그래서 잠시 후 그와 비슷하게 겉옷으로 자루를 만들었는데 그것도 가득 찼습니다. 그러자 브루노와 부팔마코는 칼란드리노가 돌로 가득하고 또 식사 시간이 가까운 것을 보고, 미리 정해 둔 대로 브루노가 부팔마코에게 말했습니다.

「칼란드리노는 어디 있지?」

부팔마코는 가까이에서 그를 보면서도 이쪽저쪽으로 주위를 돌아보며 말했습니다.

「모르겠어. 조금 전까지만 해도 여기 바로 앞에 있었는데.」

브루노는 말했어요.

「조금 전이라니! 내 생각에는 분명히 지금쯤 집에서 밥 먹고 있을 거야. 우리가 무뇨네강 아래에서 돌을 찾는 데 열광

---

31 산 갈로San Gallo 성문은 피렌체 북쪽에 있었다.
32 벨기에 남부 에노Hainaut 지방을 가리키는데, 그곳에서 만드는 옷은 몸에 달라붙게 좁았다고 한다.

하게 놔두고 말이야.」

그러자 부팔마코는 말했습니다.

「세상에! 그 친구가 정말 멋지게 우리를 속이고 여기 놔두고 가버렸군. 우리가 어리석게도 그의 말을 믿었으니까 말이야. 무뇨네강에서 그런 효능이 있는 돌을 찾겠다고 믿을 어리석은 사람이 우리 외에 누가 있겠어!」

그런 말을 들은 칼란드리노는 그 돌이 자기 손에 들어왔고 돌의 효능으로 인해 앞에 있는 자기를 친구들이 보지 못한다고 생각했습니다. 그래서 그런 행운에 엄청나게 기뻐하면서 그들에게 아무 말도 하지 않고 집으로 돌아가려고 생각했고, 걸음을 돌려 가기 시작했습니다. 그것을 보고 부팔마코는 브루노에게 말했어요.

「우리는 어떻게 할까? 우리도 갈까?」

그러자 브루노는 대답했지요.

「가자. 하지만 하느님께 맹세코 이제 칼란드리노는 우리에게 아무것도 하지 못할 거야. 오전 내내 그랬듯이 지금 옆에 있다면 이 돌멩이로 뒤꿈치를 쳐서 한 달 정도 이런 속임수를 기억하게 할 텐데!」

그렇게 말하면서 동시에 팔을 펴 돌멩이를 칼란드리노의 뒤꿈치에 던졌습니다. 칼란드리노는 고통을 느끼며 다리를 들어 올리고 숨을 몰아쉬기 시작했지만, 그래도 입을 다물고 앞으로 나아갔습니다. 부팔마코는 조약돌 하나를 주워 들고 브루노에게 말했어요.

「이런! 정말 멋진 조약돌이군. 이걸로 지금 칼란드리노의 허리나 맞히면 좋겠군!」

그리고 돌을 던져 그의 허리를 세게 맞혔습니다. 간단히 말해 그렇게 이런저런 말을 하고 그에게 돌을 던지면서 무뇨네 강을 따라 산 갈로 성문까지 갔습니다. 그리고 모은 돌을 땅에 버리고 세관원들과 한참 머물렀는데, 미리 그들의 말을 들은 세관원들은 칼란드리노를 보지 못한 척하고 그냥 가게 놔둔 다음 세상에서 가장 크게 웃었습니다.

칼란드리노는 멈추지 않고 칸토 알라 마치나[33] 근처에 있는 자기 집으로 갔습니다. 그런 웃음거리에 행운도 우호적이었는지 칼란드리노가 강에서 시내를 거쳐 가는 동안 모두 식사하는 시간이라 만난 사람도 거의 없었고 아무도 그에게 말을 걸지 않았습니다. 그렇게 칼란드리노는 자기 집으로 들어갔습니다. 그런데 우연히도 테사 부인이라는 아름답고 훌륭한 그의 아내가 계단 끝에 있었어요. 남편이 오랫동안 돌아오지 않아 화가 나 있던 아내는 그가 오는 것을 보고 투덜거리며 말했습니다.

「마침내 악마가 당신을 데려오는군요! 모두 이미 식사를 끝냈을 때 식사하러 돌아오는군요.」

그 말을 들은 칼란드리노는 자기가 보인다는 것을 알고 고통과 실망에 사로잡혀 소리치기 시작했습니다.

「세상에! 나쁜 여자야, 왜 거기 있었어? 당신이 나를 망쳤

33 Canto alla Macina. 〈절구 모퉁이〉라는 뜻으로 피렌체의 궬파 거리와 데이 지노리 거리 사이의 모퉁이를 가리킨다. 거기에 방앗간의 절구들이 있었기 때문에 그런 이름으로 불렀다고 한다.

어. 하느님께 맹세코 대가를 치를 거야!」

그리고 거실로 올라가 가져온 많은 돌을 내려놓고 야수처럼 아내에게 달려가 머리채를 잡아 발 앞에 내팽개쳤습니다. 그리고 팔과 다리를 휘두를 수 있는 만큼 휘둘러 그녀의 온몸에 주먹질과 발길질을 했으니, 머리에 머리칼 하나 남지 않았고 부서지지 않은 뼈가 없을 정도였고, 손으로 성호를 그으며 용서해 달라고 해도 소용없었습니다.

부팔마코와 브루노는 세관원들과 한참 웃다가 느린 걸음으로 멀찍이서 칼란드리노를 따라가기 시작했는데, 집의 문 앞에 이르러 아내를 때리는 잔인한 소리를 들었고, 그때야 도착한 것처럼 그를 불렀습니다. 칼란드리노는 완전히 땀투성이에 벌겋게 헐떡이면서 창문으로 내다보더니 위로 올라오라고 했습니다. 친구들은 약간 당황한 척하면서 올라가 거실에 돌이 가득한 것을 보았지요. 한쪽 구석에서는 아내가 완전히 머리가 헝클어지고 옷이 찢어지고 얼굴에 온통 멍이 들고 망가진 채 고통스럽게 울고 있었고, 다른 한편에 칼란드리노가 지친 사람처럼 처져 숨을 헐떡이며 앉아 있었습니다. 두 사람은 그것을 보고 말했습니다.

「이게 무슨 일이야, 칼란드리노? 여기 많은 돌로 벽이라도 쌓으려는 거야?」

그런 다음 덧붙였습니다.

「그리고 테사 부인은 무슨 일이야? 자네가 때린 것 같은데 무슨 일인가?」

칼란드리노는 돌의 무게, 아내를 때린 분노, 행운을 잃어버린 것 같은 고통에 지쳤으므로 온전한 말로 대답할 만큼 정신을 차릴 수 없었습니다. 그래서 대답하지 못하고 망설이자 부팔마코가 말했습니다.

「칼란드리노, 다른 화날 일이 있는지 모르겠지만, 그렇다고 이렇게 우리를 놀리면 안 되지. 자네와 함께 귀한 돌을 찾자고 해놓고, 하느님이나 악마에게 말도 없이 두 바보처럼 우리를 무뇨네강에 남겨 두고 와버리다니. 정말 기분이 나빠. 이번을 마지막으로 이런 일은 없어야 해.」

그 말에 칼란드리노는 힘들게 대답했습니다.

「친구들, 화내지 말게. 일이 자네들이 생각한 것과 다르게 되었네. 불행한 내가 그 돌을 찾았지. 내가 사실대로 하는 말을 들어 볼 텐가? 자네들이 먼저 나에 대해 서로 물었을 때 나는 열 걸음³⁴도 안 되는 옆에 있었어. 그런데 자네들이 옆에 오면서도 나를 보지 못하는 것을 알고 나는 앞으로 갔고, 계속해서 자네들보다 앞서갔다네.」

그리고 친구들이 말하고 행동한 것을 처음부터 끝까지 이야기했고, 돌멩이에 맞아 상처 난 뒤꿈치와 등을 그들에게 보여 준 다음 이어서 말했어요.

「그리고 자네들이 보는 여기 이 돌을 모두 짊어지고 성문으로 들어갔는데 세관원들이 나에게 아무 말도 하지 않더군. 모든 것을 보려고 하는 그 세관원들이 얼마나 불쾌하고 귀찮은지 자네들도 알잖아. 게다가 길거리에서 친구들과 동료들

---

34 원문 〈braccia〉는 〈팔〉이라는 뜻으로 길이 단위로 많이 사용되었다. 〈완척(腕尺)〉으로 옮기기도 한다.

을 보았는데, 평소에는 언제나 나에게 말을 걸고 한 잔 마시자고 권하던 그들 누구도 반 마디 말도 하지 않더라고. 마치 나를 보지 못한 것처럼 말이야. 그러다 마침내 집에 도착했는데, 이 악마 같은 빌어먹을 여편네가 앞을 가로막더니 나를 본 거야. 자네들도 알다시피 여자들은 모든 사물의 효능을 잃게 만들잖아. 그래서 나는 피렌체에서 가장 행운 있는 사람이라고 말할 수 있었는데 가장 불행한 사람이 되었단 말이야. 그러니까 할 수 있는 만큼 두들겨 팼지. 내가 왜 저 여자 핏줄을 끊어 놓지 않는지 모르겠군. 내가 저 여자를 처음 보았을 때와 저 여자가 이 집에 들어왔을 때가 저주스러워!」

그리고 다시 분노에 불타올라 일어나서 아내를 다시 때리려고 했습니다. 부팔마코와 브루노는 그 말을 들으며 깜짝 놀라는 척하고 종종 칼란드리노의 말을 긍정하면서 얼마나 웃고 싶었는지 터질 지경이었어요. 하지만 격노하여 다시 아내를 때리려고 일어나는 것을 보고 함께 일어나 말리면서 말했습니다. 아내가 잘못한 것은 전혀 없고, 여자들이 사물의 효능을 잃게 한다는 것을 알면서 그날 아내에게 앞에 나타나지 않도록 조심하라고 말하지 않은 사람이 잘못이라고 말입니다. 또 행운이 그의 편이 되지 않으려고 그랬는지, 아니면 돌을 찾았을 때 친구들에게 밝혀야 했는데 속이려는 마음 때문인지 모르나 하느님께서 그렇게 배려해 주시지 않았다고 말했습니다. 그리고 많은 말과 함께 큰 노고를 기울여 괴로워하는 아내가 그와 화해하게 한 다음 돌들이 가득한 집에다 울적한 그를 놔두고 떠났답니다. 」

넷째 이야기

피에솔레의 본당 신부는 어느 과부 여인을 사랑하는데,
그녀의 사랑을 받지 못한다. 그리고 그 여인과 함께 잔다고 믿으면서
그녀의 하녀와 잔다. 여인의 남동생들은 그런 모습을
주교에게 보여 준다.

모두의 큰 즐거움 속에 엘리사가 이야기를 마쳤을 때, 여왕은 에밀리아를 향해 몸을 돌려 엘리사의 뒤를 이어 이야기하면 좋겠다는 태도를 보였고, 그녀는 곧바로 이렇게 시작했습니다.

[훌륭한 여인들이여, 신부들과 수도자들과 모든 성직자가 얼마나 우리의 마음을 유혹하는지 많은 이야기에서 증명되었다고 생각합니다. 하지만 거기에 대해서는 더없을 만큼 충분하게 이야기할 수 없으므로 저는 어느 본당 신부의 이야기를 들려드리고 싶습니다. 그 신부는 모든 걸 무시하고 어느 과부 귀부인이 원하는지와 관계없이 그녀가 자기를 좋아하기를 원했는데, 매우 현명한 그녀는 그를 그럴 가치가 없는 사람으로 대했습니다.

여러분이 모두 알다시피 여기에서 우리가 그 언덕을 볼 수 있는 피에솔레는 오래된 큰 도시였습니다. 비록 지금은 완전히 무너졌지만, 그래도 주교가 없었던 적은 없었고 지금도 그렇습니다. 그곳 본당 성당 가까이에 피카르다 부인이라는 과부 귀부인이 너무 크지 않은 집과 소유지를 갖고 있었습니다.

매우 여유 있는 부인은 아니었기에 한 해의 대부분을 거기에서 훌륭하고 예절 바르고 젊은 두 남동생과 함께 살았습니다.

그런데 그 부인은 본당 성당에 다녔고, 아직 젊고 아름답고 우아한 그녀를 본당 신부가 열렬히 사랑하여 다른 것은 전혀 보지 않을 정도였습니다. 그리고 얼마 후에는 대담하게도 자기가 직접 부인에게 자기 욕망을 말했고, 그녀에게 자기 사랑에 만족하고 자기가 사랑하는 것처럼 사랑해 달라고 부탁했습니다. 그 본당 신부는 벌써 노년에 가까웠으나 생각은 아직 젊고 대담하고 오만했으며, 모든 일에 자신만만했고, 그의 태도와 행동은 불쾌감과 역겨움으로 가득했고, 얼마나 지겹고 불쾌한지, 누구도 그를 좋아하지 않았습니다. 그 부인 또한 그를 전혀 좋아하지 않았을 뿐만 아니라 두통보다 더 증오했습니다. 그래서 현명한 그녀는 대답했습니다.

「신부님, 신부님이 저를 사랑한다는 것이 저에게 좋을 수 있고 저도 기꺼이 신부님을 사랑해야겠지만, 신부님의 사랑과 제 사랑 사이에 정숙하지 않은 것은 전혀 없어야 합니다. 신부님은 저의 정신적인 아버지이고 성직자이며, 벌써 노년이 가까운 상태입니다. 그러므로 더 정숙하고 정결해야 할 것입니다. 다른 한편으로 저는 이제 그런 사랑에 알맞은 처녀도 아니고 과부입니다. 과부에게 얼마나 정숙함이 요구되는지 신부님도 아시잖아요. 그러므로 저를 용서해 주세요. 저는 신부님이 원하는 대로 신부님을 사랑하지 않고 신부님의 사랑을 받고 싶지도 않으니까요.」

본당 신부는 이번에는 부인에게서 아무것도 얻어내지 못

했지만, 첫 번째 시도에 당황하거나 포기하지 않았고, 오만하고 뻔뻔스럽게 여러 번 편지나 사람을 보내 졸라 댔으며, 그녀가 성당에 오는 것을 보면 자기가 직접 그러기도 했습니다. 그렇게 귀찮게 하는 것이 너무 심각하고 지겨웠기에 부인은 신부에게 합당한 방법으로 거기에서 벗어나려고 생각했어요. 다른 방법이 없었으니까요. 하지만 먼저 남동생들과 논의하지 않고는 어떤 것도 하고 싶지 않았습니다. 그래서 본당 신부가 자기에게 한 말과 자기가 하려는 일을 말해 주었고, 남동생들의 충분한 동의를 얻어 며칠 뒤 평소처럼 성당에 갔습니다. 그녀를 본 신부는 다가와서 언제나처럼 친근하게 말을 걸었습니다. 부인은 신부가 오는 것을 보고 반가운 표정으로 맞이하였고, 함께 한쪽으로 갔습니다. 본당 신부는 평소처럼 많은 말을 했고, 부인은 크게 한숨을 쉬더니 말했습니다.

「신부님, 아무리 강한 성도 날마다 공격당하면 언젠가 함락된다는 말을 여러 번 들었는데, 그런 일이 저에게도 일어나려는 것 같군요. 때로는 달콤한 말로, 때로는 이런 호감으로, 또 때로는 다른 호감으로 신부님은 주위를 돌면서 제 의지를 무너뜨렸습니다. 그러니 나를 그렇게 좋아하신다면 신부님 뜻대로 할 준비가 되었습니다.」

본당 신부는 무척 기뻐하며 말했습니다.

「부인, 감사합니다. 사실대로 말하자면 저는 부인이 그렇게 거부해서 무척 놀랐습니다. 어떤 여인에게도 그런 일이 없었다는 것을 생각하면 말입니다. 오히려 저는 몇 번 말했지요. 만약 여자들이 은으로 되어 있다면, 아무도 망치질을 견디지 못할 테니까 화폐로 주조될 수 없을 것이라고 말입니다. 하지만 지금 그런 말은 하지 맙시다. 그렇다면 언제, 어디에서 우리 함께할 수 있을까요?」

그러자 부인은 대답했습니다.

「달콤한 주인님, 우리에게 좋다면 언제라도 좋아요. 저는 밤을 보내는 것에 대해 설명해야 할 남편이 없으니까요. 하지만 장소는 생각나지 않아요.」

본당 신부는 말했습니다.

「아니 왜요? 당신 집은 안 돼요?」

부인은 대답했습니다.

「신부님이 아시다시피 저에게는 젊은 남동생이 둘 있잖아요. 동생들은 밤낮없이 친구들을 데리고 집에 오고 우리 집은 넓지 않아요. 그래서 어떤 말이나 소리도 내지 않고 벙어리처럼, 어둠 속에서 장님처럼 있지 않으면 함께할 수 없을 거예요. 그래도 괜찮다면 가능해요. 동생들은 제 방으로 들어오지 않으니까요. 하지만 동생들 방이 제 방에 붙어 있으니까, 아무리 작은 말소리도 들리지 않을 수 없어요.」

그러자 본당 신부는 말했습니다.

「부인, 하루나 이틀 밤은 괜찮을 거예요. 그런 다음 우리가 더 편안하게 있을 다른 곳을 제가 생각해 볼게요.」

부인은 말했어요.

「신부님, 그것은 알아서 하세요. 하지만 한 가지 부탁이 있어요. 이 일은 한마디도 알려지지 않게 비밀이 되어야 해요.」

그러자 본당 신부는 말했습니다.

「부인, 그것은 걱정하지 마세요. 그리고 가능하다면 오늘 밤 우리가 함께하도록 해요.」

부인은 말했습니다.

「좋아요.」

그리고 언제 어떻게 오면 되는지 알려 주고 집으로 돌아갔습니다. 부인은 하녀를 한 명 데리고 있었는데, 그녀는 너무 젊지도 않고 아주 못생긴 얼굴에다 아주 기괴한 모습이었지요. 코는 납작하게 짓눌렸고, 입은 비틀렸고, 입술은 두툼했고, 이빨은 크고 울퉁불퉁했고, 눈은 사팔뜨기에 눈병이 없는 날이 없었고, 피부는 피에솔레가 아니라 세니갈리아[35]에서 여름을 보낸 것처럼 노랗고 푸르스름한 빛깔이었으며, 게다가 오른쪽이 약간 짧은 절름발이였어요. 그녀의 이름은 추타였는데, 그렇게 흉한 얼굴이었기에 모든 사람이 추타차라고 불렀습니다. 그렇게 몸이 기괴한 데다 상당히 교활했어요. 부인은 그 하녀를 불러 말했습니다.

「추타차, 만약 네가 오늘 밤 나에게 봉사해 주면, 아름다운 새 셔츠를 선물할게.」

추타차는 셔츠라는 말을 듣고 말했습니다.

「부인, 만약 저에게 셔츠를 주신다면, 불 속에라도 뛰어들겁니다.」

부인은 말했습니다.

---

35 세니갈리아Senigallia는 이탈리아 중동부 해안의 도시로 특히 여름에 몸에 해로운 공기가 퍼졌다고 한다.

「그렇다면 좋아. 오늘 밤 네가 내 침대에서 어떤 남자와 함께 자고 그를 사랑해 주면 좋겠어. 그리고 절대로 말하지 않도록 조심해야 해. 내 동생들이 듣지 못하게 말이야. 너도 알다시피 바로 옆방에서 자니까. 그러면 셔츠를 사줄게.」

추타차는 말했습니다.

「필요하다면, 한 명이 아니라 여섯 명과도 잘게요.」

그리하여 밤이 되자 본당 신부 나리는 약속한 대로 왔습니다. 두 남동생은 부인과 정해 둔 대로 자기들 방에 있으면서 자기들의 소리가 들리게 했습니다. 그래서 본당 신부는 소리 없이 어둠 속에 부인의 방으로 들어가 부인이 말한 대로 침대로 갔습니다. 침대 한쪽에는 부인에게서 해야 할 일을 잘 지시받은 추타차가 있었지요. 본당 신부 나리는 부인이라 믿고 추타차를 팔로 껴안았고, 말없이 입맞춤하기 시작했고, 추타차도 그에게 입맞춤했습니다. 그리고 본당 신부는 그녀와 즐기기 시작했습니다. 오랫동안 열망하던 것을 소유하면서 말입니다.

그렇게 되었을 때 부인은 동생들에게 미리 정해 둔 나머지 일을 하게 했지요. 동생들은 조용히 방에서 나가 광장 쪽으로 갔고, 행운이 생각하지도 않았던 바람직한 일을 하게 해 주었습니다. 매우 더운 날씨에 주교는 산책하다가 두 청년의 집에 가서 함께 한잔 마시려고 했기 때문이지요. 그러다 그들이 오는 것을 보고 자기 욕망을 말했고 함께 걷기 시작했습니다. 그리고 등불이 많이 켜진 시원한 부인의 집 안마당으로 들어가 좋은 포도주를 큰 즐거움과 함께 마셨습니다.

그런 다음 청년들이 말했어요.

「주교님, 저희에게 많은 은총을 내리시어 저희가 초대하고 싶었던 이 작은 집을 방문해 주셨으니, 주교님께 보여 드리고 싶은 작은 것을 보아 주시면 좋겠습니다.」

주교는 기꺼이 그러겠다고 대답했습니다. 그리하여 청년 중 한 명이 불붙은 횃불을 들고 앞장서서 주교와 다른 모든 사람을 이끌고 본당 신부 나리가 추타차와 함께 누워 있는 방으로 갔습니다. 신부는 빨리 오려고 말타기를 서둘렀기에, 그들이 거기에 오기 전에 벌써 3마일 이상 말을 탔습니다. 그래서 약간 피곤하여 더위에도 불구하고 추타차를 품에 안고 쉬고 있었어요. 청년이 횃불을 들고 방으로 들어가고 주교와 다른 모든 사람이 들어가니, 추타차를 껴안고 있는 본당 신부가 보였습니다. 그 순간 잠이 깬 본당 신부 나리는 횃불과 주위의 모든 사람을 보자 심한 부끄러움과 두려움에 머리를 이불 밑으로 집어넣었습니다. 그에게 주교는 큰 욕을 퍼부었고, 머리를 꺼내 누구와 함께 잤는지 보게 했습니다. 본당 신부는 부인의 속임수를 깨달았고, 그런 속임수에 그런 수모를 당했으므로 누구보다 괴로웠어요. 주교의 명령에 옷을 입은 본당 신부는 그 죄에 대한 커다란 대가를 치르도록 엄중한 감시하에 집으로 보내졌습니다. 이어서 주교는 어떻게 본당 신부가 추타차와 함께 자게 되었는지 알고 싶었습니다. 청년들은 모든 것을 순서대로 이야기했습니다. 그 말을 듣고 주교는 부인을 많이 칭찬했고, 신부의 피로 손을 더럽히지 않고 합당한 벌을 받게 한 남동생들도 칭찬했습니다.

그 죄로 주교는 본당 신부에게 40일 동안 속죄하게 했지만, 사랑과 경멸은 그에게 49일 이상 속죄하게 했습니다.[36] 그뿐 아니라 이후 오랫동안 본당 신부가 길거리에 갈 때마다 아이들이 손가락질하면서 이렇게 말했습니다.

「봐라, 추타차와 잔 사람이야!」

그것은 그에게 엄청나게 괴로운 일이었고 거의 미칠 지경이었습니다. 그리고 그렇게 훌륭한 여인은 뻔뻔스러운 자의 귀찮음을 떨쳐 냈고, 추타차는 셔츠를 얻었답니다.]

다섯째 이야기

어느 마르케 출신 판사가 피렌체의 법정에서 재판하는 동안,
세 청년이 그의 바지를 벗긴다.

에밀리아는 이야기를 마쳤고, 과부 여인은 모두의 칭찬을 받았습니다. 여왕은 필로스트라토를 보면서 말했습니다.

「이제 당신이 이야기할 차례입니다.」

그러자 그는 준비되었다고 곧바로 대답했고 이렇게 시작했습니다.

[즐거운 여인들이여, 조금 전 엘리사가 이야기한 청년, 말

---

36 훨씬 더 많이 속죄하게 했다는 뜻이다.

하자면 마소 델 사조는 제가 하려던 이야기 대신에 그와 몇 몇 친구에 대해 이야기하게 하는군요. 그 이야기는 여러분이 사용하기에는 부끄러워할 용어들을 담고 있어 정숙하지 않지만, 그래도 엄청 웃기므로 이야기하겠습니다.

여러분 모두가 들으셨겠지만, 우리 도시에는 마르케[37] 출신 포데스타[38]들이 자주 오는데, 그들은 일반적으로 마음이 천박하고, 얼마나 힘들고 초라한 생활을 하는 사람들인지 그들의 모든 행동은 단지 인색함으로 보일 정도입니다. 그리고 그런 타고난 인색함과 탐욕으로 인해 함께 데려오는 재판관들과 공증인들은 마치 법률 학교가 아니라 밭[39]이나 구둣방에서 데려온 것 같습니다.

그렇게 어느 포데스타가 여러 재판관을 데리고 왔는데, 그 중에 니콜라 다 산 레피디오 씨라는 사람이 있었습니다. 그는 대장장이로밖에 보이지 않았지만, 범죄 사건을 담당하는 재판관들 사이에 배치되었어요. 종종 그러듯이 시민들은 할 일이 없어도 이따금 법정에 가곤 했으므로, 어느 날 아침 마소 델 사조는 친구를 찾으러 법정에 갔지요. 그리고 그 니콜라 씨가 앉아 있는 곳을 보았는데 이상하게 생긴 커다란 새처럼 보였기에 자세히 관찰하게 되었습니다. 머리에는 완전히 검게 그을린 청설모[40] 가죽 모자를 쓰고, 허리띠에는 필기구 통을 차고, 윗도리가 겉옷[41]보다 긴 것을 보았습니다. 그

---

37 Marche. 이탈리아 중동부 피렌체 동쪽의 지방이다.
38 원문은 〈rettore〉, 즉 〈통치자〉이다.
39 원문은 〈aratro〉, 즉 〈쟁기〉이다.

외에 많은 것이 교양 있고 점잖은 사람과 완전히 다르게 괴상했는데, 그중에서 그가 보기에 다른 것보다 더 두드러지는 것은 바지였습니다. 니콜라 씨는 앉아 있었는데, 천이 좁았는지 바지 앞이 열려 있었고, 다리 중간까지 깊숙이 보였습니다. 그래서 너무 오래 바라보지 않았고, 친구 찾으러 간 일을 놔두고 새로운 것을 찾기 시작했는데, 두 친구를 만났습니다. 한 친구는 리비였고, 다른 친구는 마테우초였는데, 둘 다 마소 못지않게 유쾌했지요. 마소는 그들에게 말했습니다.

「아, 자네들이 좋다면 나와 함께 법정에 가 보세. 전혀 본 적 없는 이상한 멍청이를 보여 주고 싶으니까.」

그리고 함께 법정으로 가서 그 재판관과 바지를 보여 주었습니다. 그들은 멀리서 그 모습에 웃기 시작했고, 재판관이 앉아 있는 곳 아래의 긴 의자로 다가갔는데, 그 의자 아래로 쉽게 들어갈 수 있다는 것을 발견했습니다. 게다가 재판관이 발을 대는 받침대가 망가져 있어서 그곳으로 손과 팔까지 쉽게 넣을 수 있었습니다. 그래서 마소는 친구들에게 말했어요.

「우리가 저 바지를 완전히 벗기면 좋겠어. 그건 아주 쉽게 할 수 있으니까.」

친구들은 모두 어떤 상태인지 이미 보았지요. 그래서 자기

---

40 원문은 그냥 〈vaio〉인데, 학명은 〈Sciurus vulgaris〉로 청설모를 가리킨다. 중세에 상류층 사람들은 청설모 가죽으로 만든 옷이나 모자를 많이 이용하였다.

41 원문은 〈guarnacca〉로, 여기에서는 윗도리 위에 입는 겉옷의 일종을 가리키고, 따라서 일반적으로 윗도리를 완전히 덮는다. 그런데 윗도리가 이 겉옷보다 길다는 것은 우스꽝스러운 옷차림이었다는 뜻이다.

들끼리 어떤 행동과 말을 할지 정하고 다음 날 다시 법정으로 왔습니다. 법정에는 사람들이 가득했는데, 마테우초는 누구에게도 들키지 않고 긴 의자 아래로 들어가 바로 재판관이 발을 대고 있는 곳 아래까지 갔습니다. 마소는 재판관의 한쪽으로 다가가 그의 겉옷 자락을 잡았고, 리비는 다른 쪽으로 다가가 똑같이 했습니다. 마소가 말하기 시작했어요.

「재판관님, 오 재판관님, 하느님 덕분에 부탁합니다. 저쪽에 있는 저 도둑놈이 다른 곳으로 가기 전에, 제 장화를 돌려주게 해주십시오. 장화를 저한테서 훔쳐 갔으면서도 아니라고 합니다. 제가 보았어요. 아직 한 달도 되지 않았는데, 밑창을 갈았어요.」

리비는 다른 한쪽에서 크게 외쳤어요.

「재판관님, 믿지 마세요, 사기꾼이니까요. 자기가 저한테서 훔친 가방에 대해 제가 고발하러 온 것을 알고, 방금 와서 제가 오래전부터 집에 가지고 있던 장화에 대해 말하는 것입니다. 만약 재판관님이 제 말을 믿지 못하신다면, 증인으로 제 이웃 채소 가게 여주인과 소 내장 판매인 그라사와 그가 소유지에서 돌아오는 것을 본 베르차이아의 산타 마리아 성당[42]에서 쓰레기 줍는 사람을 내세울 수 있습니다.」

마소는 다른 한쪽에서 리비가 말하게 놔두지 않고 소리쳤고, 리비도 똑같이 소리쳤습니다. 그리고 재판관이 똑바로 서 있고, 두 친구가 잘 듣게 하려고 그에게 가까이 다가가는

---

42 피렌체 중심지에서 서쪽의 베르차이아Verzaia 광장 근처에 산타 마리아Santa Maria 성당이 있었으나 지금은 남아 있지 않다.

동안, 마테우초는 발 받침대의 망가진 틈 사이로 손을 넣어 재판관 바지의 끝을 잡고 세게 아래로 당겼습니다. 재판관은 야위고 허리도 밋밋했으므로 바지는 곧바로 아래로 벗겨졌습니다. 재판관은 그것을 느끼고 왜 그런지도 모르면서 옷자락을 앞으로 당겨 가리고 앉으려 했는데, 한쪽에서는 마소가, 다른 한쪽에서는 리비가 여전히 그를 붙잡고 크게 소리쳤습니다.

「재판관님, 제 말을 듣지도 않고, 옳다고 하지도 않고, 다른 곳으로 가려고 하다니 비겁합니다. 이 도시에서는 이처럼 작은 사건은 서면 고소장을 제출하지 않아요!」

그렇게 말하면서 그의 옷을 잡고 있었으니, 법정 안에 있던 모든 사람이 그의 바지가 벗겨진 것을 알게 되었습니다. 마테우초는 한참 바지를 잡고 있다가 놔두고 밖으로 들키지 않고 가버렸습니다. 리비는 충분하게 한 것 같았기에 말했습니다.

「하느님께 맹세코 심의회에 도움을 청하겠어요!」

다른 한쪽에서 마소도 겉옷을 놓고 말했어요.

「아니, 저는 다시 돌아올 거예요. 재판관님이 오늘 아침처럼 바쁘지 않을 때까지 말이에요!」

그리고 이쪽저쪽에서 각자 가능한 한 빨리 떠났습니다. 재판관은 모든 사람이 보는 앞에서 마치 자다가 일어난 사람처럼 바지를 위로 올렸고, 그때야 사실을 깨닫고 장화와 가방 문제를 제기한 사람들이 어디로 갔는지 물었습니다. 그렇지만 찾지 못하자 피렌체에서는 법정의 의자에 앉아 있을 때 재판관의 바지를 벗기는 것이 풍습인지 알아야겠다고 하느님을 걸고[43] 맹세했습니다. 다른 한편으로 포데스타는 그 소식을 듣고 엄청나게 화를 냈습니다. 그런 다음 그것은 단지 그가 재판관들을 데리고 올 때 싼값에 멍청이들을 데리고 왔다는 사실을 피렌체 사람들이 알고 있다는 걸 보여 주기 위한 일임을 친구에게 들었기에, 침묵하는 것이 낫다고 생각했고, 그래서 이번에는 더 문제 삼지 않았답니다.]

여섯째 이야기

브루노와 부팔마코는 칼란드리노의 돼지를 훔치고,
돼지를 되찾기 위해 생강 알약과 베르나차 포도주로 시험하게 하고,
칼란드리노에게 알로에에 절인 개똥 알약 두 개를 차례로 주어
자기 자신이 훔친 것처럼 보이게 한다. 그리고 만약 아내에게
말하는 것을 원하지 않는다면 대가를 달라고 한다.

필로스트라토의 이야기가 끝나기도 전에 모두 웃었고, 여왕은 필로메나에게 이어서 이야기하라고 명령하여, 그녀는 이렇게 시작했습니다.

[우아한 여인들이여, 필로스트라토가 마소의 이름에서 조금 전 여러분이 들은 이야기를 끌어낸 것과 마찬가지로 저는

43 원문은 〈per le budella di Dio〉, 직역하면 〈하느님의 내장을 걸고〉이다.

칼란드리노와 그의 친구들 이름에서 그들에 대한 다른 이야기가 떠올랐는데, 여러분 마음에 들 것이라고 생각합니다.

칼란드리노, 브루노, 부팔마코가 누구인지 위에서 이미 들었으므로 제가 설명할 필요는 없을 것입니다. 그러니까 더 앞으로 나아가 말하자면, 칼란드리노는 피렌체에서 멀지 않은 곳에 소유지를 갖고 있었습니다. 아내가 지참금으로 가져온 그곳에서 여러 가지를 거둬들였는데 그중 하나로 해마다 돼지 한 마리를 받았습니다. 그리고 12월이 되면 언제나 그와 아내가 그 소유지에 가서 돼지를 잡아 소금에 절이는 것이 관례였습니다.

그런데 언젠가 한번은 아내의 건강이 좋지 않아서 칼란드리노 혼자 돼지를 잡으러 갔습니다. 아내가 가지 않는다는 것을 알고 브루노와 부팔마코는 칼란드리노의 이웃이자 자기들과 가까운 친구인 신부에게 가서 며칠 함께 머무르기로 했습니다. 그들이 거기에 도착한 날 칼란드리노는 돼지를 잡았고, 그들이 신부와 함께 있는 것을 보고 불러 말했습니다.

「자네들 잘 왔네. 내가 얼마나 훌륭한 농장 관리인인지 자네들에게 보여 주고 싶다네.」

그리고 그들을 집 안으로 데려가 잡은 돼지를 보여 주었습니다. 그들이 보니 정말 멋진 돼지였고, 칼란드리노가 자기 가족을 위해 소금에 절이려고 한다는 것을 알았습니다. 브루노가 그에게 말했어요.

「세상에! 너는 정말 멍청이구나! 돼지를 팔고 그 돈으로 즐기자고. 그리고 아내에게는 도둑맞았다고 해.」

칼란드리노는 말했습니다.

「안 돼. 믿지 않을 거야. 그리고 나를 집에서 쫓아낼 거야. 그런 말은 하지도 마. 나는 절대 그렇게 안 할 테니까.」

상당히 많은 말을 했으나 아무 소용 없었습니다. 칼란드리노는 냉랭하게 저녁 식사에 초대했고, 그들은 식사하고 싶지 않아 그냥 가버렸어요. 브루노가 부팔마코에게 말했습니다.

「오늘 밤 우리가 그 돼지를 훔칠까?」

부팔마코가 말했습니다.

「어떻게 훔칠 수 있는데?」

브루노가 말했습니다.

「방법은 내가 잘 봐두었어. 만약 방금 있던 곳에서 돼지를 옮기지 않는다면 말이야.」

부팔마코는 말했어요.

「그렇다면 해보자. 왜 안 하겠어? 그런 다음 여기에서 신부님과 함께 즐기자고.」

신부는 좋다고 말했습니다. 그러자 브루노가 말했지요.

「약간 술책이 필요해. 부팔마코, 자네도 알다시피 칼란드리노는 아주 인색하고, 다른 사람이 돈을 내면 술을 아주 잘 마시잖아. 그러니까 그를 술집으로 데려가는 거야. 그리고 신부님이 우리를 대접하기 위해 돈을 모두 내는 척하고 그 친구에게는 전혀 돈을 내지 않게 해. 그러면 곧 취할 것이고, 그다음에는 아주 쉬워. 그는 집에 혼자 있으니까.」

브루노가 말한 대로 그렇게 했습니다. 칼란드리노는 신부가 자기에게 돈을 내게 하지 않는 것을 알고 술 마시기에 몰두했고 필요 이상으로 많이 마셨습니다. 그리고 밤이 상당히 깊었을 때 술집에서 나왔고, 달리 저녁 식사를 하고 싶지 않았기에 집으로 갔고, 문을 잠갔다고 생각하고 열어 둔 채 자러 갔습니다. 부팔마코와 브루노는 신부와 함께 식사하러 갔고, 식사가 끝난 다음 연장을 들고 브루노가 생각한 곳을 통해 칼란드리노의 집으로 들어가려고 했습니다. 그런데 집 문이 열려 있는 것을 발견하고 안으로 들어갔고, 돼지를 들어내 신부의 집으로 옮겨 두고 자러 갔습니다.

다음 날 아침 칼란드리노는 머리에서 술기운이 나갔으므로 일어나 아래로 내려갔는데, 돼지가 보이지 않고 문이 열려 있는 것을 보았습니다. 그래서 이 사람 저 사람에게 돼지를 가져간 사람을 아는지 물어보았으나 찾지 못하자, 〈돼지를 도둑맞다니 세상에! 괴로운 내 신세!〉 하면서 엄청난 소란을 피우기 시작했습니다. 브루노와 부팔마코는 일어나서 칼란드리노가 돼지에 대해 뭐라고 하는지 듣기 위해 그의 집으로 갔습니다. 그들을 보자 칼란드리노는 거의 울면서 말했습니다.

「아이고! 내 친구들, 내 돼지를 도둑맞았어!」

브루노는 가까이 다가가 낮은 목소리로 말했습니다.

「믿을 수 없군. 자네는 예전에 현명했잖아!」

칼란드리노는 말했습니다.

「아이고! 정말이야.」

브루노는 말했습니다.

「그렇다면 말해. 정말로 그런 것처럼 보이게 크게 외치라고.」

그러자 칼란드리노는 더 크게 외치며 말했어요.

「하느님께 맹세코, 사실대로 말하는데, 돼지를 도둑맞았어!」

그러자 브루노는 말했습니다.

「잘 말하는군, 잘 말해. 그렇게 크게 외쳐야 해, 정말처럼 들리게 말이야.」

칼란드리노는 말했습니다.

「자네는 내 영혼을 악마에게 주게 하는군. 내 말을 믿지 않으니까 하는 말이지만, 내 목을 매달아도 좋으니, 난 돼지를 도둑맞았다고!」

그러자 브루노는 말했습니다.

「세상에! 어떻게 그런 일이 있을 수 있나? 어제 저기 있는 걸 내가 보았어. 그런데 사라졌다고 믿으라고?」

칼란드리노는 말했습니다.

「분명히 그렇다니까. 그러니 나는 이제 망했어. 어떻게 집으로 돌아가야 할지 모르겠어. 아내는 나를 믿지 않을 거야. 믿는다고 해도 올해 내내 편안하지 않을 거야.」

그러자 브루노가 말했습니다.

「그게 사실이라면 정말로 큰일이군. 하지만 자네도 알지, 칼란드리노. 어제 내가 그렇게 말하라고 했잖아. 자네가 아내와 우리를 동시에 속이려는 것이 아니면 좋겠어.」

칼란드리노는 소리치면서 말했습니다.

「세상에! 자네들은 왜 내가 절망하고 하느님과 성인들과 모든 것을 욕하게 만드는 거야? 분명히 말하는데 어젯밤 내 돼지를 도둑맞았어.」

그러자 부팔마코가 말했습니다.

「만약 정말 그렇다면, 돼지를 되찾을 방법을 찾아야겠군. 우리가 방법을 알고 있는데 말이야.」

칼란드리노는 말했어요.

「어떤 방법으로 찾을 수 있지?」

그러자 부팔마코는 말했습니다.

「누가 인디아에서 돼지를 훔치려고 온 건 아닐 테고, 분명히 네 이웃 중 누군가가 그랬을 거야. 그러니까 만약 이웃 사람들을 불러 모을 수 있다면, 내가 빵과 치즈 실험을 할 줄 알아. 그러면 누가 훔쳤는지 즉석에서 알 수 있어.」

브루노가 말했습니다.

「그래, 주변에 있는 사람들에게 빵과 치즈 실험을 하면 될 거야! 분명히 그들 중 누군가가 훔쳤을 테니까. 그리고 그런 사실을 알면 오려고 하지 않을 테니까.」

「그렇다면 어떻게 하지?」

부팔마코가 말했고, 브루노는 대답했어요.

「생강 알약과 좋은 베르나차 포도주를 준비해야 해. 그리고 한잔 마시러 오라고 초대하는 거야. 그러면 다른 생각을 하지 않고 올 거야. 그러면 치즈와 생강 알약을 빵처럼 축복할 수 있어.」

부팔마코는 말했습니다.

「분명히 자네 말은 사실이야. 그러면 칼란드리노, 자네 생각은 어때? 한번 해보고 싶어?」

칼란드리노는 말했어요.

「제발 하느님 덕분에 그렇게 해달라고 부탁하네. 누가 훔쳤는지 알기만 해도 절반은 위안받을 것 같으니까.」

브루노는 말했습니다.

「그렇다면 좋아. 자네가 돈을 준다면 내가 필요한 것을 사러 피렌체에 갔다 올게.」

칼란드리노는 40솔도 정도 갖고 있었기에 그 돈을 주었어요. 브루노는 피렌체에서 친구 약재상에게 가서 생강 알약 1파운드를 샀고, 신선한 알로에 즙액[44]에 섞어 개똥 알약[45] 두 개를 만든 다음 거기에다 다른 알약처럼 설탕을 입히게 했고, 뒤바뀌거나 혼동하지 않도록 쉽게 알아볼 수 있는 표시를 해두게 했습니다. 그리고 좋은 베르나차 포도주 한 병을 사서 칼란드리노의 소유지로 돌아와 말했습니다.

「이제 내일 아침 자네가 의심하는 모든 사람을 함께 한잔 마시자고 초대하게. 휴일이니까 모두 기꺼이 올 거야. 그러면 내가 오늘 밤 부팔마코와 함께 알약들에 마법을 걸어 두었다가 내일 아침 가져올 거야. 그리고 자네를 위해 내가 직접 나눠 주고, 말해야 할 것을 말하고, 해야 할 것을 하겠네.」

칼란드리노는 그렇게 했습니다. 그리하여 소유지 근처에 사는 젊은 피렌체 사람들과 농부들 한 무리가 다음 날 아침 성당 앞 느릅나무 주위에 모였고, 브루노와 부팔마코는 알약

44 갓 짜낸 신선한 알로에 즙액은 매우 쓴 맛이다.
45 원문은 그냥 〈개 알약〉으로 되어 있다.

상자와 포도주병을 들고 왔고, 그들을 둥글게 모이게 한 다음 브루노가 말했습니다.

「여러분, 여러분이 여기 모이게 된 이유를 말해야겠군요. 여러분이 싫어할 일이 발생해도 저를 원망하지 않도록 말입니다. 여기 있는 칼란드리노의 멋진 돼지를 어젯밤에 도둑맞았는데 누가 훔쳤는지 모릅니다. 그런데 여기 모인 우리 중 누군가가 훔친 것이 분명하므로,[46] 누가 훔쳤는지 찾아내기 위해 여러분 각자에게 이 알약 하나를 먹고 포도주를 마시게 하겠습니다. 그리고 이제부터 아셔야 합니다. 돼지를 가져간 사람은 알약을 삼키지 못하고, 오히려 독약처럼 쓰게 느껴져 뱉을 것입니다. 그러므로 많은 사람 앞에서 그런 창피를 당하기 전에 신부님 앞에서 참회하기를 바랍니다. 그러면 저는 이런 일을 하지 않아도 될 것입니다.」

모인 사람은 모두 기꺼이 알약을 먹겠다고 했고, 그래서 브루노는 칼란드리노를 포함하여 모두 줄을 세운 다음 한쪽 끝부터 각자에게 알약을 주기 시작했습니다. 그리고 칼란드리노 앞에서 개똥 알약 하나를 그의 손에 주었습니다. 칼란드리노는 곧바로 입안에 넣고 씹기 시작했지만, 혀는 금방 알로에 맛을 느꼈고, 그 쓴맛을 견디지 못하고 뱉었습니다. 거기 있던 사람들은 모두 누가 뱉었는지 보기 위해 서로를 바라보았습니다. 브루노는 아직 알약 주는 것을 끝내지 않았기에 그것을 모르는 척했는데 뒤에서 이런 말이 들렸어요.

46 원문은 〈우리 중 누군가가 아닌 다른 사람이 훔치지는 않았을 것이므로〉라고 되어 있다.

「이봐, 칼란드리노, 이게 무슨 일이야?」

그래서 곧바로 몸을 돌려 칼란드리노가 알약을 뱉은 것을 보고 말했습니다.

「기다려 봐. 혹시 다른 이유로 뱉었을 수 있으니까. 다른 것을 먹어 봐.」

그리고 두 번째 개똥 알약을 그의 입안에 넣어 준 다음 다른 알약 주는 것을 마쳤습니다. 칼란드리노에게 첫 번째 알약도 썼는데, 이번에는 더 쓴 것 같았습니다. 하지만 그래도 뱉은 것이 부끄러워 한참 씹으면서 입안에 머금고 있었고, 그렇게 머금고 있으면서 호두알처럼 커다란 눈물을 떨어뜨리기 시작했습니다. 그러다가 결국 더 견디지 못하고 첫 번째 알약처럼 뱉었습니다. 브루노와 함께 사람들에게 포도주를 주고 있던 부팔마코는 다른 사람들과 함께 그것을 보았고, 모두 분명히 칼란드리노 자신이 훔쳤다고 말했고, 화가 나서 격렬하게 그를 비난했습니다. 하지만 다른 사람들이 떠난 뒤에도 브루노와 부팔마코는 남았고, 부팔마코가 칼란드리노에게 말했습니다.

「어쨌든 분명히 자네가 훔쳤어. 그런데도 도둑맞았다고 우리에게 주장하려고 했군. 그걸로 번 돈으로 우리에게 한 번이라도 술을 사지 않으려고 말이야.」

아직도 알로에의 쓴맛을 뱉어 내지 못한 칼란드리노는 자기가 훔치지 않았다고 맹세했어요. 그러자 부팔마코가 말했습니다.

「이봐, 친구, 솔직히 얼마나 받았어? 6피오리노 정도 받았나?」

칼란드리노는 그 말을 듣고 절망하였고, 그에게 브루노가 말했습니다.

「잘 들어, 칼란드리노. 우리와 함께 알약을 먹고 포도주를 마신 사람 중에서 누군가가 말하더군. 자네가 마음대로 할 수 있는 젊은 여자를 여기 어딘가에 데리고 있으면서 긁어모을 수 있는 것을 모두 주었다고. 그러니까 분명히 자네가 돼지를 그녀에게 보냈을 것이라고 말이야. 그래, 이제 자네는 사기꾼이 되는 법도 배웠군. 언젠가는 우리를 무뇨네강으로 데려가 검은 돌을 찾게 해놓고, 마치 음식 없이[47] 갤리선에 탄 사람처럼 우리를 놔두고 가버렸지. 그리고 나중에 돌을 발견했다고 우리가 믿게 하려고 했어. 그런데 지금 비슷하게 자네가 선물했거나 아니면 팔아 버린 돼지를 도둑맞았다고 맹세하면서 우리에게 믿으라고 해. 우리는 이제 자네 속임수에 익숙해져서 잘 아니까, 다시는 속일 수 없을 거야. 그러니까 우리에게 수탉 네 마리[48]를 주면 좋겠네. 그렇지 않으면 모든 걸 테사 부인에게 말할 거야.」

칼란드리노는 자기를 믿지 않는 것에 무척 괴로웠지만, 아내가 화내는 것도 원하지 않았기에 그들에게 수탉 네 마리를 주었고, 그들은 속고 손해를 본 칼란드리노를 남겨 둔 채 소금에 절인 돼지를 피렌체로 가져갔답니다.」

47 원문은 〈비스킷 없이〉이다.
48 원문은 〈due paia〉, 즉 〈두 쌍〉을 의미한다.

일곱째 이야기

어느 학자가 과부 여인을 사랑하는데, 다른 남자를 사랑하는 그녀는
어느 겨울밤 학자가 눈을 맞으며 기다리게 한다. 나중에 학자는
그녀에게 충고하여 7월 중순에 벌거벗고 온종일 탑 위에서
태양 아래 등에와 파리에게 시달리게 한다.

여인들은 불행한 칼란드리노에 대해 많이 웃었고, 돼지를
훔친 자들에게 수탉까지 빼앗긴 그를 가엾게 생각하지 않았
더라면 더 웃었을 것입니다. 하지만 이야기가 끝나자 여왕은
팜피네아에게 이야기하라고 지시했고, 그녀는 바로 이렇게
시작했습니다.

[사랑스러운 여인들이여, 종종 교활함은 다른 교활함에
속기도 하지요. 따라서 다른 사람 속이기를 즐기는 것은 현
명하지 않습니다. 우리는 여러 이야기에서 속임수에 대해 많
이 웃었는데, 그것에 복수한 이야기는 전혀 없었습니다. 저
는 우리 도시의 어느 여인에게 가해진 정당한 보복에 대해
여러분이 작은 동정심을 가졌으면 합니다. 그녀는 자기 속임
수에 대해 거의 죽을 정도의 속임수를 당했던 것입니다. 이
이야기는 여러분에게 유익함이 없지 않을 것이니, 다른 사람
속이기를 조심하는 것이 좋고 현명하다는 겁니다.

그리 오래전이 아니었을 때 피렌체에 매우 아름답고 도도
한 여인이 살았는데, 높은 귀족 가문 출신에 행운의 재물이
적당하게 풍부한 엘레나라는 여인이었습니다. 그녀는 남편을

잃은 과부였지만 아름답고 우아한 청년을 골라서 사랑하였기에 재혼하려고 하지 않았습니다. 그리고 다른 모든 걱정거리에서 자유로운 상태였으므로 신뢰하는 하녀 덕에 자주 그와 함께 많은 시간을 대단한 즐거움 속에 보냈습니다.

그 무렵 리니에리라는 우리 도시의 귀족 청년이 파리에서 오랫동안 공부한 뒤 많은 사람이 그러하듯이 자기 지식을 값싸게 팔지 않고, 귀족에게 최고로 어울리는 사물의 원리와 본성을 알기 위해 파리에서 피렌체로 돌아왔습니다. 그리고 자신의 고귀함과 학식으로 존경받으면서 품위 있게 살았습니다. 하지만 종종 사람들은 사물에 대한 심오한 이해보다 사랑의 올가미에 사로잡히는데 리니에리도 그랬습니다. 어느 날 기분 전환을 위해 축제에 간 그의 눈앞에 그 엘레나가 나타났는데, 과부들이 그러하듯이 검은 옷을 입고, 그가 보기에 아름다움이 넘치고 다른 여인에게서는 전혀 본 적이 없는 우아한 모습이었습니다. 그리고 벌거벗은 그녀를 품에 안을 수 있는 은총을 하느님께서 내려 주신 사람은 행복하다고 속으로 생각했습니다. 한두 번 신중하게 그녀를 바라본 다음 귀중하고 위대한 것은 노고 없이 얻을 수 없다는 것을 알고 있었기에, 그녀의 마음에 들도록 모든 노력과 관심을 기울이겠다고 혼자 결심했습니다. 그녀의 마음에 들어 그녀의 사랑을 얻고, 그것을 통해 그녀를 선물로 받기 위해서 말입니다.

그 젊은 여인은 땅바닥만 바라보고 있지 않고 평소보다 더 교묘하게 주변을 바라보고 있었기 때문에, 누가 즐겁게 자기를 바라보고 있는지 곧바로 알았으며 리니에리에 대해 깨닫고 속으로 웃으면서 말했습니다.

「오늘 여기에 헛되이 온 것은 아니구나. 내 생각이 틀리지 않았다면, 어떤 멍청이의 코를 잡았으니까.」

그리고 눈꼬리로 그를 몇 번 쳐다보았고, 할 수 있는 한 자기도 그에게 관심이 있다는 것을 보여 주려고 노력했습니다. 다른 한편으로 자기 아름다움으로 그를 유혹하고 사로잡는 만큼 자기 아름다움의 가치가 커진다고 생각했습니다. 특히 사랑과 함께 자기 자신을 제공한 사람에게 말입니다. 현명한 학자는 철학적 사색을 한쪽에 제쳐 두고 마음을 온통 그녀에게 돌렸고, 그녀를 즐겁게 해준다는 생각으로 그녀의 집을 알아내 다양한 핑계를 대며 집 앞을 지나가기 시작했습니다. 그러자 부인은 앞에서 말한 자신에 대한 헛된 허영심으로 그를 기꺼이 보는 척했습니다. 그래서 학자는 방법을 찾아 그녀의 하녀와 만나 자신의 사랑을 열어 보였고, 부인의 은총을 얻을 수 있도록 노력해 달라고 부탁했습니다. 하녀는 너그럽게 약속하고 그것을 부인에게 이야기했습니다. 부인은 세상에서 가장 크게 웃으며 말했어요.

「그 사람이 파리에서 가져온 지혜를 어디에다 낭비하는지 보았지? 이제 그가 찾고 있는 것을 한번 줘보자. 그 사람이 다시 너에게 말하면 이렇게 답해라. 그가 나를 사랑하는 것보다 내가 훨씬 더 사랑한다고 말이야. 하지만 나는 정숙함을 지켜야 하고, 그래야 다른 부인들과 함께 당당하게 고개를 들고 다닐 수 있다고 말이야. 만약 소문대로 현명한 사람이라면 나를 훨씬 더 소중하게 생각할 테니까.」

아, 정말로 사악한 여자여! 여러분, 그녀는 학자들을 어떻게 다루어야 하는지 너무나 잘 알고 있었던 것입니다. 하녀는 나중에 그를 만나 자기 부인이 하라는 대로 했습니다. 학자는 기뻐서 더욱 뜨거운 부탁을 했고, 편지를 쓰고 선물을 보냈습니다. 부인은 그 모든 것을 받고 단지 일반적인 대답만 했고, 그런 식으로 그를 오랫동안 붙잡아 두었습니다.

마지막에 그녀는 자기 연인에게 모든 것을 말했어요. 그러자 연인은 몇 번 화를 내고 질투도 했으므로, 부인은 그가 부당하게 자신을 의심한다는 것을 보여 주기 위해 무척 재촉하는 학자에게 하녀를 보내 이렇게 전하게 했습니다. 부인은 그의 사랑을 잘 알고 있으나 그가 원하는 대로 할 시간이 전혀 없었고, 단지 다가오는 크리스마스 축일에나 그와 함께할 수 있을 것이며, 따라서 축일 다음 날 밤에 부인의 안뜰로 오면, 부인이 가능한 한 빨리 만나러 갈 것이라고 말입니다. 학자는 무척 기뻐하면서 정해진 시간에 부인의 집으로 갔고, 하녀는 그를 안뜰로 안내한 다음 안에서 문을 잠갔습니다. 학자는 부인을 기다리기 시작했어요.

부인은 그날 저녁 자기 연인을 오게 했고 함께 즐겁게 식사한 다음 그날 밤 자기가 하고 싶은 일을 설명하면서 덧붙였습니다.

「당신이 어리석게 질투한 사람을 내가 얼마나, 어떻게 사랑하는지 보여 줄게요.」

그 말을 들은 연인은 즐거운 마음으로 부인이 말로 이해시키려는 것을 행동으로 보고 싶었습니다. 우연히 그 전날 눈이 많이 내렸고 사방이 눈에 덮여 있었어요. 그래서 학자는 안뜰에 머무른 지 얼마 되지 않아 생각했던 것보다 큰 추위를 느끼기 시작했지만, 곧 쉬게 되리라는 기대에 인내심 있게 견디고 있었습니다. 부인은 얼마 후 연인에게 말했어요.

「우리 방으로 가서 작은 창문을 통해 당신이 질투하는 사람이 무엇을 하는지 봐요. 그리고 내가 이야기하라고 보낸 하녀에게 뭐라고 하는지 들어 봅시다.」

그리하여 그들은 작은 창문으로 갔고, 보이지 않게 밖을 내다보며 하녀가 다른 창문에서 학자에게 하는 말을 들었습니다.

「리니에리, 부인께서 정말로 괴로워하고 있어요. 오늘 저녁에 오빠 중 한 명이 와서 오랫동안 이야기를 나눈 다음 함께 식사하셨는데, 아직도 가시지 않았어요. 하지만 곧 가실 것이라고 믿어요. 그래서 부인께서 아직은 오실 수 없는데, 곧 오실 거예요. 기다리게 해서 미안하다고 전해 달랍니다.」

학자는 그게 사실이라고 믿고 대답했습니다.

「부인께 편안하게 올 수 있을 때까지 나를 걱정하지 마시라고 전해 다오. 하지만 가능한 한 빨리 그렇게 해달라고 말해 줘요.」

하녀는 안으로 돌아가 잠자러 갔습니다. 그러자 부인은 자기 연인에게 말했어요.

「그래, 어때요? 당신이 걱정하듯이 내가 저 사람을 사랑한다면 저 아래에서 얼어붙도록 놔두겠어요?」

그렇게 말한 다음 벌써 어느 정도 만족한 연인과 함께 침대로 갔고, 불쌍한 학자에 대해 웃고 조롱하면서 오랫동안 커다란 즐거움과 쾌락에 빠졌습니다. 학자는 앉을 곳도 없고 추위를 피할 곳도 없었기 때문에 안뜰에서 몸을 덥히려고 계속 움직이면서 부인과 오래 머무르는 오빠를 저주했습니다. 그리고 무슨 소리가 들리면 부인이 자신을 위해 문을 열어 주는 것이라고 믿었지만 헛된 희망이었습니다. 부인은 자정이 가까울 때까지 연인과 즐기다가 말했습니다.

「내 영혼이여, 우리 학자에 대해 어떻게 생각해요? 저 사람의 학식과 내가 그에게 품은 사랑 중에서 무엇이 더 큰 것 같아요? 저번에 내가 한 말 때문에 당신이 가슴에 갖고 있던 것을 저 추위가 없애 주었나요?」

연인은 대답했습니다.

「내 몸의 심장이여, 당신은 나의 행복이자 휴식이고 기쁨이며 나의 모든 희망이라는 것을 잘 알겠소. 그러니 나는 당신 것이오.」

부인은 말했습니다.

「그렇다면 나에게 천 번 입을 맞춰 줘요. 당신 말이 사실인지 알 수 있게 말이에요.」

그러자 연인은 그녀를 꼭 껴안고 단지 천 번이 아니라 십만 번이 넘게 입을 맞추었습니다. 한동안 그런 이야기를 나누다가 부인이 말했습니다.

「그래요! 우리 잠시 일어나서, 내 새로운 애인이 온종일 타오른다고 편지에 썼던 불꽃이 조금 꺼졌는지 보러 가요.」

그래서 둘은 일어나 작은 창문으로 갔어요. 그리고 안뜰을 바라보니 학자가 눈밭에서 지나친 추위에 이빨을 부딪치며 빠른 춤[49]을 추고 있었는데, 전에 본 적이 없을 정도로 잦고 빨랐습니다. 그러자 부인이 말했습니다.

「달콤한 내 희망이여, 어때요? 내가 나팔이나 피리 소리 없이 남자들을 춤추게 할 줄 알지요?」

그러자 연인은 웃으면서 말했어요.

「내 큰 기쁨이여, 그래요.」

부인은 말했습니다.

「우리 문까지 내려가 보면 좋겠어요. 당신은 조용히 있고 내가 말할게요. 그가 뭐라고 하는지 들어 봅시다. 우연히 이렇게 재미있는 것을 보게 되었네요.」

그리고 조용히 침실에서 나가 문까지 내려갔고, 거기에서 여인은 전혀 문을 열지 않고 나지막한 목소리로 틈 사이를 통해 그를 불렀습니다. 부르는 소리를 들은 학자는 안으로 잘 들어갈 수 있으리라 믿고 문으로 다가가 하느님을 찬양하면서 말했습니다.

「나 여기 있어요, 부인. 하느님 덕분에 제발 열어 주오, 추워서 죽겠으니까요.」

부인은 말했습니다.

「오, 알아요. 당신은 얼어붙었을 거예요! 거기에다 눈까지 내려서 추위가 아주 심하겠군요! 알아요, 파리에는 눈이 더 많이 내리지요. 그런데 아직 열어 줄 수 없어요. 그 빌어먹을

---

49 원문은 〈una carola trita〉로, 빠르게 뛰는 춤을 말한다.

오빠가 엊저녁에 저와 함께 식사하러 왔다가 아직도 안 갔어
요. 하지만 곧 갈 거예요. 그러면 제가 곧바로 와서 열어 줄게
요. 저는 지금 아주 힘들게 빠져나와 당신이 기다리는 것을
위로하러 왔어요.」

학자는 말했습니다.

「세상에! 부인, 하느님 덕분에 제발 문 좀 열어 주세요. 실
내로 들어갈 수 있게 말입니다. 조금 전부터 세상에서 가장
빽빽하게 눈이 내리기 시작했고, 지금도 내리고 있으니까요.
그러면 당신이 원할 때까지 기다리겠습니다.」

부인은 말했어요.

「세상에! 내 달콤한 분이여, 그렇게 할 수 없어요. 이 문은
열릴 때 아주 큰 소리가 나기 때문에, 제가 열어 주면 곧바로
오빠가 들을 거예요. 제가 올라가서 오빠한테 가라고 말할게
요. 그런 다음 돌아와서 열어 줄게요.」

학자는 말했습니다.

「그렇다면 빨리 가보세요. 그리고 부탁합니다. 제가 안으
로 들어가면 몸을 따뜻하게 할 수 있도록 불을 많이 피워 주
세요. 지금 아무것도 느끼지 못할 정도로 완전히 얼어붙었으
니까요.」

부인은 말했어요.

「그럴 리가 있겠어요. 당신이 여러 번 저에게 편지로 쓴 것
이 사실이라면 말이에요. 그러니까 당신은 저에 대한 사랑에
완전히 불타고 있다고 했잖아요. 그렇다면 당신이 저를 놀리
는 게 분명하군요. 이제 저는 갈게요. 마음 단단히 먹고 기다

리세요.」

연인은 그 모든 것을 듣고 기쁨에 넘쳤고, 부인과 함께 침대로 돌아가 그날 밤 거의 자지 않고 밤새도록 커다란 즐거움 속에 학자를 조롱하면서 보냈습니다.

불쌍한 학자는 거의 두루미가 된 것처럼 이빨을 부딪쳤고, 자기가 조롱당했다는 것을 깨달았습니다. 여러 번 문을 열려고 시도해 보았고, 다른 곳으로 나갈 수 있을지 살펴보았으나 방법이 없었기에, 우리에 갇힌 사자처럼 배회하면서, 추운 날씨와 사악한 부인과 기나긴 밤을 자신의 어리석음과 함께 저주했습니다. 그리고 부인에게 얼마나 화가 났던지, 그녀에게 품었던 열렬하고 오랜 사랑이 금세 생생하고 쓰라린 증오로 바뀌었고, 복수할 방법을 찾으려고 다양한 것들을 속으로 궁리했습니다. 이제 전에 열렬하게 부인을 열망했던 것 이상으로 복수를 원했습니다.

길고 긴 밤이 지나고 낮이 가까워지면서 새벽이 밝기 시작했습니다. 그러자 하녀는 부인의 지시대로 아래로 내려가 안뜰을 열어 주었고, 학자를 동정하는 척하며 말했습니다.

「엊저녁 여기 온 사람이 저주스럽겠네요! 그가 우리를 밤새도록 붙잡아 두었고, 당신을 얼어붙게 했어요. 하지만 아시죠? 편안하게 생각해요. 어젯밤 할 수 없었던 것은 다른 기회에 할 수 있을 테니까요. 이런 일이 일어나서 부인께서 얼마나 불쾌하게 생각하시는지 제가 잘 알아요.」

화가 난 학자는 현명하였기에 위협당한 자의 무기보다 더 위협이 되는 것은 없다는 걸 알고 있었습니다. 그래서 무절

제한 의지가 밖으로 드러내려는 것을 자기 가슴속에 간직한 채 화난 모습을 전혀 보이지 않고 낮은 목소리로 말했습니다.

「사실 나는 최악의 밤을 보냈네. 하지만 거기에 대해 부인께서는 아무 잘못이 없다는 것을 잘 아네. 부인께서 직접 나에 대한 연민에 아래로 내려와 사과하고 나를 위로했으니까. 그리고 자네가 말하듯이 어젯밤 할 수 없었던 건 다른 기회에 할 수 있겠지. 그러니 부인께 안부 전하고 잘 있게.」

그리고 거의 완전히 마비된 채 어떻게든 집으로 돌아갔습니다. 피곤하고 졸려서 죽을 지경이었기에 자려고 침대에 몸을 던졌고, 팔과 다리의 감각이 거의 완전히 마비된 채 잠에서 깼습니다. 그래서 사람을 보내 의사들을 불렀고, 자기가 겪은 추위에 대해 말한 다음 치료하게 했습니다. 의사들은 신속하고 좋은 치료로 얼마 후에 신경을 되살려 팔다리를 뻗을 수 있게 해주었습니다. 만약 그가 젊지 않고 곧 따뜻해지지 않았다면 견뎌 내기 힘들었을 것입니다. 하지만 다시 건강하고 생생해지자 증오를 속에 간직한 채 전보다 더 과부를 사랑하는 척했습니다.

그리고 상당한 시간이 흐른 뒤 행운은 학자의 열망을 충족시킬 기회를 마련해 주었습니다. 왜냐하면 과부의 사랑을 받던 청년이 그녀의 사랑에 관심을 기울이지 않고 다른 여자를 사랑하게 되었고, 그녀에게 즐거움이 될 만한 것을 하지도 않고 말하려고 하지도 않으면서, 그녀는 눈물과 슬픔 속에 소진되고 있었기 때문이지요. 그러자 부인을 무척 동정하던 하녀는 연인을 잃고 고통에 사로잡힌 부인을 구할 방법을 찾지 못하자 평소처럼 길거리를 지나가던 학자를 보고 어리석은 생각에 빠졌습니다. 그러니까 부인의 연인이 예전처럼 그녀를 사랑하게 하려면 어떤 흑마술이 필요할 것이며, 학자가 거기에 대한 대가라고 생각한 것이지요. 그래서 그것을 부인에게 말했습니다. 별로 현명하지 않았던 부인은, 만약 학자가 흑마술을 알고 있다면 자기 자신을 위해 사용했으리라는 것은 생각하지 못하고, 하녀의 말에 마음을 빼앗겨 곧바로 학자에게 그렇게 해줄 수 있는지 알아보고, 그에 대한 보상으로 그가 원하는 대로 해줄 것이라고 확실하게 약속하라고 했습니다. 하녀는 충실하게 말을 잘 전달했고, 그 말을 들은 학자는 무척 기뻐하며 속으로 생각했습니다.

「하느님, 찬양받으소서. 당신의 도움으로 제가 품은 큰 사랑에 대한 대가로 저에게 큰 모욕을 준 사악한 여자에게 벌을 줄 기회가 왔습니다.」

그리고 하녀에게 말했습니다.

「거기에 대해서는 걱정하지 말라고 부인에게 전하게. 나는 부인의 연인이 인디아에 있더라도 곧바로 가서 부인의 즐거움에 거스른 일에 대한 용서를 구하게 할 수 있으니까. 하지만 그것을 위해 부인이 해야 할 일은, 부인이 원하는 시간과 장소에서 내가 직접 말할 것이네. 그렇게 전하고 나를 대신하여 위로해 주게.」

하녀는 대답을 전했고, 두 사람은 프라토의 산타 루치아[50]에서 함께 만나기로 했습니다. 부인과 학자는 그곳으로 갔고, 단둘이 이야기하면서 부인은 학자를 죽을 지경으로 만든 일을 기억하지 못하고 자신의 상황과 원하는 것을 모두 말했고 도와달라고 부탁했습니다. 그러자 학자는 말했습니다.

「부인, 제가 파리에서 배운 것 중에 흑마술도 있는 것은 사실입니다. 분명히 저는 흑마술에 대한 모든 것을 알고 있습니다. 하지만 흑마술은 하느님께서 정말로 싫어하시는 것이기 때문에, 저는 저 자신이나 다른 사람을 위해 절대 사용하지 않겠다고 맹세했습니다. 그런데 제가 부인께 품고 있는 사랑이 너무나 커서 원하시는 것을 거부할 수 없다는 것도 사실입니다. 그러므로 단지 이것 때문에 제가 악마의 집으로 가야 한다고 해도 부인이 원하신다면 할 준비가 되어 있습니다. 하지만 흑마술은 부인께서 생각하는 것 이상으로 어려운 일이라는 것을 상기시켜 드리고 싶습니다. 특히 여자가 남자에게 아니면 남자가 여자에게 자기를 사랑하도록 돌이키고 싶을 때 그렇습니다. 그러므로 이것은 당사자 자신이 직접 해야 하며, 용기가 있어야 합니다. 밤에 외진 곳에서 아무도 없이 해야 하기 때문이지요. 부인께서 그렇게 할 준비가 되어 있는지 모르겠습니다.」

그러자 현명하기보다 사랑에 빠진 부인은 대답했습니다.

「아모르가 저에게 이렇게 박차를 가하니, 부당하게 저를 버린 사람을 되찾기 위해 제가 못 할 일은 아무것도 없습니

50 산타 루치아Santa Lucia는 프라토 남쪽 아르노강 옆의 구역이다. 이 이야기에서 〈작은 탑torricella〉이 사건의 주요 배경으로 나오는데, 바로 옆에 라 토리첼라La Torricella 구역이 있다. 국립 국어원의 외래어 표기법에 의하면 〈Lucia〉는 〈루차〉로 표기해야 하나 오랜 관용에 따라 〈루치아〉로 표기한다.

다. 그러니 괜찮다면 제가 어떻게 용기를 가져야 할지 알려 주세요.」

학자는 사악한 털들의 다채로운 꼬리를 가지고 있었기에[51] 말했습니다.

「부인, 저는 부인께서 되찾고 싶어 하는 사람의 이름으로 주석 인형을 만들어야 합니다. 그 인형을 제가 보내면 부인 께서는 완전한 그믐달에 첫잠이 들 무렵 오롯이 혼자 흐르는 강물에서 인형과 함께 일곱 번 몸을 씻고, 이어서 알몸 그대 로 나무 위나 사람이 살지 않는 집 위로 올라가십시오. 그리 고 인형을 손에 들고 북쪽을 향해 제가 적어 드릴 주문을 일 곱 번 말하세요. 주문을 말하고 나면 전에 본 적이 없을 만큼 아름다운 소녀 두 명이 부인에게 와서 인사하고 무엇을 해주 기를 원하는지 상냥하게 물을 것입니다. 그 소녀들에게 부인 께서 원하는 것을 충분하게 잘 말하세요. 다른 사람의 이름 을 부르지 않도록 조심하세요. 부인께서 말하고 나면 소녀들 은 떠날 겁니다. 부인께서는 옷을 벗어 둔 곳으로 가서 옷을 입고 집으로 돌아가면 됩니다. 그러면 분명히 다음 날 밤 자 정이 되기 전에 부인의 연인이 눈물을 흘리며 와서 용서와 관용을 구할 것입니다. 그 시간 이후로 그는 절대로 다시 부 인을 떠나지 않을 것입니다.」

부인은 그 말을 듣고 완전히 믿었고, 벌써 자기 연인을 품 에 안고 있는 것 같아 기뻐하면서 말했습니다.

51 악마처럼 교활했다는 뜻이다.

「걱정하지 마세요. 저는 그런 일을 아주 잘할 테니까요. 그리고 그런 일에 세상에서 가장 적합한 장소를 가지고 있어요. 저에게는 발다르노[52] 위쪽에 소유지가 있는데, 강변에서 아주 가깝고, 지금은 마침 7월이라 목욕하는 것도 즐거울 거예요. 그리고 아직도 기억하는데, 강에서 멀지 않은 곳에 사람이 살지 않는 작은 탑이 있어요. 이따금 목동들이 잃어버린 가축을 찾으려고 거기에 있는 밤나무 사다리를 통해서만 다진 흙으로 된 위쪽 바닥으로 올라갈 뿐이며, 무척 한적하고 외진 곳이에요. 저는 그 위로 올라가서 당신이 지시하는 것을 세상에서 가장 훌륭하게 해낼 겁니다.」

학자는 부인이 말하는 장소와 작은 탑을 잘 알고 있었기에 자기 계획이 확인된 것에 만족하여 말했습니다.

「부인, 저는 그쪽 지역에 가본 적이 없어서 당신의 소유지나 작은 탑을 몰라요. 하지만 부인께서 말한 대로라면 세상에서 가장 적합한 곳이겠군요. 그러니까 때가 되면 인형과 주문을 보내겠습니다. 하지만 잘 부탁합니다. 원하시는 것을 얻고 제가 잘 봉사했다는 것을 알게 되면, 저를 기억하고 약속을 지켜 주기를 바랍니다.」

그러자 부인은 분명히 그렇게 하겠다고 했고 그와 헤어져 집으로 돌아갔습니다. 학자는 자기 계획이 틀림없이 성공할 것 같아 기뻤고, 자신의 마법 글자[53]로 인형을 만들었고, 지어낸 말을 주문이라고 썼습니다. 그리고 적당한 때에 부인에

---

52 Valdarno. 〈아르노강의 계곡〉이라는 뜻으로 특히 아르테강 상류 지역을 가리킨다.

게 보내면서 다음 날 밤 곧바로 자기가 말한 대로 하라고 전했습니다. 그리고 몰래 자기 하인과 함께 그 작은 탑 가까이에 사는 친구의 집으로 갔습니다. 자신의 계획을 실현하기 위해서 말입니다.

다른 한편으로 부인은 하녀와 함께 길을 떠나 자기 소유지로 갔고, 밤이 되자 잠자리에 드는 척하고 하녀를 가서 자라고 보냈습니다. 그런 다음 첫잠이 들 무렵 조용히 집에서 나가 아르노강 옆의 작은 탑 근처로 갔습니다. 그리고 주변을 자세히 살펴보니 아무도 보이지 않고 소리도 들리지 않았기에, 옷을 벗어 덤불 아래에 감추고 인형과 함께 일곱 번 몸을 씻었고, 이어서 벌거벗은 채 인형을 손에 들고 탑으로 갔습니다.

학자는 하인과 함께 밤이 될 무렵부터 강 옆의 버드나무와 다른 나무들 사이에 숨어 있으면서 모든 것을 보았습니다. 그리고 벌거벗은 부인이 바로 옆으로 지나갈 때 새하얀 그녀의 몸이 밤의 어둠을 압도하는 것을 보고, 이어서 가슴과 몸의 다른 아름다운 부분들을 보면서 잠시 후에 일어날 일을 혼자 생각하니 그녀에 대한 약간의 동정심을 느꼈습니다. 그리고 다른 한편으로 육체의 자극이 곧바로 그를 공격하였고, 누워 있던 것이 벌떡 일어나게 했으며, 숨어 있던 곳에서 나와 그녀를 붙잡고 즐거움을 누리라고 그를 이끌었으니, 하마터면 동정심과 유혹에 굴복할 뻔했습니다. 하지만 자기가 누

53 원문은 〈cateratte〉로, 아마 〈caratteri magici〉 즉 〈마법 글자〉를 뜻한다고 해석되기도 하지만, 정확한 의미는 알 수 없다.

구이고 어떤 모욕을 당했으며 왜 또 누구에게 당했는지 기억했고, 따라서 다시 분노에 불붙으면서 동정심과 육체적 욕망을 쫓아냈고, 확고한 의도와 함께 그녀를 놔두었습니다.

부인은 탑 위로 올라가 북쪽을 향해 학자가 알려 준 주문을 일곱 번 말하기 시작했습니다. 학자는 잠시 뒤에 탑 안으로 들어가, 부인이 있는 다진 흙바닥으로 올라가는 사다리를 조용하게 천천히 들어냈고, 이어서 부인이 무엇을 하고 무슨 말을 하는지 기다렸습니다. 부인은 주문을 일곱 번 말한 다음 두 소녀를 기다리기 시작했는데, 얼마나 오래 기다렸는지 예상한 것보다 훨씬 더 추웠던 것은 말할 것도 없고 여명이 밝아 오는 것을 보았습니다. 그런데 학자가 말한 일이 일어나지 않자 괴로워하며 혼자 말했습니다.

「그 사람이 내가 자기에게 겪게 한 것과 같은 밤을 나도 보내게 하고 싶었을까 걱정이야. 하지만 그래서 이렇게 했다면, 제대로 복수할 줄 몰랐군. 이 밤은 길이가 그날 밤의 3분의 1도 되지 않고, 또 추위도 전혀 다르니까.」

그리고 거기에서 아침을 맞이하지 않으려고 탑에서 내려가려고 했지만, 사다리가 없다는 것을 발견했습니다. 그러자 마치 발밑에서 세상이 무너진 것처럼 정신이 나갔고 실신하여 탑의 다진 흙바닥 위로 쓰러졌습니다. 그리고 기력이 돌아온 뒤에는 불쌍하게 울고 괴로워하기 시작했고, 그것은 분명히 학자가 꾸민 일이라는 걸 잘 알았기에 다른 사람을 모욕한 것에 대해, 그리고 당연히 적으로 생각해야 할 사람을 너무 믿은 것에 대해 후회하기 시작했습니다. 그리고 그렇게 오랜 시간을 보냈습니다. 그러다가 혹시 내려갈 다른 방법이 있는지 살펴보았지만 찾지 못하자 다시 울기 시작했고, 쓰라린 생각에 빠져 자기 자신에게 말했습니다.

「오, 불행한 여자야, 네가 여기에서 벌거벗은 모습으로 발견된 것을 알면, 네 오빠들과 친척들과 이웃 사람들과 모든 피렌체 사람이 뭐라고 말할까? 그렇게 좋았던 네 정숙함은 거짓이었다고 알려질 거야. 이번 일에 거짓 변명을 찾으려고 하면 찾을 수 있겠지만, 그 빌어먹을 학자가 네 모든 것을 알고 있으니, 네가 거짓말하게 놔두지 않을 거야. 아, 불쌍한 여자야, 이제 너는 잘못 사랑한 청년과 네 명예를 한꺼번에 잃었구나!」

그런 다음 큰 고통에 빠져 탑에서 땅으로 몸을 던지고 싶을 정도였어요. 하지만 벌써 해가 솟았으므로, 부인은 탑의 한쪽 벽으로 가까이 다가가 혹시 어느 소년이 가축과 함께 그곳으로 다가오는 것을 보면 하녀를 불러오게 시키려고 했습니다. 그런데 학자가 덤불 아래에서 잠시 자다가 깨어나 부인을 보았고, 부인도 그를 보았습니다. 학자는 말했어요.

「좋은 날입니다, 부인. 소녀들이 왔던가요?」

부인은 그를 보고 그의 말을 듣더니 다시 크게 울기 시작했고, 그에게 말할 수 있도록 탑으로 오라고 부탁했습니다. 학자는 아주 친절했습니다. 부인은 다진 흙바닥 위에 엎드렸고, 단지 머리만 바닥 뚜껑문으로 내밀고 울면서 말했습니다.

「리니에리, 제가 당신에게 힘든 밤을 보내게 했다면, 분명히 저에게 잘 복수했어요. 비록 7월이지만 어젯밤 벌거벗고 있으니 얼어붙는 것 같았으니까요. 게다가 제가 당신을 속인 것과 당신을 믿은 어리석음에 대해 얼마나 많이 울었는지, 눈이 머리에 붙어 있는 게 놀라울 정도예요. 그래서 당신에게 부탁해요. 당신이 사랑하지 않아야 하는 저를 위해서가 아니라 귀족인 당신 자신을 위해, 제가 준 모욕에 대한 복수로 지금까지 한 것에 만족하고, 제 옷을 가져다주고 이 위에서 내려가게 해주세요. 그리고 나중에는 당신이 돌려주고 싶어도 돌려줄 수 없는 것, 말하자면 제 명예를 빼앗지 말아요. 만약 제가 그날 저와 함께하는 밤을 당신에게서 빼앗았다면, 당신이 원하면 언제든지 그 하룻밤 대신 많은 밤을 당신에게 돌려줄 수 있으니까요. 그러니까 이것으로 만족하세요. 그리고 훌륭한 분으로서 당신은 잘 복수할 수 있었고, 제가 그것을 알게 해주셨어요. 당신의 힘을 여자에게 쓰려고 하지 마세요. 독수리에게 비둘기를 이긴 것은 아무런 영광도 아니에요. 그러니까 제발 하느님 덕분에 당신의 명예를 위해 저를 불쌍히 여겨 주세요.」

학자는 잔인한 마음으로 자기가 받은 모욕을 속으로 되새기고 부인이 울고 부탁하는 것을 보면서 마음속에서 즐거움과 괴로움을 동시에 느꼈습니다. 다른 무엇보다 열망하던 복수에 대한 즐거움, 그리고 자신의 인간성이 불쌍한 여인을 동정하면서 느끼는 괴로움이었습니다. 하지만 인간성이 잔인한 복수의 욕망을 이길 수는 없었기에 그는 말했습니다.

「엘레나 부인, 그때 나는 지금 당신이 부탁하는 것처럼 내 부탁을 눈물로 적시거나 꿀로 덮지 못했지요. 만약 내가 눈덮인 당신 안뜰에서 추위로 죽어 가던 밤에 그런 부탁으로 당신이 잠시 나를 실내로 들여보내 주었다면, 지금 당신의 부탁을 아주 쉽게 들어주었을 것입니다. 하지만 과거보다 지금 당신의 명예가 그렇게 중요하고, 그 위에서 벌거벗고 있는 것이 그렇게 힘들다면, 당신 자신이 기억하는 그날 밤, 내가 당신 안뜰에서 이빨을 부딪치면서 눈을 밟고 오가는 소리를 들으면서, 당신이 벌거벗고 품에 안겨 있던 그 사람에게 부탁하세요. 그리고 그에게 당신을 도와달라고 하고, 당신 옷을 가져다 달라고 하고, 당신이 내려올 수 있는 사다리를 가져오게 하고, 그에게 당신의 명예를 보살펴 달라고 노력해 보세요. 지금이나 다른 때에도 절대 위험에 빠뜨릴 것이라고 전혀 의심하지 않았던 바로 그 사람에게 말입니다.

왜 당신을 도와달라고 그를 부르지 않나요? 그런 일에 그보다 더 적합한 사람이 있나요? 당신은 그의 것이에요. 당신을 돌보고 도와주지 않는다면, 그 사람은 도대체 무엇을 돌보고 도와줄까요? 그를 불러요, 어리석은 여인이여. 그리고 당신이 그에게 품은 사랑과 당신의 지혜가 그의 지혜와 함께 당신을 나의 어리석음에서 구해 줄 수 있는지 시험해 봐요. 당신은 그와 즐기면서 내 어리석음과 당신이 그에게 품고 있는 사랑 중에 무엇이 더 큰지 물었지요. 지금 내가 원하지 않는 것을 친절하게 나에게 주려고 하지 말아요. 내가 원하더라도 당신은 거부할 수 없겠지요. 만약 당신이 여기에서 살아서 나가게 되면 당신의 밤들은 당신 연인을 위해 간직해요. 당신과 그의 밤들이 되도록 말이오. 나에게는 하룻밤도 넘치고, 단 한 번 조롱받는 것으로 충분하니까.

그런데도 당신은 교활하게도 나를 말로 칭찬함으로써 내 너그러움을 얻으려 노력하고, 나를 훌륭한 귀족이라고 부르면서 암묵적으로는 내가 너그러운 사람이니 당신의 사악함에 대해 처벌하지 않게 하려고 노력하는군요. 하지만 당신의 유혹은 이제는, 거짓 약속으로 전에 그랬던 것처럼 내 지성의 눈을 흐리게 하지 못해요. 이제 나는 알아요. 나는 파리에 있는 동안 당신이 그런 약속으로 단 하룻밤에 알게 해준 것만큼 나 자신에 대해 그렇게 많이 배우지 못했어요.

그리고 설령 내가 그렇게 너그럽다고 해도, 당신은 그 너그러움의 효과를 거둘 사람에 속하지 않아요. 당신 같은 야수들에게 참회의 종말, 그리고 그와 비슷하게 복수의 종말은 죽음이 되어야 할 거예요. 반면에 사람들에게는 당신이 말하는 것으로 충분할 것입니다. 비록 나는 독수리가 아니지만, 당신이 비둘기가 아니라 독사라는 것을 알고 있기에, 아주 오래된 적처럼 모든 증오와 모든 힘을 다해 추격할 것이오. 내가 지금 하는 모든 일은 아주 적절하게 복수라고 부를 수 없고, 차라리 처벌이라고 해야 할 것이오. 복수는 모욕을 넘어서야 하는데 이것은 그와 비교할 수도 없으니까요. 그러므로 나는 복수하면서 당신이 내 마음을 어떻게 만들었는지 고려한다면, 당신의 목숨을 빼앗아도 충분하지 않을 것이고, 당신처럼 비열하고 사악하고 나쁜 여자 백 명을 죽여도 충분하지 않을 것이오.

그리고 몇 년 지나면 주름살이 가득할 당신의 그 작은 얼굴을 제외하면 당신이 다른 불쌍한 하녀보다 더 나은 게 무엇이오? 당신은 조금 전 나를 그렇게 불렀듯이 훌륭한 사람을 죽이는 것을 자제하지 않았지만, 그런 사람의 삶은 세상이 지속될 때까지 당신 같은 사람 십만 명이 하지 못할 유익한 일을 단 하루에 할 수 있을 것이오.[54] 그러니까 지금 당신이 겪는 이런 고통으로 나는 당신에게 학식 있는 사람을 조롱하는 것이 무엇인지, 학자들을 조롱하는 것이 무엇인지 가르칠 것이며, 만약 살아남는다면 다시는 그런 어리석음에 떨어지지 말라는 교훈을 줄 것이오.

그런데 그렇게 내려오고 싶다면 왜 땅으로 몸을 던지지 않는 것이오? 그러면 하느님의 도움으로 당신 목이 부러지면서 고통에서 벗어날 것이며, 동시에 나를 세상에서 가장 행복한 사람으로 만들어 줄 것이오. 이제 더 말하고 싶지 않소. 나는 많은 것을 할 줄 알았기에 당신을 그 위에 올라가게 했소. 당신은 나를 조롱할 줄 알았던 것처럼 이제 거기에서 내려오는 방법도 알도록 하시오.」

학자가 그렇게 말하는 동안 불쌍한 부인은 계속 울었고, 시간은 흘러 해가 하늘 높이 솟았습니다. 그가 침묵하자 부인이 말했습니다.

「세상에! 잔인한 사람이여, 그 저주받을 밤이 당신에게 그렇게 힘들었고, 내 잘못이 그렇게 크게 보였군요. 내 젊은 아름다움도, 쓰라린 눈물도, 겸손한 부탁도 당신에게 어떤 동

---

54 새로운 지식인에 대한 자부심을 드러내는 구절로 보카치오 자신의 자서전적 경험을 토대로 한 것으로 해석되기도 한다.

정심도 불러일으키지 못할 정도로 말입니다. 그래도 단지 이런 나의 행동으로, 그러니까 최근에 내가 당신을 믿었고, 당신에게 내 모든 비밀을 털어놓음으로써, 내가 내 죄를 알게 하려는 당신의 욕망에 방법을 제공하였으니, 최소한 조금이라도 당신의 가혹한 엄격함을 줄여 주세요. 만약 내가 당신을 믿지 않았다면, 당신이 그렇게 열렬하게 원했던 것처럼 나에게 복수할 방법은 전혀 없었을 테니까요.

세상에! 당신의 분노를 거두고 이제 나를 용서해 주세요. 만약 당신이 나를 용서하고 여기에서 내려가게 해준다면, 나는 그 믿지 못할 청년을 완전히 버리고 오직 당신만을 연인이자 주인으로 섬길 준비가 되어 있어요. 비록 당신은 내 아름다움을 덧없고 가치 없는 것이라며 무척 비하하지만 말이에요. 다른 여자들의 아름다움과 같이 그것이 어떤 아름다움이더라도, 비록 소중하지 않아도, 최소한 젊은 남자들의 열망이자 기분 전환이며 즐거움이 된다는 것을 나는 알아요. 그리고 당신은 늙은이가 아니에요.

비록 당신이 나를 잔인하게 대한다고 해도, 그렇다고 해서 당신 눈앞에서 내가 절망한 여자처럼 여기에서 아래로 몸을 던지는 그런 치욕적인 죽음을 당신이 보고 싶어 한다고 믿지 않아요. 지금처럼 당신이 거짓말쟁이가 아니었을 때 당신의 눈은 나를 무척 좋아했었어요. 세상에! 하느님 덕분에 제발 나를 불쌍히 여겨 주세요. 해가 너무나도 뜨겁게 달아오르기 시작해요. 어젯밤 너무 심한 추위가 나를 괴롭힌 것처럼 더위가 나를 고통스럽게 하고 있어요.」

그러자 학자는 그녀가 하는 말을 즐기면서 대답했습니다.

「부인, 당신의 믿음을 지금 내 손에 맡긴 것은 나에 대한 당신의 사랑 때문이 아니라 당신이 잃어버린 것을 되찾기 위해서죠. 그러니까 아무 가치가 없고 더 큰 잘못일 뿐이오. 그리고 만약 이것이 내가 열망한 복수에 적합한 유일한 방법이라고 믿는다면, 당신은 잘못 생각한 것이오. 나는 수많은 다른 방법을 갖고 있었고, 당신을 사랑하는 척하면서 당신 주위에다 무수하게 많은 올가미를 던져 놓았었소. 그러니 만약 이번 일이 일어나지 않았어도, 많은 시간이 흐르지 않아 필연적으로 당신은 그중 어느 것에 걸리지 않을 수 없었을 것이오. 그래서 이것보다 더 큰 고통과 치욕에 떨어졌을 것이오. 내가 이 방법을 선택한 것은 당신을 편하게 해주기 위해서가 아니라 더 빨리 즐거움을 얻기 위해서였소.

그리고 만약 그 모든 것이 실패해도 나에게서 펜은 달아나지 않았소. 그 펜으로 나는 당신에 대해 많은 것을 썼을 것이며, 만약 그것을 알게 되면 당신은 태어나지 않았기를 하루에도 수천 번씩 열망할 정도였을 것이오. 펜의 힘[55]은 직접 경험하지 않은 사람들은 평가할 수 없을 만큼 큰 것이오. 하느님께 맹세하건대, 만약 당신에 대한 이 복수에서 처음 시작할 때처럼 끝날 때까지 나를 즐겁게 해주신다면, 당신이 다른 사람들은 물론이고 당신 자신에게 부끄러워서 자신을 볼 수 없도록 자기 눈을 뽑고 싶게 당신에 대해 썼을 것이오.

55 문인은 작품을 통해 후대 사람들에게 오랫동안 영광이나 오명을 줄 수 있다는 자부심이 드러나는 표현이다.

그러니까 바닷물이 작은 개울물을 불어나게 했다고 바다를 비난하지 말아요.

당신의 사랑이나 당신이 내 것이 되는 것에 대해 나는 조금 전에 말한 것처럼 전혀 관심이 없소. 그러니 할 수 있다면 지금까지 그랬듯이 계속 그 사람의 것으로 남아 있어요. 그 사람이 지금 당신에게 한 것을 고려하면, 나는 전에 그를 증오한 것만큼 지금은 사랑한다오. 당신 같은 여자들은 청년들을 사랑하고 열망하지요. 조금 더 생생한 육체에 더 시커먼 수염으로 으스대고 다니면서 춤추고 무술 시합을 하기 때문이지요. 그런데 약간 나이 든 남자들도 그런 것을 모두 가지고 있고, 청년들이 배워야 할 것을 이미 알고 있어요.

그뿐만 아니라 당신들은 그들이 더 훌륭하게 말을 탈 줄 알고,[56] 나이 든 남자보다 하루에 몇 마일 더 간다고 평가하지요. 물론 나도 고백하는데 그들은 더 세차게 털가죽을 뒤흔들지요. 하지만 나이 든 사람들은 전문가처럼 가려운 곳[57]을 더 잘 알고, 많고 맛없는 것보다 적고 맛있는 것을 훨씬 잘 선택할 줄 알아요. 그리고 비록 젊더라도 세게 달리면 지치고 망가지게 되지만, 반면에 부드럽게 가면 조금 더 늦더라도 최소한 숙소까지 편안하게 가지요.

지성 없는 동물 같은 당신들은 그 사소한 아름다운 겉모습 아래 얼마나 많은 악이 숨어 있는지 깨닫지 못합니다. 청년

56 원문은 〈더 훌륭한 기사라고 알고〉인데, 음란한 성적 암시를 고려하여 풀어서 옮겼다.
57 원문은 〈벼룩들이 있는 곳〉이다.

들은 한 여자에 만족하지 않고, 눈에 보이는 대로 모두 원하고 모두에게 가치가 있다고 생각하지요. 따라서 그들의 사랑은 변덕스럽고, 지금 당신의 경험이 아주 진실한 증거라고 할 수 있어요. 그리고 그들은 자기 여자에게 사랑과 존중을 받을 가치가 있다고 생각하고, 자기가 정복한 여자들을 자랑하는 것보다 더 큰 영광은 없다고 생각해요. 그런 잘못 때문에 다른 사람에게 아무 말도 하지 않는 성직자들에게 많은 여자가 몸을 맡기지요.

당신은 당신의 사랑을 나와 하녀 외에 다른 사람은 모른다고 말하지만 잘못 알고 있고, 잘못 믿는 것이오. 그 사람 동네에서 그 밖에 다른 이야기는 거의 하지 않고, 당신 동네도 마찬가지요. 그런 소문을 마지막에 듣는 사람은 대부분 그 당사자라오. 게다가 청년들은 당신들에게서 훔치고, 반면에 나이 든 사람은 당신들에게 선물하지요. 그러니까 당신은 잘못 선택했으니 당신 자신을 준 그 사람 것으로 남아 있어요. 그리고 당신이 조롱한 나는 다른 사람에게 놔둬요. 나는 당신보다 훨씬 나은 여인을 만났고, 그녀는 당신보다 나를 훨씬 잘 아니까요.

그리고 당신이 내 말을 믿지 않는 것 같은데, 내 눈의 욕망에 대해 더 확실히 알고 저세상으로 갈 수 있도록 어서 빨리 아래로 뛰어내려요. 그러면 당신 영혼은 내가 바라는 대로 벌써 악마의 품에 안겨 있겠지만, 거꾸로 떨어지는 당신을 보고 내 눈이 당황해할지 아닐지 알게 될 거요. 하지만 당신이 나를 그렇게 기쁘게 해주지 않으리라 생각하기 때문에 말하는데, 해가 당신을 뜨겁게 달구기 시작하면, 당신이 나에게 겪게 해준 추위를 기억해 봐요. 그리고 그 추위를 뜨거움과 뒤섞으면 틀림없이 해가 덜 뜨겁게 느껴질 것이오.」

절망한 부인은 학자의 말이 여전히 잔인한 결말에 이르는 것을 알고 다시 울기 시작하면서 말했습니다.

「그래요, 나의 어떤 것도 당신을 동정심으로 움직이지 못하는군요. 그렇다면 당신이 만난 여인, 나보다 현명하고 또 당신을 사랑한다고 말하는 그 여인에게 품은 사랑이 당신 마음을 움직이게 해주세요. 그녀에 대한 사랑을 보아서라도 나를 용서하고 내 옷을 가져다주세요. 내가 입고 여기에서 내려갈 수 있도록 말이에요.」

그러자 학자는 웃기 시작했고, 벌써 셋째 시간[58]이 훨씬 지난 것을 보고 대답했습니다.

「그래요, 그 여인을 부르며 부탁하니 이제 안 된다고 말할 수 없군요. 옷이 어디 있는지 말해요, 내가 가지러 가서 거기에서 내려오게 할게요.」

부인은 그 말을 믿고 약간 위로가 되었고 옷을 감춰 둔 장소를 알려 주었습니다. 학자는 탑에서 나가 자기 하인에게 거기에서 움직이지 말고, 아니, 바로 옆에 있으면서 자기가 돌아올 때까지 누가 안으로 들어가려고 하면 최대한 막으라고 명령했습니다. 그렇게 말한 다음 친구의 집으로 가서 거기에서 편안하게 식사하였고, 이어서 적당해 보이는 시간에

58 오전 9시이다.

자러 갔습니다.

 탑 위에 남은 부인은 비록 어리석은 희망에 약간 위안이 되었지만, 엄청난 고통에 일어나 앉았고, 약간의 그림자가 남아 있는 벽 쪽으로 다가가 쓰라린 생각과 함께 기다리기 시작했습니다. 그리고 때로는 생각하고 때로는 울면서, 또 학자가 옷을 가지고 돌아올 것에 대해 때로는 희망하고 때로는 절망하고, 이 생각에서 저 생각으로 건너뛰면서, 고통에 압도된 데다 밤에 전혀 자지 못했기 때문에 잠이 들었습니다. 태양은 아주 뜨겁게 달아오르면서 벌써 중천으로 솟아올랐고, 부인의 완전히 노출된 피부와 연약하고 섬세한 몸과 아무것도 덮지 않은 머리 위로 얼마나 큰 힘으로 똑바로 내리쪼였는지, 보이는 모든 피부를 익혔을 뿐만 아니라 아주 미세한 상처들로 뒤덮었으며, 얼마나 뜨거웠는지 깊이 자고 있던 그녀를 깨울 정도였습니다.

 타는 것을 느끼고 약간 움직이자, 완전히 익은 모든 피부가 갈라지고 부서지는 것 같았으니, 마치 그을린 양피지를 누군가 잡아당긴 것 같았지요. 게다가 머리가 얼마나 아팠는지 쪼개지는 것 같았는데, 그것은 전혀 놀랄 일이 아니었습니다. 그리고 탑의 다진 흙바닥은 뜨겁게 달아올라 발이나 다른 어떤 부위도 쉬지 못했고, 그래서 가만히 있지 못하고 때로는 이쪽 때로는 저쪽으로 울면서 이동했습니다. 그뿐만 아니라 바람 한 점 불지 않는 데다가 엄청나게 많이 몰려든 파리들과 등에들이 벌어진 피부에 앉아 얼마나 강렬하게 찔러 대는지 마치 창으로 찌르는 것 같았습니다. 그래서 부인은 조금도 쉬지 않고 계속 손을 주위로 휘두르면서 자기 자신과 자기 삶과 연인과 학자를 계속 저주했습니다.

그렇게 말할 수 없는 더위, 태양, 파리들과 등에들, 게다가 배고픔, 그리고 그보다 더한 목마름, 또 수많은 괴로운 생각에 시달리고 찔리고 괴로운 나머지 그녀는 벌떡 일어나서 주위에서 누군가 보이거나 들리는지 바라보기 시작했으니, 무슨 일이 일어나든지 누구라도 불러 도움을 요청할 작정이었습니다. 하지만 행운은 그녀의 적인 듯 그것도 허용하지 않았어요. 더위 때문에 농부들은 모두 들판에서 떠났고, 그날에는 누구도 그 근처로 일하러 가지 않고 모두 자기 집 근처에서 곡물을 타작하고 있었습니다. 그래서 매미 소리만 들리고, 아르노강만 보였는데, 강물은 물을 마시고 싶은 욕망을 불러일으켰으니, 갈증은 줄어들지 않고 오히려 더 커졌습니다. 게다가 여러 곳에서 숲과 그림자와 집이 보였지만, 그것들도 마찬가지로 욕망을 자극하면서 고통을 주었습니다. 그 불행한 과부에 대해 뭐라고 더 말하겠습니까? 위에서는 태양, 아래에서는 다진 흙바닥의 열기, 옆에서는 찔러 대는 파리들과 등에들이 그녀를 온통 망가뜨렸으니, 지난밤에는 하얀 피부로 밤의 어둠을 압도했던 그녀는 이제 꼭두서니[59]처럼 빨갛게 되었고 온통 피로 얼룩덜룩했으며, 세상에서 가장 흉하게 보였을 것입니다.

부인이 그렇게 어떤 충고나 희망도 없이 다른 무엇보다 죽

59 원문은 〈robbia〉로, 꼭두서니과(학명은 *Rubiaceae*)의 식물들을 가리킨다. 이 식물들의 뿌리는 빨간색으로 물들이는 데 많이 사용되었다고 한다.

음을 기다리는 동안 벌써 아홉째 시간 중간[60]이 지났고, 학자
는 자다가 일어나 부인에 대해 기억하고 어떻게 되었는지 보
려고 탑으로 돌아왔습니다. 그리고 아직 굶고 있던 하인을
식사하라고 보냈습니다. 그 소리를 들은 부인은 커다란 고통
에 짓눌리고 힘없는 상태로 뚜껑문 위로 왔고, 앉아 울면서
말했습니다.

「리니에리, 이제 당신은 지나칠 만큼 복수했어요. 내가 당
신을 안뜰에서 밤에 얼어붙게 했다면, 당신은 나를 낮에 이
탑 위에서 구워지게, 아니, 타게 했고, 그뿐만 아니라 배고픔
과 갈증으로 죽어 가게 했으니까요. 그러니 부탁해요. 제발
하느님 덕분에 이 위로 올라오세요. 나 자신에게 내가 죽음
을 줄 용기가 없으니까, 당신이 죽여 줘요. 무엇보다 죽음을
원할 만큼 큰 고통을 느끼고 있으니까요. 만약 그런 호의를
베풀어 주고 싶지 않다면, 최소한 물이라도 한잔 갖다줘요.
내 눈물로 충분하지 않은 입이라도 적시게 말이에요. 그만큼
메마름과 갈증을 느끼고 있어요.」

학자는 목소리에서 부인의 약해짐을 알았고, 더구나 태양
에 완전히 타버린 몸을 일부 보았습니다. 거기에다 겸손한
애원에 그녀에 대한 약간의 동정심이 일어났지만 이렇게 대
답했습니다.

「사악한 여자여, 당신은 절대 내 손에 죽지 않을 것이오.
당신은 원한다면 당신 손으로 죽을 것이오. 그리고 내가 추

---

60 아홉째 시간이 되기 중간 무렵이므로 대략 오후 1시 30분이다.

위를 완화하기 위해 당신에게서 불을 받은 만큼, 당신의 더위를 완화하기 위해 나에게서 물을 받을 것이오. 나는 지금도 무척이나 괴로울 만큼, 추위의 병을 악취 나는 거름의 뜨거움으로 치료해야 했소. 반면에 당신 더위의 병은 향기로운 장미수의 차가움으로 치료될 것이오. 그리고 나는 신경과 생명을 잃을 지경이었지만, 이 뜨거움으로 피부가 벗겨진 당신은, 마치 뱀이 낡은 껍질을 벗는 것과 마찬가지로 아름다워질 것이오.」

부인은 말했습니다.

「오, 불쌍한 내 신세! 이런 식으로 얻은 아름다움은 나를 싫어하는 사람들에게 하느님께서 주시기를. 그런데 당신은 어떻게 이렇게 야수보다 잔인하게 나를 괴롭힐 수 있나요? 설령 내가 당신의 모든 가족을 아주 잔인한 고통 속에 죽였다고 해도 이보다 더한 무언가가 있을 수 있겠어요? 도시 전체를 죽인 반역자에게도 당신이 나에게 그런 것처럼 태양에 익게 하고 파리들에게 뜯어먹히게 한 것보다 얼마나 더 잔인한 형벌을 내릴 수 있을지 모르겠어요. 게다가 물 한잔 주려고 하지 않네요. 법정에서 사형 선고를 받은 사람도 죽으러 갈 때는 원하기만 하면 종종 포도주도 마시게 하는데 말이에요. 그래요, 당신이 가혹한 잔인함을 고수하려고 하고, 내 고통이 당신을 조금도 움직일 수 없는 것을 보니 인내심 있게 죽음을 맞이할 준비를 해야겠네요. 하느님께서 내 영혼을 불쌍히 여기시도록 말이에요. 하느님께서 정당한 눈으로 당신의 이런 일을 보시기를 기원합니다.」

그렇게 말한 다음 힘겨운 고통 속에 다진 흙바닥 한가운데로 갔습니다. 그렇게 뜨거운 열기에서 살아남을 희망을 잃은 채 말입니다. 그리고 고통뿐만 아니라 갈증으로 발작할 것 같다고 수없이 생각했고, 그러면서도 크게 울면서 자신의 불행을 슬퍼했습니다. 하지만 벌써 저녁 기도 시간 무렵이었고, 학자는 충분히 한 것 같았기에 부인의 옷을 가져와 하인의 망토에 싸게 한 다음 불쌍한 그녀의 집으로 갔습니다. 그리고 불쌍한 하녀가 어떻게 해야 할지 모르고 문가에 앉아 있는 것을 보고 말했습니다.

「착한 여자여, 그대 부인은 어떤가?」

그러자 하녀는 대답했습니다.

「모르겠어요. 엊저녁 주무시러 갔던 것 같은 침대에 오늘 아침 가 보니까 안 계셨어요. 어디에서도 찾을 수 없는데, 무슨 일이 일어났는지 모르겠어요. 그래서 정말로 괴로워요. 혹시 저에게 말해 주실 것이 있나요?」

그녀에게 학자는 대답했습니다.

「내가 부인을 데려간 곳으로 자네도 함께 데려갈 걸 그랬군. 그러면 부인의 죄에 대해 내가 벌준 것처럼 자네의 잘못에 대해서도 벌줄 수 있었을 테니까 말이야! 하지만 자네가 한 일에 대해 대가를 치르지 않고는 내 손에서 달아나지 못할 거야. 나에게 해놓고 기억하지 못하는 그런 조롱을 다른 훌륭한 사람에게 하지 못하도록 말이야.」

그렇게 말한 다음 하인에게 말했습니다.

「옷을 주고, 만약 원한다면 부인을 찾으러 가게 말해 줘라.」

하인은 명령대로 했고, 그래서 하녀는 옷을 받고 알아보았으며, 자기에게 한 말을 듣고 혹시 부인을 죽이지 않았을까 두려웠기에 비명을 지르려다가 가까스로 참았습니다. 그리고 학자가 떠나자마자 곧바로 울면서 옷을 들고 탑으로 달려갔습니다.

그날 부인의 소작 농부 한 사람이 불행하게도 돼지 두 마리를 잃어버렸기에 찾으러 다니다가, 학자가 떠나고 얼마 지나지 않아 그 탑에 이르렀습니다. 그리고 돼지가 보이는지 사방을 둘러보다가 불행한 부인이 내는 처량한 울음소리를 들었고, 그래서 가능한 곳까지 올라가 외쳤습니다.

「그 위에서 누가 울고 있어요?」

부인은 소작 농부의 목소리를 알아들었고, 그래서 그의 이름을 부르며 말했습니다.

「세상에! 어서 내 하녀에게 가서 여기 나에게 오라고 해라.」

농부는 부인이라는 것을 알고 말했습니다.

「아이고! 마님, 누가 마님을 그 위로 올려놓았나요? 마님 하녀는 오늘 온종일 마님을 찾으러 다녔어요. 그런데 마님께서 여기에 계시리라고 누가 생각했겠어요?」

그리고 사다리 버팀대[61]들을 들고 할 수 있는 대로 똑바로 세우고 덩굴[62]로 막대기들을 가로질러 묶기 시작했습니다.

---

61 사다리 양옆의 버팀대를 가리킨다.
62 원문은 〈ritorta〉로, 버드나무 등의 잔가지를 가리킨다. 이 잔가지들은 나뭇단이나 곡물의 단을 묶을 때 많이 사용되며, 따라서 〈덩굴〉로 옮겼다.

그 순간 부인의 하녀가 도착해 탑 안으로 들어왔는데, 목소리를 낼 수 없었기에 손바닥을 치며 외치기 시작했어요.

「아이고! 달콤한 내 마님, 어디 계세요?」

부인은 그 말을 듣고 가능한 한 힘껏 말했어요.

「오, 내 자매여, 나는 이 위에 있다. 울지 말고, 바로 내 옷을 가져와라.」

하녀는 부인의 말을 듣자 완전히 위안받은 것처럼 그동안 농부가 벌써 고쳐 놓은 사다리를 통해 위로 올라갔고, 부인의 도움을 받아 다진 흙바닥으로 올라갔습니다. 그리고 부인이 사람 몸이 아니라 그을린 나무토막 같은 모습으로 완전히 기진맥진하고 엉망인 것을 보고, 마치 부인이 죽은 것처럼 울기 시작했습니다. 하지만 부인은 제발 조용히 하고 옷을 다시 입게 도와달라고 부탁했습니다. 그리고 하녀에게서 옷을 가져다준 사람들과 지금 거기에 있는 농부 외에 자기가 거기 있었다는 것을 아는 사람은 아무도 없다는 것을 알고 약간 안심하여 제발 누구에게도 거기에 대해 말하지 말라고 부탁했습니다.

농부는 많이 설득한 끝에 걸을 수 없는 부인을 일으켜 세우고 목에 기대게 하여 안전하게 탑 밖으로 데리고 나왔습니다. 뒤에 남아 있던 사악한 하녀는 조심성 없이 내려오다가 발이 미끄러져 사다리에서 땅으로 떨어졌고 넓적다리가 부러졌습니다. 그래서 고통스러워 사자처럼 울부짖기 시작했습니다. 농부는 부인을 풀밭 위에 내려놓고 하녀에게 무슨 일이 일어났는지 보러 갔고, 넓적다리가 부러진 그녀를 발견하고 마찬가지로 풀밭으로 데려와 부인 옆에 앉혔습니다. 부인은 자신의 다른 불행들에다 그런 일이 덧붙여 일어난 것을 보고, 다른 누구보다 하녀의 도움을 받으려고 했는데 하녀의 넓적다리가 부러졌으니, 한없이 괴로워 얼마나 비참하게 다시 울기 시작했는지 농부가 위로할 수 없었을 뿐만 아니라 농부 자신도 함께 울기 시작했습니다.

하지만 해는 이미 기울었으므로 거기에서 밤을 맞이하지 않도록, 절망한 부인이 원하는 대로 농부는 자기 집으로 가서 형제들과 아내를 불러왔습니다. 그리고 널빤지를 하나 가지고 돌아와 그 위에다 부인과 하녀를 태우고 집으로 갔고, 약간의 시원한 물과 좋은 말로 부인을 위로하고 자기 목에 기대게 하여 침실로 옮겼습니다. 농부의 아내는 물에 적신 빵을 먹으라고 준 다음 부인의 옷을 벗기고 침대에 눕혔습니다. 그런 다음 부인과 하녀를 밤에 피렌체로 운반하도록 준비했고, 그렇게 했습니다.

피렌체에 돌아온 부인은 풍부하게 많은 속임수를 갖고 있었기에 실제로 일어난 일과는 전혀 다른 이야기를 지어내 자신과 하녀가 악마들의 계략에 걸려 그런 일이 일어났다고 자기 형제자매들과 다른 모든 사람이 믿게 했습니다. 의사들은 신속하게 움직였고, 피부가 여러 번이나 온통 시트에 들러붙어 벗겨졌기에 부인의 커다란 고통과 괴로움이 없지 않았지만, 뜨거운 고열과 다른 부수적인 병에서 낫게 해주었고, 마찬가지로 하녀의 넓적다리도 낫게 해주었습니다. 그리하여 부인은 자기 연인을 잊었고, 그때 이후로 누구를 놀리거나 사랑하는 일에 현명하게 신중했습니다. 그리고 학자는 하녀의 넓적다리가 부러졌다는 말을 듣고 상당히 충분하게 복수한 것 같아 기뻤으니 다른 말을 하지 않고 지냈습니다.

이렇게 학자들이, 비록 모두는 아니지만 대부분 악마가 꼬리를 어디에 감추고 있는지 안다는 사실을 모르고, 다른 사람에게 하듯이 학자를 놀리려고 생각한 어리석은 부인은, 학자를 조롱했다가 그런 결과에 이르렀습니다. 그러므로 여인들이여, 특히 학자들을 조롱하지 않도록 조심하세요.]

여덟째 이야기

두 남자가 함께 자주 어울리는데, 한 사람이 다른 사람의 아내와 즐긴다.
그것을 안 상대방은 자기 아내와 함께 그를 상자 안에 가두고,
그가 안에 있는 상자 위에서 그의 아내와 즐긴다.

엘레나 부인의 사건은 여인들이 듣기에 무섭고 괴로웠지만, 부분적으로는 정당하게 일어났다고 생각했기에 절제된 동정심을 갖고 이야기를 들었습니다. 비록 학자가 가혹하고 심하게 완고하다고, 아니, 잔인하다고 생각했지만 말입니다. 하지만 팜피네아의 이야기가 끝나자 여왕은 피암메타에게 이어서 이야기하라고 명령했고, 그녀는 기꺼이 따르며 말했습니다.

[사랑스러운 여인들이여, 모욕당한 학자의 엄격함이 여러분의 마음을 살짝 찌른 것 같으니, 즐거운 이야기로 씁쓸한 마음을 달랠 필요가 있다고 저는 생각합니다. 그래서 온화한 마음으로 모욕을 받고 거기에 대하여 더 온건한 행위로 복수한 청년에 대한 짧은 이야기를 들려주고 싶습니다. 받은 모욕을 복수하려는 사람은 벽에 부딪힌 당나귀가 똑같은 충격을 받게 하는 것으로 충분하다는 것을 이 이야기를 통해 이해할 수 있을 것입니다. 적당한 복수를 넘어 지나치게 복수하려고 하지 말라는 것이지요.

그러니까 제가 전에 들은 바로는 시에나에 상당히 여유 있고 훌륭한 서민 가족 출신의 두 청년이 살았습니다. 한 명은 스피넬로초 디 타베나, 다른 한 명은 체파 디 미노로, 둘 다 카몰리아[63] 성문 근처에 집이 있었습니다. 두 청년은 언제나 함께 어울렸고, 겉으로 보이는 것처럼 친형제 이상으로 서로 사랑했습니다. 그리고 그들은 각자 아주 아름다운 여인을 아내로 데리고 있었습니다.

그런데 스피넬로초는 체파가 집에 있거나 없을 때도 그의 집에 자주 드나들면서 체파의 아내와 친밀해졌고, 결국 그녀와 함께 즐기기 시작했습니다. 그런 관계는 상당히 오래 계속되었고 아무도 눈치채지 못했습니다. 그렇지만 오래 지속되면서 어느 날 체파가 집에 있는데 아내는 그것을 모르는 상태에서 스피넬로초가 왔기에 그를 불렀습니다. 아내는 남

---

63 카몰리아Camollia 성문은 시에나 북쪽의 성문이다.

편이 집에 없다고 말했고, 그래서 스피넬로초는 바로 올라가 거실에 다른 사람이 없다는 것을 보고 그녀를 껴안고 입을 맞추기 시작했고, 그녀도 함께 입을 맞추었지요. 체파는 아무 말도 하지 않고 숨어서 일이 어떻게 진행될지 지켜보고 있었습니다. 그리고 간단히 말해 자기 아내와 스피넬로초가 그렇게 껴안고 침실로 들어가 문을 잠그는 것을 보았고, 그래서 무척 당황했습니다.

그러나 소란을 피워 보아야 자신의 모욕이 줄어들지 않고 오히려 수치심만 커진다는 것을 알았기에, 이런 일에 대해 주위에 알려지지 않고 자기 마음이 만족할 만큼 복수하려면 어떻게 해야 할지 생각하기 시작했습니다. 그리고 오래 생각한 끝에 방법을 찾은 것 같았으므로 스피넬로초가 아내와 함께 있는 동안 계속 숨어 있었어요. 스피넬로초가 간 다음 그는 침실로 들어갔는데, 아내는 스피넬로초와 희롱하면서 떨어뜨린 베일을 아직 머리에 제대로 고정하지 못하고 있었습니다. 그는 말했어요.

「당신 지금 무엇 하고 있소?」

그러자 아내는 대답했습니다.

「보면 몰라요?」

체파는 말했습니다.

「그래 잘 알지. 내가 보고 싶지 않은 다른 것도 분명히 보았으니까!」

그리고 있었던 일에 대해 말했어요. 아내는 무척 두려웠고, 많은 변명 끝에 스피넬로초와의 관계를 부정하지 못하고 수치심과 함께 고백했고, 울면서 용서를 빌기 시작했습니다. 그러자 체파는 말했습니다.

「이봐, 당신은 잘못했어. 내가 용서해 주기를 바란다면, 내가 시키는 대로 완벽하게 해야 해. 그건 이런 거야. 스피넬로초에게 내일 아침 셋째 시간 무렵에 어떤 이유를 대고 나와 헤어져 당신에게 오라고 해. 그가 여기 오면, 내가 돌아올 거야. 그리고 내가 오는 소리를 들으면, 그에게 이 상자 안으로 들어가라고 하고 열쇠로 잠가. 그렇게 하고 나면 당신이 해야 할 나머지 일에 대해 말해 줄게. 이 일에 대해 전혀 두려워할 것 없어. 절대 누구도 해치지 않겠다고 약속할게.」

아내는 원하는 대로 하겠다고 말했고 그렇게 했습니다. 다음 날 체파와 스피넬로초가 함께 있었는데, 셋째 시간 무렵 스피넬로초는 그 시간에 체파의 아내에게 가기로 약속했기에 체파에게 말했어요.

「오늘 오전 친구와 식사하기로 했는데, 기다리게 하고 싶지 않네. 그러니 잘 있게.」

체파는 말했습니다.

「지금은 식사할 시간이 아니잖아.」

스피넬로초는 말했습니다.

「상관없어. 내 일에 대해서도 논의할 것이 있으니까 일찍 만나야 해.」

그렇게 체파와 헤어진 스피넬로초는 한 바퀴 빙 돌아 체파의 집으로 가서 아내와 만나 함께 침실로 들어갔는데, 얼마 지나지 않아 체파가 돌아왔습니다. 돌아오는 소리를 듣고 아내는 무척 두려운 표정으로 남편이 말한 상자 안으로 스피넬로초가 들어가게 한 다음 열쇠로 잠그고 침실에서 나갔어요. 체파는 위로 올라와 말했습니다.

「여보, 식사할 시간이야?」

아내는 대답했습니다.

「네, 그래요.」

그러자 체파는 말했습니다.

「스피넬로초는 오늘 오전 친구와 식사하러 갔어. 아내를 혼자 놔두고 말이야. 그러니 창문가로 가서 그녀를 불러 우리와 함께 식사하러 오라고 해.」

아내는 자기 자신이 걱정되어 매우 순종적이었기 때문에 남편이 하라는 대로 했습니다. 스피넬로초의 아내는 체파의 아내가 권하는 데다 남편이 식사하러 오지 않는다는 말을 듣고 왔습니다. 그녀가 오자 체파는 아주 정답게 맞이하며 친근하게 손을 잡았고, 낮은 목소리로 아내에게 부엌으로 가라고 명령했고, 그녀를 침실로 데려갔습니다. 침실로 들어가서 몸을 돌려 안에서 문을 잠갔어요. 스피넬로초의 아내는 침실 문을 안에서 잠그는 것을 보고 말했습니다.

「세상에! 체파, 이게 무슨 일이에요? 이렇게 하려고 나를 부른 거예요? 이것이 스피넬로초에 대한 사랑이고 우정인가요?」

그러자 체파는 그녀의 남편이 안에 갇혀 있는 상자로 가까이 다가가 그녀를 붙잡고 말했습니다.

「부인, 나에 대해 불평하기 전에 먼저 내가 하는 말을 들어

봐요. 나는 스피넬로초를 형제처럼 사랑했고 지금도 사랑해요. 그런데 그는 아직 모르고 있지만, 내가 그에게 가진 신뢰 때문인지, 어제 그가 당신과 함께 자는 것처럼 내 아내와 자는 것을 발견했어요. 그런데 나는 그를 사랑하기 때문에, 모욕을 받은 것에 대한 보복 이외에 다른 보복은 하고 싶지 않아요. 말하자면 그가 내 아내를 가졌으니, 나는 당신을 가지고 싶을 뿐이에요. 당신이 이것을 원하지 않는다면, 나는 반드시 그를 현장에서 붙잡아야 할 거예요. 나는 그런 모욕을 그대로 놔두고 싶지 않기 때문에 그를 공격할 것이고, 그러면 당신이나 그는 절대 행복하지 않을 거예요.」

부인은 그 말을 듣고 체파에게서 여러 번 재확인한 다음 그를 믿고 말했습니다.

「체파, 그 보복이 나에게 떨어져야 한다면, 그래요, 나는 좋아요. 우리가 이렇게 함으로써 당신은 당신 아내와 화해하도록 해요. 그녀가 나를 이런 상황에 빠트렸지만, 나도 그녀와 지금처럼 잘 지내고 싶으니까요.」

그러자 체파는 대답했어요.

「분명히 그렇게 할게요. 그 외에도 당신이 가진 다른 어떤 것보다 귀하고 멋진 보석을 선물할게요.」

그렇게 말한 다음 그녀를 껴안고 입을 맞추기 시작했고, 그녀의 남편이 갇혀 있는 상자 위에다 그녀를 눕히고 그 위에서 그녀와 함께 마음껏 즐겼고, 그녀도 그와 함께 즐겼습니다. 상자 안에 있던 스피넬로초는 체파의 말을 모두 들었고 자기 아내의 대답도 들었습니다. 그리고 자기 머리 위에서 벌어지는 음탕한 춤[64] 소리를 듣고 한동안 죽을 것 같은 고통을 느꼈고, 만약 체파가 두렵지만 않았다면, 그렇게 갇혀 있으면서도 아내에게 욕을 퍼부었을 것입니다. 그러나 비열한 짓은 자기가 먼저 시작했고, 체파가 그렇게 하는 것은 이유가 있으며, 자신에게 자애롭게 친구로 행동했다는 것을 다시 생각하면서, 만약 체파가 원한다면 그에게 전보다 더 좋은 친구가 되고 싶다고 속으로 생각했습니다. 체파는 원하는 만큼 스피넬로초의 아내와 있다가 상자에서 내려왔고, 그녀가 약속한 보석을 요구하자 침실 문을 열고 아내를 들어오게 했습니다. 아내는 단지 이렇게 말했을 뿐입니다.

「부인, 내가 받은 만큼 되돌려주었군요.[65]」

웃으면서 그런 말을 했지요. 그러자 체파는 말했어요.

「이 상자를 열어.」

아내는 그렇게 했고, 체파는 상자 안에 있는 스피넬로초를 그의 아내에게 보여 주었습니다. 그들 두 사람이 얼마나 부끄러워했는지 더 말하려면 오래 걸릴 것입니다. 스피넬로초는 체파를 보고 자기가 한 짓을 그가 알고 있었음을 알았고, 그의 아내는 남편을 보고 자기가 남편 머리 위에서 한 것을 그가 듣고 느꼈음을 알았으니까요. 그녀에게 체파가 말했습니다.

「이게 내가 선물하는 보석이오.」

64 원문 〈danza trivigiana〉는 직역하면 〈트레비소식 춤〉인데, 정확한 의미는 알 수 없다.

65 원문은 〈포카치아에 대해 빵을 돌려주었군요〉인데, 〈똑같이 보복하다〉, 〈앙갚음하다〉는 뜻의 속담이다. 포카치아focaccia는 넓적한 빵의 일종이다.

스피넬로초는 상자에서 나와 길게 변명하지 않고 말했습니다.

「체파, 우리 비겼네. 그래서 좋군. 자네가 내 아내에게 말한 것처럼 우리는 전과 같은 친구야. 그리고 이제 우리 둘 사이에 아내를 구별할 필요가 없으니까 계속 공유하세.」

체파는 만족했습니다. 그리고 세상에서 가장 좋은 평화 속에 네 사람 모두 함께 식사했습니다. 그리고 그 이후 여인들은 각자 두 남편을 가졌고, 남편들도 각자 두 아내를 가졌으며, 거기에 대해 아무런 문제나 다툼이 없었답니다.]

아홉째 이야기

의사 시모네 선생은 유통하러 가는[66] 모임에 가입하기 위해
브루노와 부팔마코를 따라 밤에 어느 장소로 가게 된다.
부팔마코는 그를 오물이 가득한 웅덩이에 내던지고 가버린다.

두 시에나 사람이 아내들을 공유한 것에 대해 여인들이 한동안 이야기한 다음, 여왕은 디오네오의 특권을 존중하려면 이야기할 사람은 자기뿐이었기에 이렇게 시작했습니다.

[사랑스러운 여인들이여, 스피넬로초는 체파가 자신에게

---

66 원문은 〈andare in corso〉로, 그 의미는 뒤에서 설명된다. 〈corso〉는 일반적으로 〈흐름〉, 〈행렬〉, 〈유통〉 등 맥락에 따라 다양한 의미로 사용된다.

준 조롱을 잘 받았습니다. 그러니까 팜피네아가 직전에 보여 준 것처럼, 속임수을 찾거나 그럴 만한 사람을 조롱하는 자가 심하게 비난받아야 한다고 저는 생각하지 않습니다. 스피넬로초는 그런 조롱을 받은 것입니다. 그래서 저는 정당한 조롱을 받은 사람에 대해 이야기하려고 하는데, 그를 조롱한 사람들은 비난받지 않고 칭찬받아야 한다고 생각합니다. 그런 조롱을 받은 사람은 멍청이면서 온통 청설모[67] 모피를 뒤집어쓰고 볼로냐에서 피렌체로 돌아온 의사입니다.

우리가 날마다 보는 것처럼 재판관이나 의사나 공증인이 되어 볼로냐[68]에서 돌아오는 우리 시민들은 길고 널찍한 옷이나 진홍색 옷이나 청설모 모피나 다른 대단한 겉모습으로 돌아오는데, 그런 겉모습에 얼마나 어울리는 일이 일어나는지 우리는 날마다 보고 있습니다. 그런 사람 중에 시모네 다 빌라가 있었는데, 학식보다 아버지의 재산이 더 풍부한 그는 얼마 전에 진홍색 옷에 커다란 술[69]이 달린 모자를 쓰고, 자기 말에 의하면 의학 박사가 되어 여기에 돌아왔고, 오늘날 우리가 코코메로 거리[70]라 부르는 거리에 집을 마련했습니다. 조금 전 말한 대로 근래에 돌아온 그 시모네 선생은 두드러진 습관 중 하나로, 누구든지 거리에 지나가는 사람을 보

---

67 앞의 여덟째 날 다섯째 이야기 주석 40 참조.
68 볼로냐에는 1088년 유럽 최초의 대학이 설립되어 학문의 중심지 역할을 하였다.
69 의사 또는 박사가 모자에 매달아 늘어뜨리는 천으로 된 술이다.
70 Via del Cocomero. 코코메로는 〈수박〉이라는 뜻으로, 현재는 리카솔리 거리via Ricasoli이다.

면 누구냐고 함께 있는 사람에게 물어보는 습관이 있었습니다. 마치 사람들의 행동을 보고 자기 환자에게 약을 제조해야 하는 것처럼 모두에게 관심을 기울이고 관찰했던 것입니다.

그리고 많은 사람 중에 특히 주의 깊게 관찰한 사람은 오늘 여기에서 두 번이나 이야기된 두 화가 브루노와 부팔마코였습니다. 그들은 언제나 함께였고, 그의 이웃이었지요. 의사에게 그들은 누구보다 세상사에 별로 신경 쓰지 않고, 실제로 그렇듯이 아주 행복하게 사는 것처럼 보였고, 그래서 많은 사람에게 그들에 대해 질문했지요. 그리고 모든 사람에게서 그들은 가난한 화가라는 말을 들었는데, 가난한 사람이 그렇게 행복하게 살 수 있다는 것을 그의 머릿속에서 도저히 이해하지 못했고, 그래서 생각했어요. 그들이 영리하다는 말을 들었기 때문에 분명히 사람들이 모르는 어떤 곳에서 큰 이익을 얻을 것이라고 말입니다. 그리하여 가능하면 그들 두 사람이나 아니면 최소한 한 명과 친해지고 싶은 생각이 들었고, 그래서 브루노와 친하게 지내게 되었습니다.

브루노는 의사와 단지 두어 번 만나면서 그가 멍청이라는 것을 알았으므로, 자기가 지어낸 신기한 이야기들로 그와 세상에서 가장 멋진 시간을 보내기 시작했습니다. 그리고 의사는 마찬가지로 그에게서 놀라운 즐거움을 얻기 시작했습니다. 때로는 브루노를 함께 식사하자고 초대하였고, 그리하여 그와 친밀하게 이야기할 수 있다고 믿었기에, 그와 부팔마코에 대해 놀랍게 생각하는 것, 말하자면 가난하면서 그렇게 즐겁게 사는 것에 대해 말했으며, 어떻게 그렇게 하는지 가르쳐 달라고 부탁했습니다. 브루노는 의사의 말이 그의 어리석고 얼빠진 질문 중 하나처럼 보였기에 웃기 시작했고, 그의 어리석음에 어울리게 대답하려는 생각에 이렇게 말했습니다.

「선생님, 우리가 어떻게 그렇게 사는지 저는 많은 사람에게 말하고 싶지 않지만, 당신은 친구이고 절대 다른 사람에게 말하지 않으리라는 것을 알기 때문에, 당신에게는 알려 주겠습니다. 당신이 생각하는 것 이상으로 저와 제 친구가 즐겁고 행복하게 잘 사는 것은 사실입니다. 우리의 기술[71]이나 약간의 소유지에서 얻는 다른 수익으로는 우리가 쓰는 물 값도 제대로 낼 수 없을 정도지요. 그렇다고 해서 우리가 도둑질한다고 생각하지 마세요. 우리는 유통하러 가고, 거기에서 우리에게 필요한 것이나 즐거운 것을 다른 사람에게서 어떤 피해도 주지 않고 모두 얻습니다. 당신이 보는 우리의 즐거운 삶은 거기에서 나오지요.」

의사는 그 말을 듣고 그게 무슨 말인지 알지도 못하고 믿으면서 무척 놀랐고, 금세 〈유통하러 간다〉는 것이 무엇인지 알고 싶은 불타는 욕망에 사로잡혔으며, 분명히 누구에게도 절대로 말하지 않겠다고 다짐했습니다. 브루노는 말했습니다.

「세상에! 선생님, 저에게 무슨 부탁을 하는 겁니까? 당신

---

71 화가로서 그림 그리는 기술을 가리킨다.

이 알고 싶어 하는 것은 너무나도 커다란 비밀이고, 저를 파멸시키고 세상에서 쫓아낼 것입니다. 아니, 만약 다른 사람이 안다면 산 갈로[72]의 루키페르의 입안에 처넣을 것입니다. 하지만 제가 레냐이아[73] 같은 당신의 질적인 우매함에 대해 품고 있는 사랑과 제가 당신에게 가진 신뢰가 너무 크기에 저는 당신이 원하는 것을 거부할 수 없군요. 그렇다면 이런 조건으로 말하겠습니다. 몬테소네[74]의 십자가에 걸고 당신이 저에게 약속한 것처럼 누구에게도 절대 말하지 않겠다고 맹세하는 조건으로 말입니다.」

의사는 그렇게 하겠다고 맹세했습니다. 그러자 브루노는 말했습니다.

「그렇다면 저의 달짝지근한 선생님, 그리 오래전이 아니었을 때 이 도시에는 흑마술의 대단한 대가가 살았다는 것을 알아야 합니다. 그의 이름은 미켈레 스코토[75]였는데, 스코틀랜드 출신이었기 때문이지요. 오늘날에는 소수만 살아 있는 많은 귀족이 그를 정말 엄청나게 환대했어요. 그가 여기에서

72 피렌체의 산 갈로 거리에 있던 병원의 앞면에 당시에 루키페르, 즉 악마의 그림이 그려져 있었다고 한다.

73 레냐이아Legnaia는 피렌체의 구역으로 당시 수박의 산지로 유명하였다. 여기에서 브루노는 피렌체의 지리를 잘 모르는 의사에게 여러 지명을 거론하면서 그를 혼란하게 만들고, 거기에다 교묘한 말장난과 아이러니로 그를 놀리면서 동시에 현혹하고 있다.

74 Montesone. 피렌체 외곽의 지명이다.

75 Michele Scotto(영어 이름은 마이클 스코트Michael Scott). 스코틀랜드 출신의 의사이자 철학자로 시칠리아의 페데리코 2세 궁정에서 살았다. 아리스토텔레스와 아비켄나의 저술을 라틴어로 번역하였으며 마법사이자 점성술사였다고 한다. 그는 단테의 『신곡』 「지옥」 20곡 115행에서도 언급된다.

떠나려고 했을 때 귀족들의 간절한 부탁에 이끌려 유능한 자기 제자 두 명을 남겨 두면서, 자신을 환대한 귀족들이 원하는 모든 것에 대해 언제나 곧바로 들어주라고 제자들에게 명령했지요. 그리하여 제자들은 앞에서 말씀드린 귀족들의 사랑이나 다른 사소한 것들에 대해 너그럽게 봉사했고, 도시와 시민들이 마음에 들었으므로 영원히 함께 머무르려고 생각하여 일부 귀족과 아주 밀접하고 대단한 우정을 맺었는데, 단지 자신들의 풍습과 어울리는 사람들이면, 그들이 덜 고귀한 사람들보다 더 고귀한 사람들인지, 아니면 가난한 사람들보다 부자인지 고려하지 않았습니다.

그리고 그 친구들을 기쁘게 해주기 위하여 그들은 대략 스물다섯 명 정도의 모임을 결성했고, 그들은 한 달에 최소한 두 번 미리 정해 둔 장소에 모이고, 거기에서 각자 그들에게 자신의 욕망을 말하면 그들은 곧바로 그날 밤 충족해 준답니다. 부팔마코와 저는 그 두 제자와 특별한 우정과 친밀함을 갖고 있었기에 그들의 모임에 들어갔지요. 그래서 당신에게 말씀드리자면, 우리가 함께 모일 때면 정말 놀라운 것들을 보게 되는데, 우리가 식사하는 홀 주위의 휘장들, 왕실처럼 차린 식탁들, 그 모임 각자의 즐거움에 봉사하는 수많은 고귀하고 아름다운 남녀 하인들, 우리가 먹고 마시는 그릇이나 항아리, 접시나 잔 같은 다른 금은 식기들이지요. 게다가 많고 다양한 음식을 각자 원하는 대로 우리 각자 앞에 때맞추어 가져옵니다. 그리고 거기에서 들리는 멜로디 가득한 노래들과 수많은 악기의 달콤한 소리가 무엇이고 어떤 것인지 저는 절대로 설명하지 못할 것입니다. 그리고 제 소금 같은 호박[76]이여, 당신은 우리가 지금 이런 옷이나 의상으로 거기에 모인다고 생각하지 말기를 바랍니다. 거기에는 가난한 사람이 아무도 없기에 황제처럼 보이지 않는 사람이 없을 정도로 우리는 값비싼 옷과 아름다운 것들로 장식하고 있답니다.

하지만 거기 있는 다른 모든 즐거움보다 더 큰 즐거움은 아름다운 여인들인데, 그 여인들은 남자가 원하기만 하면 전 세계에서 그곳으로 오게 되지요. 그러니까 거기에서는 바르바니키[77]족의 여인, 바스크족의 여왕, 술탄의 아내, 오스베크의 황후, 노루에카[78]의 찬찬페라,[79] 베를린초네의 세미스탄테, 나르시아의 스칼페드라를 볼 수 있지요. 그런데 왜 제가 당신에게 그녀들을 열거하고 있지요? 거기에는 세계의 모든 여왕이 있으며, 제가 분명히 말하지만, 심지어 사제왕 요한[80]의 스

76 원문 〈zucca〉는 〈호박〉이라는 뜻 외에 〈멍청이〉, 〈바보〉를 뜻하기도 한다.

77 barbanicchi. 보카치오가 지어낸 이름이다. 이어서 브루노는 실존하거나 지어낸 지명이나 호칭들을 들먹이면서 의사를 현혹하고 속인다.

78 Norueca. 일부 판본에는 〈노르니에라Norniera〉로 되어 있다.

79 ciancianfera. 보카치오가 지어낸 호칭으로 〈수다를 떨다〉를 뜻하는 〈cianciare〉에서 착상한 표현이다. 뒤에서 나오는 〈세미스탄테semistante〉, 〈스칼페드라scalpedra〉, 〈스킨키무라schinchimurra〉 등도 마찬가지이다.

80 원문은 〈Presto Giovanni〉로, 영어식 표현은 〈Presbyter Johannes〉 또는 〈Prester John〉이다. 사제왕 요한은 12세기 이후 유럽에 널리 퍼진 전설의 인물로, 풍요롭고 인구가 많은 그리스도교 나라의 군주인데, 마르코 폴로(『동방견문록』 제64~68장 참조)에 의해 그 나라는 아시아에 있는 것으로 전해졌다가, 나중에는 아프리카의 나일강 수원지 근처에 있으며 이교도들에 둘러싸여 있는 것으로 이야기되었다.

킨키무라까지 있는데, 정말로 볼만하답니다! 거기에서 포도주를 마시고 과자를 먹고 나서 춤을 한두 번 춘 다음 각 여인은 자신을 거기에 오게 한 남자와 함께 침실로 가지요. 그 침실들은 천국처럼 보일 정도로 너무나도 아름다워요! 당신이 캐러웨이[81]를 찧을 때 당신 가게의 향신료 통들에 뒤지지 않는 향기가 난답니다. 그리고 베네치아 도제[82]의 침대보다 더 아름다운 침대들이 있는데, 거기에서 쉬러 가지요. 베 짜는 여인들이 치밀한 천을 짜기 위해 어떻게 잉아를 움직이고 바디[83]를 자기 쪽으로 당기는지 당신이 상상해 보라고 맡기겠습니다!

하지만 제 생각으로는 부팔마코와 제가 가장 잘 지내는 사람 중에 속하지요. 부팔마코는 대부분 프랑스의 왕비를 오게 하고, 저는 영국의 왕비를 오게 하는데, 그 둘은 세상에서 가장 아름다운 여인들이니까요. 그리고 우리는 그녀들이 우리 외에는 쳐다보지도 않게 만들 수 있었어요. 그러니까 우리가 그런 두 왕비의 사랑을 받고 있으며, 게다가 원하기만 하면 1천 피오리노나 2천 피오리노 정도는 그들에게서 받는다는 것을 생각하면, 다른 사람들보다 더 즐겁게 살아갈 수 있고 또 그래야 한다는 것을 당신도 알 수 있을 것입니다.

---

81 원문 〈comino〉는 미나리과 또는 산형과의 식물로 학명은 〈*Carum carvi*〉이며, 향신료로 쓰인다.

82 doge. 베네치아 공화국의 최고 통치자의 칭호이다.

83 원문인 〈calcole〉와 〈casse〉는 베틀의 세부적인 용어로 정확하게 상응하는 용어를 찾을 수 없어서 〈잉아〉와 〈바디〉로 옮겨 보았다. 여기에서 베 짜기는 성행위를 암시한다.

그리고 그것을 우리는 〈유통하러 간다〉고 부릅니다. 왜냐하면 해적들은 모든 사람에게서 물건을 빼앗고, 우리도 그렇게 하는데, 다만 해적들은 돌려주지 않지만 우리는 사용하고 난 뒤에 돌려주기 때문이지요.[84] 이제 유복한 저의 선생님, 우리가 〈유통하러 간다〉고 말하는 것을 이해했을 것입니다. 하지만 그것이 얼마나 비밀이 되어야 하는지 당신이 잘 알 것이며, 따라서 누구에게도 말하지 말라고 당신에게 부탁할 필요도 없을 것입니다.」

의학 지식이래야 아마 젖먹이 아기의 부스럼 치료를 넘어서지 못하는 의사는 모든 진리에 합당한 것 이상으로 브루노의 말을 믿었고, 그 모임에 가입하고 싶은 욕망에 불타올라 그 외에 다른 어떤 것도 바라지 않을 정도였습니다. 따라서 그들이 행복하게 돌아다니는 것은 분명히 놀랄 일이 아니라고 브루노에게 대답했습니다. 그리고 그 모임에 들어가게 해 달라고 요구하고 싶은 것을 가까스로 참고, 그를 더 크게 대접함으로써 더 많은 신뢰와 함께 부탁할 수 있을 때까지 기다리기로 했습니다.

그리하여 그런 부탁을 보류한 채 브루노와 더 자주 어울리면서 저녁이나 아침에도 함께 식사하고 대단한 사랑을 보여주기 시작했습니다. 그들의 그런 습관이 얼마나 크고 지속적이었는지 의사는 브루노 없이 살아갈 수 없는 것처럼 보일 정도였어요. 브루노는 잘 지내는 것 같았기에 의사의 그런

---

84 〈유통하러 간다〉로 옮긴 〈andare in corso〉에서 〈corso〉는 〈해적〉을 뜻하는 〈corsaro〉와 비슷하여 또 다른 말장난으로 지어낸 표현이다.

대접에 배은망덕하게 보이지 않도록 그의 식당에 사순절 그림을 그려 주었고, 침실 입구에는 〈하느님의 어린 양〉[85]을 그려 주었으며, 거리 쪽의 문 위에는 의사의 진찰이 필요한 사람들이 알아볼 수 있도록 소변기를 그려 주었습니다.[86] 그리고 주랑 중 하나에는 쥐와 고양이의 싸움을 그려 주었는데, 그 그림은 의사에서 정말로 멋지게 보였습니다. 그 외에도 한번은 의사와 식사한 다음 이렇게 말했습니다.

「어젯밤 모임에 갔는데, 저는 영국의 왕비에게 약간 싫증이 나서 알타리시의 대칸[87]의 구메드라를 오게 했습니다.」

그러자 의사는 말했습니다.

「〈구메드라〉가 무슨 뜻이오? 나는 그런 이름을 모르겠어요.」

브루노는 말했어요.

「오, 선생님, 놀랍지 않습니다. 포르코그라소와 반나체나[88]가 거기에 대해 전혀 말하지 않았다는 말을 들었으니까요.」

의사는 말했습니다.

---

85 원문은 라틴어 〈Agnus Dei〉이다.

86 당시 의사들은 환자를 진단하는 수단으로 오줌 분석을 많이 사용했다고 한다.

87 원문은 〈gran Cane〉, 즉 〈위대한 칸〉이다. 〈알타리시Altarisi〉와 〈구메드라gumedra〉도 지어낸 이름이다.

88 뒤이어 말하듯이 〈포르코그라소Porcograsso〉와 〈반나체나Vannaccena〉는 히포크라테스와 아비켄나의 이름을 우스꽝스럽게 변형시킨 이름이다. 히포크라테스는 서양 의학의 선구자이고, 아비켄나Avicenna(980~1039)는 페르시아 출신의 의사이자 철학자로 본명은 이븐 시나Ibn Sina이다. 여기에서 〈Porcograsso〉는 〈살진 돼지〉라는 뜻이다.

「히포크라테스와 아비켄나를 말하는 것이겠지요.」

브루노는 말했습니다.

「글쎄요, 모르겠네요. 당신이 제가 말하는 이름을 이해하지 못하듯이 저는 당신들의 이름을 잘 이해하지 못하겠네요. 하지만 〈구메드라〉란 대칸의 언어로 우리의 〈황후〉와 같은 뜻이에요. 오, 당신에게는 정말 아름다운 여자로 보였을 겁니다! 당신에게 분명히 말하지만, 그녀는 당신의 약이나 관장제나 모든 연고를 잊게 했을 거예요.」

그렇게 그를 더욱 불붙게 하려고 몇 번 말하자 의사 나리에게 적당한 때라고 보였는지, 어느 날 밤 밤샘을 하면서 쥐와 고양이의 싸움을 그리고 있는 브루노에게 등불을 들어 주고 있는 동안, 그를 잘 대접했다고 생각하며 자기 마음을 열어 보이려고 결심했고, 단둘이 있었기에 말했습니다.

「브루노, 하느님께서 아시듯이, 오늘날 나는 어떤 사람에게도 당신에게 하는 것처럼 모든 것을 해주지 않는다오. 그리고 만약 당신이 나에게 지금 여기에서 페레톨라까지 가라고 하면 갈 것입니다. 그러니까 내가 당신에게 신뢰와 함께 친밀하게 요구한다고 해서 놀라지 않기를 바라오. 당신도 알다시피 얼마 전에 당신은 당신들의 즐거운 모임의 방식에 대해 말했는데, 나도 그 모임에 가고 싶은 욕망이 얼마나 강한지 다른 것은 그만큼 원한 적 없을 정도라오.

그리고 거기에는 이유가 없지 않아요. 혹시 내가 그 모임에 가게 되면 당신이 알게 되겠지만 말이오. 당신이 본 어떤 여자보다 아름다운 하녀를 그곳에 오게 하지 않으면 나는 당신이 나를 놀린 것이라 여길 수 있겠지요. 나는 그녀를 두 해 전 카카빈칠리[89]에서 보았고 지금도 내 모든 것을 바쳐 사랑하는데, 그리스도의 몸을 걸고 맹세하지만, 그녀가 동의하면 나는 10그로소[90]를 주려고 했는데, 그녀가 원하지 않았어요. 그래서 최대한 간곡하게 당신에게 부탁하건대, 내가 거기에 참석할 수 있으려면 무엇을 해야 할지 가르쳐 주고, 또 내가 그렇게 하도록 도와주시오. 그러면 진실로 당신들은 나를 충실하고 명예로운 동료로 얻게 될 것이오. 당신이 오래전부터 보고 있듯이, 나는 멋진 남자이며 신체가 강건하고 장미처럼 보이는 얼굴이오. 그뿐만 아니라 나는 의학 박사인데, 당신들의 모임에는 아마 의학 박사가 없을 것이오. 그리고 나는 아주 멋진 것들을 알고 멋진 노래들도 아는데, 당신에게 하나 들려주고 싶소.」

그리고 갑자기 노래를 부르기 시작했습니다. 브루노는 얼마나 웃고 싶었는지 참을 수 없을 지경이었으나 간신히 참았습니다. 노래를 마치고 의사는 말했어요.

「어때요?」

브루노는 말했습니다.

「당신과 함께라면 수수깡 류트[91]가 분명히 질 정도로 인위적인 과잉 노래군요.」

89 Cacavincigli. 피렌체의 악명 높은 지저분한 거리였다고 한다.

90 원문은 〈bolognin grossi〉이다. 볼로니노bolognino는 볼로냐에서 1191년부터 주조된 은화였는데, 1236년 1솔도에 해당하는 소위 〈큰 볼로니노〉, 즉 〈그로소grosso〉가 발행되기 시작하면서 〈작은piccolo 볼로니노〉로 일컬어졌다.

의사는 말했습니다.

「분명히, 직접 듣지 않고는 믿지 못했겠지요.」

브루노는 말했어요.

「분명 그러하네요.」

그러자 의사가 말했어요.

「나는 다른 노래들도 알지만, 지금은 그냥 놔둡시다. 당신이 보다시피 나는 이렇고, 내 아버지는 비록 시골에 살고 있어도 귀족이었고, 발레키오[92] 출신의 어머니에게서 태어났소. 그래도 당신이 보았듯이 나는 피렌체의 의사보다 더 멋진 책들과 더 멋진 옷들을 가지고 있어요. 하느님께 맹세코, 모든 것을 계산하면 100바가티노[93]에 가까운 값이 나갔고, 벌써 십 년이 넘은 옷도 가지고 있소! 따라서 최대한 간곡하게 당신에게 부탁하니 내가 들어갈 수 있도록 해주시오. 그리고 하느님께 맹세코, 만약 그렇게 해주면, 당신이 병들더라도 내 직업으로 당신에게서 한 푼도 받지 않을 것이오.」

브루노는 의사의 말을 듣고, 이미 여러 번 그랬던 것처럼 멍청이로 보였기에 말했습니다.

「선생님, 더 이쪽으로 불을 비춰요. 그리고 내가 이 쥐들에게 꼬리를 그릴 때까지 가만히 있어요. 그런 다음 대답할게요.」

91 원문 〈cetera〉는 류트의 일종으로 르네상스 시대에 널리 사용된 악기이다. 〈수수깡 류트〉는 어린이들을 위한 장난감 악기이다.

92 Valecchio. 피렌체 북서쪽의 시골 마을이다.

93 bagattino. 이탈리아 북부 여러 곳에서 사용되던 화폐 단위로 12바가티노는 1솔도에 해당하였다. 따라서 100바가티노는 별로 큰돈이 아니었다.

꼬리를 그린 다음 브루노는 그의 부탁이 무척 곤란한 척하면서 말했습니다.

「선생님, 당신이 저를 위해 해주실 일이 대단하다는 것을 저는 알고 있습니다. 그렇지만 지금 당신이 저에게 요구하는 것은, 비록 당신 두뇌의 위대함에 비하면 작을지라도, 저에게는 아주 크고, 만약 제가 할 수 있으면서도 당신을 위해 하지 않는다면, 제가 그것을 하게 할 세상의 어떤 사람도 저는 모릅니다.[94] 제가 당신을 적합한 만큼 사랑하기 때문이기도 하고, 당신의 말 때문이기도 한데, 당신의 말은 많은 지혜가 곁들여져 있어서 저를 제 의도에서 끌어낼 뿐만 아니라 맹신 여자들을 장화에서 끌어낼[95] 정도입니다. 그리고 당신과 자주 만날수록 당신은 더 현명해지는 것 같습니다. 그래서 다시 한번 말하지만, 그렇게 저는 당신을 좋아하는데, 당신이 말하듯이 아름다운 것을 사랑하고 있는 것처럼 보이기 때문입니다. 하지만 단지 당신에게 이렇게 말하고 싶습니다. 저는 이런 일에서 당신이 생각하는 만큼 도움을 줄 수 없습니다. 그렇지만 만약에 당신이 당신의 크고 신중한 믿음을 걸고 저를 신뢰하겠다고 약속한다면, 당신이 해야 할 방법을 저는 당신에게 말해 줄 것이며, 당신은 조금 전에 말한 것처럼 그렇게 멋진 책들과 다른 것들을 가지고 있으므로 그것에 성공하리라는 것은 확실해 보입니다.」

94 여기에서 브루노가 하는 말은 교묘하게 의사를 현혹하고 헷갈리게 하기 위한 것으로 상당히 모호하다.
95 무슨 의미인지 불분명한 표현이다.

그러자 의사는 말했습니다.

「안심하고 말해요. 내가 보기에 당신은 나를 잘 모르고, 내가 얼마나 비밀을 잘 지킬 줄 아는지 아직 모르는 것 같군요. 사소한 것이지만, 과스파루올로 다 살리체토[96] 씨가 포를림포폴리[97]의 포데스타의 재판관이었을 때, 그분이 나에게 말하지 않은 것은 없었는데, 내가 그렇게 비밀을 잘 지킨다는 것을 알았기 때문이라오. 내가 사실을 말하는지 알고 싶어요? 그분이 베르가미나와 결혼하려고 했을 때 나에게 맨 처음 말해 주었으니, 당신도 이제 알겠지요!」

브루노는 말했습니다.

「그렇다면 좋아요. 그 사람이 그렇게 믿었다면 나도 믿을 수 있어요. 당신이 해야 할 방법은 이런 것이오. 우리는 그 우리 모임에 언제나 회장 한 명과 고문 두 명을 정하는데, 그들은 6개월마다 바뀝니다. 그리고 다음 달 첫날에는 분명히 부팔마코가 회장이고 제가 고문이 될 것으로 정해져 있어요. 회장이 되는 사람은 자기가 원하는 사람을 충분히 가입시킬 수 있어요. 그러므로 제가 보기에 당신은 가능한 한 부팔마코와 친밀해지고 잘 대접해 주어야 할 것 같군요. 부팔마코는 당신이 그렇게 현명하다는 것을 알면 곧바로 당신을 사랑할 사람입니다. 그러니 당신의 지혜와 당신이 가진 그 멋진

96 Guasparruolo da Saliceto. 14세기 초 볼로냐 대학교의 유명한 의학 교수였던 굴리엘모 다 살리체토Gugliemo da Saliceto를 모델로 한 것으로 짐작된다.

97 Forlimpopoli. 에밀리아로마냐 지방의 소읍이다.

것들로 그와 조금 친밀해지면 당신은 그에게 요구할 수 있을 것이고, 그는 거절할 수 없을 것입니다. 저는 그에게 당신에 대해 이미 말해 두었고, 그는 당신을 세상에서 가장 훌륭한 사람으로 알고 있으니, 당신이 그와 친밀해지면 내가 그와 알아서 하게 놔두면 돼요.」

그러자 의사는 말했습니다.

「당신이 말한 것은 정말로 내 마음에 드는군요. 만약 그가 현명한 사람들을 즐겨 만난다면, 단지 나와 잠시 이야기하는 것만으로도 언제나 나를 찾게 할 수 있어요. 나는 지혜가 너무 많아서 도시 하나에 충분히 공급하고도 여전히 아주 현명하게 남아 있을 테니까요.」

그렇게 결정한 다음 브루노는 부팔마코에게 모든 것을 자세히 말해 주었어요. 그러자 부팔마코는 그 포도주 원액처럼 잔뜩 부풀어 오른 의사가 찾는 것을 해주려고 기다리는데 시간이 천년이나 흐른 것 같았습니다. 그리고 의사는 유통하러 가기를 너무나 강렬하게 열망하였기에 부팔마코의 친구가 될 때까지 쉬지 못할 정도였는데, 그것은 쉽게 이루어졌습니다. 그래서 그에게 세상에서 가장 멋진 점심이나 저녁 식사를 제공하기 시작했고 거기에는 브루노도 함께하였으니, 그들은 훌륭한 포도주와 살진 수탉과 다른 아주 맛있는 것들을 풍부하게 가지고 있는 영주들처럼 즐겁게 지냈으며, 초대받지 않아도 언제나, 다른 사람과는 그렇게 하지 않을 것이라고 말하면서 의사와 함께 지냈습니다.

그리고 적당한 때가 된 것 같았기에 의사는 브루노에게 했던 것처럼 부팔마코에게도 요구했지요. 그런데 부팔마코는 몹시 당황한 것 같았고 브루노에게 엄청나게 소란을 피우며 비난했습니다.

「내가 파시냐노[98]의 높으신 하느님께 맹세하건대, 네 코가 발뒤꿈치에 떨어지도록 머리통을 후려갈겨 주고 싶구나, 이 배신자야. 너 외에 다른 사람이 의사에게 그런 것을 말해 주었을 리 없으니까.」

하지만 의사는 다른 곳에서 그것을 알게 되었다고 맹세하면서 크게 사과했고, 수많은 현명한 말로 그를 달랬습니다. 부팔마코는 의사를 향해 말했습니다.

「선생님, 당신이 볼로냐에서 입을 굳게 다물고 이 도시까지 온 것은 잘한 것 같군요. 그리고 당신에게 더 말하자면, 당신은 많은 멍청이가 그러하듯이 절대 사과 위에서 글자를 배운 것이 아니라, 더 길쭉한 멜론 위에서 잘 배운 것 같습니다.[99] 그리고 제가 틀리지 않았다면 당신은 일요일에 세례를 받았군요.[100] 브루노는 당신이 볼로냐에서 의학을 공부했다고 말했는데, 제가 보기에 당신은 분명히 사람들을 붙잡는 법을 배운 것 같습니다. 제가 본 어떤 사람보다 당신은 지혜

98 파시냐노Passignano는 페루자의 트라시메노 호수 북쪽의 지명으로 그곳의 성당 전면에 거대한 하느님 모습이 그려져 있었다고 한다.

99 당시 아이들을 가르치기 위해 사과에 알파벳을 한두 개 써서 알아맞히면 사과를 주었다고 한다. 그런데 사과보다 길쭉한 멜론에서 알파벳을 배웠다는 것은 결국 마찬가지로 어리석다는 것을 암시한다.

100 이것 역시 어리석다는 뜻이다. 세례식에 사용할 성수(聖水)에는 소금이 필수적인데, 당시 일요일에는 소금을 팔지 않았다고 한다.

와 이야기들로 사람들을 잘 사로잡을 줄 아니까요.」

의사는 그의 말을 가로막으면서 브루노를 향해 말했어요.

「현명한 사람들과 함께 어울리고 이야기하는 것은 얼마나 멋진 일인가요! 이렇게 훌륭한 분처럼 내 느낌을 세부까지 금방 아는 사람이 있을까요? 당신은 이분처럼 나의 가치를 전혀 그렇게 금방 알아채지 못했어요. 당신이 나에게 부팔마코는 현명한 사람들과 즐겨 어울린다고 말했을 때 내가 당신에게 했던 말이라도 해봐요. 내가 그 말대로 하지 않았나요?」

브루노는 말했습니다.

「더 잘했어요!」

그러자 의사는 부팔마코에게 말했습니다.

「만약 당신이 나를 볼로냐에서 보았다면 아마 다른 말도 했을 겁니다. 볼로냐에서는 어른이든 아이든, 의사든 학자든 나를 세상에서 가장 좋아하지 않는 사람이 없을 만큼, 나는 내 지혜와 이야기로 모두를 만족시킬 줄 알았어요. 조금 더 말하자면, 거기에서 내가 한마디만 하면 모든 사람이 웃었지요. 그렇게 나를 너무 좋아했어요. 그리고 내가 거기에서 떠날 때 모두가 세상에서 가장 슬프게 울었고, 내가 남아 있기를 모두가 원했고, 내가 남도록 무척 노력했어요. 오로지 나만이 거기 있던 모든 학생에게 의학을 강의해 주기를 원했지요. 하지만 나는 그러고 싶지 않았어요. 언제나 우리 가문 사람들이 소유했던, 지금 내가 가지고 있는 그 많은 유산을 받기 위해 여기에 오려고 결심했으니까요. 그리고 그렇게 했지요.」

그러자 브루노가 부팔마코에게 말했습니다.

「어떤가? 내가 자네에게 말했을 때 믿지 않았지? 천만에! 이분 앞에서 당나귀 오줌에 대하여 이해할 수 있는 의사는 이 도시에 없어. 그리고 분명히 여기에서 파리의 성문까지는 그와 같은 의사는 찾아볼 수 없을 거야. 이제 이분이 원하는 것을 하지 않겠다고 거절해 보라고!」

의사는 말했습니다.

「브루노가 사실을 말하는군요. 하지만 나는 여기에서 알려지지 않았어요. 여기 사람들은 상당히 거칠더군요. 하지만 내가 의사들 사이에서 어떤 위치에 있는지 알아보면 좋겠어요.」

그러자 부팔마코가 말했어요.

「진정으로 선생님, 당신은 내가 절대 믿지 않았을 것을 너무나 잘 알고 있어요. 그래서 당신 같은 현명한 사람들에게 하듯이 말하자면, 정말로 아주 조심스레 당신에게 말하거니와, 당신이 우리 모임에 참석하도록 틀림없이 노력해 볼 것입니다.」

그런 약속 뒤에 그들에 대한 의사의 대접은 엄청나게 배가되었습니다. 그리하여 그들은 즐기면서 세상에서 가장 어리석은 것들을 그가 믿게 했고, 인류의 모든 엉덩이 세계에서 가장 아름다운 여인이라는 치빌라리[101]의 백작 부인을 그에게 주기로 약속했습니다. 의사는 그 백작 부인이 누구냐고 물었고, 부팔마코가 대답했습니다.

「나의 씨앗용 오이[102]여, 그녀는 너무나 위대한 부인이고,

101 Civillari. 피렌체에서 가장 지저분한 골목길로 거기에서는 아무 거리낌 없이 대소변을 볼 수 있었다고 한다.

그녀가 사법권을 일부라도 갖지 않은 집은 전 세계에 거의 없으며, 다른 사람들은 말할 것도 없고 작은형제회 수도자들도 캐스터네츠 소리에 그녀에게 공물을 바칩니다. 그리고 또 말하자면, 그녀가 돌아다닐 때면 아무리 숨어 있더라도 금세 알려진답니다. 그렇지만 별로 어렵지 않게도 밤에 그녀는 발을 씻으러 아르노강에 가거나 잠시 바람을 쐬면서 당신의 집 문 앞을 지나갔어요. 그러나 그녀가 가장 오래 머무는 곳은 라테리나[103]에 있어요. 그래서 그녀의 하급 관리들이 자주 주변을 돌아다니는데, 모두 그녀의 지배권을 증명하듯이 막대기와 양동이[104]를 가지고 다니지요. 그녀의 귀족들[105]은 온 사방에서 보이는데, 예를 들면 타마닌 달라 포르타, 돈 메타, 마니코 디 스코파, 스콰케라,[106] 그리고 다른 사람들이 있어요. 그러니까 우리 생각이 틀리지 않는다면, 카카빈칠리의 여자는 놔두고 그런 위대한 여인의 달콤한 품에 당신을 안겨줄 것입니다.」

102 원문은 〈pinca〉로, 〈오이〉 또는 〈남성 성기〉를 의미한다. 이탈리아어로 〈오이〉는 〈멍청이〉를 의미하기도 한다.

103 Laterina. 아레초 근처의 마을이지만, 여기에서는 또 다른 말장난으로 latrina, 즉 〈공중변소〉, 〈화장실〉에서 착상한 이름이다.

104 원문은 〈la verga e il piombino〉로, 공중변소를 청소하는 사람들이 사용하는 도구들이다.

105 원문은 〈baroni〉, 즉 〈남작들〉이다.

106 모두 장난스럽게 지어낸 칭호들이다. 타마닌 달라 포르타Tamagnin dalla Porta는 대략 〈문 옆의 땅딸보〉라는 뜻이고, 돈 메타don Meta는 〈절반〉을 뜻하는 〈meta〉에다 상대방을 높여 부르는 〈don〉을 붙인 것으로 역시 〈땅딸보〉를 암시한다. 마니코 디 스코파Manico di Scopa는 〈빗자루〉라는 뜻이고, 스콰케라Squacchera는 〈설사〉라는 뜻이다.

의사는 볼로냐에서 태어나고 성장했으므로 그들의 용어를 이해하지 못했고, 그래서 그런 여자에 만족한다고 했습니다. 그런 말을 나누고 얼마 지나지 않아 두 화가는 그가 가입되었다고 알려 주었습니다. 그리고 다가오는 밤에 모임이 이루어지는 날 의사는 두 사람을 모두 식사에 초대했고, 식사가 끝난 다음 그 모임에 어떻게 가야 할지 질문했습니다. 그러자 부팔마코가 대답했어요.

「이봐요, 선생님, 당신은 대단한 용기가 있어야 해요. 왜냐하면 대단한 용기가 없으면 당신은 방해받을 수 있고 우리에게 아주 큰 피해를 줄 수 있으니까요. 대단한 용기가 있어야 하는 이유를 들어 보세요. 당신은 가장 멋진 옷을 입고 오늘 밤 첫잠이 들 무렵 산타 마리아 노벨라 성당 밖에 최근에 조성된 무덤 중 하나 위에 올라가 있어야 해요. 처음으로 모임 앞에서 명예롭게 보일 수 있도록 말이에요. 그리고 우리가 그 자리에 없었기 때문에 나중에 들을 바에 의하면, 당신은 귀족이므로 백작 부인이 자기 비용으로 목욕한 기사[107]로 만들고 싶다고 해야 하니까요. 거기에서 당신은 우리가 보내는 사람이 데리러 올 때까지 기다려야 합니다.

그리고 당신에게 모든 것을 알려 주자면, 당신을 데리러 오는 자는 그리 크지 않은 시커멓고 뿔이 난 짐승인데, 당신 앞의 광장에서 당신을 놀라게 하려고 아주 크게 울부짖고 크게 날뛰면서 갈 것입니다. 하지만 당신이 놀라지 않는 것을

---

107 기사 작위를 받을 때 물속에 잠기는 기사를 가리킨다. 나중에 밝혀지듯이 〈똥물의 목욕〉을 암시한다.

보면 당신에게 천천히 다가갈 것입니다. 그러면 당신 옆에 다가갔을 때, 당신은 아무런 두려움도 갖지 말고 무덤에서 내려오고, 하느님이나 어떤 성인도 떠올리지 말고, 그 위로 올라타세요. 그리고 그 위에 올라타고 나면 공손하게 있을[108] 때처럼 손을 가슴 위로 올리고 이제 짐승을 건드리지 말아요. 그러면 짐승은 부드럽게 움직이며 당신을 우리에게 데려올 겁니다. 하지만 그때부터 만약 당신이 하느님이나 성인을 떠올리거나 두려워하면, 당신에게 분명하게 말하지만, 짐승은 당신을 역겨운 곳에다 떨어뜨리거나 내팽개칠 수 있어요. 그러니까 만약 확실히 그렇게 할 만한 용기가 없다면 오지 마세요. 우리에게 어떤 도움도 되지 않으면서 또 당신 자신에게 피해를 줄 테니까요.」

그러자 의사는 말했습니다.

「당신들은 아직 나를 모르는군요. 아마 내가 손에 장갑을 끼고 긴 옷을 입고 있으니까 그렇게 보는 것 같군요. 내가 볼로냐에서 밤에 이따금 동료들과 함께 여자들에게 갈 때 어떻게 했는지 안다면 놀랄 것이오. 하느님께 맹세하건대, 어느 날 밤에 한 여자가 우리와 함께 가려고 하지 않았지요. 그녀는 비쩍 마른 데다 더 나쁘게도 키가 한 뼘도 되지 않았어요. 나는 먼저 그 여자를 주먹으로 많이 때린 다음 번쩍 들고 석궁이 날아갈 거리만큼 갔고, 그때야 우리를 따라 오더군요. 내가 그렇게 만들었다오.

---

108 〈공손하게 있다〉는 것은 두 팔을 가슴 위에 십자가 모양으로 겹치고 있는 것을 의미한다.

그리고 또 한번은 내가 기억하기로 단지 내 하인 하나와 함께 있었고, 삼종 기도 시간이 조금 지난 뒤 작은형제회 수도자들의 묘지 옆을 지나갔는데, 바로 그날 어느 여자가 묻혔지만 나는 전혀 두렵지 않았소. 그러니까 이 일에서도 걱정하지 말아요. 나는 지나칠 정도로 용기 있고 강건하니까 말이오. 그리고 분명히 말하는데 나는 명예롭게 가기 위해 박사 학위 받을 때 입었던 진홍색 옷을 입을 것이오. 그러니 모임 사람들이 나를 보면 기뻐할 것이고, 또 나는 나중에 천천히 회장이 되겠지요. 어쨌든 내가 거기에 가면 일이 어떻게 진행될지 보게 될 것이오. 그 백작 부인이 나를 아직 보지도 않았는데 목욕한 기사로 만들고 싶을 정도로 사랑한다니 말이오. 혹시 기사 작위가 나에게 어울리지 않는다고 생각하오? 그런지 아닌지는 그녀가 알 것 아니오? 어쨌든 나에게 맡겨 두시오.」

부팔마코는 말했습니다.

「너무나도 잘 말하는군요. 하지만 우리를 속이지 않도록 해야 해요. 거기에 오지 않거나 우리가 당신을 데리러 짐승을 보낼 때 그곳에 없으면 안 됩니다. 이렇게 말하는 이유는 날씨가 춥고, 당신들 의사 나리들은 추위를 무척 조심하기 때문입니다.」

의사는 말했습니다.

「걱정하지 말아요! 나는 그런 얼어붙은 사람이 아니고 추위에 신경을 쓰지 않으니까요. 나는 남자들이 때로 그러듯이 용변을 보려고[109] 밤에 일어나는 일이 거의 없고, 그럴 때도 조끼 위에 모피 옷만 걸칠 뿐이오. 그러니 나는 분명히 거기에 있을 것이오.」

그리하여 두 화가가 떠나고 밤이 되자 의사는 집에서 아내에게 핑계를 대고 자신의 멋진 옷을 몰래 꺼내 두었다가 적당한 시간에 그것을 입고 위에서 말한 무덤 중 하나로 갔습니다. 그리고 그 대리석 위에서 웅크리고 날씨가 무척 추웠는데도 짐승을 기다리기 시작했습니다. 몸집이 크고 튼튼했던 부팔마코는 지금은 하지 않는 놀이[110]에서 사용하던 가면 중 하나를 주문했고, 검은색 모피를 뒤집어 입어서 마치 곰처럼 보이게 했고, 가면은 악마의 얼굴에 뿔이 나 있었어요. 그렇게 분장하고 산타 마리아 노벨라 성당의 새로운 광장으로 갔고, 브루노는 일이 어떻게 되는지 보려고 옆에 따라갔습니다. 의사 나리가 와 있는 것을 발견한 부팔마코는 광장에서 몸을 흔들고 날뛰기 시작했으며, 마치 악마에 들린 것처럼 식식거리고 외치고 비명을 질렀습니다.

그런 모습을 보고 소리를 들은 의사는 모든 털이 곤두섰고, 여자보다 더 두려워하는 사람처럼 온통 떨기 시작했으며, 이제는 그곳이 아니라 자기 집 앞에 있고 싶었습니다. 하지만 그래도 이왕 갔으므로 용기를 내려고 노력했고, 그들이 말한 경이로운 것들을 보러 가고 싶은 욕망이 압도했어요. 그리고 앞에서 말했듯이 부팔마코는 잠시 악마에 들린 것처

---

109 원문은 〈육체의 필요 때문에〉라고 되어 있다.

110 아마 악마의 모습으로 변장하고 춤추는 〈노인의 놀이Gioco del Veglio〉를 가리키는 것으로 짐작된다. 그 놀이는 1325년부터 금지되었다.

럼 날뛰더니 잠잠해지는 척했고, 의사가 꼼짝하지 않고 서 있는 무덤으로 다가갔습니다. 두려움에 온통 떨고 있던 의사는 짐승 위에 올라타야 할지 아니면 그대로 있어야 할지 몰랐습니다. 그러다가 마침내 올라타지 않으면 더 나쁜 일이 있을지 두려워하면서, 두 번째 두려움이 첫 번째 두려움을 압도하였기에, 무덤에서 내려왔고 나지막한 소리로 〈하느님, 저를 도와주세요!〉 하고 말하면서 짐승 위에 올라타 자세를 바로잡았습니다. 그리고 계속 온통 떨면서 그들이 말한 것처럼 공손하게 있으려고 두 손을 가슴에 올렸습니다.

그러자 부팔마코는 산타 마리아 델라 스칼라[111] 성당 쪽으로 기어가기 시작했고, 리폴레[112] 수녀원 근처까지 그를 데려갔습니다. 그리하여 그곳 들판의 농부들이 자기 밭을 비옥하게 만들기 위해 치빌라리 백작 부인[113]을 모아 두는 그런 구덩이들이 있는 구역에 이르렀습니다. 그 구덩이 중 하나의 가장자리 가까이 이르자 부팔마코는 적당한 기회를 엿보다가 아래에서 의사의 발 하나를 손으로 붙잡고 머리를 앞으로 하여 등에서 떨치며 깨끗하게 구덩이 안으로 던졌습니다. 그리고 악마에 들린 것처럼 심하게 울부짖고 날뛰면서 산타 마리아 델라 스칼라 성당을 따라 오니산티[114] 성당의 들판 쪽으로

111 Santa Maria della Scala. 산타 마리아 노벨라 성당 바로 옆에 있던 성당으로 지금은 병원으로 운영되고 있다.

112 Ripole. 산타 마리아 노벨라 성당 북서쪽에 있던 수녀원으로 현재의 이름은 산 야코포 디 리폴리San Jacopo di Ripoli 성당이다.

113 말하자면 사람들의 분뇨를 가리킨다.

114 Ognisanti. 산타 마리아 노벨라 성당 서쪽에 있는 성당이다.

갔습니다. 거기에는 브루노가 웃음을 참을 수 없어 달아나 있었지요. 두 사람 모두 매우 즐거워하면서 의사가 오물에 뒤범벅이 된 채 어떻게 하는지 멀리에서 구경했습니다.

의사 나리는 그렇게 역겨운 곳에서 일어나 어떻게든 밖으로 나가려고 노력했는데, 때로는 이쪽, 때로는 저쪽으로 다시 넘어지면서 머리에서 발까지 완전히 오물로 뒤범벅이 되었고, 괴롭고도 불행하게 일부를 삼키기도 했지만, 어쨌든 밖으로 나오기는 했어도 모자는 남겨 두었습니다. 그리고 손으로 가능한 한 오물을 잘 닦아 내고 다른 것을 생각할 겨를도 없이 자기 집으로 돌아갔고, 문을 세게 두드려 열어 주게 했습니다.

그렇게 역겨운 냄새와 함께 안으로 들어가자마자 문을 잠갔고, 브루노와 부팔마코는 거기에서 의사 부인이 그를 어떻게 맞이하는지 들어 보았습니다. 귀를 기울이던 그들은 부인이 어떤 악당에게 하는 것보다 심하게 욕지거리를 퍼붓는 것을 들었습니다.

「세상에! 정말 멋진 꼴이군! 어떤 나쁜 여자에게 가면서 진홍색 옷을 입고 고상하게 보이고 싶었군요. 이제 내가 충분하지 않은 모양이군요? 이봐요, 나는 단지 당신뿐만 아니라 동네 전체에도 충분하다고요. 세상에! 당신이 마땅히 빠져야 할 곳에다 던져 빠뜨렸군요! 그래, 아내가 있는데도 밤에 다른 여자를 뒤쫓아 다니는 명예로운 의사로군요!」

그런 말과 또 다른 많은 말과 함께 부인은 의사를 깨끗이 씻게 했고 자정까지 의사를 괴롭혔습니다.

그리고 다음 날 아침 브루노와 부팔마코는 옷 아래 피부 사방에다 마치 두들겨 맞은 것처럼 멍들을 그려 넣고 의사의 집으로 갔고 벌써 일어나 있는 그를 발견했습니다. 그리고 그가 있는 안으로 들어가자, 사방에서 풍기는 악취를 느꼈으니, 악취가 나지 않을 정도로 모든 것을 아직 완전히 씻어 낼 수 없었기 때문입니다. 의사는 그들이 오는 것을 알고 맞이하러 가서 좋은 하루라고 인사를 했습니다. 그러자 브루노와 부팔마코는 미리 정해 둔 대로 화난 표정으로 말했습니다.

「이것은 우리가 당신에게 하는 말이 아니오. 오히려 우리는 하느님께 기도한답니다. 칼에 맞아 죽을 만큼 당신에게 불행을 내려 달라고 말이오. 당신은 살아 있는 누구보다 믿을 수 없을 만큼 대단한 배신자니까요. 우리는 당신에게 명예와 즐거움을 주려고 노력했는데, 당신 때문에 개처럼 죽을 지경에 이르렀으니까 말입니다. 당신의 배신 때문에 어젯밤 우리가 얼마나 두들겨 맞았는지, 당나귀라도 로마까지 갈 지경이었소. 게다가 우리는 당신을 받아들이려고 준비한 모임에서 쫓겨날 뻔했단 말입니다. 만약 우리를 믿지 못하겠다면 우리 몸이 어떤지 보세요.」

그리고 어슴푸레한 빛에 옷 앞섶을 열고 사방에 멍을 그려 넣은 가슴을 보여 주고 곧바로 옷을 내렸습니다. 의사는 변명하며 자기 불행에 대해, 자기가 어디에 어떻게 내동댕이쳐졌는지 말하려고 했는데, 부팔마코가 말했습니다.

「그 짐승이 당신을 다리에서 아르노강에다 내동댕이쳤기를 바라오. 당신은 왜 하느님이나 성인을 떠올렸소? 우리가 미리 말하지 않았던가요?」

의사는 맹세코 하느님이나 성인을 떠올리지 않았다고 했습니다. 그러자 부팔마코가 말했어요.

「아니, 떠올리지 않았다고요? 당신은 정말 많이 떠올렸어요. 우리의 심부름꾼이 말했는데, 당신은 막대기처럼 떨었고 어디에 있는지도 몰랐다고 하더군요. 이번에는 당신에게 기회가 있었지만, 앞으로는 누구도 다시 그렇게 하지 못할 거요. 그리고 당신에게는 이 일에 어울리는 대가를 받도록 할 것이오.」

의사는 용서를 구하기 시작했고 제발 창피를 당하지 않게 해달라고 부탁했으며, 가능한 한 좋은 말로 그들을 달래려고 노력했습니다. 그리고 그들이 그런 자신의 치욕을 폭로할까 두려워서 그때 이후로 이전에 했던 식사 초대나 다른 것보다 훨씬 더 극진하게 대접하며 달랬습니다. 여러분이 들은 것처럼 볼로냐에서 제대로 배우지 못한 사람에게는 그렇게 지혜를 가르친답니다.]

열째 이야기

어느 시칠리아 여자가 한 상인으로부터 팔레르모에 가져온 것을
교묘하게 빼앗는다. 상인은 전보다 더 많은 상품을 가지고
돌아온 척하면서 그녀에게서 돈을 빌리고, 물과

거친 삼(麻) 부스러기만 남긴다.

　여왕의 이야기가 여러 부분에서 얼마나 여인들을 웃게 했는지 물어볼 필요도 없습니다. 너무 많이 웃어 눈물이 열두 번이나 나지 않은 여인은 아무도 없을 정도였습니다. 하지만 이야기가 끝나자 디오네오는 자기 차례라는 것을 알고 말했습니다.

　[우아한 여인들이여, 속임수[115]란 아주 교활하게 잘 속이는 사람을, 되려 유능하게 속일수록 더 즐겁다는 것은 분명합니다. 그러므로 저는 여러분이 모두 멋진 이야기를 들려주었지만, 그에 못지않게 여러분이 좋아할 만한 이야기를 들려주고 싶은데, 속아 넘어가는 여자가 여러분이 이야기한 남자들이나 여자들보다 다른 사람을 속이는 데 있어 대단한 대가였기에 그렇습니다.

　예전에 그랬고 아마 지금도 그럴 것입니다만, 항구가 있는 모든 바닷가 도시에는 이런 관례가 있었습니다. 상품을 가지고 들어오는 상인은 모든 상품을 하역하여, 코무네[116]나 도시의 영주가 관리하며 많은 곳에서 〈세관〉이라 부르는 보관소로 옮겨야 하지요. 그리고 그곳에서 일을 담당하는 사람들에게 모든 상품과 상품의 가치를 서면으로 신고하면, 그에 대하여 상인에게 창고를 주고, 상인은 거기에다 자기 상품을 집어넣고 열쇠로 잠그는 것입니다. 그런 다음 앞에서 말한

115 원문은 〈arti〉, 즉 〈기술〉, 〈술책〉이다.
116 둘째 날 첫째 이야기 주석 6 참조.

세관원들은 세관의 장부에다 상인의 회계로 그의 모든 상품을 적어 두고, 상인이 세관에서 꺼내는 상품의 전부 또는 일부에 대해 자신들의 권리로 세금을 내게 합니다. 그리고 그 세관 장부에서 중개인들은 종종 거기에 있는 상품들의 양과 품질, 소유한 상인이 누구인지에 대한 정보를 얻고, 기회가 주어지는 대로 상인들과 거래나 교환, 판매, 다른 사업에 대하여 논의하지요.

그런 관례는 다른 많은 곳과 마찬가지로 시칠리아의 팔레르모에도 있었습니다. 그리고 거기에는 마찬가지로 몸매는 무척 아름다워도 정숙함의 적인 여자들도 많이 있었고 지금도 있습니다. 모르는 사람에게 그녀들은 아주 정숙하고 대단한 여인으로 보일 것입니다. 그런 여자들은 남자들을 긁어[117] 가지 않고 아예 껍질을 벗겨 먹는 것에 몰두해 있으므로, 이방인 상인을 보면 세관의 장부에서 그가 가진 상품이 무엇이고 양이 얼마나 되는지 정보를 얻지요. 그런 다음 사랑스럽고 기분 좋은 행동과 달콤한 말로 상인을 유혹하고 자신의 사랑으로 이끌려고 노력합니다. 이미 많은 사람이 거기에 이끌렸으니 자기 상품의 대부분을 때로는 모두 빼앗기기도 했습니다. 그런 이발사 여자들은 대부분이 상품과 상선(商船)과 뼈와 살까지 빼앗길 정도로 부드럽게 면도날을 잘 다룰 줄 알았습니다.

그리 오래전이 아니었을 때, 보통 살라바에토라 부르는 니

---

117 원문 〈radere〉는 〈면도하다〉인데, 나중에 나오는 〈이발사〉와 어울리는 표현이다.

콜로 다 치냐노라는 우리 피렌체 출신의 청년이 자기 윗사람의 명령으로 팔레르모에 오게 되었는데, 살레르노 시장에서 팔고 남은 금화 500피오리노어치의 많은 양모 옷감을 가지고 왔습니다. 그리고 세관원에게 옷감의 포장 세금을 지불하고 창고 안에 넣어 둔 다음 지나치게 서둘러 처분할 필요가 없는 것처럼 이따금 오락거리를 찾아 도시에서 돌아다니기 시작했습니다. 그는 하얀 피부에 금발이고 우아하고 멋진 몸매였는데, 이안코피오레[118] 부인이라는 그런 이발사 여인 중 하나가 그의 사업에 대하여 몇 가지 들은 것이 있었으므로 그에게 눈길을 던졌습니다. 그것을 깨달은 그는 그녀가 대단한 여인이라 생각하면서 멋진 용모 때문에 자신을 좋아한다고 판단했기에 그 사랑을 신중하게 이끌고 싶었습니다. 그래서 누구에게도 말하지 않고 그녀의 집 앞을 지나다니기 시작했습니다.

그것을 보고 여인은 며칠 동안 눈길로 그를 불붙인 다음, 마치 그를 보고 싶어 안달인 척하면서 뚜쟁이 기술을 최고로 잘 아는 자기 하녀를 몰래 그에게 보냈습니다. 하녀는 눈가에 눈물을 글썽이면서 많은 말을 늘어놓다가 그가 아름다움과 우아함으로 자기 부인을 사로잡았기에 그녀가 밤이나 낮이나 애를 태우고 있다고 했습니다. 그러니 부인은 그가 원할 때 어느 목욕탕에서 비밀리에 그와 만날 수 있기를 열망하고 있다고 했습니다. 그리고 이어서 가방에서 반지를 하나

118 Iancofiore. 비안코피오레Biancofiore의 시칠리아식 이름으로 〈하얀 꽃〉이라는 뜻이다.

130

꺼내 부인을 대신하여 그에게 선물했습니다. 살라바에토는 그 말을 듣고 누구보다 기뻐했고, 반지를 받아 자기 눈에다 비비고 입을 맞춘 다음 손가락에 끼웠고, 하녀에게 대답했습니다. 만약 이안코피오레 부인이 자기를 사랑한다면, 자기도 자기 생명보다 더 그녀를 사랑하기 때문에 충분히 보상받았으며, 그녀가 원한다면 언제 어디라도 갈 준비가 되어 있다고 말입니다.

그리하여 심부름꾼 하녀는 그런 대답과 함께 부인에게 돌아갔고, 며칠 뒤 살라바에토는 다음 날 저녁 기도 시간 뒤에 어느 목욕탕에서 그녀를 기다리라는 전령을 받았습니다. 그는 세상 누구에게도 말하지 않고 곧바로 정해진 시간에 갔고, 부인이 빌려 놓은 목욕탕을 발견했습니다. 잠시 뒤에 두 여자 노예가 짐을 가지고 왔는데, 한 명은 크고 멋진 솜 매트리스를 머리에 이고 왔고, 다른 한 명은 여러 물건이 가득한 커다란 바구니를 가지고 왔습니다. 그리고 매트리스를 목욕탕 어느 방의 침대 위에 깔고, 그 위에다 섬세하게 비단으로 테두리를 두른 시트 두 장을 편 다음 새하얀 키프로스산 아마천 이불과 환상적으로 장식된 베개 두 개를 올려놓았습니다. 그런 다음 옷을 벗고 욕조 안으로 들어가더니 완전히 깨끗하게 닦고 씻었습니다. 얼마 지나지 않아 부인이 다른 두 여자 노예와 함께 목욕탕으로 왔습니다. 그녀는 먼저 살라바에토를 무척 반갑게 맞이했고, 세상에서 가장 큰 한숨을 내쉰 다음 그를 여러 번 껴안고 입을 맞추더니 말했습니다.

「당신 아니면 누가 나를 이런 상태로 이끌었는지 모르겠군

요. 당신은 내 영혼에 불을 질렀어요, 내 토스카나 사랑[119]
이여.」

그런 다음 그녀가 원하는 대로 두 사람은 벌거벗고 욕조
안으로 들어갔고, 여자 노예 두 명도 함께 들어갔습니다. 욕
조 안에서 그녀는 다른 사람에게 손대게 놔두지 않고 자신이
직접 사향 비누와 카네이션 향수로 놀랍도록 훌륭하게 살라
바에토의 온몸을 씻어 주었고, 그런 다음 여자 노예들에게
자기 몸을 문지르고 씻게 했습니다. 그리고 여자 노예들은
섬세하고 새하얀 시트 두 장을 가져왔는데, 얼마나 강한 장
미 향기가 났는지 거기 있는 것이 모두 장미 같았습니다. 노
예 한 명은 시트 한 장으로 살라바에토를 감쌌고, 다른 노예
는 다른 시트로 부인을 감쌌으며, 둘 다 안아서 정리된 침대
로 옮겼습니다. 침대에서 땀이 마르자 노예들은 시트를 벗기
고 벌거벗은 몸을 다른 시트로 덮었습니다. 그리고 바구니에
서 장미, 오렌지꽃, 재스민꽃, 정제된 오렌지꽃 향수가 가득
한 새하얀 은제 병들을 꺼내 모두 그들에게 뿌렸습니다. 그
런 다음 상자에서 과자와 최고급 포도주를 꺼내 한동안 원기
를 회복했습니다.

살라바에토는 마치 천국에 있는 것 같았고, 분명히 무척
아름다운 그녀를 수천 번 바라보았으니, 노예들이 나가고 그
녀를 껴안을 때까지 한 시간이 천년이나 되는 것 같았습니다.
부인의 명령으로 노예들이 방에 작은 횃불을 켜둔 채 밖으로

119 원문은 〈acanino〉로, 정확한 의미는 알려지지 않았다.

나가자 그녀는 살라바에토를 껴안았고 그도 함께 껴안았습니다. 그녀는 마치 사랑 때문에 완전히 녹아 버릴 것처럼 보였으니, 살라바에토의 커다란 즐거움과 함께 두 사람은 오랫동안 머물렀습니다.

하지만 일어나야 할 시간이 되었는지 부인은 노예들을 불렀고, 두 사람은 옷을 입은 다음 다시 먹고 마시면서 잠시 원기를 되찾았습니다. 그리고 향기로운 향수로 손과 얼굴을 씻은 다음 부인은 떠나면서 살라바에토에게 말했습니다.

「당신도 좋다면, 오늘 저녁 당신이 저에게 와서 함께 식사하고 함께 자면 아주 큰 영광일 거예요.」

살라바에토는 이미 그녀의 아름다움과 기교에 사로잡혔기에 그녀가 진심으로 사랑한다고 믿으면서 대답했습니다.

「부인, 당신이 원하는 것이라면 저에게도 모두 최대의 즐거움입니다. 그러므로 오늘 저녁이든 언제든 저는 당신이 좋아하는 것과 저에게 명령하는 것을 할 겁니다.」

그러자 집으로 돌아간 부인은 자기 방을 옷과 장신구로 장식하고 화려한 저녁 식사를 준비한 다음 살라바에토를 기다렸습니다. 그는 약간 어두워지자 부인에게 가서 즐거운 환대를 받았고 성대하게 잘 시중받으며 함께 식사했습니다. 그런 다음 방으로 들어갔는데, 거기에서 놀라운 침향(沈香)나무 냄새가 났고, 침대는 키프로스식 작은 새 모양 장식들로 화려하고, 횃대 위에 아름다운 옷이 많은 것을 보았습니다. 그것들을 전체적으로나 각기 개별적으로 보아도 그녀가 대단한 부자 여인임이 분명해 보였습니다. 따라서 그녀의 생활이

나 행실에 대해 정반대로 수군대는 말을 듣더라도 절대로 믿지 않았을 것이며, 그녀가 전에 누군가를 속였다는 것을 혹시 믿더라도 그런 일이 자신에게 일어날 것이라고는 절대로 믿을 수 없을 정도였습니다. 그는 부인과 함께 커다란 즐거움 속에 점점 더 불타면서 밤을 보냈습니다.

아침이 되자 부인은 그에게 멋진 가방과 함께 아름답고 우아한 은제 허리띠를 묶어 주고 말했습니다.

「내 달콤한 살라바에토여, 저를 당신에게 맡깁니다. 내 몸이 당신의 즐거움인 것처럼, 여기 있는 모든 것과 내 것이라고 할 수 있는 모든 것은 바로 당신 것이에요.」

살라바에토는 기뻐하며 부인을 껴안고 입을 맞추었고, 그녀의 집을 나와 상인들이 있는 곳으로 갔습니다. 그리고 한 번이 아니라 계속 전혀 돈 한 푼 들이지 않고 부인과 만나면서 점점 더 빠져들었고, 그러는 동안 자기 옷감을 현찰로 팔아 많이 벌어들였습니다. 그것을 부인은 그가 아닌 다른 사람을 통해 곧바로 알았지요.

그리고 어느 날 저녁 살라바에토는 부인의 집으로 갔고, 그녀는 함께 농담하고 장난하기 시작하면서 그를 껴안고 입을 맞추었고 그의 품에서 사랑으로 죽고 싶은 것처럼 보일 정도로 불붙은 척했습니다. 그러면서 가지고 있던 멋진 은제 술잔 두 개를 선물하고 싶어 했으나 살라바에토는 받으려고 하지 않았습니다. 부인에게서 몇 차례에 걸쳐 금화 30피오리노에 해당하는 선물을 받았는데, 그녀는 1그로소 가치도 그에게서 받지 않으려고 했으니까요. 그렇게 불붙고 너그러운 척하다가 마침내 미리 지시해 둔 대로 노예 중 한 명이 그녀를 불렀습니다. 그러자 부인은 방에서 나갔다가 울면서 들어왔고, 침대 위로 엎드리더니 어떤 여자보다 괴로운 모습으로 울기 시작했습니다. 살라바에토는 깜짝 놀라 그녀를 안았고 함께 울면서 말했습니다.

「세상에! 내 심장이여, 그렇게 갑자기 무슨 일이 있는 거요? 이렇게 괴로워하는 이유가 뭐요? 세상에! 말해 봐요, 내 영혼이여.」

한참 애원을 받은 뒤에야 부인은 말했습니다.

「아이고! 달콤한 내 주인이여, 무엇을 해야 할지, 무슨 말을 해야 할지 모르겠어요! 방금 메시나에서 온 편지를 받았는데 제 오빠가 쓴 거였죠. 제가 가지고 있는 것을 팔든지 저당을 잡히든지 해서 지금부터 여드레 안에 금화 1천 피오리노를 보내지 못하면, 틀림없이 교수형을 당하게 된다는 것이에요. 그런데 그렇게 빨리 준비해야 한다니 어떻게 해야 할지 모르겠어요. 만약 보름 정도의 여유가 있다면, 제가 알고 있는 여러 곳에서 마련하든지, 아니면 우리 소유지 일부를 팔든지 방법을 찾을 수 있을 텐데요. 하지만 그렇게 할 수 없으니 나쁜 소식을 듣기 전에 차라리 죽고 싶어요.」

그렇게 말하더니 무척이나 괴로운 척하면서 울음을 멈추지 않았습니다. 살라바에토는 사랑의 불꽃 때문에 합당한 판단력을 대부분 잃었기에 그런 말과 눈물이 정말로 사실이라고 믿고 말했습니다.

「부인, 저는 금화 1천 피오리노는 아니지만 500피오리노 정도는 빌려드릴 수 있어요. 만약 지금부터 보름 안에 돌려줄 수 있다면 말입니다. 이것은 당신의 행운입니다. 바로 어제 옷감을 팔았으니까요. 만약 그렇지 않았다면 1그로소도 빌려드릴 수 없었을 겁니다.」

부인은 말했습니다.

「세상에! 그렇다면 그동안 돈이 궁했어요? 왜 저에게 요구하지 않았어요? 1천 피오리노는 아니지만 100이나 200피오리노 정도는 당신에게 줄 수 있었으니까요. 당신이 제안하는 도움을 받고 싶은 용기가 사라졌어요.[120]」

살라바에토 그런 말에 더욱 사로잡혀 말했습니다.

「부인, 그렇다고 당신이 거절하지 않으면 좋겠어요. 만약 저도 당신만큼 돈이 필요했다면, 분명히 요구했을 테니까 말이에요.」

부인은 말했습니다.

「세상에! 내 살라바에토여, 저에 대한 당신의 사랑은 진실하고 완벽하군요. 요구받지도 않고 이런 필요한 일에 그렇게 큰 금액의 돈으로 도와주신다니 말이에요. 이러지 않아도 분명히 저는 완전히 당신 것이었는데, 이제 더욱 그럴 거예요. 제 오빠의 머리를 당신 덕분에 구했다는 사실을 절대 잊지 않을게요. 하지만 제가 마지못해 받는다는 걸 하느님께서 아실 거예요. 당신은 상인인데, 상인들은 돈으로 자기 일을 한다는 것을 고려하면 그래요. 하지만 급박하게 필요하고 바로

---

120 원문은 〈용기를 당신이 모두 빼앗아갔어요〉이다.

돌려줄 확실한 희망이 있으니까 일단 받을게요. 더 빠른 방법을 찾지 못하면 저의 이 모든 것을 저당 잡힐 거예요.」

그렇게 말하고 눈물을 흘리면서 살라바에토에게 쓰러졌습니다. 살라바에토는 그녀를 위로하기 시작했고, 함께 밤을 보낸 다음 아주 너그러운 하인임을 증명하기 위해 그녀의 요구를 기다리지도 않고 멋진 금화 500피오리노를 가져왔으니, 그녀는 살라바에토의 단순한 약속에 만족하여 속으로는 웃고 눈으로는 울면서 돈을 받았습니다.

부인이 돈을 받고 나자 상황이 변하기 시작했습니다. 전에는 살라바에토가 원할 때면 언제나 부인에게 자유롭게 갈 수 있었는데, 이제 여러 이유가 나타나기 시작했고, 그로 인해 일곱 번에 한 번 정도만 들어갈 수 있었고, 예전 같은 그런 얼굴이나 애무나 환대도 이제 없었습니다. 그러는 동안 돈을 돌려받아야 할 기한이 되었을 뿐만 아니라 한 달이 지나고 두 달이 지났는데도 요구하면 곧 갚겠다는 말뿐이었습니다. 그리하여 살라바에토는 사악한 여인의 술책과 자신의 어리석음을 깨달았고, 차용증도 없고 증인도 없었으므로 그것과 관련하여 그녀에게 유리한 것 외에는 말할 수 없다는 것을 알았습니다. 그리고 그녀에 대해서는 이미 들었고, 따라서 야수 같은 그녀의 속임수를 예상해야 했기 때문에 누군가에게 하소연하는 것도 부끄러워 말할 수 없이 괴로워하면서 혼자 자기 어리석음을 탄식했습니다.

그리고 윗사람들로부터 돈을 환전해 보내라는 편지를 여러 통 받았는데 그렇게 하지 않았으므로 자기 잘못이 드러나기 전에 거기에서 떠나려고 생각했고, 그래서 배를 타고 가야 할 피사가 아니라 나폴리로 갔습니다. 그 무렵 나폴리에는 우리 시민 피에트로 델 카니자노[121]가 있었는데, 콘스탄티노폴리스의 여황제[122]의 재무 관리인이었던 그는 위대한 지성과 섬세한 재능을 가진 사람으로 살라바에토와 그의 가족의 가까운 친구였습니다. 그는 아주 신중한 사람이었기에 살라바에토는 며칠 동안 괴로워한 뒤 자신이 저지른 일과 불행한 사건을 그에게 이야기했습니다. 그리고 절대 피렌체로 돌아가고 싶지 않다고 하면서 어떻게 살아가야 할지 충고와 도움을 구했습니다. 카니자노는 그런 일에 괴로워하면서 말했습니다.

「정말 잘못했군. 자네는 잘못 행동했고, 윗사람들에게 복종하지 않았고, 덧없는 일에다 한꺼번에 너무 많은 돈을 썼어. 하지만 어떻게 하겠나? 이미 일어난 일이니, 대책을 찾아야지.」

그리고 신중한 사람이었기에 곧바로 해야 할 일을 생각했고 그것을 살라바에토에게 말했습니다. 살라바에토는 마음에 들었으므로 위험을 무릅쓰고 그렇게 해보고 싶었습니다.

121 Pietro del Canigiano. 피렌체 출신의 유명한 상인이자 보카치오의 친구였다. 그는 나폴리에 체류하는 동안 콘스탄티노폴리스의 여황제의 재무 관리인이었다.

122 1308년부터 콘스탄티노폴리스의 여황제 직함을 물려받은 발루아-쿠트니Valois-Courtenay 가문의 카테리나Caterina 2세(1301~1346)를 가리킨다. 여기에서는 제4차 십자군 전쟁에서 비잔티움 제국을 함락한 후 세워진 소위 〈콘스탄티노폴리스 라틴 제국〉 또는 〈로마니아 제국Imperium Romaniae〉을 가리킨다.

아직 돈을 약간 가지고 있었고 카니자노가 어느 정도 빌려주었으므로, 많은 짐꾸러미를 잘 포장하여 묶게 하고 기름통 스무 개를 사서 채운 다음 모든 것을 싣고 팔레르모로 돌아갔습니다. 그리고 짐꾸러미들의 세금을 세관원들에게 내고 마찬가지로 기름통들의 비용도 냈으며, 모든 것을 그의 회계에 적게 한 다음 창고에 보관하면서 자기가 기다리는 다른 상품이 도착할 때까지 그것들을 손대고 싶지 않다고 말했습니다. 이안코피오레는 그 소식을 들었고, 현재 가져온 것이 금화 2천 피오리노 이상이며 게다가 그가 기다리는 상품은 3천 피오리노 이상의 가치라는 말을 듣고 너무 적은 돈을 목표로 한 것 같았기에, 5천 피오리노를 거의 모두 갖기 위해 500피오리노를 돌려주려고 생각했습니다. 그래서 사람을 보내 그를 불렀어요. 교활해진 살라바에토는 그녀에게 갔습니다. 그녀는 그가 가져온 것에 대해 아무것도 모르는 척하면서 놀라울 정도로 그를 맞이하면서 말했습니다.

「그래요, 제가 당신 돈을 기한 내에 돌려주지 못해 화가 났을 거예요….」

살라바에토는 웃기 시작하더니 말했어요.

「부인, 사실 나는 약간 불쾌했어요. 만약 당신이 원한다고 믿었다면 내 심장이라도 꺼내 주었을 테니까요. 하지만 내가 당신 때문에 얼마나 괴로워했는지 알면 좋겠어요. 당신에게 품은 사랑이 너무나 크기에 나는 내 소유지를 대부분 팔았고, 지금 2천 피오리노 이상 가치의 상품을 가져왔고, 3천 피오리노 이상 가치의 상품이 서쪽에서 오기를 기다리고 있어요.

이 도시에다 상관(商館)을 열고 여기에 정착하고 싶어요. 그래서 언제나 당신 옆에 있으면 당신을 사랑하는 다른 누구보다 당신의 사랑에 더 만족할 수 있을 것 같기에 말이오.」

그러자 부인은 말했습니다.

「이봐요, 살라바에토, 당신의 모든 결정은 정말로 제 마음에 들어요. 제가 제 생명보다 더 사랑하는 사람의 결정이기 때문이지요. 그리고 여기에 정착하려고 돌아온 것도 정말로 좋아요. 당신과 좋은 시간을 보낼 수 있을 테니까요. 하지만 당신에게 조금 사과하고 싶어요. 당신이 떠날 무렵 어떤 때에는 당신이 오고 싶어도 오지 못했고, 어떤 때에는 와서도 전처럼 즐겁게 보내지 못했고, 게다가 약속한 기한에 당신 돈을 돌려주지 못한 것에 대해서 말이에요.

당시 저는 너무나도 큰 고통과 괴로움에 빠져 있었다는 것을 알아야 해요. 그런 상황에 있는 사람은, 비록 아무리 누군가를 사랑하더라도 그가 당연히 원할 그런 좋은 얼굴을 할 수 없을 거예요. 게다가 여자가 금화 1천 피오리노를 마련하기는 매우 어렵다는 것을 알아야 해요. 저는 온종일 거짓말을 하고 약속한 것을 지키지 않는 사람들 때문에 나도 마찬가지로 다른 사람에게 거짓말을 해야 하기도 했는데, 다른 게 아니라 바로 그런 이유로 당신 돈을 돌려주지 못했어요. 하지만 당신이 떠나고 잠시 뒤에 돈을 마련했어요. 만약 어디로 돈을 보낼지 알았다면 분명히 보냈을 거예요. 그런데 몰랐기 때문에 돈을 보관하고 있었어요.」

그리고 그가 가져왔던 바로 그 돈이 든 가방을 가져오게 해서 그의 손에 돌려주고 말했습니다.

「500피오리노가 맞는지 세어 보세요.」

살라바에토는 그렇게 기쁠 수가 없었고, 세어 보니 500피오리노가 맞았으므로 다시 집어넣고 말했어요.

「부인, 당신이 사실대로 말한다는 것을 알아요. 그리고 당신은 충분히 했어요. 당신에게 분명히 말하지만, 당신에 대한 나의 사랑으로 당신이 필요하면 내가 해주지 못할 일이나 주지 못할 돈은 없을 거예요. 내가 여기 정착하면 당신은 그것을 시험해 볼 수 있을 겁니다.」

그런 식으로 말로 하는 사랑으로 부인과 다시 하나가 되었고, 살라바에토는 그녀와 사랑스럽게 다시 만나기 시작했습니다. 또 그녀는 그에게 최고의 즐거움을 주고 세상에서 최고로 대접하고 최대의 사랑을 보여 주기 시작했습니다. 그렇지만 살라바에토는 자기 속임수로 부인의 속임수를 처벌하고 싶었으므로, 어느 날 부인이 사람을 보내 함께 저녁 식사를 하고 자고 가라고 부르자, 죽고 싶은 사람처럼 슬프고 우울한 표정으로 갔습니다. 이안코피오레는 그를 껴안고 입을 맞추면서 왜 그렇게 우울한지 물었습니다. 그는 여러 번 부탁받은 뒤에야 말했습니다.

「나는 이제 망했어요. 내가 기다리던 상품이 실린 배를 모나코의 해적들이 나포했고 1만 피오리노를 요구하는데, 그 중에서 내가 1천 피오리노를 내야 해요. 그런데 나는 지금 돈이 없어요. 당신이 돌려준 500피오리노는 여기 가져올 옷감에 투자하도록 곧바로 나폴리로 보냈어요. 그리고 여기에 가지고 있는 상품을 지금 팔려고 해도, 시간이 없으니까 겨우 절반 값만 받을 거예요. 또 나는 아직 여기에 알려지지 않아서 도와줄 사람도 찾을 수 없어요. 그러니 무엇을 해야 할지, 무슨 말을 해야 할지도 모르겠어요. 만약 바로 돈을 보내지 않으면 상품은 모나코로 운반될 것이고, 그러면 아무것도 찾지 못할 거예요.」

부인은 그런 일에 무척 괴로웠어요. 모든 것을 잃을 수도 있었기에 상품이 모나코로 운반되지 않도록 자기가 방법을 찾아야겠다고 생각하고 말했습니다.

「사랑하는 당신 때문에 제가 얼마나 괴로운지 하느님께서 아실 거예요. 하지만 그렇게 괴로워한다고 무슨 소용이 있겠어요? 만약 제가 돈을 가지고 있다면, 하느님께서 아시겠지만, 곧바로 빌려줄 거예요. 그런데 지금은 없어요. 사실 얼마 전에 저에게 필요한 500피오리노를 빌려준 사람이 있어요. 그런데 엄청난 이자를 원해요. 그 사람은 최소한 30퍼센트의 이자를 원하니까요. 만약 당신이 그 사람에게 빌리고 싶다면, 좋은 담보를 잡혀야 해요. 저로서는 당신을 위해 이 모든 물건과 제 몸까지 원하는 만큼 담보로 맡길 준비가 되어 있어요. 당신에게 봉사하기 위해서 말이에요. 하지만 나머지에 대해서는 당신이 어떻게 보장하겠어요?」

살라바에토는 부인이 왜 그런 도움을 주려고 하는지 이유를 알고 있었고 빌리는 돈이 그녀의 돈이라는 것도 알고 있었지요. 그는 마음에 들었으므로 먼저 부인에게 감사했고, 이어서 그렇게 탐욕스러운 이자를 원하지 않지만 상황이 급박하다고 말했습니다. 그런 다음 자기가 세관에 보관하고 있는 상품을 담보로 잡히겠다고 말하면서, 부인에게 돈을 빌려줄 사람의 이름으로 등록하라고 했습니다. 하지만 창고의 열쇠는 자기가 보관하겠다고 했어요. 필요한 경우 상품을 보여주고, 또 어떤 물건도 손대거나 옮기거나 바꿀 수 없도록 말입니다. 부인은 좋은 생각이며 아주 좋은 담보라고 말했습니다. 그리하여 다음 날이 되자 부인은 자기가 믿는 중개인을 불렀고, 그에게 상황을 이야기한 다음 금화 1천 피오리노를 주어 중개인이 살라바에토에게 빌려주게 했고, 살라바에토가 창고에 가지고 있는 물건을 세관에서 중개인의 이름으로 바꾸게 했습니다. 그들은 그것을 함께 쓰고 서명했으며, 함께 합의한 다음 각자 자기 일을 하러 갔습니다.

살라바에토는 가능한 한 빨리 배를 타고 금화 1천 500피오리노를 가지고 나폴리의 피에트로 델 카니자노에게 갔습니다. 그리고 거기에서 옷감과 함께 자신을 보낸 피렌체의 자기 윗사람들에게 온전하고 완전한 회계 결산서를 보냈고, 피에트로와 다른 모든 빚진 사람에게 돈을 갚았으며, 며칠 동안 카니자노와 함께 시칠리아 여인을 속인 것에 대해 좋은 시간을 보냈습니다. 그런 다음 다시는 상인이 되고 싶지 않았기에 페라라로 갔습니다.

이안코피오레는 팔레르모에서 살라바에토가 보이지 않자 이상하다고 생각하기 시작했고 의심이 들었습니다. 무려 두 달을 기다린 뒤에도 나타나지 않자 중개인에게 창고를 억지로 열게 했습니다. 먼저 기름이 가득할 것으로 믿었던 통들을 살펴보니 각 통의 구멍 근처 위에만 아마 한 병 정도의 기름이 있을 뿐 온통 바닷물로 가득한 것을 발견했습니다. 그리고 짐꾸러미들을 풀자 단지 두 개에만 옷감이 들어 있고 나머지는 모두 거친 삼 부스러기로 가득한 것을 발견했습니다. 간단히 말해 거기에 있는 것은 200피오리노 가치도 되지 않았습니다. 그리하여 이안코피오레는 속았다는 것을 알고, 돌려준 500피오리노와 너무 많이 빌려준 1천 피오리노를 오랫동안 한탄하면서 종종 말했습니다.

「토스카나 사람과 일할 때는 두 눈을 뜨고 있어야 해.」

그렇게 속고 피해를 입은 그녀는 다른 사람도 자신과 마찬가지로 속일 줄 안다는 것을 깨달았답니다.]

디오네오가 이야기를 끝내자 라우레타는 이제 더 통솔할 수 없는 시간이 왔다는 것을 알고, 좋은 결과를 보여 준 피에트로 델 카니자노의 충고와 그에 못지않게 잘 실행한 살라바에토의 현명함을 칭찬한 다음, 머리에서 월계관을 벗어 에밀리아의 머리에 씌워 주면서 애교 있게 말했습니다.

「여인이여, 당신보다 우아한 여왕이 있을지 모르겠으나, 당신이 가장 아름다운 여왕이라는 것은 분명합니다. 그러니 당신의 아름다움에 어울리는 일을 하기를 바랍니다.」

그리고 다시 앉았습니다. 에밀리아는 여왕이 된 것보다 여인들이 가장 바라는 것에 대해 그렇게 공개적으로 칭찬받자 약간 부끄러워졌고, 그것이 얼굴에 나타났으니, 새벽에 피어나는 장미 같았습니다. 하지만 그래도 잠시 눈을 내리깔고 홍조가 가라앉은 다음 집사에게 모임에 필요한 것들을 지시하고 말했습니다.

「즐거운 여인들이여, 우리가 아주 명백하게 보듯이, 소들은 하루의 일부 동안 멍에에 묶여 일한 다음에는 그 멍에에서 풀려나 가볍고 자유롭게 숲속에서 풀을 뜯어 먹기 위해 좋아하는 곳으로 갑니다. 그리고 참나무만 보이는 숲보다 다양한 초목이 우거진 정원이 훨씬 더 아름답지요. 그러므로 저는 며칠 동안 우리가 정해진 주제 아래 제한되어 이야기했다는 것을 고려하면, 필요한 사람들에게는 한동안 배회하고, 또 배회함으로써 멍에 아래 들어갈 힘을 얻는 것이 유용할 뿐 아니라 적절하다고 생각합니다. 그래서 내일은 여러분의 즐거운 이야기를 특별한 주제로 제한하고 싶지 않고, 각자 좋아하는 대로 이야기하면 좋겠습니다. 이야기할 것들의 다양성은 한 주제에 대하여 이야기한 것 못지않게 멋지리라고 확신하기 때문입니다. 그리고 그렇게 함으로써 저 다음에 통솔할 분은, 우리가 더 강해질 것이므로 확실하게 평소처럼 주제를 제한할 수 있을 것입니다.」

그렇게 말하고 저녁 식사 시간까지 모두에게 자유 시간을 주었습니다. 모두 여왕이 말한 것이 현명하다고 칭찬했고, 일어나서 누구는 이런 즐거움에, 누구는 저런 즐거움에 몰두했습니다. 여인들은 화환을 만들고 장난하기 시작했고, 청년들은 놀이하고 노래하기 시작했습니다. 그렇게 저녁 식사 시간까지 시간을 보냈고, 식사 시간이 되자 아름다운 분수 주위에서 즐겁고 재미있게 식사했습니다. 그런 다음 평소 방식대로 한참 노래하고 춤추면서 놀았습니다. 마침내 여왕은 전

임자들의 방식을 따라, 자발적으로 부른 노래들이 많았어도
판필로에게 노래를 하나 부르라고 명령했고, 그는 즐겁게 노
래하기 시작했습니다.

아모르여, 당신 덕분에 내가 느끼는
행복과 즐거움과 기쁨이 크니,
나는 당신의 불 속에서 행복하게 불탑니다.

당신이 나를 데려간
소중하고 고귀한 행복의 심장 안에 있는
넘치는 즐거움은
그 안에 있을 수 없어 밖으로 나오고,
밝은 얼굴에서
내 행복한 상태를 드러낸다오.
그렇게 고귀하고 소중한 여인을
사랑하고 있으니, 나는
불타는 곳에서 가볍게 머물지요.

내가 느끼는 행복을, 아모르여,
나는 노래로 표현할 수도 없고
손가락으로 그릴 수도 없다오.
그럴 수 있더라도 감추어야 하니,
만약 그것이 알려지면,
고통이 되어 돌아올 테니까요.

그래도 나는 만족하니,
내가 조금이라도 드러내기 전에
모든 말이 짧고 불충분할 것이오.

내 팔이 전에 있던 곳에
혹시라도 도달할 수 있을지,
은총과 구원을 위해
가까이 가져갔던 곳에
다시 내 얼굴이 닿게 할 수 있을지
누가 판단할 수 있을까요?
내 행운도 나를 믿지 않을 것이니,
나는 즐겁고 행복한 곳에서
그것을 감추며 완전히 불타고 있다오.

판필로의 노래는 끝났습니다. 모두가 그 노래를 완전하게 따라 부르면서 그가 노래한 감춰야 하는 것을 짐작해 보려고 노력하며 주의 깊게 노랫말에 관심을 기울였습니다. 그리고 아주 다양한 것을 상상해 보아도 누구도 실제의 진실에 도달하지 못했습니다. 하지만 여왕은 판필로의 노래가 끝나고 여인들과 청년들이 쉬고 싶어 하는 것을 보자 모두 잠자러 가라고 명령했습니다.

여덟째 날이 끝난다.

아홉째 날

『데카메론』의 아홉째 날이 시작된다.
여기에서는 에밀리아의 통솔 아래, 각자 좋아하는 대로
마음에 드는 것에 대해 이야기한다.

찬란함으로 밤을 쫓아내는 햇살은 벌써 푸르스름한 여덟째 하늘[1]을 하늘빛으로 완전히 바꾸어 놓았고, 풀밭에서 작은 꽃들이 위로 일어나기 시작했을 때, 에밀리아는 일어나 여인들과 청년들을 모두 불렀습니다. 그들은 와서 여왕의 느린 걸음을 따라 출발했고, 저택에서 멀지 않은 작은 숲까지 갔습니다. 숲속으로 들어가니 사슴과 노루 같은 동물들이 보였는데, 닥쳐온 전염병 때문에 사냥꾼들로부터 안전해져 마치 두려움이 없거나 그것을 잊은 듯이 그들을 기다리는 것 같았습니다. 그래서 때로는 이 동물에게, 때로는 저 동물에게 가까이 다가가 마치 붙잡으려는 것처럼 뛰고 달아나게 하면서 한참 즐겁게 갔습니다. 하지만 벌써 해가 높이 솟았기에 모두 돌아가야 할 것 같았습니다. 모두 참나무 가지로 관을 만들어 쓰고 향기로운 풀들이나 꽃들을 손에 가득 들었으

1 당시 가톨릭교회의 공식적 우주관에 의하면 움직이지 않는 지구를 중심으로 아홉 개의 하늘이 겹겹이 겹친 채 서로 다른 속도로 돌고 있다고 믿었다. 거기에서 여덟째 하늘은 항성(恒星), 즉 붙박이별들의 하늘이다.

니, 혹시 그들과 만나는 사람은 이렇게 말했을 것입니다.

「오, 저들은 죽음에 굴복하지 않거나 행복하게 죽을 것 같구나.」

그렇게 느린 걸음으로 노래하고 농담하고 잡담하면서 저택에 이르자 거기에는 모든 것이 잘 준비되어 있었고 하인들이 즐겁고 유쾌하게 맞이했습니다. 잠시 쉰 다음 식탁으로 가기 전 청년들과 여인들은 하나같이 아름다운 노래 여섯 곡을 불렀습니다. 노래에 이어 손을 물로 씻고, 여왕이 원하는 대로 집사는 모두 식탁에 앉게 했고, 음식이 나오자 모두 즐겁게 먹었습니다. 식탁에서 일어나 한동안 춤과 악기 연주를 즐긴 다음 여왕의 명령에 따라 원하는 사람은 자러 갔습니다. 하지만 벌써 정해진 시간이 되자 모두 이야기하려고 평소의 자리에 모였습니다. 여왕은 필로메나를 보면서 그날의 이야기를 시작하라고 말했고, 그녀는 미소를 지으며 이렇게 시작했습니다.

첫째 이야기

프란체스카 부인은 리누초와 알레산드로의 사랑을 받는데, 그중
누구도 사랑하지 않는다. 그래서 한 사람은 죽은 사람처럼
무덤 안에 들어가라고 하고, 다른 한 사람은 그 무덤에서 죽은 사람을
꺼내 오게 하는데, 그들이 주어진 결과에 이르지 못하자,
부인은 신중하게 그들에게서 벗어난다.

[여인이여, 당신의 위대함 덕분에 우리가 이야기하기 위해 앉아 있는 이 자유롭고 탁 트인 들판에서, 당신이 원하는 대로 맨 처음 시작하게 되어[2] 기쁩니다. 제가 잘하면 이어서 하실 분들이 더 잘하실 것으로 확신합니다.

오, 우아한 여인들이여, 아모르의 힘이 얼마나 큰지 우리의 이야기들에서 여러 번 증명되었지만, 그래도 저는 충분히 말해지지 않았다고 생각하며, 여기에서 1년 동안 다른 이야기는 하지 않더라도 충분하지 않으리라고 생각합니다. 아모르는 사랑하는 사람들을 죽을 정도의 위험으로 인도할 뿐만 아니라, 죽은 사람처럼 죽은 자들의 집으로 들어가도록 이끌기도 합니다. 저는 그와 관련된, 지금까지 하지 않은 이야기를 들려드리고 싶은데, 거기에서 여러분은 아모르의 힘을 이해할 수 있을 뿐 아니라, 싫어하는데도 자기를 사랑하는 두 남자를 떨쳐내기 위해 어느 용감한 여인이 사용한 지혜를 알 수 있을 것입니다.

그래서 말씀드리자면 예전에 도시 피스토이아에 아름다운 미망인이 있었는데, 피렌체에서 추방되어 피스토이아에 살고 있던 우리 시민 두 사람, 리누초 팔레르미니와 알레산드로 키아라몬테시[3]가 서로 모른 채 우연히 그녀에게 사로잡혀 열심히 사랑했고, 각자 그녀의 사랑을 얻기 위해 할 수 있

---

2 원문은 〈corra il primo aringo〉, 즉 〈첫 번째로 마상 창 시합에 달리게 되어〉이다.

3 팔레르미니Palermini와 키아라몬테시Chiaramontesi 가문은 피렌체의 유명한 가문으로 둘 다 기벨리니 당파였다.

는 일을 신중하게 하였지요. 그래서 프란체스카 데 라차리[4] 부인이라는 그 귀부인은 그들 각자의 잦은 간청과 전언에 시달렸고, 별로 신중하지 않게 몇 번 들어주었다가 현명하게 물리치고 싶었지만 그럴 수 없었는데, 성가신 그들을 떨치기 위해 좋은 생각이 떠올랐습니다. 그것은 바로 그녀가 생각하기에 비록 가능할지라도 누구도 하려고 하지 않을 봉사를 요구하는 것이었습니다. 그것을 하지 않으면, 부인은 다시는 그들의 전언을 듣지 않을 당당하고 그럴듯한 이유를 갖도록 말입니다.

그런 생각이 떠오른 날 피스토이아에서 한 사람이 죽었습니다. 그의 선조는 귀족이었지만 그는 단지 피스토이아뿐만 아니라 온 세상에서 가장 나쁜 사람으로 평가되었습니다. 게다가 살았을 때 얼굴이 얼마나 일그러지고 흉측했는지 그를 모르는 사람이 보면 두려워했을 정도였습니다. 그는 작은형제회 성당 밖의 무덤에 묻혔지요. 부인은 그것이 자기 계획에 부분적으로 유용하리라고 생각했고, 그래서 자기 하녀에게 말했습니다.

「내가 그 두 피렌체 사람 리누초와 알레산드로의 전언 때문에 온종일 받는 지겨움과 괴로움을 너는 잘 알지. 그런데 나는 그들을 사랑하고 싶은 마음이 전혀 없어. 그래서 그들을 떼어내기 위하여 그들이 절대 해낼 수 없을 대단한 일을 제안함으로써 시험해 보기로 했어. 그러면 그런 성가심을 없앨 수 있을

거야. 잘 들어 봐. 너도 알다시피 오늘 아침 작은형제회 수도
원에 스칸나디오(위에서 우리가 말한 사람의 이름이지요)가
묻혔어. 그 사람은 죽어서는 물론이고 살았을 때도, 이 도시에
서 가장 용감한 사람들도 그를 보면 두려워했잖아. 그러니까
너는 먼저 알레산드로에게 몰래 가서 이렇게 말해.

〈프란체스카 부인께서 당신에게 전하라고 하십니다. 당신
이 그렇게 열망하던 부인의 사랑을 얻고 당신이 원하는 곳에
서 함께 만날 기회가 왔으니, 이렇게 하라고 말입니다. 당신
이 나중에 알게 될 이유로, 오늘 밤 부인의 친척 한 명이 오늘
아침에 묻은 스칸나디오의 시신을 부인의 집으로 옮겨야 해
요. 그런데 부인은 그렇게 죽은 그 사람이 무서워서 원하지
않아요. 그래서 당신에게 커다란 봉사를 부탁하니, 오늘 밤
첫잠이 들 무렵 스칸나디오가 묻힌 무덤 안으로 들어가 그의
옷을 입고 당신이 시체인 것처럼 있는 것이에요. 누군가 당
신을 들고 가려고 올 때까지 말이에요. 그리고 절대 아무 말
도 하지 말고 무덤에서 당신을 끌어내 부인의 집으로 들고
가게 놔두는 거예요. 부인은 집에서 당신을 맞이할 것이고,
그러면 당신은 부인과 함께 머무른 다음 원할 때 떠나고, 나
머지에 대해서는 부인께서 생각할 거예요.〉

그리고 만약 그가 그러겠다고 말하면 좋고, 하고 싶지 않
다고 말하면, 나 대신 말한다고 하면서, 다시는 내가 있는 곳
에 나타나지 말고, 목숨이 소중하다면 다시는 나에게 심부름
꾼이나 전언을 보내지 말라고 말이야. 그런 다음 리누초 팔
레르미니에게 가서 이렇게 말해.

〈프란체스카 부인께서 말하는데, 만약 당신이 부인에게 커다란 봉사를 해주면 당신의 모든 즐거움을 들어줄 준비가 되어 있답니다. 그러니까 당신이 오늘 밤 자정 무렵 오늘 아침 스칸나디오가 묻힌 무덤으로 가서 무엇을 보거나 듣거나 느끼더라도 아무 말도 하지 않고 시체를 부드럽게 꺼내 부인의 집으로 가져오는 것입니다. 왜 부인께서 그것을 원하는지 당신은 집에서 알게 될 것이고 부인에게서 당신은 즐거움을 얻을 것입니다. 만약 당신이 그렇게 하기 싫으면 이제부터 부인에게 심부름꾼이나 전언을 보내지 말라고 하십니다.〉」

하녀는 두 사람 모두에게 갔고 각자에게 명령받은 대로 자세하게 전했습니다. 그러자 둘 모두 부인이 원한다면 무덤이 아니라 지옥에라도 가겠다고 대답했습니다. 하녀는 부인에게 대답을 전했고, 부인은 그들이 그럴 정도로 미쳤는지 보려고 기다렸습니다.

그리하여 밤이 되었고 벌써 첫잠이 들 무렵 알레산드로 키아라몬테시는 옷을 벗고 조끼만 입은 다음 집에서 나가 스칸나디오 대신 무덤 안에 있으려고 갔습니다. 가는 도중 마음속에 아주 무서운 생각이 떠올랐고 혼자 말하기 시작했습니다.

「세상에! 나는 정말 바보야! 어디 가고 있는 거야? 혹시 부인의 친척들이 내가 부인을 사랑하는 것을 눈치채고 부정을 저질렀다고 오해하여[5] 나를 그 무덤 안에서 죽이려고 이런

---

5 원문은 〈그들이 없었던 것을 믿고〉이다.

일을 시킨 게 아닐까? 만약 그런 일이 일어난다면 나는 해를 입을 것이고, 그들에게 불리한 일은 절대 세상에 알려지지 않을 거야. 아니면 혹시 나의 적이 꾸민 짓 아닐까? 부인이 그를 사랑하여 이런 일을 원하는 것은 아닐까?」

그런 다음 이렇게 말했습니다.

「하지만 그런 것이 아니더라도 친척들이 나를 그녀의 집으로 옮긴다고 가정해 보면, 그들이 스칸나디오의 시체를 품에 안거나 그녀의 품에 안겨 주려고 그러는 것은 아닐 텐데. 오히려 혹시 그가 전에 그들에게 피해를 주었으므로 시체를 찢으려는 거 아닐까. 그녀는 내가 무엇을 느껴도 절대 말하지 말라고 했어. 만약 그들이 내 눈이나 이빨을 뽑거나, 손을 자르거나, 비슷한 다른 장난을 하면 나는 어떻게 될까? 어떻게 조용히 있을 수 있어? 만약 내가 말을 하면 나를 알아보고 나쁜 짓을 할 수도 있어. 하지만 그들이 어떻게 하든지 나는 아무것도 하지 못할 거야. 그들은 나를 부인과 함께 놔두지 않을 테니까. 그러면 부인은 나중에 자기 명령을 어겼다고 말할 것이고, 내가 좋아할 일은 절대 하지 않을 거야.」

그렇게 말하면서 집으로 돌아가고 싶었어요. 하지만 대단한 사랑은 정반대 논거로 그를 앞으로 힘차게 밀어 무덤으로 이끌었습니다. 그는 무덤을 열고 안으로 들어갔고, 스칸나디오의 옷을 벗겨 자기가 입었고, 자기 위로 뚜껑을 닫고 스칸나디오의 자리에 누웠는데, 그가 누구였는지 머릿속에 떠오르기 시작했고, 또 죽은 자들의 무덤뿐 아니라 다른 곳에서 밤에 일어났다고 들은 말들이 떠올랐습니다. 그러자 모든 털이 곤두서기 시작했고, 금세라도 스칸나디오가 벌떡 일어나 자기 목을 자를 것 같았어요. 하지만 불타는 사랑의 도움으로 이런저런 두려운 생각들을 극복하며 자기에게 무슨 일이 일어날지 마치 시체처럼 기다리기 시작했습니다.

다른 한편으로 리누초는 밤이 되자 부인이 하라고 전한 것을 하기 위해 집에서 나갔습니다. 가는 동안 자기에게 일어날 수 있는 일에 대한 여러 잡다한 생각이 떠올랐습니다. 가령 스칸나디오의 시체를 어깨에 메고 가다가 수비대의 손에 붙잡혀 마법사로 화형당하거나, 아니면 만약 나중에 알려지면 그의 친척들에게 증오받거나, 그런 비슷한 생각들에 완전히 사로잡혔습니다. 하지만 그러다가 생각이 바뀌어 말했어요.

「세상에! 내가 그렇게 사랑했고 지금도 사랑하는 귀부인이 나에게 요구한 첫 번째 일을 거부해야 할까? 특히 그녀의 사랑을 얻을 수 있는데 말이야? 내가 약속한 이 일을 하다가 죽지는 않을 거야.」

그리고 계속 가서 무덤에 이르렀고 쉽게 열었습니다. 알레산드로는 무덤이 열리는 것을 느끼고 무척 두려웠으나 조용히 있었어요. 리누초는 무덤 안으로 들어가 스칸나디오의 시체라고 생각하며 알레산드로의 다리를 잡고 밖으로 끌어냈고, 어깨 위에 둘러메고 부인의 집을 향해 가기 시작했습니다. 그렇게 가면서 길옆에 있는 의자들에 때로는 이쪽, 때로는 저쪽을 부딪쳤으며, 밤이 칠흑같이 어두웠으므로 어디로 가는지 분간할 수도 없었습니다. 리누초는 벌써 부인의 집

문에 가까이 이르렀고, 부인은 리누초가 알레산드로를 메고
오는지 보려고 하녀와 함께 창문가에 있었는데, 둘을 모두
떼어 낼 방법을 미리 준비하고 있었습니다. 그런데 시의 수
비대원들이 추방자를 잡기 위해 그 구역에 잠복하여 조용히
있다가 리누초가 내는 발자국 소리를 듣고 무엇을 할지 또
어디로 갈지 보기 위해 갑자기 등불을 밝히고 방패와 창을
들며 외쳤습니다.

「거기 누구냐?」

수비대를 알아본 리누초는 길게 생각할 겨를도 없었기에
알레산드로를 내버려두고 다리가 달릴 수 있는 한 달아났습
니다. 알레산드로는 벌떡 일어나 아주 기다란 시체의 옷을
입은 채 마찬가지로 달아났습니다.

부인은 수비대원들이 꺼낸 불빛을 통해 리누초가 알레산
드로를 어깨 위에 메고 있는 것을 확실하게 보았고, 마찬가
지로 알레산드로가 스칸나디오의 옷을 입고 있는 것도 보았
습니다. 그리고 각자의 커다란 대담함에 놀랐지만, 놀라움과
함께 리누초가 알레산드로를 내던지고 뒤이어 달아나는 것
을 보고 많이 웃었습니다. 그리고 무척 즐거워하고 귀찮은
그들을 떼어 내게 해주신 하느님을 찬양하면서 안으로 들어
가 침실로 갔습니다. 자기가 시킨 일을 그렇게 해냈으니, 그
들이 자기를 많이 사랑하는 것은 분명하다고 하녀에게 말하
면서 말입니다.

리누초는 자기 불행을 괴로워하고 욕했지만 그렇다고 해
서 집으로 돌아가지 않고, 수비대원들이 떠나자 알레산드로

를 내던진 곳으로 돌아갔고, 자기 일을 완수하기 위해 시체를 찾으려고 더듬거리며 돌아다녔습니다. 하지만 발견하지 못하자 수비대원들이 가져갔다고 생각하고 괴로워하며 집으로 돌아갔습니다. 알레산드로는 누가 자신을 데려왔는지도 모르고 달리 어떻게 할지도 몰라 그런 불행에 괴로워하면서 마찬가지로 집으로 돌아갔습니다.

다음 날 아침 스칸나디오의 무덤이 열린 것이 발견되었는데, 알레산드로가 한쪽으로 밀쳐 놓았기에 시체도 보이지 않았습니다. 그래서 피스토이아 전체에 온갖 소문이 퍼졌고, 어리석은 사람들은 악마가 시체를 가져갔다고 생각하기도 했습니다. 그래도 두 연인은 각자 프란체스카 부인에게 자기가 한 일과 일어난 일을 설명하고, 그녀의 명령을 충분히 완수하지 못한 것에 대해 사과하면서 용서와 사랑을 애원했습니다. 부인은 절대 그것을 믿지 않으며, 자기가 요구한 것을 하지 못했기 때문에 아무것도 하고 싶지 않다고 단호하게 대답함으로써 그들을 떨쳐 냈답니다.]

둘째 이야기

연인과 함께 침대에 있다고 고발된 수녀를 잡으러 가기 위해
수녀원장이 어둠 속에서 황급히 일어난다. 그런데 신부와 함께 있던
수녀원장은 베일인 줄 알고 신부의 속옷을 머리에 쓴다.

고발당한 수녀는 그것을 보고 깨닫게 해주고 풀려난다.
그리고 편안하게 자기 연인과 함께 즐긴다.

필로메나의 이야기가 끝나자, 사랑하고 싶지 않은 사람들을 떨쳐 낸 부인의 지혜를 모두 칭찬했습니다. 그리고 사랑하는 사람들의 지나친 대담함은 사랑이 아니라 광기라고 모두 생각했습니다. 그러자 여왕은 엘리사에게 애교 있게 말했습니다.

「엘리사, 당신이 이어서 이야기해요.」

그러자 엘리사는 곧바로 시작했습니다.

[사랑스러운 여인들이여, 앞에서 이야기한 것처럼 프란체스카 부인은 현명하게 귀찮은 일에서 벗어날 줄 알았습니다. 그런데 어느 수녀는 행운의 도움으로 즐겁게 말하면서 급박한 위험에서 벗어났습니다. 여러분이 알다시피 매우 어리석으면서도 다른 사람을 가르치고 처벌하는 사람들이 아주 많은데, 제 이야기를 통해 이해하실 수 있겠지만, 때로는 행운이 합당하게 그들을 질책하기도 합니다. 제 이야기에서 어느 수녀가 복종해야 하는 수녀원장에게 그런 일이 일어났습니다.

그러니까 롬바르디아에 거룩함과 신심으로 유명한 수녀원이 있었습니다. 거기에 있는 수녀 중 귀족 혈통에 놀라울 정도로 아름다운 젊은 여인이 있었는데, 이사베타라는 이름의 그녀는 어느 날 창살[6] 너머로 면회하러 온 친척을 만나러 갔다가, 그들과 함께 온 어느 멋진 청년을 사랑하게 되었습니다. 그리고 매우 아름다운 그녀를 본 청년도 벌써 그녀의 열망을 눈으로 감지하고 마찬가지로 그녀에 대한 사랑에 불붙었습니다. 그리고 각자의 커다란 괴로움과 함께 두 사람은 오랫동안 결실 없이 그 사랑을 간직했습니다.

그렇게 각자 애태우다가 마침내 청년은 수녀에게 몰래 갈 방법을 발견하게 되었고, 수녀도 만족하였기에 단지 한 번이 아니라 여러 번 서로의 커다란 즐거움과 함께 만났습니다. 하지만 그런 일이 계속되면서 어느 날 밤 둘이 전혀 모르는 상태에서 수녀 중 한 명이 청년이 이사베타와 헤어져 떠나는 것을 보았고, 그것을 수녀 몇 명에게 알렸습니다. 수녀들은 먼저 수녀원장에게 그녀를 고발하기로 논의했습니다. 수녀원장 우심발다는 수녀들이나 그녀를 아는 모든 사람의 견해에 의하면 훌륭하고 거룩한 여인이었습니다. 그런데 나중에 수녀가 부정하지 못하도록 수녀들은 청년과 함께 있는 현장을 수녀원장이 잡게 하고 싶었습니다. 그래서 조용히 그녀를 현장에서 잡기 위하여 비밀리에 감시하고 관찰하는 임무를 자기들끼리 분담하였습니다.

이사베타는 아무것도 모르고 어느 날 밤 청년을 오게 했고, 감시하고 있던 수녀들은 곧바로 알았습니다. 수녀들은 밤이 깊어지면서 적당한 시간이 된 것 같았을 때 두 무리로 나뉘어서, 한쪽은 감시하기 위해 이사베타의 방문 앞에 남아 있고, 다른 한쪽은 수녀원장의 방으로 달려가 문을 두드렸고

6 수녀원에서 외부와의 접촉을 막기 위해 설치해 놓은 창살이다.

대답한 원장에게 말했습니다.

「원장님, 빨리 일어나세요. 이사베타가 방에 청년을 데리고 있는 것을 발견했어요.」

바로 그날 밤 수녀원장은 종종 상자에 숨겨 불러들이던 신부와 함께 있었어요. 그 말을 듣고 수녀원장은 수녀들이 혹시 너무 서두르거나 아니면 의욕에 넘쳐 방문을 밀치다가 열리게 할까 두려웠기에, 황급히 일어나 어둠 속에서 가능한 한 옷을 잘 입었고, 〈프살테리움〉[7]이라 부르는 수녀들이 머리에 쓰는 접힌 베일을 집는다고 생각하면서 신부의 속옷을 집게 되었습니다. 그리고 너무 서두른 나머지 미처 깨닫지 못하고 그것을 베일 대신 머리에 썼고, 밖으로 나가 곧바로 뒤로 문을 잠그며 말했습니다.

「하느님께 저주받을 여자가 어디 있느냐?」

그리고 수녀들과 함께 이사베타의 방문에 이르렀습니다. 수녀들은 이사베타를 현장에서 잡으려는 것에 너무 불타고 몰두해 있었기에 수녀원장이 머리에 무엇을 쓰고 있는지 미처 보지 못했습니다. 수녀원장은 수녀들의 도움을 받아 방문을 열었고, 안으로 들어가 침대에서 두 연인이 껴안고 있는 것을 발견했습니다. 그렇게 갑작스러운 급습에 둘은 깜짝 놀랐고 어떻게 해야 할지 몰라 가만히 있었습니다.

젊은 수녀는 즉시 다른 수녀들에게 붙잡혔고, 수녀원장의 지시에 따라 회의실로 끌려갔습니다. 남아 있던 청년은 옷을

7 원문은 〈il salterio〉로, 수녀들이 머리에 쓰던 삼각형 베일을 가리킨다. 중세의 악기 프살테리움과 닮았기 때문에 그렇게 불렀다고 한다.

입고 일이 어떻게 끝날지 보려고 기다렸습니다. 만약 자기 연인에게 나쁜 일이 일어나면 아무리 많은 수녀에게 피해를 주더라도 연인을 데리고 가려는 의도로 말입니다.

수녀원장은 회의실의 자리에 앉아 모든 수녀가 오로지 죄인만 바라보고 있는 가운데 어느 여자도 듣지 못한 심한 욕을 퍼붓기 시작했습니다. 이 일이 외부에 알려지면 그녀 때문에 수녀원의 훌륭한 명성과 거룩함과 정숙함이 더러워진다고 말입니다. 그리고 욕에 뒤이어 심각한 위협도 덧붙였습니다. 젊은 수녀는 죄인으로서 부끄럽고 겁에 질려 뭐라고 대답할지 몰라 침묵하고 있었으니 다른 수녀들에게 연민을 불러일으켰습니다.

그리고 수녀원장이 계속 잔소리를 늘어놓는 동안 젊은 수녀는 얼굴을 들어 수녀원장이 머리에 쓰고 있는 것을 보았고, 끈이 이쪽저쪽으로 대롱대롱 늘어져 있는 것을 보았습니다. 그러자 그것이 무엇인지 알고 안심이 되어 말했습니다.

「원장님, 하느님께서 원장님을 도우신다면, 두건의 끈을 묶은 다음 저에게 원하는 것을 말하세요.」

수녀원장은 이해하지 못하고 말했습니다.

「무슨 두건이야, 사악한 여자야? 지금 농담할 용기가 있는 거야? 그런 짓을 하고도 농담하려는 거야?」

그러자 젊은 수녀는 다시 한번 말했습니다.

「원장님, 제발 두건의 끈을 묶으세요. 그런 다음 저에게 원하는 것을 말하세요.」

그러자 많은 수녀가 고개를 들고 수녀원장의 머리를 보았고, 수녀원장도 마찬가지로 손을 대보고 왜 이사베타가 그렇게 말하는지 깨달았습니다. 그러자 수녀원장은 자신도 똑같은 죄를 지었으며 모두가 보았기에 감출 수 없다는 것을 깨닫고, 설교를 바꾸어 조금 전과는 완전히 다른 방향으로 말하기 시작했습니다. 그리고 육체의 자극으로부터 자신을 방어하는 것은 불가능하다는 결론에 이르렀고, 따라서 그날까지 했던 것처럼 각자 할 수 있을 때 좋은 시간을 보내라고 조용히 말했습니다.

그렇게 젊은 수녀를 풀어준 다음 자기 신부와 함께 자러 갔고, 이사베타는 자기 연인과 함께 자러 갔으며, 이후에도 많은 수녀가 그녀를 질투하는데도 여러 번 그를 불러들였습니다. 연인이 없었던 다른 수녀들은 가능한 대로 비밀리에 자신의 모험을 찾았답니다.]

셋째 이야기

시모네 선생은 브루노와 부팔마코와 넬로의 요구대로
칼란드리노가 임신했다고 믿게 한다. 칼란드리노는 그들에게
약값으로 수탉과 돈을 주고, 아기를 낳지 않고 임신에서 벗어난다

엘리사가 이야기를 끝내자 젊은 수녀가 재치 있는 말로 질투하는 동료들의 공격에서 벗어나게 해주신 하느님께 모두

감사를 드렸습니다. 그런 다음 여왕은 필로스트라토에게 이어서 이야기하라고 명령했고, 그는 다른 명령을 기다리지 않고 시작했습니다.

[아름다운 여인들이여, 저는 어제 마르케 출신의 조잡한 재판관에 대해 이야기하느라고 원래 들려드리고 싶었던 칼란드리노에 대한 이야기를 하지 못했습니다. 그와 그의 동료들에 대해서는 많이 이야기되었어도 그에 관한 이야기는 즐거움을 더해 줄 수밖에 없으므로 어제 머릿속에 떠오른 이야기를 들려드리겠습니다.

제가 이 이야기에서 말하는 칼란드리노, 그리고 다른 사람들이 누구인지는 앞에서 충분히 알려졌습니다. 따라서 거기에 대해 더 말하지 않고 이야기하자면, 칼란드리노의 어느 숙모가 죽으면서 그에게 현찰로 피촐로 200리라[8]를 남겨 주었습니다. 그러자 칼란드리노는 땅을 사고 싶다고 말하기 시작했고, 피렌체의 모든 중개인과 마치 금화 1만 피오리노 정도 쓸 수 있는 것처럼 협상했는데, 협상은 요구한 땅의 가격에 이를 때마다 언제나 깨졌습니다. 그것을 알고 브루노와 부팔마코는 탄알[9]이나 만들 땅을 사러 돌아다니는 것보다 자기들과 즐기는 것이 훨씬 좋겠다고 여러 번 말했습니다. 하지만 즐기는 것은 고사하고 한 번이라도 먹을 것을 사주도록

---

8 피촐로 1리라는 240피촐로에 해당하는데, 피촐로는 가치가 아주 작은 화폐 단위였고, 따라서 피촐로 200리라는 그다지 큰돈은 아니었다.
9 원문은 〈pallottole〉로, 아마 석궁에 사용되는 탄알을 가리키는 것으로 짐작된다.

이끌 수도 없었습니다.

그래서 어느 날 거기에 대해 불평하고 있는데 마침 넬로라는 동료 화가가 왔고, 세 사람 모두 칼란드리노의 돈으로 잘 먹을 방법을 찾으려고 논의했습니다. 그리고 오래 지나지 않아 자기들끼리 해야 할 일을 정했고, 다음 날 아침 칼란드리노가 집에서 나오기를 기다리다가 그가 멀리 가지 않았을 때 그와 마주친 넬로가 말했습니다.

「안녕, 칼란드리노.」

칼란드리노는 하느님께서 그에게 좋은 하루와 좋은 한 해를 보내 주시기를 바란다고 말했습니다. 이어서 넬로는 잠시 멈추더니 그의 얼굴을 바라보기 시작했고, 그러자 칼란드리노는 말했습니다.

「뭘 그렇게 바라봐?」

그러자 넬로는 그에게 말했습니다.

「자네 어젯밤 별일 없었어? 예전 같지 않아 보여.」

칼란드리노는 곧바로 걱정되기 시작하여 말했어요.

「아이고! 뭐라고? 나에게 무슨 일이 있는 것 같아?」

넬로는 말했습니다.

「세상에! 그렇다고 말하고 싶지 않지만, 자네는 완전히 변한 것 같아. 아마 별일 아니겠지.」

그리고 그냥 가게 놔두었습니다. 칼란드리노는 별다른 것을 느끼지 않으면서도 완전히 걱정되었고 계속 갔습니다. 하지만 멀리 떨어지지 않은 곳에서 부팔마코가 넬로와 헤어져 오는 그를 보더니 다가와서 인사했고 아무것도 느끼지 못하느냐고 물었습니다. 칼란드리노는 대답했어요.

「모르겠어. 조금 전 넬로도 내가 완전히 변한 것 같다고 말하더군. 나에게 아무 일도 없겠지?」

부팔마코는 말했습니다.

「그래, 아무 일 없는 것이 아니라, 무슨 일이 있는 것 같아. 자네 반쯤 죽은 것 같아.」

칼란드리노는 벌써 열이 있는 것 같았습니다. 그런데 브루노가 다가오더니 무엇보다 먼저 말했어요.

「칼란드리노, 자네 얼굴이 왜 그래? 죽은 사람 같잖아. 무슨 일 있어?」

칼란드리노는 그들이 모두 그렇게 말하는 것을 듣고 자기가 분명히 병들었다고 생각했고 완전히 당황하여 물었습니다.

「어떻게 하지?」

브루노가 말했습니다.

「내가 보기에 자네 집으로 돌아가 침대로 가서 잘 덮고 있어야 할 것 같아. 그리고 자네 오줌[10]을 시모네 선생에게 보내게. 자네도 알다시피 그게 우리가 할 일이야. 그분은 즉시 자네가 해야 할 일을 말해 줄 것이고, 우리가 자네와 함께 있겠네. 만약 무언가 할 일이 있으면 우리가 하겠네.」

넬로가 그들과 합류했고 칼란드리노와 함께 그의 집으로 갔습니다. 그는 완전히 피곤한 모습으로 침실로 들어갔고 아

10 원문은 〈il segnal〉, 즉 〈증상〉인데, 당시에는 오줌이 중요한 진단 요소였다.

내에게 말했습니다.

「어서 나를 잘 덮어 줘. 지금 많이 아프니까.」

눕기 전에 자기 오줌을 어린 하녀를 통해 시모네 선생에게 보냈습니다. 시모네 선생은 당시 베키오 시장[11]에서 멜론[12] 간판을 단 병원에 있었습니다. 브루노는 동료들에게 말했습니다.

「자네들은 여기 칼란드리노와 함께 남아 있게. 나는 의사 선생이 뭐라고 하는지 알아보러 갈 테니까. 만약 필요하다면 선생을 여기로 모셔 오겠네.」

그러자 칼란드리노는 말했어요.

「세상에! 그래, 내 친구여, 가서 사실이 어떤지 알아보고 나에게 말해 주게. 내 안에 뭔가 있는 것 같으니까.」

브루노는 오줌을 가져간 어린 하녀보다 먼저 시모네 선생에게 갔고, 시모네 선생에게 자신들의 계획에 대해 알려 주었습니다. 그리하여 어린 하녀가 오자 시모네 선생은 오줌을 보고 하녀에게 말했습니다.

「가서 칼란드리노에게 따뜻하게 잘 덮고 있으라고 해라. 내가 곧바로 가서 무슨 일이 있는지, 또 뭘 해야 하는지 말해 줄 테니까.」

하녀는 그렇게 전했고, 얼마 지나지 않아 의사와 브루노가

<hr>

11 Mercato Vecchio. 피렌체 시내에 있던 커다란 시장으로 19세기 후반 철거되고 현재의 레푸블리카 광장이 들어섰다.

12 어리석은 바보라는 뜻이 내포되어 있다(여덟째 날 아홉째 이야기 주석 99 참조).

왔습니다. 의사는 옆에 앉아 맥을 짚어 보기 시작했고, 잠시 후 아내가 있는 자리에서 말했습니다.

「이보게, 칼란드리노, 친구로서 자네에게 말하는데, 자네는 다른 아픈 곳이 없고 단지 임신했을 뿐이네.」

칼란드리노는 그 말을 듣자 괴롭게 비명을 지르기 시작하면서 말했습니다.

「아이고! 테사, 당신이 나를 이렇게 만들었어. 당신은 위에서만 하려고 했으니까. 내가 당신에게 말했잖아!」

매우 정숙한 여자였던 아내는 고개를 숙이고 아무 대답도 하지 않고 방에서 나갔습니다. 칼란드리노는 탄식을 계속하면서 말했습니다.

「아이고, 불쌍한 내 신세! 어떻게 할까? 내가 어떻게 아이를 낳을까? 어디로 아기가 나오지? 나는 아내의 욕정 때문에 분명히 죽을 거야. 하느님, 내가 행복하고 싶은 만큼 아내가 슬프게 해주소서. 내가 지금 아픈 만큼 건강해져서 훨씬 나아지면, 일어나서 몸이 완전히 부서지도록 패줄 거야. 절대 위로 올라가게 놔두지 않았어야 했는데 말이야. 하지만 만약 내가 여기에서 살아남는다면, 아내는 분명히 욕망 때문에 죽을 지경일 거야.」

칼란드리노의 말을 듣고 브루노와 부팔마코와 넬로는 웃고 싶어 터질 지경이었지만 참았습니다. 하지만 원숭이[13] 의사 선생은 이빨이 모두 빠져나갈 정도로 거리낌 없이 웃어

____

13 원문은 〈쉼미오네Scimmione〉로, 〈시모네〉와 발음이 비슷하며 〈바보〉를 뜻하기도 한다.

댔습니다. 하지만 그래도 칼란드리노는 의사에게 그 일에 대한 도움과 충고를 부탁했고, 의사는 말했습니다.

「칼란드리노, 놀라지 않기를 바라네. 하느님 덕분에 우리는 그런 사실을 빨리 알게 되었고, 며칠 내에 내가 별로 힘들이지 않고 자네를 낫게 해줄 테니까. 하지만 돈을 조금 써야 해.」

칼란드리노는 말했습니다.

「아이고! 선생님, 제발 그렇게 해주세요. 지금 여기 멋진 땅을 사고 싶었던 200리라가 있어요. 만약 모두 필요하다면 다 가져가세요. 내가 아기를 낳지 않게만 해준다면 말이에요. 어떻게 해야 할지 모르니까요. 내가 듣기로 여자들은 아기를 낳을 때 필요한 그렇게 크고 좋은 것을 가지고 있으면서도 큰 소동을 벌인다고 하던데, 내가 그런 고통을 받으면 아기를 낳기 전에 죽을 거예요.」

의사는 말했습니다.

「걱정하지 말게. 내가 아주 훌륭하고 마시기 좋은 물약을 제조해 줄 텐데, 사흘 안에 모든 것을 해결해 줄 거야. 그리고 자네는 물고기처럼 건강해질 거야. 하지만 다음부터는 현명하게 행동해서 다시 그런 어리석은 일에 빠지지 말게나. 그런데 그 물약에는 크고 살진 수탉 여섯 마리가 필요하고, 또 다른 필요한 것들을 사도록 저들 중 누구에게 피촐로 5리라를 주게. 그리고 모든 것을 병원으로 가져오게 하게. 그러면 내가 하느님의 이름을 걸고 내일 아침 제조한 물약을 자네에게 보낼 테니까, 큰 잔으로 한 번씩 마시기 시작하게.」

칼란드리노는 그 말을 듣고 말했습니다.

「선생님, 그건 선생님이 알아서 해주세요.」

그리고 브루노에게 5리라와 수탉 여섯 마리를 위한 돈을 주었고, 친구들에게 그런 봉사에 수고해 달라고 부탁하였습니다. 의사는 떠났고 약간의 물약[14]을 만들어서 그에게 보냈습니다. 브루노는 수탉과 다른 먹을 것을 사서 의사와 친구들과 함께 즐겁게 먹었습니다. 그런 다음 의사는 친구들과 함께 그에게 갔고, 맥을 짚은 다음 말했습니다.

「칼란드리노, 자네는 틀림없이 나았네. 그러니 이제 안심하고 자네 일을 하러 가게. 이것 때문에 집에 있지 말고.」

칼란드리노는 기쁘게 일어나 자기 일을 하러 갔습니다. 그리고 어디서든 만나는 사람마다 시모네 선생이 자기에게 해준 멋진 치료를 칭찬했어요. 브루노와 부팔마코와 넬로는 재치 있게 칼란드리노의 탐욕을 놀려 준 것에 대해 만족했습니다. 비록 테사 부인이 그것을 알고 남편에게 많이 불평했지만 말입니다.]

넷째 이야기

체코 포르타리고는 본콘벤토에서 자신의 모든 것과
체코 안줄리에리의 돈까지 노름으로 잃고, 속옷 차림으로

14 원문은 〈chiarea〉로, 무슨 뜻인지 정확하게 알려지지 않았다. 일부에서는 약용으로 쓰는 포도주의 일종일 것이라 보기도 한다.

안줄리에리의 뒤를 쫓아가면서 그가 자기 것을 훔쳐 간다고 말해 마을 사람들이 그를 붙잡게 한다. 그리고 그의 옷을 입고 말에 올라타 가버리면서 그를 속옷 차림으로 남겨 둔다.

칼란드리노가 아내에게 한 말을 듣고 모두 커다란 웃음을 터뜨렸습니다. 하지만 필로스트라토의 이야기가 끝나자, 여왕이 원하는 대로 네이필레가 시작했습니다.

[훌륭한 여인들이여, 사람들이 다른 사람에게 자신의 어리석음과 악습보다 지혜와 덕성을 보여 주는 것이 더 어렵지 않다면, 자기 말을 억제하려 해도 헛수고가 될 것입니다. 그것은 바로 칼란드리노의 어리석음이 명백하게 보여 주었으니, 어리석게도 자기가 걸렸다고 믿는 병에서 낫고 싶은 나머지 아무 필요도 없이 자기 아내의 비밀스러운 즐거움을 공개적으로 드러냈지요. 그것과 반대되는 이야기가 제 머릿속에 떠올랐는데, 한 사람의 악의가 다른 사람의 판단력을 압도하여 압도당한 사람에게 심각한 피해와 모욕을 주는 이야기를 여러분에게 들려드리고 싶습니다.

그리 오래전이 아니었을 때 시에나에 이미 성년이 된 두 사람이 살았습니다. 둘 다 이름이 체코였는데, 한 명은 체코 안줄리에리, 다른 한 명은 체코 포르타리고[15]였습니다. 두 사람은 많은 나쁜 품행 중 하나에서 일치하였으니, 바로 둘 다

---

15 원문은 〈안줄리에리 씨의 체코〉와 〈포르타리고 씨의 체코〉로 되어 있는데, 둘을 구별하기 위해 각각 〈안줄리에리〉와 〈포르타리고〉로 표기하고 있어서 마치 성처럼 옮겼다.

자기 아버지를 싫어한다는 것이었습니다. 그렇게 일치한 그들은 친구가 되었고 함께 자주 어울렸습니다.

그런데 멋지고 고상한 남자였던 안줄리에리는 아버지가 주는 돈으로 시에나에서 사는 것이 좋지 않다고 생각했는데, 그의 오랜 보호자였던 추기경이 안코나 변경 지역[16]에 교황의 대리 통치자로 왔다는 소식을 듣고 자기 상황을 개선하려는 생각에 그에게 가려고 결심했습니다. 그래서 그런 생각을 아버지에게 말하고, 명예롭게 잘 입고 말을 타고 갈 수 있도록 여섯 달치 돈을 한꺼번에 받기로 합의했습니다.

그리고 자신에게 봉사하며 함께 갈 사람을 찾았는데, 포르타리고가 그 소식을 듣고 곧바로 안줄리에리에게 가서 가능한 한 잘 부탁했습니다. 자기를 데려가면 경비 외에 봉급 없이 자기가 하인으로서 모든 일을 할 것이라고 말입니다. 그러자 안줄리에리는 그를 데려가고 싶지 않다고 대답했습니다. 그가 모든 봉사에서 충분하다는 것을 모르기 때문이 아니라, 노름을 좋아하고 게다가 때로는 술에 취하기 때문이라고 말입니다. 그러자 포르타리고는 분명히 그 두 가지를 조심할 것이라고 많이 맹세하고 다짐하면서 부탁하였기에 결국 안줄리에리는 굴복하여 좋다고 했습니다.

그리하여 두 사람은 어느 날 아침 길을 나섰고, 식사 시간에 부온콘벤토[17]에 도착했습니다. 거기에서 안줄리에리는 식

16 원문은 〈Marca d'Ancona〉로, 신성 로마 제국 황제 하인리히 4세가 1210년에 현재 이탈리아 중동부의 안코나를 중심으로 하는 지역에 세웠으며, 교황과 황제 사이의 갈등 속에 결국 교황령에 포함되었다.

사하고 날씨가 무척 더웠기에 여관에 침대를 준비하게 하여 옷을 벗고 포르타리고의 도움을 받아 자러 가면서 아홉째 시간[18] 종이 울리면 깨우라고 했습니다. 안줄리에리가 잠들자 포르타리고는 술집으로 갔고, 거기에서 한참 술을 마신 다음 몇 사람과 노름을 시작했습니다. 그는 짧은 시간에 가지고 있던 돈을 모두 잃었고 마찬가지로 입고 있던 옷까지 잃었습니다. 그러자 그는 되찾고 싶은 욕망에 속옷 차림으로 안줄리에리가 자는 방으로 갔고, 곤하게 자고 있는 그를 보고 지갑에서 가진 돈을 모두 꺼내 노름판으로 돌아갔고 마찬가지로 모두 잃었습니다.

잠이 깬 안줄리에리는 일어나 옷을 입고 포르타리고를 찾았지만 보이지 않자 예전에도 으레 그랬듯이 다른 곳에서 자고 있다고 생각했습니다. 그래서 그냥 내버려두려고 생각하고 말에 안장을 얹고 짐가방을 실었습니다. 코르시냐노[19]에서 다른 하인을 구할 생각으로 말입니다. 그리고 떠나려고 여관 주인에게 돈을 치르려다 돈이 없어진 것을 발견했습니다. 그리하여 큰 소동이 벌어졌고 여관 전체가 혼란스러웠으니, 안줄리에리는 여관 안에서 도둑맞았다고 말했고 그들을 모두 잡아 시에나로 끌고 가겠다고 협박했습니다. 그런데 그때 포르타리고가 속옷 차림으로 왔습니다. 안줄리에리의 돈

17 Buonconvento. 시에나에서 남동쪽으로 25킬로미터 정도 떨어져 있는 마을이다.

18 오후 3시이다.

19 Corsignano. 현재는 피엔차Pienza로 시에나에서 남동쪽으로 60킬로미터 정도 떨어진 마을이다.

을 훔쳐 간 것처럼 그의 옷도 훔쳐 가기 위해서였지요. 그리고 안줄리에리가 말을 타려고 준비한 것을 보고 말했습니다.

「이게 무슨 일이야, 안줄리에리? 더 가려는 거야? 세상에! 잠시 기다리게. 내 조끼를 38솔도에 저당 잡은 사람이 곧 여기로 올 것인데, 분명히 35솔도만 주면 곧바로 돌려줄 거야.」

그리고 다른 여러 가지 말을 늘어놓고 있는데, 한 사람이 와서 안줄리에리에게 포르타리고가 그의 돈을 훔쳤다고, 노름판에서 잃은 돈의 양을 보여 주면서 분명하게 알려 주었습니다. 그러자 안줄리에리는 무척이나 화가 나서 포르타리고에게 엄청나게 욕을 퍼부었습니다. 만약 하느님을 두려워하지 않았다면 누구에게보다 더 많은 욕을 했을 것입니다. 그리고 교수형을 당하게 하거나 시에나에서 교수대 추방[20]을 받게 하겠다고 협박하면서 말에 올라탔습니다. 포르타리고는, 마치 안줄리에리가 자기가 아닌 다른 사람에게 말하는 것처럼, 이렇게 말했습니다.

「세상에! 안줄리에리, 제발 아무 소용도 없는 그런 말은 지금 그만두세. 그리고 이걸 생각하자고. 35솔도에 우리는 금방 되찾을 거야. 그런데 내일로 연기하면 그가 나에게 빌려 준 38솔도를 그대로 원할 거야. 그러니 내 부탁 좀 들어주게. 내가 그 사람과 협상했으니까. 세상에! 왜 그 3솔도를 아끼려고 하지 않는 거야?」

안줄리에리는 그런 말을 듣고 절망했습니다. 주위에 있던

___

20 만약 돌아오려고 시도하면 교수형에 처하는 추방이다.

사람들이 마치 포르타리고가 안줄리에리의 돈으로 노름한 것이 아니라, 안줄리에리가 아직 자기 돈을 가지고 있다고 믿는 것 같았기에 더욱 그랬습니다. 그래서 말했어요.

「이 교수형 당할 놈아, 내가 네 조끼와 무슨 관계가 있어? 너는 내 돈을 훔쳐 노름했을 뿐만 아니라 내 갈 길을 막고, 게다가 나를 놀리고 있잖아.」

그래도 포르타리고는 마치 자기에게 말하는 것이 아니라는 것처럼 태연하게 말했습니다.

「세상에! 왜 너는 내가 3솔도 버는 것을 원하지 않는 거야? 내가 아직 너에게 봉사할 수 있다고 생각하지 않아? 세상에! 너에게 내가 중요하다면 그렇게 해줘. 왜 이렇게 서두르는 거야? 우리는 오늘 저녁 이른 시간에 토레니에리[21]까지 충분히 갈 수 있어. 지갑을 찾아봐. 내가 시에나 전역에서도 이처럼 좋은 기회를 찾지 못한다는 것을 알아야 해. 그런데 내가 그 사람에게 38솔도에 넘겨주라고 하다니! 그것은 40솔도 이상 값이 나가니까, 자네는 나에게 두 가지로 피해를 주는 거야.」

안줄리에리는 그에게 도둑맞고 이제 말로 붙잡혀 있는 자신을 보고 심한 고통에 사로잡혔으니, 더 대답하지 않고 말머리를 돌려 토레니에리를 향해 가기 시작했습니다. 그러자 매우 교활한 속임수를 떠올린 포르타리고는 속옷 차림으로 뒤를 따라가기 시작했습니다. 그리고 여전히 조끼에 대해 부

---

21 Torrenieri. 부온콘벤토에서 남동쪽으로 10킬로미터 정도 떨어진 마을이다.

탁하면서 무려 2마일 이상을 따라가는 동안 안줄리에리는 그 지겨운 소리가 귀에 들리지 않도록 서둘렀습니다. 그러다가 포르타리고는 안줄리에리 앞의 길가 들판에 있는 농부들을 보고 그들에게 큰 소리로 외쳤습니다.

「저놈 잡아라, 저놈 잡아라!」

그러자 농부들은 누구는 삽을 들고, 누구는 괭이를 들고 안줄리에리의 앞을 가로막았습니다. 그가 뒤에서 속옷 차림으로 외치는 사람에게서 물건을 훔쳤다고 생각했으니까요. 그리하여 붙잡힌 안줄리에리는 그들에게 자기가 누구이며 일이 어떻게 되었는지 말했으나 소용이 없었습니다. 다가온 포르타리고는 악의적인 표정으로 말했어요.

「내가 왜 너를 죽이지 않는지 모르겠어, 내 것을 훔쳐 달아나는 이 배은망덕한 도둑놈아!」

그리고 농부들을 향해 말했습니다.

「보세요, 여러분, 이자는 내 모든 것을 노름에서 잃고 나서 나를 이렇게 여관에 남겨 두고 몰래 떠났어요! 그래도 하느님과 여러분 덕분에 이것이라도 되찾게 되었습니다. 여러분의 은혜를 평생 잊지 않겠습니다.」

안줄리에리도 마찬가지로 말했지만, 농부들은 그의 말을 듣지 않았어요. 포르타리고는 농부들의 도움으로 안줄리에리를 땅으로 끌어 내리고 옷을 벗겨 자기가 입고 말에 올라탔으며, 안줄리에리를 속옷 차림에 맨발로 남겨 두고 시에나로 돌아갔습니다. 그리고 말과 옷을 안줄리에리와 노름해서 땄다고 사방에 말했지요.

안줄리에리는 부자 차림으로 안코나 변경 지역의 추기경에게 가려고 했다가 불쌍하게 속옷 차림으로 부온콘벤토로 돌아왔고, 부끄러움에 한동안 감히 시에나로 돌아가지 못했습니다. 그래서 옷을 빌려 입고 포르타리고가 타고 온 비루먹은 말을 타고 코르시냐노의 친척들에게로 갔고, 거기에서 아버지로부터 다시 도움을 받을 때까지 머물렀습니다. 그렇게 포르타리고의 악의는 안줄리에리의 좋은 의도를 뒤엎었습니다. 비록 나중에 적당한 시간과 장소에서 안줄리에리가 보복했지만 말입니다.]

다섯째 이야기

칼란드리노는 어느 젊은 여인을 사랑하고, 브루노는 그에게
부적을 만들어 준다. 그 부적을 가지고 여인을 건드리자,
여인은 그와 함께 간다. 그리고 아내에게 발각된 칼란드리노는
아내와 심각하고 귀찮은 문제에 부딪힌다.

네이필레의 길지 않은 이야기가 끝났는데 아주 큰 웃음도 없고 별다른 논평도 없었습니다. 여왕은 피암메타를 향해 이어서 이야기하라고 명령했고, 그녀는 기꺼이 하겠다고 대답하고 이렇게 시작했습니다.

[고귀한 여인들이여, 여러분도 알고 있다고 믿지만, 이야기하려는 사람이 그에 필요한 시간과 장소를 적당하게 선택

할 줄 안다면, 많은 이야기 중에 즐겁지 않은 이야기는 없습니다. 그러므로 우리가 여기 있는 것은 즐겁고 좋은 시간을 보내기 위해서지 다른 목적이 아니라는 것을 고려해 보면, 즐거움과 기쁨을 줄 수 있는 모든 것이 여기에서 합당한 시간과 장소를 갖는다고 저는 생각합니다. 그러므로 칼란드리노에 대해 우리는 아주 많은 이야기를 했지만, 조금 전 필로스트라토가 말했듯이 모두 즐겁다는 것을 고려하면서 저는 또 다른 이야기를 들려드리고 싶습니다. 이 이야기의 실제 사실에서 벗어나고 싶다면 저는 다른 이름들로 구성하여 이야기할 수 있을 것입니다. 하지만 이야기하면서 실제에서 벗어나면 듣는 사람들에게 즐거움이 크게 줄어들 것이므로, 저는 위에서 말한 이유의 도움을 받아 사실대로 이야기하겠습니다.

니콜로 코르나키니[22]는 우리의 시민으로 부자였습니다. 그는 여러 소유지 중에 카메라타[23]에 멋진 땅을 갖고 있었으며, 거기에다 화려하고 멋진 집을 지었고 브루노와 부팔마코와 합의하여 집 전체에 그림을 그리기로 했습니다. 작업이 많았으므로 그들은 넬로와 칼란드리노도 합류시켜 일하기 시작했습니다. 방 몇 개에는 침대와 다른 필요한 것이 갖추어져 있었고 늙은 하녀가 집을 지키며 살았지만, 다른 가족은 없었습니다. 따라서 필리포라는 니콜로의 아들 하나가 젊고 아내가 없었으므로 이따금 여자를 데리고 와 즐기면서 하루나

---

22 코르나키니Cornacchini 가문도 피렌체의 유명한 가문이었다.
23 Camerata. 피에솔레 아래의 언덕이다.

이들 데리고 있다가 보내곤 했습니다.

그런데 한번은 필리포가 니콜로사라는 이름의 여자를 데려왔는데, 그녀는 만조네라는 악당이 카말돌리[24]의 집에 데리고 있으면서 돈을 받고 빌려주는[25] 여자였습니다. 니콜로사는 멋진 몸매에 옷을 잘 입었고 그런 환경에서도 상당히 품행이 바르고 말도 잘했습니다. 그녀가 어느 날 정오 무렵 방에서 나와 하얀 속옷 차림에 머리칼을 머리 위로 모아 올리고 집의 안뜰에 있던 우물에서 손과 얼굴을 씻고 있었는데, 칼란드리노가 물을 뜨러 왔다가 그녀에게 친숙하게 인사했습니다. 그녀는 대답하고 칼란드리노를 바라보기 시작했는데, 어떤 다른 욕망보다는 그가 이상한 사람처럼 보였기 때문이지요. 칼란드리노는 그녀를 바라보기 시작했는데, 아름다워 보였기에 더 머무를 이유를 찾기 시작하며 물을 뜨고 동료들에게 돌아가지 않았습니다. 하지만 그녀를 몰랐으므로 감히 아무 말도 하지 못했습니다. 그가 바라보는 것을 깨달은 그녀는 놀려 주기 위해 이따금 그를 보면서 작은 한숨을 내쉬곤 했어요. 그러자 칼란드리노는 곧바로 그녀를 사랑하게 되었고, 필리포가 방에서 그녀를 부를 때까지 안뜰에서 먼저 떠나지 않았습니다.

칼란드리노는 일하러 돌아와서도 한숨만 내쉴 뿐이었습니다. 브루노는 그의 일에서 커다란 즐거움을 얻었으므로 많은 관심을 기울이고 있었는데 그것을 알아채고 말했습니다.

24 Camaldoli. 피렌체 동쪽에 있는 지역이다.
25 말하자면 매춘을 시켰다는 뜻이다.

「도대체 무슨 일이야, 칼란드리노 친구? 자네 한숨만 쉬고 있잖아.」

그러자 칼란드리노는 말했습니다.

「친구, 나를 도와줄 사람이 있으면 나아질 거야.」

「뭐라고?」

브루노가 말했어요. 그러자 칼란드리노는 말했습니다.

「누구에게도 말하지 않아야 해. 저 아래에 어느 젊은 여자가 있는데, 요정보다 더 아름다워. 자네에게는 이상하게 보이겠지만, 그녀는 나를 사랑해. 방금 물을 뜨러 갔을 때 깨달았어.」

브루노는 말했습니다.

「세상에! 하지만 조심해, 필리포의 아내일지도 모르니까.」

칼란드리노는 말했습니다.

「그렇다고 생각해. 필리포가 부르자 그의 침실로 갔으니까. 하지만 그렇다고 해서 뭐가 중요하겠어? 나는 그런 일에서 필리포는 말할 것 없고 그리스도님도 속일 거야. 자네에게 사실대로 말하고 싶어, 친구. 나는 말할 수 없을 만큼 그녀가 좋아.」

그러자 브루노가 말했어요.

「친구, 그녀가 누구인지 내가 염탐해 주겠네. 만약 필리포의 아내라면, 내가 두 마디 말로 자네 일을 해결하겠어. 만약 그렇다면 그녀는 나와 친하니까. 하지만 어떻게 우리가 부팔마코에게 말하지 않겠는가? 그 친구와 함께하지 않으면 나는 그 여자에게 이야기할 수 없어.」

칼란드리노는 말했습니다.

「부팔마코라면 나는 괜찮아. 하지만 넬로는 조심해야 해. 넬로는 테사의 친척이라서 모든 것을 망칠 테니까.」

브루노는 말했습니다.

「맞는 말이야.」

그런데 브루노는 그녀가 누구인지 알고 있었습니다. 그녀가 오는 것을 보았고 필리포가 그에게 말해 주기도 했으니까요. 그래서 칼란드리노가 일하다가 잠시 그녀를 보러 간 사이에 브루노는 넬로와 부팔마코에게 모든 것을 말했습니다. 그리고 그런 그의 사랑에 대해 어떻게 할지 몰래 함께 논의했습니다. 그리고 칼란드리노가 돌아오자 브루노는 조용히 말했어요.

「그녀를 보았어?」

칼란드리노는 대답했습니다.

「세상에! 그래, 나를 완전히 죽였어.」

브루노는 말했습니다.

「그녀가 내가 생각하는 여자인지 가서 보아야겠어. 만약 그렇다면 나에게 맡겨.」

그리하여 브루노는 아래로 내려갔고, 필리포와 그녀를 만나 칼란드리노가 누구인지, 그가 자기들에게 무슨 말을 했는지 자세하게 말해 주었어요. 그리고 칼란드리노의 사랑에서 즐거움과 기쁨을 얻기 위해 그들과 함께 각자 말하고 해야 할 것에 대해 정했습니다. 그리고 칼란드리노에게 돌아와 말했습니다.

「그 여자가 맞아. 그러니 이 일은 아주 신중하게 해야 해.

만약 필리포가 알게 되면 변명의 여지가 없을[26] 테니까. 그런데 만약 내가 그녀에게 말하게 되면, 자네를 대신해서 어떤 말을 해주기를 바라는가?」

칼란드리노는 말했습니다.

「그래, 먼저 내가 그녀를 정말 엄청나게 좋아한다고 말해주게. 임신시킬 정도로 말이야. 그런 다음 그녀가 전혀 원하지 않더라도 나는 그녀의 종이라고 말해 주게. 내 말 알겠지?」

브루노는 말했어요.

「그래, 나한테 맡겨.」

저녁 식사 시간이 되자 그들은 일을 멈추고 아래 안뜰로 내려갔습니다. 거기에 필리포와 니콜로사가 있다가 칼란드리노를 위하여 머물렀고, 그러자 칼란드리노는 니콜로사를 바라보기 시작했고 세상에서 가장 이상한 행동을 하기 시작했는데, 장님이라도 알아차릴 정도였습니다. 다른 한편으로 니콜로사는 그를 불태우기에 좋다고 생각하는 모든 것을 했으며, 브루노에게서 얻은 정보에 따라 칼란드리노의 행동으로부터 세상에서 가장 재미있는 시간을 보냈습니다. 필리포는 부팔마코와 다른 친구들과 함께 이야기하면서 그런 사실을 모른 척했습니다. 하지만 잠시 후 칼란드리노가 무척 아쉽게도 그들은 떠났고, 피렌체를 향하면서 브루노가 칼란드리노에게 말했습니다.

「분명히 말하는데, 자네는 햇살 앞의 얼음처럼 그녀를 녹

---

26 원문은 〈아르노의 모든 강물이 우리를 씻을 것이다〉로, 거의 속담 같은 표현이다.

게 하더군. 하느님께 맹세코 만약 자네가 레벡[27]을 가져와 그녀와 함께 자네의 사랑 노래를 부르면, 그녀는 자네에게 오기 위해 창문을 땅에 던지게 될 거야.」

칼란드리노는 말했습니다.

「그렇게 보여, 친구? 레벡을 가져오는 것이 좋겠어?」

브루노는 대답했어요.

「그래.」

그러자 칼란드리노가 말했어요.

「오늘 내가 자네에게 말했을 때 자네는 믿지 않았어. 분명히, 친구, 나는 다른 누구보다 내가 원하는 것을 잘할 줄 알아. 나 아니면 누가 그녀처럼 아름다운 여자를 그렇게 빨리 사랑하게 만들 줄 알겠어? 온종일 위로 아래로 돌아다녀도 천년 동안 개암 세 움큼도 모을 줄 모르는[28] 헛바람만 가득한 청년들이 그렇게 할 줄 알겠어? 이제 내가 레벡 연주하는 것을 자네가 보면 좋겠어. 내가 얼마나 잘 연주하는지 말이야! 그리고 잘 들어. 나는 자네가 생각하는 만큼 늙지 않았어. 그 여자는 그걸 잘 알아. 하지만 그리스도의 진짜 몸에 맹세하는데, 만약 내가 그녀에게 손[29]을 댄다면 다른 방식으로 알게 해줄 거야. 나는 미친 여자가 아들을 뒤쫓듯이[30] 그녀가 나를 뒤쫓을 만큼 멋지게 해줄 테니까.」

27 중세와 르네상스 시대 유럽에서 사용되던 현악기이다.
28 아무것도 해내지 못한다는 뜻이다.
29 원문은 〈branca〉, 즉 〈앞발〉이다.
30 속담 같은 표현으로 무절제하게 사람이나 사물을 뒤쫓는 것을 가리킨다.

브루노는 말했습니다.

「오! 자네는 그 여자를 즐기겠군. 벌써 눈에 보이는 것 같아. 자네가 그 나무 받침대[31] 같은 이빨로 그 여자의 발그레한 입과 장미 같은 뺨을 깨물고, 그런 다음 완전히 잡아먹는 것을 말이야.」

칼란드리노는 그 말을 듣고 실제로 그러는 것 같아 기뻐서 뛰고 노래하면서 가만히 있지 못했습니다. 다음 날에는 레벡을 가져와 모두의 커다란 즐거움 속에 그녀와 함께 많은 노래를 불렀습니다. 간단히 말해 종종 그녀를 보려고 안절부절못했으니 전혀 일도 하지 않고 때로는 문으로, 때로는 창문으로, 때로는 안뜰로 그녀를 보러 달려갔습니다. 그리고 그녀는 브루노의 가르침대로 그에게 빌미를 아주 잘 주었습니다.

한편 브루노는 그의 전언에 대답해 주었고, 여자 쪽에서도 그에게 이따금 연락했습니다. 그래서 그녀가 없을 때는 대부분 그녀의 편지가 오게 했고, 편지에서는 그녀가 그와 만날 수 없는 친척 집에 있는 척하면서 그의 욕망에 커다란 희망을 주었습니다. 그리고 그런 식으로 일을 이끌어 가면서 브루노와 부팔마코는 칼란드리노에게서 커다란 즐거움을 얻었습니다. 마치 그의 여자가 요구하는 것처럼 때로는 상아 빗, 때로는 지갑, 때로는 작은 칼 같은 사소한 것을 선물하게 하고, 그에 대한 보답으로 그녀가 보낸 것처럼 아무 가치도 없는 가짜 반지를 가져다주었고, 그러면 칼란드리노는 엄청나

31 원문은 〈bischero〉로, 현악기의 줄 밑에 넣어 장력을 조절하는 나무 조각을 가리킨다. 동시에 비속어로 남성의 성기, 바보를 뜻하기도 한다.

게 좋아했습니다. 그 외에도 그들은 칼란드리노에게서 그의 일을 잘해 주도록 멋진 간식이나 다른 대접을 받았습니다.

그런데 그들이 그 이상 진전도 없이 그런 식으로 칼란드리노를 두 달 동안 붙잡아 두었으니, 칼란드리노는 작업이 끝나 가는데 만약 그 전에 자기 사랑의 결실을 보지 못하면 다시는 결실을 얻을 수 없으리라는 것을 알고 브루노를 압박하고 조르기 시작했습니다. 그리하여 니콜로사가 왔을 때 브루노는 먼저 필리포와 함께 그녀와 해야 할 일을 정한 다음 칼란드리노에게 말했습니다.

「여보게, 친구, 그 여자는 자네가 원하는 것을 하겠다고 나에게 수천 번이나 약속해 놓고 아무것도 하지 않고 있으니 자네를 놀리고 있는 것 같아. 그러니 그녀가 약속한 대로 하지 않으면, 자네만 좋다면, 그녀가 원하든 원하지 않든 하도록 우리가 만들어 보세.」

칼란드리노는 대답했습니다.

「세상에! 그래, 제발 곧바로 그렇게 해주게.」

브루노는 말했습니다.

「내가 만들어 줄 부적으로 그녀를 건드려 볼 생각이 있나?」

칼란드리노는 대답했어요.

「그래, 물론이지.」

브루노는 말했습니다.

「그렇다면 태어나지 않은 가죽 종이[32] 조금과 살아 있는 박쥐 한 마리, 향 세 조각, 축복받은 초 하나를 나에게 가져오게. 그리고 나한테 맡겨.」

칼란드리노는 박쥐를 잡기 위해 도구를 가지고 밤을 꼬박 보내다가 마침내 잡았고, 다른 것들과 함께 브루노에게 가져 갔습니다. 브루노는 방으로 들어가 종이에다 몇 개의 마법 글자와 함께 잎사귀들을 그렸고 그것을 가져다주면서 말했 습니다.

「칼란드리노, 만약 이 부적으로 그 여자를 건드리면, 그녀 가 즉시 자네 뒤를 따라가고 자네가 원하는 대로 한다는 것 을 알아야 해. 그러니까 만약 필리포가 오늘 다른 곳으로 가 면 어떤 식으로든 그 여자에게 다가가 건드려. 그리고 여기 옆에 짚을 쌓아 둔 창고로 가게. 거기에는 아무도 가지 않으 니까 가장 좋은 장소야. 그러면 그녀가 따라올 거야. 그녀가 오면 자네가 해야 할 일을 잘 알겠지.」

칼란드리노는 세상에서 가장 행복한 남자가 되었고 부적 을 들고 말했습니다.

「친구, 나한테 맡겨.」

칼란드리노가 조심하는 넬로는 동료들과 함께 이 일에서 즐거움을 얻었고, 같이 그를 놀려 주려고 했습니다. 그래서 브루노가 지시한 대로 피렌체에 있는 칼란드리노의 아내에 게 가서 말했습니다.

「테사, 칼란드리노가 무뇨네의 돌을 가지고 돌아온 날[33] 이

---

32 어미 양의 배에서 꺼낸 새끼 양의 가죽으로 만든 아주 섬세한 양피지 를 가리킨다.

33 여덟째 날 셋째 이야기 참조.

유 없이 너를 얼마나 때렸는지 알잖아. 그것에 대해 네가 복수하면 좋겠어. 만약 네가 복수하지 않는다면, 나를 친척이나 친구로 생각하지 마. 칼란드리노는 저기에서 어떤 여자에게 빠져 있는데, 그 여자가 얼마나 사악한지 종종 함께 만나러 간단 말이야. 그리고 조금 전에도 함께 이런저런 약속을 했어. 그러니까 네가 가서 보고 잘 혼내 주면 좋겠어.」

아내는 그 말을 듣자 장난처럼 보이지 않았습니다. 그래서 일어나 말하기 시작했습니다.

「아이고! 이 공개적인 도둑놈아, 네가 나에게 이런 짓을 해? 하느님께 맹세코 절대 그렇게 되지 않을 거야. 내가 대가를 치르게 해줄 테니까.」

그리고 망토를 들고 하녀와 함께 뛰어서[34] 넬로를 따라갔습니다. 브루노는 그녀가 오는 것을 멀리서 보고 필리포에게 말했어요.

「저기 우리 친구가 오네요.」

그러자 필리포는 칼란드리노와 동료들이 작업하고 있는 곳으로 가서 말했습니다.

「화가님들, 나는 지금 피렌체에 가야 하니, 열심히 작업하세요.」

그리고 떠나서 들키지 않고 칼란드리노가 하는 것을 볼 수 있는 구석으로 가서 숨었습니다. 칼란드리노는 필리포가 어느 정도 멀리 갔다고 생각하자 안뜰로 내려갔고, 니콜로사가

---

34 원문은 〈걸음보다 더 빠르게〉이다.

혼자 있는 것을 발견했습니다. 그리고 그녀와 함께 이야기하기 시작했고, 해야 할 일을 잘 알고 있던 그녀는 가까이 접근하여 평소보다 조금 더 친숙하게 대했습니다. 그러자 칼란드리노는 부적으로 그녀를 건드렸어요. 그리고 건드리자마자 아무 말 없이 발길을 돌려 짚 창고로 향했고, 니콜로사는 뒤따라갔습니다. 안으로 들어가자 그녀는 문을 잠그고 칼란드리노를 껴안았고 바닥에 있던 짚들 위로 쓰러뜨렸습니다. 그리고 그 위에 올라타고 두 손으로 어깨를 움켜잡아 얼굴을 가까이 대지 못하게 하면서 마치 커다란 욕망에 사로잡힌 듯 그를 바라보며 말했어요.

「오, 달콤한 나의 칼란드리노, 내 몸의 심장, 나의 영혼, 나의 행복, 나의 휴식이여, 얼마나 당신을 갖고 싶었고, 내 지혜[35]에 안고 싶었는지! 당신은 당신의 즐거움으로 나를 사로잡았고,[36] 당신의 레벡으로 내 심장을 가두었어요. 내가 당신을 잡고 있는 것이 사실일까요?」

칼란드리노는 겨우 움직일 수 있게 되자 말했습니다.

「세상에! 내 달콤한 영혼이여, 당신에게 입맞춤하게 놔줘요.」

니콜로사는 말했어요.

「오, 당신은 정말 성급하군요! 먼저 내 지혜로 당신을 바라

---

35 원문은 〈senno〉, 즉 〈지혜〉, 〈이성〉인데, 〈가슴〉, 〈품〉을 뜻하는 〈seno〉와 발음이 비슷하다. 그러니까 말장난으로 칼란드리노를 놀리고 있다.

36 원문은 〈tratto il filo della camisci〉, 직역하면 〈셔츠의 실을 끌었다〉이다.

보게 놔둬요. 내 눈이 이 달콤한 당신의 얼굴을 배부르게 바라보도록 놔둬요.」

브루노와 부팔마코는 필리포가 있는 곳으로 갔고, 세 사람 모두 그것을 보고 들었습니다. 그리고 칼란드리노가 벌써 니콜로사에게 입맞춤하려고 하는데, 그 순간 넬로가 테사 부인과 함께 도착했습니다. 도착하자 넬로는 말했어요.

「하느님께 맹세하는데, 둘이 함께 있어.」

그리고 창고 문에 이르자 부인은 분노에 떨며 손으로 문을 밀어 열어젖히고 안으로 들어갔고, 니콜로사가 칼란드리노 위에 올라타고 있는 것을 보았어요. 니콜로사는 부인을 보자 곧바로 일어났고 필리포가 있는 곳으로 달아났습니다. 테사 부인은 달려가 아직 일어나지 못한 칼란드리노의 얼굴을 손톱으로 온통 할퀴었고, 머리칼을 움켜잡아 여기저기 쥐어뜯으면서 말했습니다.

「이 부끄럽게 더러운 개야, 그래, 네가 나에게 이런 짓을 해? 미친 늙은이야, 내가 너에게 준 사랑은 저주받아라. 그러니까 네 집에서 하는 것이 충분하지 않아 다른 사람을 사랑하는 거야? 멋진 사랑이구나! 이제는 너 자신도 몰라, 악당아? 불쌍한 사람아, 너를 완전히 쥐어짜 봐도 샐러드에 적실 기름도 나오지 않는다는 것을 몰라? 하느님께 맹세코, 너를 임신하게 한[37] 여자는 테사가 아니야. 누구든 하느님께서 그년을 벌주시기를. 너같이 멋진 즐거움을 원하다니 그년은 사

___
37 앞의 셋째 이야기를 암시한다.

악한 것이 분명하니까!」

칼란드리노는 아내가 오는 것을 보고 죽은 것도 아니고 산 것도 아니었으니, 아내에게 감히 어떤 방어도 하지 못했습니다. 그래서 그렇게 온통 할퀴어지고 머리털이 뽑히고 엉망진창이 되면서도 자기 모자를 주워 들고 일어나서 아내에게 그렇게 소리치지 말라고 간곡하게 애원하기 시작했습니다. 자기와 함께 있던 여자는 집주인의 아내이기 때문에, 자기가 갈기갈기 찢어지는 것을 원하지 않는다면 소리치지 말라고 말입니다. 아내는 말했습니다.

「그래, 하느님께서 그년에게 천벌을 내리셔야 해!」

브루노와 부팔마코는 필리포와 니콜로사와 함께 그런 광경에 엄청나게 웃었습니다. 그리고 마치 소란스러움에 이끌려 거기에 온 것처럼 나타났고, 많은 이야기 끝에 아내를 달랬고, 칼란드리노에게는 만약 필리포가 이런 일을 알면 그를 해칠지도 모르니까 피렌체로 가서 다시는 거기에 오지 말라고 충고했습니다. 그리하여 사악하고 나쁜 사람이 된 칼란드리노는 상처투성이에 머리털이 뽑힌 채 피렌체로 돌아왔고, 다시는 감히 그곳에 가려고 하지 못하고, 밤낮으로 아내의 잔소리에 고통스럽고 괴로웠습니다. 그리고 그의 열렬한 사랑은 동료들과 니콜로사와 필리포에게 많은 웃음을 안겨 주면서 그렇게 끝났답니다.」

여섯째 이야기

두 청년이 어느 사람의 집에서 숙박하면서, 한 명은 그의 딸과
함께 자고, 그의 아내는 실수로 다른 한 명과 자게 된다. 딸과 함께 잔
청년은 그녀의 아버지 옆에 누워서 자기 동료인 줄 알고 모든 것을
이야기한다. 그리하여 소동이 벌어지는데, 실수를 깨달은 아내는
딸의 침대 안으로 들어가고, 그런 다음 몇 마디 말로 모든 것을 수습한다.

다른 때도 모든 사람을 웃게 한 칼란드리노는 이번에도 마
찬가지였습니다. 그의 사건에 대한 여인들의 말이 끝나자,
여왕은 판필로에게 이야기하라고 지시했고, 그는 이렇게 말
했습니다.

[존경스러운 여인들이여, 칼란드리노가 사랑한 니콜로사
의 이름을 들으니 다른 니콜로사의 이야기가 제 머릿속에 떠
올랐기에 그 이야기[38]를 들려드리고 싶습니다. 그 이야기에
서 여러분은 어느 착한 여인이 즉각적인 직감으로 커다란 곤
경에서 벗어나는 것을 보게 될 것입니다.

오래전이 아니었을 때 무뇨네 들판[39]에 어느 착한 사람이
살았는데, 그는 여행자들에게 적은 돈으로 먹고 마실 것을
팔았습니다. 그리고 가난해서 집이 작았지만, 때로는 꼭 필

38 중세 프랑스의 우화집 장 드 보베스Jean de Boves의 『곰베르와 두 성
직자De Gombert et les deux clercs』와 익명 저자의 『방앗간 주인과 두 성직자
Le Meunier et les deux clercs』에 나오는 이야기이다.
39 피렌체 동북쪽 무뇨네 강가의 지역으로 뒤에서 말하듯이 로마냐 지방
으로 통하는 길이 이곳을 지나간다.

요한 경우 아는 사람을 숙박시키기도 했습니다. 그의 아내는 상당히 아름다운 여인이었고 그들 사이에 자식이 둘 있었어요. 하나는 열다섯이나 열여섯 정도의 아름답고 우아한 처녀였는데, 아직 남편이 없었습니다. 다른 하나는 아직 한 살도 되지 않은 사내 아기로 엄마가 젖을 먹이고 있었습니다.

그런데 우리 도시의 멋지고 우아한 젊은 귀족이 그곳을 자주 지나다니다가 그 처녀를 눈여겨보았고 뜨겁게 사랑하게 되었습니다. 그리고 처녀는 그런 멋진 청년의 사랑을 받는 것을 매우 자랑스럽게 생각하였고, 그의 사랑에 즐거운 표정으로 맞이하려고 노력하는 동안 마찬가지로 그를 사랑하게 되었습니다. 만약 피누초라는 그 청년이 자신과 처녀에 대한 사람들의 비난을 피하려고 하지 않았다면, 그 사랑은 서로의 커다란 즐거움과 함께 여러 번 결실을 얻었을 것입니다. 날이 갈수록 사랑의 열기가 더해지면서 피누초는 어떻게 해서든지 그녀와 함께하고 싶은 욕망을 갖게 되었고, 그녀의 아버지 집에서 숙박할 방법을 찾아야겠다고 생각했습니다. 처녀의 집안 상황을 알고 있었으므로, 만약 그렇게 된다면 아무도 눈치채지 못하게 그녀와 함께할 수 있으리라고 생각했으니까요. 그리고 그런 생각이 머릿속에 떠오르자 곧바로 실행했습니다.

어느 날 저녁 늦게 피누초는 그 사랑을 알고 있는 아드리아노라는 신뢰하는 친구와 함께, 비루먹은 말 두 필을 빌려 짚으로 채운 짐가방 두 개를 싣고 피렌체를 떠났습니다. 그리고 한 바퀴 돈 다음 벌써 밤이 되었을 때 무뇨네 들판 위에 이르렀고, 마치 로마냐에서 오는 것처럼 방향을 돌려 집들이 있는 쪽으로 가서 착한 사람의 집을 두드렸습니다. 착한 사람은 두 청년 모두와 친했으므로 바로 문을 열어 주었습니다. 그에게 피누초는 말했어요.

「이봐요, 오늘 밤 우리에게 잠자리를 주어야겠어요. 오늘 피렌체에 들어갈 수 있으리라 믿었는데, 더 서두르지 못했어요. 그래서 당신이 보다시피 지금 여기에 도착했어요.」

그러자 주인은 말했습니다.

「피누초, 당신이 알다시피 내가 당신 같은 사람들을 재워 줄 수 있는 상황은 아니에요. 하지만 이 시간에 여기 도착했고 다른 곳에 갈 시간도 없으니, 기꺼이 당신들을 재워 주겠어요.」

그리하여 두 청년은 말에서 내려 초라한 여관으로 들어갔고, 먼저 말들을 보살핀 다음 이어서 저녁 식사를 가져왔기에 주인과 함께 먹었습니다. 그런데 이 집에는 자그마한 방이 하나뿐이었기에 주인은 침대 세 개를 가능한 한 잘 배치해 놓았습니다. 침대 두 개가 방의 벽 한쪽에 있고 세 번째 침대는 맞은편 벽 쪽에 있었으므로 남은 공간이 거의 없었고, 아주 좁은 곳으로 지나갈 수밖에 없었습니다. 주인은 침대 세 개 중에서 가장 덜 나쁜 것을 골라 두 친구가 자러 들어가게 했습니다. 그리고 잠시 후 둘 중 누구도 자지 않으면서 자는 척하고 있었는데, 주인은 남아 있는 두 침대 중 하나에 딸이 자러 들어가게 했고, 다른 침대에 자신과 아내가 들어갔고, 아내는 어린 아기가 들어 있는 요람을 자는 침대 옆에 두었습니다.

그렇게 배치된 것을 피누초는 모두 잘 보아 두었고, 얼마 후에 모두가 잠든 것처럼 보이자 조용히 일어나 자기가 사랑하는 처녀가 누워 있는 작은 침대로 가서 그녀 옆에 누웠습니다. 처녀는 비록 두려웠지만 즐겁게 그를 맞이하였고, 둘이 가장 열망하던 즐거움을 얻으면서 피누초는 그녀와 함께 머물렀습니다. 그런데 피누초가 처녀와 함께 있는 동안 고양이 한 마리가 물건들을 떨어뜨렸고, 부인은 그 소리를 듣고 잠이 깼습니다. 그래서 일어나 혹시 다른 일이 있는지 걱정되어 어둠 속에 소리가 난 곳으로 갔습니다. 한편 아드리아노는 그런 것에 신경을 쓰지 않고 있다가 우연히 육체적 욕구 때문에 일어났고, 그것을 해결하러 가다가 부인이 놓아둔 요람을 발견했는데, 요람을 치우지 않고는 너머로 갈 수 없었기에 그것을 들어 자기가 자는 침대 옆으로 옮겨 두었습니다. 그리고 자기 일을 해결하고 돌아오면서 요람에는 신경 쓰지 않고 침대로 들어갔습니다.

부인이 살펴보니 떨어진 물건은 자기가 생각한 것이 아니었으므로 불을 켜지 않고 고양이만 나무랐습니다. 그리고 작은 방으로 돌아와 더듬거리며 곧장 남편이 잠들어 있는 침대로 갔는데, 요람이 없는 것을 알고 혼자 속으로 말했습니다.

「아이고, 내가 정신이 없네! 뭐 하려고 했는지 봐. 하마터면 손님들의 침대로 갈 뻔했잖아!」

그리고 조금 더 앞으로 나가 요람을 발견하고 곁에 있는 침대로 들어갔고, 자기 남편인 줄 알고 아드리아노 옆에 누웠습니다. 아직 잠들지 않았던 아드리아노는 그것을 느끼고 즐겁게 부인을 잘 맞이하였고, 다른 아무 말도 하지 않고 한 번 이상 돛 줄을 팽팽히 당겨[40] 부인을 매우 즐겁게 해주었습니다.

그런 상황에서 피누초는 열망하던 즐거움을 얻은 다음 처녀와 함께 잠들까 봐 걱정되어 자기 침대로 돌아가 자려고 그녀 옆에서 일어났고, 침대로 가다가 요람을 발견하고 그것이 주인의 침대라고 생각했습니다. 그래서 조금 더 앞으로 가서 결국 주인 옆에 누웠고, 주인은 피누초가 오는 바람에 잠이 깼습니다. 피누초는 아드리아노 옆에 있다고 생각하여 말했습니다.

「이봐, 니콜로사만큼 달콤한 것은 전혀 없었어! 하느님께 맹세코, 남자가 여자와 얻을 수 있는 가장 큰 즐거움을 그녀와 가졌네. 내가 여기서 나간 뒤에 여섯 번이나 즐거움을 맛보았어.[41]」

주인은 그런 말을 듣고 즐겁지 않았기에 먼저 혼자 속으로 생각했습니다.

「이 사람이 여기에서 무슨 악마 짓을 한 거야?」

그런 다음 신중하기보다 화가 나서 말했습니다.

「피누초, 당신은 정말로 나쁜 짓을 했소. 당신이 나에게 왜 이런 짓을 하는지 모르겠군. 하지만 하느님께 맹세코, 그 대가를 치르게 할 거요.」

40 범선의 조작과 관련된 표현으로 여기에서는 지나치게 가득 채운다는 뜻으로 성적인 은유이다.
41 원문은 〈별장으로 올라갔다〉로, 마찬가지로 성적인 암시이다.

피누초는 세상에서 가장 현명한 청년은 아니었기에 자기 실수를 깨닫고도 가능한 한 잘 해결하려고 노력하지 않고 말했습니다.

「나에게 무슨 대가를 치르게 한다고요? 당신이 나에게 무엇을 할 수 있지요?」

주인의 아내는 남편과 함께 있다고 믿고 아드리아노에게 말했습니다.

「아이고! 우리 손님들이 무슨 말을 하고 있는지 들어봐요.」

아드리아노는 웃으면서 말했어요.

「그냥 놔둬요. 하느님께서 저주를 내릴 테니까요. 엊저녁 술을 너무 많이 마시더니.」

부인은 남편이 으르렁거리는 소리를 들은 것 같은 데다 아드리아노의 말을 듣고 곧바로 자기가 어디에 있고 누구와 함께 있는지 깨달았어요. 그녀는 현명한 여자였기에 아무 말 하지 않고 곧바로 일어나 아기의 요람을 들어, 방 안에 빛이 전혀 보이지 않았으므로 짐작으로 딸이 자는 침대 옆에 갖다 두고 딸 옆에 누웠습니다. 그리고 마치 남편의 소란에 잠이 깬 것처럼 남편을 불렀고, 피누초와 무슨 말을 하느냐고 물었습니다. 남편은 대답했지요.

「그가 오늘 밤 니콜로사에게 했다고 하는 말 듣지 못했소?」

부인은 말했습니다.

「뻔뻔하게 거짓말하는 거예요. 그는 니콜로사와 함께 자지 않았으니까요. 내가 잠이 오지 않아서 그 옆에서 잤거든요. 그런데도 당신은 바보처럼 그 말을 믿는군요. 엊저녁 당신들은 술을 너무 많이 마셨어요. 그리고 밤에 꿈을 꾸고 정신없이 여기저기 돌아다니더니 놀라운 일을 당한 것 같군요. 목이 부러지지 않았다니 정말 유감이네요! 그런데 피누초는 거기에서 뭐 하고 있어요? 왜 자기 침대에 있지 않은 거예요?」

다른 한편으로 아드리아노는 부인이 현명하게 자신의 부끄러움과 딸의 부끄러움을 덮은 것을 보고 말했습니다.

「피누초, 내가 돌아다니지 말라고 수백 번 말했잖아. 꿈꾸다가 일어나서 꿈꾼 것을 사실처럼 말하는 그 나쁜 습관 때문에 자네는 언젠가 큰 불행을 당할 테니까 말이야. 이리 돌아와, 하느님께서 자네에게 험한 밤을 주실 거야!」

주인은 아내가 한 말과 아드리아노가 한 말을 듣고 피누초가 꿈을 꾸고 있다고 확실하게 믿기 시작했습니다. 그래서 그의 어깨를 잡고 흔들며 부르기 시작했습니다.

「피누초, 일어나요. 당신 침대로 돌아가요.」

피누초는 그런 말을 이해하고 마치 꿈꾸는 사람처럼 다른 정신없는 짓들을 했습니다. 그러자 주인은 세상에서 가장 큰 웃음을 터뜨렸습니다. 마침내 피누초는 흔드는 것을 느끼고 잠이 깬 척했고, 아드리아노를 부르면서 말했습니다.

「벌써 날이 샜나? 왜 나를 깨워?」

아드리아노는 말했어요.

「그래, 이리 와.」

피누초는 무척 졸린 척하면서 마침내 주인 옆에서 일어나 아드리아노가 있는 침대로 돌아갔습니다. 그리고 날이 밝자 주인은 일어났고, 피누초와 그의 꿈에 대해 놀리면서 웃기 시작했습니다. 그렇게 두 청년은 이런저런 말을 나누면서 말을 준비하고 짐가방을 실었습니다. 그리고 주인과 술을 한잔 마시고 말에 올라타 피렌체로 갔습니다. 사건의 결과뿐 아니라 일어난 방식에 대해서도 무척 만족한 상태로 말입니다. 그 후로도 다른 방법을 찾아내 피누초는 니콜로사와 다시 만났습니다. 니콜로사는 어머니에게 분명히 피누초가 꿈꾸었다고 주장했고, 그래서 부인은 아드리아노의 포옹을 기억하며 자기 혼자만 깨어 있었다고 속으로 말했답니다.]

일곱째 이야기

탈라노 디몰레세는 늑대가 아내의 목과 얼굴을 완전히 물어뜯는
꿈을 꾸고, 아내에게 조심하라고 말하지만, 아내는 조심하지 않고,
실제로 그런 일이 일어난다.

판필로의 이야기가 끝나고 부인의 현명함을 모두가 칭찬한 다음 여왕은 팜피네아에게 이야기하라고 말했고, 그러자 그녀는 이렇게 시작했습니다.

[우아한 여인들이여, 많은 사람이 비웃는 꿈이 사실로 드러난 것에 대해 우리는 이야기한 적이 있습니다. 그렇지만 저는 아주 짧은 이야기로, 오래전이 아니었을 때 제 이웃 여인이 남편이 자기에 대하여 꿈꾼 것을 믿지 않았다가 일어난

200

일을 들려드리고 싶습니다.

탈라노 디몰레세라는 상당히 훌륭한 사람을 여러분은 아시는지 모르겠습니다. 그는 다른 여자보다 아름다운 마르게리타라는 젊은 여인을 아내로 맞이했는데, 그녀는 다른 모든 괴팍함과 함께 불쾌하고 까다로웠으니, 다른 사람을 위해 어떤 것도 하지 않으려고 했고, 다른 사람들도 그녀를 위해 아무것도 하지 않았습니다. 그것이 견딜 수 없을 만큼 심각했는데도 탈라노는 어쩔 수 없이 견디고 있었습니다.

그런데 어느 날 밤 탈라노가 아내 마르게리타와 함께 시골의 소유지 중 하나에 머무르며 자다가 꿈속에 아내가 집에서 멀지 않은 멋진 숲으로 가는 것을 보았습니다. 그리고 그렇게 가고 있는 동안 숲 한쪽에서 크고 난폭한 늑대 한 마리가 나오더니 아내의 목을 물어 땅으로 쓰러뜨렸고, 아내는 비명을 지르며 벗어나려고 노력하는 것 같았습니다. 그런 다음 늑대의 입에서 벗어났는데, 목과 얼굴이 완전히 망가진 것 같았지요. 아침에 일어나 그것을 아내에게 말했습니다.

「여보, 당신의 까다로운 성격 때문에 나는 당신과 하루도 좋은 날을 보낼 수 없었지만, 그래도 만약 당신에게 나쁜 일이 일어나면 괴로울 것이오. 그러니 내 충고를 믿는다면, 오늘은 집에서 나가지 마시오.」

그리고 아내가 이유를 묻기에 자기 꿈을 자세하게 이야기했어요. 아내는 머리를 흔들면서 말했습니다.

「당신을 싫어하는 사람은 당신에 대해 나쁜 꿈을 꾸는 법이에요. 당신은 나를 무척 걱정해 주는 척하지만, 나에 대해 보고 싶은 것을 꿈꾸는군요. 그러니 그런 일이나 다른 나의 불행으로 당신을 즐겁게 해주지 않기 위해 오늘뿐 아니라 영원히 조심할 거예요.」

그러자 탈라노는 말했습니다.

「당신이 그렇게 말하리라는 것을 잘 알고 있었소. 배은망덕한 자를 도와주는 사람[42]은 그런 대접을 받으니까 말이오. 당신이 좋은 대로 생각하시오. 나로서는 당신을 위해 말하는 것이니까. 그리고 다시 한번 충고하는데, 오늘은 집에 머물고 최소한 우리 숲으로 가지 않도록 조심해요.」

아내는 말했어요.

「그렇게 하지요.」

그런 다음 혼자 속으로 생각했습니다.

〈내가 오늘 우리 숲으로 가는 것을 두려워하게 만들려고 이이가 악의적으로 어떻게 하는지 보았지? 분명히 그 숲에서 어떤 나쁜 여자와 약속하고는 내가 발견하기를 원하지 않는 거야. 오! 장님들과 식사하면서 잘 먹으려는 것이군. 내가 그걸 모르고 그 말을 믿는다면 정말로 바보겠지! 하지만 분명히 그렇게 되지 않을 거야. 내가 거기 온종일 있어서라도, 오늘 이이가 하고 싶은 일이 무엇인지 보아야겠어.〉

그렇게 속으로 말한 다음 남편이 집 한쪽으로 나가자 아내는 다른 쪽으로 나갔습니다. 그리고 가능한 한 몰래 곧바로 숲으로 갔고, 숲속에서 가장 우거진 곳에 숨어 어떤 사람이

---

42 원문은 〈chi tigna pettina〉, 즉 〈옴 있는 자를 빗질해 주는 사람〉이다.

오는지 보려고 이쪽저쪽을 주의 깊게 바라보았습니다. 그렇게 늘대를 전혀 두려워하지 않고 있는 동안 바로 옆의 울창한 곳에서 크고 무시무시한 늘대가 나왔습니다. 늘대를 본 그녀는 겨우 이런 말만 했지요.

「주님, 도와주세요!」

그 순간 늘대는 그녀의 목으로 달려들어 세게 물었고, 마치 작고 어린 양처럼 그녀를 끌고 갔습니다. 목이 물렸기 때문에 그녀는 소리를 지를 수 없었고 다른 방법으로 도움을 청할 수도 없었습니다. 그래서 만약 양치기들을 만나지 못했다면, 끌고 가는 늘대가 분명히 목을 졸라 죽였을 것입니다. 양치기들은 고함을 지르며 그녀를 놓게 했고, 불쌍하게 괴로워하는 그녀를 알아보고 집으로 옮겼습니다. 의사들의 오랜 치료 끝에 그녀는 나았지만, 목 전체와 얼굴 일부에 흉터가 남았기 때문에 전에는 아름다웠으나 나중에는 언제나 흉측하고 일그러진 모습이 되었습니다. 그리하여 그녀는 불쌍하게도 어디든 나타나기를 부끄러워하면서 자신의 까다로운 성격과 사실로 드러난 남편의 꿈을 믿지 않은 것을 자주 후회했답니다.]

여덟째 이야기

비온돌로는 음식으로 차코를 속이고, 거기에 대해 차코는
신중하게 그가 엄청나게 두들겨 맞게 함으로써 복수한다.

탈라노가 자면서 본 것은 꿈이 아니라 환시였으며, 따라서 빠진 것 없이 그대로 일어났다고 즐거운 모임의 모든 사람이 한목소리로 말했습니다. 하지만 모두 침묵하자 여왕은 라우레타에게 이어서 이야기하라고 명령했고, 그녀는 말했습니다.

[현명한 여인들이여, 오늘 저보다 먼저 이야기한 분들은 거의 모두 앞에 이야기된 것에서 영감을 얻었습니다. 마찬가지로 저는 어제 팜피네아가 이야기한 학자의 가혹한 복수에서 영감을 얻어 이야기하겠습니다. 비록 그렇게 잔인하지는 않으나 당한 사람에게는 상당히 심각한 복수에 관한 이야기입니다.

피렌체에 모든 사람이 차코[43]라 부르는 사람이 있었는데, 누구보다 탐식이 강한 사람으로 자신의 탐식이 요구하는 비용을 자기 능력으로 감당할 수 없었습니다. 그래도 다른 한편으로 상당히 예의 바른 데다 멋지고 즐거운 재치 있는 말을 많이 알고 있었으므로, 완전히 궁정 사람은 아니더라도 재담꾼으로서, 맛있는 음식을 즐기는 부자들과 자주 어울리게 되었습니다. 그리고 매번 초대받지는 않았어도 상당히 자주 그들과 함께 점심이나 저녁 식사를 하러 가곤 했습니다.

비슷하게 그 무렵 피렌체에는 비온돌로라는 사람이 있었는데, 그는 몸집이 작고 매우 쾌활하고 파리처럼 아주 깨끗

---

43 Ciacco. 단테가 『신곡』에서 지옥의 탐식가들 사이에 배치한 인물과 동일인으로 보인다(「지옥」 6곡 38행 이하 참조). 〈Ciacco〉가 이름인지 별명인지 정확하게 알 수 없지만, 아마 〈돼지〉를 뜻하는 별명일 것으로 추정된다.

했고,[44] 긴 금발의 머리칼 하나도 흐트러지지 않도록 머리에 두건[45]을 쓰고 다녔으며, 차코와 똑같은 직업을 가지고 있었습니다. 그가 어느 사순절 아침에 생선을 파는 곳에 가서 비에리 데 체르키[46] 씨를 위해 커다란 칠성장어 두 마리를 사고 있는 것을 차코가 보고 가까이 다가가 말했습니다.

「이게 무슨 일인가?」

그러자 비온돌로는 대답했어요.

「엊저녁 이보다 훨씬 더 크고 멋진 세 마리와 철갑상어 한 마리를 코르소 도나티[47] 씨에게 보냈는데, 그것으로는 귀족들을 대접하는 데 충분하지 않아서 나에게 이 두 마리를 사게 하였네. 자네도 오지 않겠나?」

차코는 대답했습니다.

「내가 가리라는 것은 자네도 잘 알잖아.」

그리고 적당한 시간이 된 것 같아 코르소 씨의 집으로 갔고 그가 이웃 사람과 함께 있는 것을 발견했는데, 아직 식사하러 가지 않고 있었습니다. 코르소는 무엇 하러 가느냐고 물었고, 차코는 대답했습니다.

44 파리가 다리를 비비는 것이 몸을 깨끗이 하기 위한 것으로 생각하여 나온 표현이다.

45 원문 〈cuffia〉는 당시에 사용되던 천으로 만든 모자로 양쪽에 끈이 늘어져 턱 아래로 묶었으며, 남녀 모두 사용하다가 나중에는 주로 밤에 잠자리에 쓰는 용도로 사용되었다.

46 Vieri de' Cerchi. 피렌체 궬피 백당의 지도자로, 체르키 가문은 피렌체의 가장 부유하고 막강한 가문 중 하나였다.

47 Corso Donati(1250?~1308). 그는 궬피 흑당의 지도자였고, 따라서 비에리 데 체르키와는 적대적인 입장이었다.

「나리, 저는 당신과 당신 손님들과 함께 식사하러 가려고
왔습니다.」

그러자 코르소 씨는 말했습니다.

「그럼 잘 왔네, 지금 시간이 되었으니까. 자, 가세.」

그리하여 식탁에 앉았고, 먼저 병아리콩과 참치 뱃살을 먹
었고, 이어서 아르노강의 물고기 튀김을 먹었고, 그 이상은
없었습니다. 차코는 비온돌로에게 속았다는 것을 깨닫고 속
으로 적잖이 화가 났으니, 대가를 치르게 해주려고 결심했습
니다. 며칠 지나지 않아 비온돌로와 마주쳤는데, 그는 벌써
그 속임수에 대해 많은 사람을 웃게 해주었지요. 비온돌로는
차코를 보자 인사했고 웃으면서 코르소 씨의 칠성장어 요리
가 어땠냐고 물었습니다. 거기에 대해 차코는 웃으면서 말했
어요.

「그것에 대해서는 여드레가 지나기 전에 자네가 나보다 훨
씬 잘 말할 것이네.」

그리고 더 지체하지 않고 비온돌로와 헤어져 어느 교활한
사기꾼과 가격을 합의한 다음 그에게 커다란 유리병 하나를
주고 카비출리 주랑[48] 근처로 데려갔습니다. 그리고 주랑 아
래에 있는 필리포 아르젠티[49] 씨라는 크고 튼튼하고 강력하
며, 누구보다 쉽게 분노하고 경멸적이고 싸움 잘하는 기사를

48 loggia de' Cavicciuli. 카비출리 가문은 피렌체의 유명한 아디마리
Adimari 가문에서 나온 가문이고, 따라서 주로 〈아디마리 주랑〉으로 일컬어
졌다. 피렌체 중심가에 있던 이 건물은 다른 건물로 대체되었다.

49 Filippo Argenti. 쉽게 분노하는 이 인물도 단테의 『신곡』「지옥」 8곡
62행 이하에서 언급된다.

가리키며 말했습니다.

「이 병을 들고 저 사람에게 가서 이렇게 말하세요. 〈나리, 비온돌로가 저를 나리에게 보냈는데, 나리의 좋은 적포도주로 이 유리병을 루비 빛깔로 만들어 달라고 부탁하십니다. 식도락 친구들[50]과 잠시 즐겁게 놀고 싶기 때문이라고 말입니다.〉 그런 다음 저 사람이 당신을 붙잡지 못하게 조심해야 해요. 붙잡으면 당신에게 불행한 하루를 줄 테니까요. 그리고 내 일을 망치게 돼요.」

사기꾼은 말했습니다.

「다른 할 말은 없어요?」

차코는 말했습니다.

「없어요. 어서 가요. 그렇게 말한 다음 병을 가지고 여기 나에게로 와요. 그러면 돈을 줄게요.」

그리하여 사기꾼은 필리포 아르젠티 씨에게 가서 시킨 대로 했습니다. 필리포 아르젠티 씨는 쉽게 분노하는 사람이었기에 사기꾼의 말을 듣더니 비온돌로가 자기를 놀리는 것으로 생각하고 얼굴이 온통 붉어지더니 말했습니다.

「그 〈루비 빛깔로 만들어 달라〉는 것은 뭐고, 〈식도락 친구들〉은 뭐야? 하느님께서 너와 그놈을 저주하시기를!」

그리고 일어나 손으로 사기꾼을 잡으려고 팔을 뻗었습니다. 하지만 사기꾼은 조심하고 있었으므로 곧바로 달아났고, 다른 쪽으로 차코에게 돌아가 필리포 씨에게 그렇게 말했다

50 원문은 〈zanzeri〉로, 먹고 마시는 것을 지나칠 정도로 즐기는 친구들을 가리킨다.

고 했습니다. 차코는 모든 것을 보고 있었지요. 차코는 만족하여 사기꾼에게 돈을 주었고, 비온돌로를 다시 만나고 싶어 안달하다가 그를 보고 말했습니다.

「자네 근래에 카비츌리 주랑에 가본 적 있어?」

비온돌로는 대답했습니다.

「없어. 왜 그걸 묻지?」

차코는 말했어요.

「필리포 아르젠티 씨가 자네를 찾고 있었기 때문일세. 왜 찾는지 모르겠어.」

그러자 비온돌로는 말했습니다.

「좋아, 내가 가서 말해 보겠네.」

비온돌로는 떠났고, 차코는 일이 어떻게 되는지 보려고 뒤따라갔습니다. 필리포 씨는 사기꾼을 잡을 수 없었기 때문에 무척 화가 났고 속으로 완전히 부글부글 끓고 있었으니, 사기꾼이 한 말에서 다른 것은 모르고 단지 비온돌로가 누군가의 요구로 자기를 놀리고 있다는 것으로만 생각했습니다. 그리고 그렇게 속으로 끓고 있는데 바로 비온돌로가 온 것입니다. 비온돌로를 보자마자 다가간 그는 얼굴에 커다란 주먹을 한 방 날렸습니다. 비온돌로는 말했습니다.

「아이고! 나리, 이게 무슨 일입니까?」

필리포 씨는 그의 머리칼을 잡고 머리에서 두건을 벗겨 내 땅에 내팽개치고 계속 세게 때리면서 말했습니다.

「이 배신자야, 이게 무슨 일인지 네가 더 잘 알잖아? 네가 나에게 사람을 보내 〈루비 빛깔로 만들어 달라〉든지 〈식도락 친구들〉에 대해 말했으니까. 너에게는 내가 웃음거리로 삼을 어린애로 보여?」

그렇게 말하면서 마치 강철 같은 주먹질로 얼굴을 완전히 깨뜨렸기에 머리에는 머리칼 하나 제자리에 없었고, 그를 진흙탕 속에 내던져 입고 있던 모든 옷이 더러워졌습니다. 그렇게 하면서 얼마나 화가 났던지 비온돌로는 한마디 말도 하지 못하고 왜 그러는지 묻지도 못했습니다. 단지 〈루비 빛깔로 만들어 달라〉는 말과 〈식도락 친구들〉이라는 말은 잘 들었지만, 그게 무슨 뜻인지 몰랐습니다.

마침내 필리포 씨는 비온돌로를 충분히 두들겨 팼고, 주위에 있던 많은 사람이 세상에서 가장 힘들게 그의 손에서 정말로 엉망진창에 만신창이가 된 그를 끌어냈습니다. 그리고 왜 필리포 씨가 그랬는지 말해 주었으며, 필리포 씨가 누구인지, 그는 함께 농담할 사람이 아니라는 것을 미리 잘 알았어야 한다고 말했습니다. 비온돌로는 울면서 사과했고 필리포 씨에게 포도주를 달라고 사람을 보낸 적이 절대 없다고 말했습니다. 하지만 약간 수습이 된 다음 슬프고 괴로워하며 집으로 돌아가면서 그것은 차코의 짓이었다는 것을 깨달았습니다. 그리고 며칠 뒤 얼굴에 멍이 사라지고 다시 집 밖으로 나가기 시작했는데 차코를 만났습니다. 차코는 웃으면서 말했어요.

「비온돌로, 필리포 씨의 포도주 맛은 어땠나?」

비온돌로는 대답했지요.

「자네가 맛본 코르소 씨의 칠성장어 맛과 같았어!」

그러자 차코는 말했습니다.

「이제 자네에게 달려 있네. 자네가 그렇게 멋진 먹을 것을 나에게 주고 싶다면, 나는 자네에게 그렇게 멋진 마실 것을 주겠네.」

비온돌로는 차코에게 다시는 나쁜 장난을 할 수 없다는 것을 깨닫고 하느님께 그의 평화를 기원했습니다. 그리고 다음부터는 절대 그를 놀리지 않으려고 조심했답니다.]

아홉째 이야기

두 청년이 솔로몬에게 조언을 구한다. 한 명은 어떻게 하면 사랑받을 수 있을지 묻고, 다른 한 명은 어떻게 하면 까다로운 아내를 혼내 줄 수 있는지 묻는다. 솔로몬은 한 명에게는 사랑하라고 대답하고, 다른 한 명에게는 〈거위 다리〉에 가보라고 대답한다.

디오네오의 특권을 존중하려면 이제 이야기할 사람은 여왕밖에 남지 않았기에, 여왕은 불쌍한 비온돌로에 대해 여인들이 한참 웃고 난 뒤 즐거운 표정으로 이렇게 말하기 시작했습니다.

[사랑스러운 여인들이여, 건강한 정신으로 사물의 질서를 잘 살펴보면, 일반적인 여자들 대다수는 자연과 풍습과 법률에 의해 남자들에게 종속되고, 남자들의 신중함에 따라 지배되고 통솔되어야 함을 알 수 있습니다. 그러므로 자기가 종

속된 남자와 함께 평온함과 위안과 휴식을 얻고 싶은 여자는, 모든 현명한 여자의 특별한 최고 보물인 정절과 함께 겸손하고 인내심 있고 순종적이어야 합니다. 그리고 만약 모든 것에서 공동의 선을 관리하는 법률, 그리고 아주 크고 존경스러운 힘을 가진 풍습이나 관례가 우리를 길들이지 않는다면, 자연이 공개적으로 그것을 보여 줍니다. 자연은 우리 몸을 섬세하고 부드럽게 만들었고, 마음을 소심하고 겁 많게 만들었고, 정신을 너그럽고 자비롭게 만들었고, 또 우리에게 가벼운 육체적 힘과 사랑스러운 목소리, 부드러운 사지의 움직임을 주었으니, 이 모든 것은 우리에게 다른 사람의 지배와 통솔이 필요하다는 것을 증명하고 있습니다.

그러니 도움받고 지배받을 필요가 있는 사람은 모든 이성이 원하듯이 자기를 도와주고 지배하는 사람에게 종속되고 복종하고 존중해야 하는데, 남자들 외에 우리를 지배하고 도와주는 사람이 있습니까? 그러니까 우리는 남자들을 최대한 존중하면서 그들에게 종속되어야 합니다. 만약 여기에서 벗어나면 심한 비난뿐만 아니라 쓰라린 형벌을 받아야 합당하다고 생각합니다. 그리고 그런 생각을 저는 전에도 했지만, 조금 전 팜피네아가 탈라노의 까다로운 아내에 대해 이야기한 것에서 다시 그렇게 생각하게 되었습니다. 그런 아내에게 남편이 내릴 수 없었던 형벌을 하느님께서 내려 주셨던 것입니다. 그러므로 앞에서 말씀드린 것처럼, 자연과 풍습과 법률이 원하듯이 사랑스럽고 너그럽고 순종적인 것에서 벗어나는 여자들은 모두 엄하고 가혹한 형벌을 받아야 한다고 저

는 판단합니다.[51]

그래서 저는 그런 잘못을 저지른 여자들을 치료하는 데 유용한 약으로 솔로몬이 해준 충고를 여러분에게 이야기하고 싶습니다. 그런 약이 필요하지 않은 여자에게는 그런 충고가 필요 없을 것입니다. 비록 남자들은 이런 속담을 즐겨 말하지만 말입니다. 〈좋은 말이든 나쁜 말이든 박차가 필요하고, 좋은 여자든 나쁜 여자든 몽둥이가 필요하다〉는 속담이지요. 그런 말을 농담으로 이해하려는 사람은 모두 가볍게 받아들이겠지만, 도덕적으로 이해하고자 한다면 그대로 받아들여야 한다고 말하고 싶습니다. 여자는 자연적으로 모두 변덕스럽고 쉽게 실수합니다. 그러므로 자기에게 부여된 한계 너머로 지나치게 넘어가는 여자들의 부당함을 교정하기 위해서는 처벌하는 몽둥이가 필요하고, 여자들의 덕성을 유지하기 위해서는 이탈에 이끌리지 않도록 겁을 줄 몽둥이가 필요하지요. 하지만 이제 설교는 그만두고 제가 이야기하려고 마음먹었던 것으로 돌아와 말하겠습니다.

솔로몬의 놀라운 지혜에 대한 탁월한 명성은 이미 온 세상 모든 사람이 이야기하고 있습니다. 그리고 그의 지혜는 경험으로 확실함을 원하는 모든 사람에게 너그럽게 보여 준 지혜였으므로, 많은 사람이 온 세상에서 힘들고 절박한 문제에

51 이러한 남성 우월주의적 관념은 당시 유럽에 널리 퍼져 있었다. 하지만 『데카메론』의 다른 이야기들에서 드러나는 여성 중심적 주장과는 모순된다. 물론 이런 서두는 이 이야기의 사건 진행과 어울리는 주장을 예고하기 위한 것으로 보아야 할 것이다.

212

대한 충고를 위하여 그에게 달려갔지요. 그렇게 달려간 사람 중에 멜리소라는 청년이 있었는데, 자기가 태어나고 사는 도시 라이아초[52]의 매우 부유한 귀족이었습니다. 그는 예루살렘을 향하여 말을 타고 가다가 안티오키아를 지나가면서 조세포라는 다른 청년을 만났는데, 그가 가는 길과 똑같은 길을 가고 있었기에 한동안 함께 말을 타고 갔고, 여행자들이 으레 그렇듯이 함께 이야기를 나누게 되었습니다.

멜리소는 조세포에게서 그가 누구이며 어디에서 왔는지 들었고, 어디로 가고 왜 가는지 물었습니다. 그러자 조세포는 솔로몬에게 가는 길이며, 자기 아내가 어떤 여자보다 까다롭고 심술궂은데, 애원이나 유혹이나 어떤 방법으로도 그런 까다로움을 고칠 수 없어서 어떻게 해야 할지 충고를 구하러 간다고 했습니다. 그리고 이어서 조세포는 그에게 어디에서 왔고 어디로 가고 있으며, 왜 가는지 물었습니다. 그러자 멜리소는 대답했어요.

「나는 라이아초에서 왔는데, 당신이 불행을 가진 것처럼 나도 다른 불행을 가지고 있어요. 나는 젊고 부자이며 도시 사람들을 대접하고 함께 식사하는 데 돈을 쓰지요. 그런데 정말 이상한 게 그럼에도 나를 좋아하는 사람이 없어요. 그래서 당신이 가는 곳으로 가는 중이오. 내가 사랑받으려면 어떻게 해야 할지 충고를 구하려고 말입니다.」

그렇게 두 청년은 함께 갔고, 예루살렘에 도착하여 어느

52 다섯째 날 일곱째 이야기의 주석 47 참조.

귀족의 안내를 받아 솔로몬 앞으로 갔습니다. 솔로몬에게 멜리소가 간단하게 자기 문제를 말했습니다. 그러자 솔로몬은 말했어요.

「사랑해라.」

그 말만 듣고 멜리소는 곧바로 밖으로 나가야 했어요. 이어서 조세포가 자기 문제를 말했습니다. 그러자 솔로몬은 단지 이렇게 대답했을 뿐입니다.

「〈거위 다리〉로 가라.」

그 말만 듣고 조세포도 마찬가지로 즉시 솔로몬 앞에서 물러나야 했습니다. 기다리고 있던 멜리소와 다시 만난 그는 답변으로 들은 것을 말해 주었습니다.

두 청년은 그 말을 생각해 보았으나 자신들의 문제에 대한 어떤 결과나 의미를 이해할 수 없었으므로 마치 조롱당한 것처럼 돌아가는 길로 떠났습니다. 그리고 며칠 동안 여행한 끝에 어느 강 위에 놓인 멋진 다리에 이르렀습니다. 그런데 대규모 대상(隊商)이 노새들과 말들 위에 짐을 싣고 지나가고 있었기 때문에, 그들이 모두 통과할 때까지 기다려야 했습니다. 그리고 거의 모두가 지나갔을 때 우연히 노새 한 마리가, 우리가 종종 볼 수 있듯이, 겁이 나서 어떤 방법으로도 앞으로 지나가려고 하지 않았습니다. 그러자 마부는 막대기를 들고 다리를 처음에는 절제 있게 때리기 시작했어요. 하지만 노새는 때로는 이쪽 때로는 저쪽으로 길을 가로지르고, 때로는 뒤로 돌아오면서 어떻게 해도 지나가려고 하지 않았습니다. 그러자 마부는 엄청나게 화가 나서 막대기로 세상에서 가장 세게 때리기 시작했으니, 때로는 머리, 때로는 옆구리, 때로는 등을 때렸지만 아무 소용이 없었습니다. 그 광경을 보고 있던 멜리소와 조세포는 마부에게 부드럽게 말했습니다.

「세상에! 어떻게 하려고 그래요? 죽이려는 거예요? 왜 부드럽게 달래서 데려가려고 생각하지 않아요? 몽둥이로 때리는 것보다 그게 나을 것입니다.」

그러자 마부는 대답했어요.

「당신들은 당신들의 말을 알고, 나는 내 노새를 알아요. 그러니 내가 알아서 하게 놔두시오.」

그렇게 말하고는 다시 두들겨 패기 시작했고, 이쪽저쪽 한참 때리니 노새가 앞으로 나갔습니다. 그러니까 마부가 이겼던 것입니다. 그리하여 두 청년은 다시 떠나려고 했는데, 조세포가 다리 끝에 앉아 있던 어느 사람에게 그 다리 이름이 뭐냐고 물었습니다. 그러자 그 사람이 대답했어요.

「여기는 〈거위 다리〉라고 합니다.」

그 말을 듣고 조세포는 솔로몬의 말이 기억났고, 그래서 멜리소에게 말했습니다.

「친구여, 솔로몬이 나에게 한 충고가 훌륭하고 사실인 것 같군요. 나는 내 아내를 때릴 줄 몰랐다는 것을 아주 분명히 알겠으니까 말이오. 이 마부는 내가 해야 할 일을 보여 주었소.」

그리고 며칠 뒤 그들은 안티오키아에 도착했고, 조세포는 며칠 동안 쉬었다 가라고 멜리소를 자기 집에 머물게 했습니다. 아내는 쌀쌀하게 맞이했고, 조세포는 아내에게 멜리소가 요구하는 대로 저녁 식사를 준비하라고 말했습니다. 멜리소는 간략하게 몇 가지를 말했어요. 아내는 과거에 으레 그랬던 것처럼 멜리소가 요구한 대로가 아니라 거의 완전히 정반대로 했고, 그것을 보고 조세포는 화가 나서 말했습니다.

「이 저녁 식사를 어떤 식으로 준비하라고 말하지 않았소?」

아내는 오만하게 몸을 돌리고 말했어요.

「그게 무슨 말이에요? 세상에! 먹지 않겠다는 거예요? 나에게 다른 식으로 준비하라고 말했어도, 나는 이렇게 하고 싶었어요. 좋으면 먹고, 싫으면 먹지 말아요.」

멜리소는 아내의 말에 깜짝 놀랐고 속으로 상당히 비난했습니다. 조세포는 그 말을 듣고 말했습니다.

「여보, 당신은 여전히 똑같군. 하지만 이제 내가 당신 태도를 바꾸게 해주겠소.」

그리고 멜리소를 향해 말했습니다.

「친구여, 솔로몬의 충고가 무엇인지 이제 봅시다. 하지만 부탁하건대, 보는 것이 당신에게 힘들지 않기를 바라고, 내가 하는 것이 장난이라고 생각하기를 바라오. 그리고 당신은 나를 제지하지 말고, 우리가 노새를 불쌍하게 생각했을 때 마부가 한 말을 기억하시오.」

그러자 멜리소는 말했습니다.

「나는 당신 집에 있어요. 그러니 당신이 원하는 대로 하겠어요.」

조세포는 싱싱한 참나무로 만든 둥근 몽둥이를 들더니 아내가 짜증을 내며 식탁에서 일어나 투덜거리면서 들어간 침실로 갔고, 아내 머리채를 잡아 발 앞에 내팽개치고 몽둥이로 사정없이 후려치기 시작했습니다. 아내는 처음에는 비명을 지르고 이어서 위협도 했지만, 그런데도 조세포가 그만두지 않는 것을 보고 벌써 완전히 망가진 채 제발 죽이지 말라고 자비를 빌기 시작했고, 이제 절대로 그가 원하는 것에서 벗어나지 않겠다고 말했습니다. 그래도 조세포는 그만두지 않고 오히려 더 광폭하게 때로는 이쪽, 때로는 저쪽 옆구리, 때로는 엉덩이, 때로는 등짝을 세게 때리고 온몸을 두드리면서[53] 지칠 때까지 멈추지 않았습니다. 간단히 말해 아내의 등에 피부나 뼈가 성한 곳이 없었습니다. 그렇게 한 다음 조세포는 멜리소에게 와서 말했습니다.

「〈거위 다리로 가라〉는 충고가 효과가 있을지 내일 봅시다.」

그리고 잠시 쉬고 나서 손을 씻고 멜리소와 함께 저녁을 먹었고, 시간이 되자 쉬러 갔습니다.

불쌍한 아내는 힘겹게 바닥에서 일어나 침대에 몸을 던지고 가능한 한 잘 쉬었습니다. 그리고 아침이 되자 일찍 일어나 조세포에게 식사로 무엇을 준비하기를 원하느냐고 물었습니다. 그러자 조세포는 멜리소와 함께 웃으면서 지시했습니다. 그런 다음 식사 시간이 되어 가보니 모든 것이 지시한 때로 아주 훌륭하게 차려져 있는 것을 발견했습니다. 그래서

---

53 원문은 〈꿰맨 곳들을 찾으면서〉인데, 재봉질에서 쓰는 표현으로 꿰맨 자리를 뜨거운 쇠로 두드려 평평하게 펴는 작업을 가리킨다.

처음에는 잘 이해할 수 없었던 충고를 최고로 칭찬했습니다.

며칠 뒤 멜리소는 조세포의 집에서 떠나 자기 집으로 돌아왔고, 어느 현명한 사람에게 솔로몬이 한 말을 해주었습니다. 그러자 그는 말했어요.

「그보다 더 훌륭하고 진실한 충고는 줄 수 없었습니다. 당신이 알다시피 당신은 사람들을 사랑한 것이 아니었어요. 당신이 베푸는 봉사나 대접은 당신이 누군가에게 가진 사랑 때문이 아니라 과시하기 위한 것이었어요. 그러니 솔로몬이 말한 대로 사랑하세요. 그러면 사랑받을 것입니다.」

그리하여 까다로운 여자는 벌을 받았고, 청년은 사랑하면서 사랑받았답니다.]

열째 이야기

잔니 신부는 친구 피에트로의 요구로 그의 아내를 암말로 변하게 하는 마법을 실행한다. 그리고 꼬리를 붙이려고 하는 순간, 친구 피에트로가 꼬리는 원하지 않는다고 말함으로써 모든 마법을 망친다.

여왕의 그런 이야기에 여인들은 약간 불평했고, 청년들은 웃었습니다. 하지만 웃음이 멈추자 디오네오는 이렇게 말하기 시작했습니다.

[우아한 여인들이여, 많은 하얀 비둘기 사이에서는 새하

얀 백조보다 검은 까마귀가 아름다움을 더해 주는 것처럼, 때로는 많은 현명한 사람 사이에서 덜 현명한 사람이 그들의 성숙함에 찬란함과 아름다움뿐만 아니라 즐거움과 유쾌함도 더해 줍니다. 따라서 여러분은 모두 신중하고 온화하므로, 판단력이 부족하다고 느끼는 저는 제 결점으로 여러분의 역량을 더 빛나게 함으로써, 더 큰 가치로 어둡게 하는 것보다 여러분에게 더 소중하게 보일 것입니다. 결과적으로 있는 그대로 제 모습을 보여 주는 데에서 저는 더 포괄적인 자의성을 가져야 하고, 따라서 제가 현명할 때보다 더 인내심 있게 제가 이야기하려는 것을 받아들여 주시기를 바랍니다. 그러니까 저는 너무 길지 않은 이야기를 들려드릴 텐데, 거기에서 여러분은 마법의 힘을 쓰는 사람들이 시키는 것을 얼마나 진지하게 지켜야 하는지, 그리고 그 과정에서 범하는 사소한 실수가 마법 부리는 사람이 하는 일을 망친다는 것을 알게 될 것입니다.

몇 년 전 바를레타[54]에 잔니 디 바롤로라는 신부가 있었습니다. 그는 가난한 성당을 담당했기 때문에 생활을 유지하기 위해 말 한 마리에 물건을 싣고 풀리아의 시장들을 여기저기 돌아다니면서 팔기 시작했습니다. 그리고 그렇게 다니면서 피에트로 다 트레산티[55]라는 사람과 매우 친해졌는데, 그는 당나귀 한 마리를 가지고 그와 똑같은 일을 하고 있었지요.

54 Barletta. 이탈리아 남부 풀리아 지방의 아드리아해 바닷가의 도시이다.
55 Tresanti. 바를레타에서 서쪽에 있는 마을이다.

그래서 풀리아 지방의 방식대로 친밀함과 우정의 표시로 그를 친구[56] 피에트로라고 불렀습니다. 그가 바를레타에 올 때마다 신부는 언제나 자기 성당으로 데려가 재워 주고 가능한 한 잘 대접했어요.

다른 한편으로 친구 피에트로는 매우 가난해서 트레산티에 작은 집을 가지고 있었으니, 자신과 젊고 아름다운 아내와 당나귀에게 겨우 충분할 정도였습니다. 그래서 잔니 신부[57]가 트레산티에 올 때마다 자기 집으로 데려갔고, 바를레타에서 받는 대접에 대한 보답으로 가능한 한 잘 대접했습니다. 하지만 잠자리에 있어 아름다운 자기 아내와 함께 자는 작은 침대 하나뿐이어서 피에트로는 원하는 만큼 잘 대접할 수 없었습니다. 그래서 마구간에 자기 당나귀 옆에 잔니 신부의 암말을 두고, 그 옆 짚단 위에서 신부를 재울 수밖에 없었습니다. 아내는 신부가 바를레타에서 남편을 잘 대접해 주는 것을 알고 있었으므로, 신부가 올 때마다 주디체 레오[58]의 젊은 신부 카라프레사라는 이웃 여인과 자러 갈 테니 신부에게 남편과 함께 침대에서 자라고 여러 번 말했지만, 신부는 절대 그렇게 하려고 하지 않았습니다. 그러던 중 한번은 피에

---

56 원문은 〈compare〉로, 이탈리아 남부에서 친구나 가까운 남자에게 붙이는 칭호이다.

57 원문은 〈Donno Gianni〉인데, 〈donno〉 또는 줄여서 〈don〉은 성직자나 귀족 등 상대방을 높여 부르는 칭호이다. 여기에서는 그냥 〈잔니 신부〉로 옮긴다.

58 일부 판본에는 소문자로 되어 있고, 그 경우 〈재판관 레오〉로 옮길 수도 있다. 물론 여기에서는 직책보다 별명일 가능성이 높다.

트로의 아내에게 말했습니다.

「젬마타 부인, 나 때문에 신경 쓰지 말아요. 나는 잘 지내니까요. 왜냐하면 나는 원할 때 이 암말을 멋진 처녀로 변하게 하여 함께 머무르고, 그런 다음 다시 암말로 되돌리기 때문이에요. 그러니 이 암말과 떨어질 수 없어요.」

젊은 아내는 깜짝 놀랐고 그 말을 믿었어요. 그리고 그것을 남편에게 말하면서 이렇게 덧붙였습니다.

「만약 신부님이 당신이 말하는 것처럼 그렇게 가까운 친구라면, 왜 그런 마법을 가르쳐 달라고 하지 않아요? 그러면 당신은 나를 암말로 변하게 해서 당나귀와 함께 당신 일을 하면 두 배로 벌 수 있잖아요? 그리고 집으로 돌아와서 나를 지금처럼 여자로 만들면 되잖아요.」

상당히 어리석은 사람이었던 피에트로는 그 말을 믿었고 충고대로 하기로 합의했습니다. 그리고 잔니 신부에게 그것을 가르쳐 달라고 조르기 시작했습니다. 잔니 신부는 그를 어리석은 생각에서 벗어나게 하려고 노력했으나 그렇게 할 수 없었기에 말했습니다.

「그래요, 당신이 그렇게 원하니까, 우리가 으레 그러하듯이 내일 새벽 날이 밝기 전에 일어나서 어떻게 하는지 내가 가르쳐 주겠소. 당신이 보면 알겠지만 사실 이 일에서 가장 어려운 것은 꼬리를 붙이는 일이라오.」

피에트로와 젬마타는 밤에 제대로 자지도 못하고 커다란 열망 속에 기대하고 있다가 새벽이 되자마자 일어나 잔니 신부를 불렀어요. 신부는 속옷 차림으로 일어나 피에트로의 작은 방으로 가서 말했습니다.

「당신들 외에 내가 이것을 해준 사람은 세상에 없어요. 그렇지만 당신들이 원하니까 해주겠소. 이 일이 이루어지기를 바란다면, 내가 말하는 대로 해야 해요.」

그들은 그가 말하는 대로 하겠다고 말했어요. 그러자 잔니 신부는 등불을 피에트로의 손에 넘겨주며 말했습니다.

「내가 하는 것을 잘 보고, 내가 말하는 것을 잘 기억하도록 해요. 그리고 조심해요. 만약 모든 것을 망치지 않으려면, 당신은 무엇을 보거나 들어도 한마디도 하지 않아야 해요. 그리고 꼬리가 잘 붙도록 하느님께 기도해요.」

피에트로는 등불을 들고 그렇게 하겠다고 말했습니다. 이어서 잔니 신부는 젬마타 부인을 태어났을 때처럼 발가벗게 하더니 손과 다리를 바닥에 대고 암말 같은 자세로 있게 했고, 마찬가지로 어떤 일이 일어나더라도 절대 말하지 말라고 지시했습니다. 그리고 손으로 그녀의 얼굴과 머리를 만지기 시작하면서 말했습니다.

「이것은 암말의 멋진 머리가 되어라.」

그리고 머리칼을 만지면서 말했습니다.

「이것은 암말의 멋진 갈기가 되어라.」

그리고 팔을 만지면서 말했습니다.

「이것은 암말의 멋진 다리와 멋진 발이 되어라.」

그런 다음 가슴을 만졌는데 둥글고 탄탄한 것을 발견했으니, 부르지 않아도 일어나는 것[59]을 깨우면서 말했습니다.

「이것은 암말의 멋진 가슴이 되어라.」

그런 식으로 어깨와 배, 엉덩이, 허벅지, 다리를 만졌고, 마지막으로 꼬리를 붙이는 일만 남게 되자, 속옷을 걷어 올리더니 사람들을 심는 막대기를 잡고 그것을 위해 만들어진 고랑 안으로 재빨리 집어넣으면서 말했습니다.

「이것은 암말의 멋진 꼬리가 되어라.」

피에트로는 그때까지 모든 것을 주의 깊게 바라보고 있다가 이를 보고 좋지 않아 보였는지 말했습니다.

「오, 잔니 신부님, 나는 거기에 꼬리를 원하지 않아요! 나는 거기에 꼬리를 원하지 않아요!」

하지만 모든 식물을 성장하게 하는 뿌리의 액체가 이미 나왔기에 잔니 신부는 뒤로 빼면서 말했어요.

「세상에! 피에트로, 무엇을 한 거요? 무엇을 보더라도 말하지 말라고 내가 말했잖아요? 암말이 다 만들어지려고 했는데, 당신이 말해서 모든 것을 망쳤어요. 이제는 다시 할 방법이 전혀 없어요.」

피에트로는 말했습니다.

「그래요, 나는 거기에 그런 꼬리를 원하지 않았어요. 신부님은 왜 나에게 그걸 시키지 않았어요? 신부님은 너무 낮게 붙였어요.」

잔니 신부는 말했어요.

「왜냐하면 당신은 나처럼 그렇게 잘 붙이지 못하기 때문이지요.」

59 익살스러우면서 음란한 표현이다. 이어지는 다른 표현들도 마찬가지이다.

젊은 아내를 그 말을 듣고 일어나더니 진심으로 남편에게 말했습니다.

「세상에! 당신은 정말 멍청해요. 왜 당신 일과 내 일을 망친 거예요? 꼬리 없는 암말을 본 적 있어요? 하느님께서 나를 도와주신다면, 당신은 가난한데 더 가난해지게 될 거예요.」

그렇게 피에트로가 도중에 말하는 바람에 젊은 아내는 이제 암말로 변할 방법이 없었기에 괴롭고 울적한 마음으로 옷을 다시 입었어요. 그리고 피에트로는 평소처럼 당나귀와 함께 예전의 일을 하게 되었고, 잔니 신부와 함께 비톤토[60] 시장으로 갔고, 다시는 그런 봉사를 요구하지 않았답니다.]

디오네오가 예상한 것 이상으로 여인들이 이야기를 잘 이해하고 얼마나 웃었는지 아마도 아직 웃고 있을 여러분이 상상해 보십시오. 이렇게 이야기가 끝나고 벌써 해는 미지근해지기 시작했을 때, 여왕은 자신의 통솔이 끝난 것을 알고 일어나 월계관을 벗어 그런 영광을 유일하게 남아 있는 판필로의 머리에 씌워 주고 웃으면서 말했습니다.

「나의 주인이여, 당신에게 큰 임무가 있습니다. 당신이 마지막이기에 그 자리에 있었던 다른 사람들과 저의 결점을 보완해 주셔야 하니까요. 하느님께서 당신에게 은총을 내려 주실 겁니다. 저에게 당신을 왕으로 선출하는 은총을 주셨듯이 말이에요.」

판필로는 즐겁게 영광을 받고 말했습니다.

<hr>

60 Bitonto. 바를레타의 동남쪽에 있는 지역이다.

「당신과 신민들의 역량 덕분에, 다른 분들이 그랬던 것처럼 저도 칭찬받게 해주실 것입니다.」

그리고 앞사람들의 관례에 따라 집사와 함께 필요한 것을 정한 다음 기다리고 있는 여인들을 향해 말했습니다.

「사랑하는 여인들이여, 오늘 우리의 여왕이었던 에밀리아는 신중하게 여러분에게 휴식을 주려고 여러분이 좋아하는 것을 이야기할 자유를 주었습니다. 이제 충분히 쉬었을 테니까 우리의 평소 규칙으로 돌아가는 것이 좋다고 생각합니다. 그러므로 내일은 여러분 각자 이런 것에 관한 이야기를 생각하면 좋겠습니다. 말하자면 사랑이나 다른 일에 대하여 너그럽게 또는 관대하게 행동하는 사람에 대한 것입니다. 그런 이야기는, 말하고 행동함으로써, 가치 있게 행동할 준비가 되어 있는 여러분의 마음을 분명히 불붙일 것이며, 그리하여 필멸의 육체 안에서 짧을 수밖에 없는 우리의 삶은 칭찬받을 명성 속에서 영원해질 것입니다. 그것은 짐승처럼 단지 먹는 것에만 몰두하지 않는 모든 사람이 열망할 뿐 아니라 온갖 노력과 함께 찾고 실천해야 할 것입니다.」

그 주제는 모두가 좋아하였고, 그들은 새로운 왕의 허락과 함께 모두 자리에서 일어나 각자 욕망이 이끄는 대로 평소 좋아하는 일을 하며 저녁 식사 시간까지 즐겼습니다. 시간이 되자 섬세하고 체계적인 시중을 받으며 즐겁게 식사했고, 식사가 끝나자 일어나 평소처럼 춤을 추었고, 세련된 음악보다 노랫말이 더 즐거운 노래를 아마 천 곡은 불렀을 것입니다. 그런 다음 왕은 네이필레에게 노래를 부르라고 명령했고, 그

녀는 맑고 즐거운 목소리로 곧바로 다음과 같이 사랑스럽게
노래했습니다.

　　나는 어린 처녀, 새로운 계절[61]에
　　아모르와 달콤한 생각들 덕분에
　　기꺼이 즐거워하고 노래 부른다오.

　　녹색 풀밭을 거닐면서 나는
　　하얗고 노랗고 불그스레한 꽃들,
　　가시 위의 장미, 새하얀 백합을 보며,
　　모든 꽃을 그이의 얼굴과
　　비교해 본다오, 나를 사랑하면서
　　좋아하는 것 외에 다른 욕망은 없는 것처럼
　　나를 사로잡았고 또 영원히 사로잡을 그이를.

　　내 생각에 그이와 비슷해 보이는
　　어떤 꽃을 그중에서 발견하면
　　따서 입을 맞추고 그와 이야기하니,
　　그러면 심장이 원하는 것과
　　내 영혼은 온통 그에게 열리고,
　　그런 다음 다른 꽃들과 함께 화환을 만들어
　　내 가벼운 금발과 함께 묶지요.

61 봄을 가리킨다.

꽃이 자연스럽게 눈에 주는
그런 비슷한 즐거움을 나에게 선물하지요,
달콤한 사랑으로 나를 불붙인
바로 그 사람을 보면.
그의 향기가 나에게 주는 것을
나는 말로 표현할 수 없고
내 한숨이 그 진정한 증인이라오.

한숨은 다른 여인들처럼 내 가슴에서
쓰라리거나 힘겹게 나가지 않고,
뜨겁고 부드럽게 밖으로 나가고
바로 내 사랑 앞으로 가니,
그걸 느낀 그이는 자기 즐거움을 주려고
움직여 이렇게 말하려는 나에게 온다오.
「오, 어서 와요, 내가 절망하지 않도록.」

네이필레의 노래는 왕과 모든 여인에게서 많은 칭찬을 받
았습니다. 노래가 끝나자 벌써 밤이 깊었기에 왕은 날이 밝
을 때까지 가서 쉬라고 모두에게 명령했습니다.

아홉째 날이 끝난다.

열째 날

『데카메론』의 열째 날이 시작된다.
여기에서는 판필로의 통솔 아래, 사랑이나 다른 일에 대하여
너그럽게 또는 관대하게 행동하는 사람에 대해 이야기한다.

서쪽 하늘의 구름이 아직 불그스레한데, 동쪽 하늘의 구름은 벌써 햇살이 가까이 다가와 뚫고 지나갔기에 황금처럼 눈부시게 빛나고 있을 때, 판필로는 일어나 여인들과 동료 청년들을 부르게 했습니다. 그리고 모두 모이자 어디로 가는 게 좋을지 함께 논의하면서 앞장서서 느린 걸음을 옮기기 시작했고, 필로메나와 피암메타가 뒤따르자 다른 사람도 모두 뒤따라갔습니다. 함께 미래의 삶에 대하여 많이 말하고 질문하고 대답하면서 한참 즐겁게 걸었고, 크게 한 바퀴 돈 다음 벌써 해가 너무 뜨거워지기 시작하여 저택으로 돌아왔습니다. 그리고 맑은 샘 주위에서 잔을 씻게 했고 원하는 사람은 포도주를 조금 마셨습니다. 이어서 정원의 기분 좋은 그늘 사이로 식사 시간까지 산책했고, 평소처럼 먹고 잔 다음 왕이 원하는 대로 모였고, 왕은 네이필레에게 첫 번째로 이야기하라고 명령했고, 그녀는 즐겁게 시작했습니다.

첫째 이야기

어느 기사가 스페인의 왕에게 봉사하는데 제대로
보상받지 못한다고 생각한다. 거기에 대해 왕은 확실한 경험으로
그것은 자기 잘못이 아니라 그의 불운 때문이라는 것을
증명한 다음 충분하게 보상한다.

[명예로운 여인들이여, 우리의 왕이 관대함이라는 중요한
주제에 대해 저에게 첫 번째로 이야기하라고 한 것은 커다란
은총이라고 생각합니다. 태양이 하늘 전체의 아름다움이자
장식인 것처럼, 관대함은 다른 모든 덕성의 밝음이자 빛입니
다. 따라서 저는 우아한 짧은 이야기를 들려드리고 싶은데,
기억해 두면 분명히 유용할 수밖에 없는 이야기라고 저는 생
각합니다.

그러니까 여러분도 아시겠지만, 오래전부터 지금까지 우
리 도시에 살았던 여러 훌륭한 기사 중에 가장 유능한 사람
은 아마 루제리 데 피조반니[1] 씨입니다. 그는 부자이며 마음
이 고귀한 인물로 토스카나의 생활 방식과 풍습을 고려해 보
면 거기에서는 자신의 가치를 전혀 제대로 보여 줄 수 없다
고 생각하여, 한동안 스페인의 왕 알폰소[2]의 궁정에서 머무

---

1 피조반니Figiovanni 가문은 피렌체의 유명한 귀족 가문이었다.
2 카스티야 왕국의 알폰소Alfonso 8세(1155~1214)를 가리킨다. 단테
역시 『향연』 4권 11장 14절에서 그의 관대함에 대해 언급하였다. 원문은 〈안
폰소Anfonso〉인데, 프로방스어와 카탈루냐어의 영향으로 보인다.

르려고 결심했습니다. 그 당시 알폰소 왕의 명성은 다른 모든 군주를 능가하고 있었으니까요. 그래서 무장과 말과 수행원들을 매우 화려하게 준비시켜 스페인으로 갔고, 왕으로부터 우아한 환대를 받았습니다.

거기에 머물면서 루제리 씨는 눈부신 생활과 함께 무술과 관련하여 놀라운 일들을 함으로써 곧바로 매우 훌륭한 인물로 알려지게 되었습니다. 그리고 거기에서 상당히 오래 살면서 왕의 방식을 주의 깊게 관찰하니, 왕이 때로는 이 사람, 때로는 저 사람에게 성과 도시와 귀족 작위를 하사하는 과정에서, 별로 신중하지 않게 그럴 가치가 없는 사람에게 작위를 주는 것처럼 보였습니다. 그리고 자기에게는 실질적으로 평가되는 가치와 달리 아무것도 선물하지 않았기 때문에 자기 명성이 많이 줄어들었다고 생각했습니다. 그래서 떠나려고 결심하였고 왕에게 보내 달라고 요구했습니다.

왕은 허락하며 그에게 지금까지 타본 적 없는 가장 훌륭한 노새 한 마리를 선물했습니다. 앞으로 긴 여행을 해야 할 루제리 씨에게 중요한 멋진 노새였습니다. 이어서 왕은 자신의 신중한 시종 한 명에게 가장 좋은 방법으로 첫날 루제리 씨와 함께 여행하라고 지시했습니다. 그리고 왕이 보낸 것을 눈치채지 않도록 하고 루제리 씨가 자신에 대해 말하는 것을 보고할 수 있게 잘 들어 두고, 다음 날 아침 왕에게 돌아오라는 명령을 전하라고 했습니다. 신중한 시종은 루제리 씨가 도시 밖으로 나가자 마치 자신도 이탈리아로 가는 척하면서 유능하게 그와 동행했습니다. 그리하여 루제리 씨는 왕이 하사한 노새를 타고 시종과 함께 이런저런 이야기를 나누며 가다가 셋째 시간[3] 무렵이 되자 말했습니다.

「이 노새들을 마구간에 넣어 잠시 쉬게 하는 것이 좋겠군요.」

그래서 마구간에 넣자 다른 노새들은 모두 똥을 누었는데 루제리 씨의 노새는 똥을 누지 않았습니다. 그리고 계속 가면서 시종은 언제나 루제리 씨의 말에 귀를 기울였지요. 그러다 어느 강에 이르렀고, 거기에서 다른 노새들은 모두 물을 마시는데 루제리 씨의 노새는 강에다 똥을 누었습니다. 그것을 보고 루제리 씨는 말했어요.

「세상에! 이 짐승아, 하느님께서 너를 괴롭게 해주시기를. 너를 나에게 선물하신 군주처럼 행동하는구나.」

시종은 그 말을 잘 들어 두었습니다. 그리고 온종일 함께 가면서 다른 말도 잘 들어 두었지만, 왕을 최고로 칭찬하는 말밖에 듣지 못했습니다. 그리하여 다음 날 아침 다시 노새를 타고 토스카나를 향하여 가려고 하는데, 시종이 돌아오라는 왕의 명령을 전했고, 그래서 루제리 씨는 곧바로 돌아갔습니다. 왕은 그가 노새에 대해 말한 것을 벌써 알고 있었기에 그를 불러 즐거운 표정으로 맞이하였고, 왜 자기가 노새와 닮았거나 아니면 노새가 자기와 닮았다고 했는지 물었습니다. 루제리 씨는 솔직하게 말했습니다.

「폐하, 노새가 폐하를 닮았다고 한 이유는, 폐하께서 선물하지 않아야 할 곳에 선물하고 선물해야 할 곳에는 선물하지

---

3 오전 9시이다.

않으시는 것처럼, 노새가 똥을 누어야 하는 곳에서 누지 않고, 누지 않아야 할 곳에서 누었기 때문입니다.」

그러자 왕이 말했습니다.

「루제리 씨, 그대와 비교하면 전혀 가치 없는 많은 사람에게 한 것처럼 내가 그대에게 선물하지 않은 것은, 그대가 훌륭한 기사이며 커다란 선물을 할 가치가 있다는 것을 내가 몰라서가 아니었소. 다만 그대의 행운이 그대에게 선물할 기회를 나에게 주지 않았으니, 내 잘못이 아니라 행운의 잘못이었소. 내가 진실을 말한다는 것을 그대에게 분명하게 보여 주겠소.」

그러자 루제리 씨는 대답했어요.

「폐하, 제가 폐하의 선물을 받지 않아서 언짢은 것은 아닙니다. 저는 더 부자가 되기를 바라지 않기 때문입니다. 단지 폐하로부터 제 역량에 합당한 증거를 어떤 방식으로도 받지 못했을 뿐입니다. 이제 폐하의 훌륭하신 해명과 진솔하신 마음을 알았고 증거가 없어도 폐하를 믿지만, 그래도 폐하께서 원하시어 해주시는 것을 기꺼이 받아들일 준비는 되어 있습니다.」

그러자 왕은 루제리 씨를 데려갔는데, 거기에는 미리 지시해 둔 대로 잠가 놓은 커다란 금고 두 개가 있었습니다. 왕은 많은 사람 앞에서 말했습니다.

「루제리 씨, 이 금고 중 하나에는 내 왕관과 왕홀, 보주(寶珠),[4] 아름다운 허리띠 여러 개, 죔쇠, 반지, 그리고 내가 가진

---

4 원문은 pomo로, 십자가가 위에 있는 둥근 공으로 중세 이후 왕이나 군주의 권위를 상징하는 물건이었다. 라틴어 이름은 〈globus cruciger〉이다.

다른 진귀한 보석들이 들어 있고, 다른 하나에는 흙이 가득하오. 그러니까 하나를 선택하시오. 선택한 것은 그대의 것이 될 것이오. 그러면 그대의 가치에 보상하지 않은 것이 나인지 아니면 그대의 행운인지 알게 될 것이오.」

루제리 씨는 그렇게 하기를 왕이 바란다는 것을 알고 하나를 선택했습니다. 왕은 그 금고를 열라고 명령했고, 거기에 흙이 가득한 것을 보고 웃으면서 말했습니다.

「루제리 씨, 내가 행운에 대해 당신에게 말한 게 사실이라는 것을 잘 알겠지요. 하지만 당신의 가치는 분명히 내가 행운의 힘에 거스르게 할 만합니다. 내가 알기로 당신은 스페인 사람이 될 마음이 없어요. 그러니까 당신에게 성이나 도시를 주고 싶지는 않고, 행운이 당신에게서 빼앗은 금고를 그 뜻에 거슬러 당신 것이 되게 해주고 싶소. 당신의 고향으로 가져가 그대의 가치에 대한 내 선물의 증거로 이웃들에게 자랑할 수 있도록 말이오.」

루제리 씨는 선물을 받았고 왕에게 합당한 감사를 한 다음 즐겁게 토스카나로 돌아갔답니다.]

둘째 이야기

기노 디 타코는 클뤼니 수도원장을 붙잡아 그의 위장병을 치료한 다음 놓아준다. 수도원장은 로마 교황청으로 돌아가 보니파키우스 교황과 기노를 화해시키고, 기노를 병원 기사단의 수도자로 만든다.

알폰소 왕이 피렌체 기사에게 보여 준 관대함을 모두가 칭찬하였을 때, 그 이야기가 무척 마음에 든 왕은 엘리사에게 이어서 이야기하라고 명령했고, 그녀는 곧바로 시작했습니다.

[섬세한 여인들이여, 관대한 왕이 되어 자신에게 봉사한 사람에게 그 관대함을 보여 주는 것은 칭찬받을 위대한 일이라고 말하지 않을 수 없습니다. 하지만 어느 성직자가 자신을 적대시한 사람에게 누구도 비난하지 않을 만큼 놀라운 관대함을 보여 주었다고 한다면 뭐라고 이야기해야 할까요? 왕의 관대함이 덕성이라면 성직자의 관대함은 기적이라고 할 수 있으니, 성직자는 모두 여자보다 훨씬 더 탐욕스럽고 모든 너그러움에 대해 칼을 뽑아 든 적이기 때문이지요. 그리고 비록 모든 사람이 본성적으로 모욕당한 것에 대한 복수를 열망하지만, 잘 알다시피 성직자들은 인내를 설교하고 모욕의 용서를 칭찬하면서도 다른 사람보다 훨씬 뜨겁게 복수에 몰두합니다. 그러므로 어느 성직자가 얼마나 관대한지 저의 이야기에서 분명하게 알 수 있을 것입니다.

기노 디 타코[5]는 약탈과 잔인함으로 유명한 사람인데, 산

---

5 Ghino di Tacco. 시에나 귀족 집안 출신으로 라디코파니의 요새를 중심으로 지나가는 사람들을 약탈하였다. 일부 연대기 작가에 의하면 그는 로빈 후드처럼 약탈한 물건을 가난한 사람들에게 나누어 주었다고 하는데, 보카치오도 여기에서 그런 착한 약탈자로서 그에 대해 이야기한다. 단테도 『신곡』「연옥」6곡 13~14행에서 그에 대해 언급하였다.

타 피오라[6] 백작들의 적으로 시에나에서 추방되었고, 라디코
파니[7]가 로마 교황청에 반기를 들게 하였으며, 거기에 거주
하면서 부하 산적들에게 주변 지역으로 지나가는 사람은 누
구든지 약탈하게 했습니다. 그런데 보니파키우스 8세 교황[8]
이 로마에 있을 때 교황청에 클뤼니 수도원장[9]이 왔습니다.
세상에서 가장 부유한 고위 성직자 중 한 사람이라는 그는 로
마에서 위장에 병이 났고, 의사들은 그에게 시에나의 온천[10]
으로 가서 치료하면 틀림없이 나을 것이라고 권했습니다. 그
러자 교황의 허락을 얻은 수도원장은 기노의 평판에 신경 쓰
지 않고 화려한 짐과 화물과 말들과 하인들을 거느리고 출발
했습니다.

기노 디 타코는 수도원장이 온다는 말을 듣고 덫을 펼쳐
놓았고, 마부 하나도 놓치지 않도록 좁은 곳에서 수도원장을
모든 하인과 모든 물건과 함께 포위했습니다. 그런 다음 가
장 유능한 부하 한 명이 여럿을 거느리고 수도원장에게 가게
했고, 기노의 손님으로 성까지 함께 가주기를 바란다고 매우
정중하게 전하라고 했습니다. 수도원장은 그 말을 듣고 화를

---

6 Santa Fiora. 원문은 〈산타피오레Santafiore〉인데, 피렌체 남쪽 그로세
토의 지역이다. 산타 피오라 백작 가문은 기노 디 티코와 적대적인 관계로 그
의 추방에 결정적인 역할을 하였다.

7 Radicofani. 시에나에서 남쪽으로 약 70킬로미터 떨어진 마을로 로마
와 시에나를 연결하는 중요한 길목에 자리하고 있다.

8 첫째 날 첫째 이야기 주석 37 참조.

9 첫째 날 일곱째 이야기 주석 98 참조.

10 당시 시에나의 영토에는 치료 효과로 유명한 온천들이 여러 군데 있
었다.

내며 자기는 기노와 아무 상관이 없으니 그렇게 하고 싶지 않고 가던 길을 가겠다고 대답하였고, 누가 가는 것을 막는지 보겠다고 했습니다. 그러자 부하는 아주 겸손하게 말했습니다.

「나리, 나리께서는 지금 하느님의 힘 외에는 아무것도 두려워하지 않는 저희의 영역에 계십니다. 여기에서는 파문이나 성무 금지 명령도 전혀 소용없습니다. 그러니 기노의 말대로 하시는 것이 최선일 겁니다.」

이런 말을 주고받는 동안 벌써 그곳은 산적들로 완전히 둘러싸였고, 그러자 수도원장은 하인들과 함께 붙잡혔기에 무척 화를 내면서도 그 부하와 함께 성으로 향하였고, 그의 모든 하인과 물건도 함께 갔습니다. 그리고 기노가 원하는 대로 말에서 내려 완전히 혼자 어느 저택의 어둡고 불편한 작은 방으로 들어갔고, 다른 모든 사람은 지위에 따라 성에서 아주 편안한 숙소에 배정되었고, 말들과 모든 물건은 전혀 손대지 않고 안전하게 보관되었습니다. 그런 다음 기노는 수도원장에게 가서 말했습니다.

「나리, 나리를 손님으로 모신 기노는 나리께서 어디로 무슨 이유로 가시는지 알려 주시기를 요청합니다.」[11]

현명한 사람이었던 수도원장은 위엄을 내려놓고 어디로 왜 가는지 말해 주었습니다. 그 말을 듣고 기노는 떠났는데 온천에 갈 필요 없게 수도원장을 낫게 해주려고 생각했습니

11 여기에서 기노는 자기 신분이 노출되지 않도록 마치 기노가 아닌 척 말하고 있다.

다. 그리고 그 작은 방에 계속 세게 불을 지피고 잘 감시하게 하고 다음 날 아침까지 돌아오지 않았습니다. 다음 날 아침 새하얀 냅킨에다 구운 빵 두 조각과 수도원장 자신이 가지고 가던 코르닐리아[12] 백포도주를 커다란 잔에다 가져다주면서 말했습니다.

「나리, 기노는 젊었을 때 의학을 공부했는데, 위장병에는 나리께 주는 것보다 좋은 약은 없다고 배웠답니다. 제가 나리께 가져온 이것은 그 첫번째 약이니 드시고 위로받으세요.」

수도원장은 농담하고 싶은 마음보다 배가 고팠기에 경멸하면서도 빵을 먹고 포도주를 마셨습니다. 그런 다음 거만한 말을 많이 했고 많은 것을 질문하였으며 많은 것에 대해 충고하면서 특히 기노를 보게 해달라고 요구했습니다. 기노는 그 말들을 듣고 일부는 그냥 놔두고 일부에 대해서는 친절하게 대답하면서 기노가 가능한 한 빨리 수도원장을 방문할 것이라고 말했습니다. 그렇게 말하고 떠났으며, 다음 날이 되어서야 똑같이 구운 빵과 백포도주를 가지고 돌아왔어요. 그렇게 며칠이 지났고, 기노는 자기가 일부러 몰래 가져다 놓은 마른 콩들을 수도원장이 먹었다는 것을 알았습니다. 그래서 기노를 대신하여 질문한다면서 위장이 어떤지 물었어요. 그러자 수도원장은 대답했습니다.

「그의 손에서 벗어난다면 좋아질 것 같소. 그리고 무언가 먹고 싶다는 생각뿐이오. 그의 약이 낫게 해준 것 같으니까.」

12 Corniglia. 이탈리아 북서부 해안 친퀘 테레의 지명으로 그곳에서 나오는 백포도주가 유명하다.

그러자 기노는 수도원장의 수행원들에게 그의 물건들을 멋진 방 하나에 정리하게 하고 성대한 연회를 준비하게 했습니다. 그리고 성의 모든 사람과 함께 수도원장의 모든 수행원을 초대하였고, 다음 날 아침 그에게 가서 말했습니다.

「나리, 나리께서 편안해지셨다니 이제 병실에서 나가실 때입니다.」

그리고 수도원장의 손을 잡고 연회가 준비된 방으로 안내하여 자기 수행원들과 함께 있도록 놔두고 자신은 성대한 연회가 되도록 조치했습니다. 수도원장은 수행원들과 함께 한동안 기분 전환을 했고, 그들에게 자기 생활이 어땠는지 이야기했습니다. 반면 수행원들은 모두 기노로부터 놀라운 대접을 받았다고 말했습니다. 식사 시간이 되자 수도원장과 다른 사람들은 모두 차례대로 멋진 음식과 훌륭한 포도주를 대접받았습니다. 다만 기노는 아직 수도원장에게 자신을 알리지 않았습니다.

그런 식으로 수도원장이 며칠 동안 머문 다음 기노는 그의 모든 물건을 홀로 가져오게 하고, 그 아래 안뜰에 가장 초라한 비루먹은 말까지 그의 모든 말을 모아 둔 다음 수도원장에게 갔습니다. 그리고 몸 상태가 어떤지, 말을 탈 수 있다고 생각하는지 물었습니다. 그러자 수도원장은 상태가 아주 좋고 위장이 나았으며, 기노의 손에서 벗어난다면 좋을 것이라고 대답했습니다. 기노는 수도원장을 그의 물건과 수행원들이 모두 있는 홀로 안내했고, 창문으로 다가가 그의 모든 말을 보여 주면서 말했습니다.

「수도원장님, 원장님께서 아셔야 할 것이 있습니다. 귀족이면서도 불쌍하게 고향에서 쫓겨나고, 강력한 적을 많이 가지고 있으면서 사악한 마음 때문이 아니라 자기 삶과 고귀함을 지키기 위해, 바로 저 자신인 이 기노 디 타코는 길거리의 약탈자가 되었고 로마 교황청의 적이 되었습니다. 하지만 원장님은 저에게 훌륭한 분으로 보였기 때문에, 원장님의 위장병을 제가 치료하였고, 원장님을 다른 사람처럼 대하지 않으려고 합니다. 다른 사람이 원장님처럼 제 손에 들어오면, 저는 그의 물건에서 원하는 것을 제 것으로 만듭니다. 하지만 원장님께서는 저에게 필요한 것을 고려하시어 원장님 물건 중에서 원하시는 대로 저에게 선물해 주시기를 바랍니다. 원장님 물건들은 고스란히 모두 이 앞에 있고 원장님의 말들은 그 창문으로 보시다시피 안뜰에 있습니다. 그러니 일부든 전부든 원장님께서 원하시는 대로 가져가시고, 지금부터는 떠나시든 머무시든 원하는 대로 하십시오.」

길거리의 약탈자에게서 그렇게 관대한 말이 나오자 수도원장은 깜짝 놀랐고, 무척 마음에 들었으므로 즉시 분노와 경멸을 내려놓고, 오히려 관대함으로 바뀌어 진심으로 기노의 친구가 되었으니 달려가 그를 껴안으며 말했습니다.

「하느님께 맹세하건대 내가 지금 그대를 보고 판단하는 그런 사람의 우정을 얻기 위해서라면, 지금까지 그대가 나에게 주었다고 생각하는 것보다 훨씬 큰 모욕이라도 참을 것이오. 이런 비난받을 일을 그대에게 강요하는 운명은 저주받아라!」

그런 다음 자신의 많은 물건 중에서 필요한 것만 아주 조금 고르고 말들에 대해서도 똑같이 하고 나서 나머지를 모두 남기고 로마로 돌아갔습니다. 교황은 수도원장이 잡힌 것을 알고 있었고 매우 걱정되었지만, 그를 보자 온천이 효과가 있었는지 물었고, 그러자 수도원장은 대답했습니다.

「교황 성하, 저는 온천보다 가까운 곳에서 훌륭한 의사를 만났고, 그가 훌륭하게 저를 낫게 해주었습니다.」

그리고 어떻게 되었는지 이야기했고, 그러자 교황은 웃었습니다. 교황에게 수도원장은 자기 이야기를 계속하면서 관대한 마음에 움직여 은총을 베풀어 달라고 요구했습니다. 다른 것을 생각했던 교황은 그의 요구를 기꺼이 들어주겠다고 했습니다. 그러자 수도원장은 말했습니다.

「성하, 제가 요구하고 싶은 것은, 제 의사 기노 디 타코에게 성하의 은총을 베풀어 주시라는 것입니다. 그는 분명히 제가 만난 가장 훌륭하고 가치 있는 사람 중 하나이기 때문입니다. 그가 저지르는 악행은 그의 잘못이기보다 행운의 잘못이라고 생각합니다. 만약 성하께서 그에게 무엇인가를 하사하시어 그가 자기 상태에 맞게 살아가도록 바꾸어 주신다면, 얼마 지나지 않아 성하께서도 저와 같이 생각하시리라 믿습니다.」

그 말을 들은 교황은 마음이 너그러울 뿐만 아니라 훌륭한 사람들을 좋아했기 때문에,[13] 수도원장이 말하는 그런 인물

13 교황 보니파키우스 8세에 대한 보카치오의 평가는 단테가 그를 지옥에 자리를 마련할 정도로 사악하다고 생각한 것과는 완전히 다르다.

이라면 기꺼이 그렇게 하겠다고 말했고, 기노가 두려움 없이 오게 불렀습니다. 그것을 믿고 기노는 수도원장이 원하는 대로 교황청으로 갔습니다. 그리고 옆에 오래 머무르지 않았어도 교황은 그를 훌륭한 사람으로 평가하여 화해하였고, 그를 병원 기사단[14]의 기사로 임명했고 기사단의 주요 지부 중 하나를 관리하게 했습니다. 기노는 교황청과 클뤼니 수도원장의 친구이자 종으로 사는 동안 그 직위를 잘 수행했답니다.]

셋째 이야기

미트리다네스는 나탄의 호의를 질투하여 그를 죽이러 가는데,
나탄인 줄 모르고 그와 만나게 된다. 그리고 그로부터
나탄을 죽이는 방법을 알고, 계획대로 숲속에 있는 그를 발견한다.
나탄을 알아본 그는 부끄러워하고 그의 친구가 된다.

그런 것, 말하자면 성직자가 관대한 일을 했다는 것은 모두에게 분명히 기적처럼 보였습니다. 그리고 여인들의 논평이 잠잠해지자, 왕은 필로스트라토에게 이어서 이야기하라

14 원문은 〈Spedale〉 즉 〈병원〉인데, 공식 명칭은 〈예루살렘의 성 요한 구호 형제회(라틴어 이름은 Ordo Fratrum Hospitalis Sancti Ioannis Hiero solymitani)〉이며, 줄여서 〈성 요한 기사단〉 또는 〈구호 기사단〉 또는 〈병원 기사단〉으로 부르기도 한다. 11세기 중엽부터 오갈 데 없는 환자를 보살피는 구호 단체로 시작하여 특히 십자군 전쟁 때 활발한 의료 활동을 벌인 기사단이었다.

고 명령했고, 그는 곧바로 시작했습니다.

[고귀한 여인들이여, 스페인 왕의 관대함은 실로 위대했고, 클뤼니 수도원장의 이야기는 아마 들어 본 적 없었을 것입니다. 하지만 어떤 사람이 자신의 피, 아니, 자기 목숨을, 원하는 다른 사람에게 너그러움을 베풀기 위해 내놓으려고 준비했으며, 만약 상대가 원했다면 정말로 그랬을 것이라는 이야기는 그에 못지않게 놀라울 것입니다. 제가 짧은 이야기에서 들려드리고 싶은 것처럼 말입니다.

제노바 사람들과 그 지역에 있었던 다른 사람들의 말을 믿을 수 있다면,[15] 분명한 사실로 옛날 카타이오[16] 지역에 귀족 가문 출신으로 비교할 수 없이 부유한 나탄이라는 사람이 살았습니다. 그는 서방에서 동방 지역으로 가려고 하거나 동방에서 서방으로 오려는 사람 모두 거의 필수적으로 거쳐야 하는 길 가까이에 자기 집 중 하나를 가지고 있었는데, 마음이 관대하고 너그러운 사람임을 행동으로 알리고 싶었습니다. 그래서 많은 건축가를 동원해서 거기에다 짧은 시간에 전에 본 적 없는 가장 멋지고 크고 호화로운 저택을 짓게 했고, 그곳에 고귀한 사람들을 맞이하고 대접하는 데 필요한 모든 물건을 최고로 갖추게 했습니다. 그리고 멋진 하인들을 많이

15 보카치오의 이런 언급은 이 이야기를 구전으로 전해 들었을 가능성을 함축한다고 해석되기도 한다. 이 이야기와 비슷한 사건이 페르시아 작품에서 발견된 것을 그 증거로 들기도 한다.

16 카타이오Cataio(또는 카타이Catai, 영어로는 Cathay)는 일반적으로 중국을 가리키지만, 당시의 많은 작품, 특히 기사 문학에서는 막연하게 아시아 또는 동방의 먼 지역을 가리켰다.

거느리고 있었으므로 오가는 사람을 모두 즐겁고 기분 좋게 맞이하여 대접했습니다. 그리고 그런 칭찬받을 일을 오래 계속했으므로, 단지 동방뿐만 아니라 서방 전역에도 그 명성이 알려졌습니다.

그리고 이미 나이가 많았어도 그렇게 친절 베푸는 일에 지치지 않았는데, 그의 명성이 미트리다네스라는 청년의 귀에도 들어가게 되었습니다. 그리 멀지 않은 고장에 살던 미트리다네스는 자기도 나탄 못지않게 부자라고 생각했기에 그의 명성과 덕성을 질투하게 되었고, 더 큰 너그러움으로 그의 명성을 없애거나 흐리게 하려고 결심했습니다. 그리고 나탄의 저택과 비슷한 저택을 짓게 하였고, 근처를 오가는 사람들에게 누구보다 대단한 환대를 베풀기 시작했고, 의심할 바 없이 짧은 시간에 매우 유명해졌습니다.

그런데 어느 날 그가 자기 저택의 안뜰에 혼자 있는데, 어느 자그마한 노파가 저택의 여러 문 중 하나를 통해 안으로 들어오더니 그에게 동냥을 구걸하여 얻었습니다. 그리고 한 번 더 문으로 다시 들어와 또다시 그에게 동냥을 구걸하여 얻었습니다. 그렇게 계속 열두 번이나 반복했고 열세 번째에 돌아오자 미트리다네스는 말했습니다.

「착한 여인이여, 당신은 아주 집요하게 이런 동냥을 요구하는군요.」

그러면서도 적선을 베풀었습니다. 자그마한 노파는 그 말을 듣고 말했어요.

「오, 나탄의 너그러움이여, 얼마나 놀라운가! 내가 여기처럼 그분 저택에서 서른두 번 문으로 들어가 동냥을 구걸했는데도, 그분은 나를 알아본 척하지 않고 언제나 동냥을 주었으니까요. 그런데 여기에서는 단지 열세 번째에 나를 알아보고 꾸지람을 받았군요.」

그렇게 말하고는 다시 돌아오지 않고 가버렸습니다. 노파의 말을 들은 미트리다네스는 자기 명성이 나탄의 명성에 미치지 못한다는 뜻이라고 생각하여 격렬한 분노에 불붙었고 이렇게 말했습니다.

「아, 처량한 내 신세! 나는 언제 나탄의 그렇게 엄청난 너그러움에 도달할 수 있을까? 아무리 노력해도 그를 능가하는 것은 고사하고, 아주 조그마한 것에서도 그에게 가까이 다가갈 수 없구나. 만약 그를 땅에서 없애지 않는다면 정말로 나는 헛수고만 하겠어. 노년이 그를 없애 주지 않으니까 머뭇거리지 말고 직접 내 손으로 없애야겠어.」

그리고 그런 충동에 이끌려 자기 의도를 누구에게도 알리지 않고 부하 몇 명과 함께 말에 올라탔고, 사흘 뒤 나탄이 사는 곳에 이르렀습니다. 그리고 부하들에게 자기와 함께 왔다거나 아는 척하지 말고, 자기에게서 다른 명령을 받을 때까지 숙소에 머물러 있으라고 명령했습니다. 그리고 저녁 무렵 완전히 혼자 갔고, 멋진 저택에서 멀지 않은 곳에 혼자 있는 사람을 발견했습니다. 나탄은 전혀 화려하지 않은 옷차림으로 산책하고 있었어요. 미트리다네스는 그가 나탄인 줄 모르고 나탄이 어디 사는지 가르쳐 줄 수 있냐고 물었습니다. 나탄은 즐겁게 대답했지요.

「이봐요,[17] 이 근처에서 나보다 잘 가르쳐 줄 수 있는 사람은 없다오. 그러니 원한다면 내가 안내하리다.」

청년은 그렇게 해주면 고맙겠지만 나탄에게 보이거나 알려지고 싶지 않다고 말했습니다. 그러자 나탄이 말했어요.

「당신이 원하니 그렇게 하겠소.」

그리하여 말에서 내린 미트리다네스는 나탄과 함께 매우 즐겁게 이야기하면서 그의 멋진 저택까지 갔습니다. 나탄은 하인 중 한 명에게 청년의 말을 데려가게 하면서 하인의 귀에 대고 저택의 모든 사람에게 자기가 나탄이라는 것을 절대로 청년에게 말하지 않도록 하라고 명령했고, 실제로 그렇게 되었습니다. 저택에 들어가자 나탄은 미트리다네스를 아주 멋진 방으로 안내했고, 거기에서는 봉사하는 사람들 외에 아무도 볼 수 없게 했습니다. 그리고 극진하게 대접하게 했고 자신이 그의 곁에 있었습니다. 함께 있으면서 미트리다네스는 나탄을 마치 아버지처럼 존중하면서도 누구인지 물었고, 나탄은 대답했습니다.

「나는 나탄의 비천한 종이라오. 어렸을 때부터 그와 함께 지내며 늙어 갔지만, 그대가 보다시피 나를 그렇게 높은 지위에 올려 주지 않았다오. 그래서 다른 모든 사람이 그를 많이 칭찬해도 나는 별로 칭찬할 수 없답니다.」

그 말에 미트리다네스는 자신의 비틀린 의도를 매우 신중하고 안전하게 실현할 수 있으리라는 희망을 얻었습니다. 미

---

17 원문은 친근한 표현으로 〈내 아들아〉이다.

트리다네스에게 나탄은 매우 공손하게 누구인지, 어떤 일로 거기에 오게 되었는지 물었고, 그를 위해 할 수 있는 충고와 도움을 주겠다고 했습니다. 미트리다네스는 잠시 망설였으나 결국 그를 믿으려고 결심하였고, 길게 에둘러 말한 끝에 그의 신뢰를 요청했고, 이어서 충고와 도움을 요청했습니다. 나탄은 미트리다네스의 이야기와 잔인한 의도를 듣고 속으로 완전히 놀랐지만, 그다지 망설이지 않고 확고한 마음과 평온한 표정으로 대답했습니다.

「미트리다네스, 당신의 아버지는 고귀한 사람이었고, 당신은 아버지보다 못하지 않으려고 그런 고귀한 일, 말하자면 모두를 관대하게 대하는 일을 했군요. 그리고 나탄의 덕성에 대한 당신의 질투를 나는 높이 칭찬하오. 그런 질투가 많아지면 매우 비참한 세상이 곧바로 좋아질 테니까 말이오. 나에게 밝힌 당신의 의도는 틀림없이 비밀로 유지될 것이고, 거기에 대해 나는 즉시 유용한 충고와 큰 도움을 줄 수 있소. 그건 바로 이런 것이오. 여기에서 대략 반 마일 떨어진 곳에서 작은 숲을 볼 수 있을 것이오. 나탄은 거의 매일 아침 그곳으로 오롯이 혼자 상당히 오랫동안 산책하러 가지요. 거기에서 당신은 그를 쉽게 발견하고 원하는 대로 할 수 있을 것이오. 만약 당신이 그를 죽인다면, 아무런 방해 없이 당신 집으로 돌아갈 수 있도록, 갔던 길이 아니라 왼쪽으로 보이는 길을 통해 숲에서 밖으로 나가시오. 약간 황량하기는 하지만, 당신의 집에 더 가깝고 더 안전한 길이니까요.」

그런 정보를 얻은 미트리다네스는 나탄이 떠나자, 마찬가지로 안에 들어와 있던 부하들에게 다음 날 어디에서 자기를 기다릴지 몰래 알려 주었습니다. 그리고 다음 날이 되자 나탄은 미트리다네스에게 해준 충고에 마음이 달라지지도 않고 평소처럼 혼자 숲으로 죽으러 갔습니다. 일어난 미트리다네스는 다른 무기가 없었기에 자기 활과 검을 들고 말에 올라타 숲으로 갔고, 멀리에서 나탄이 혼자 산책하고 있는 것을 보았습니다. 그리고 공격하기 전에 그를 만나 그가 하는 말을 듣고 싶었기에 그를 향해 달려갔고, 머리에 두르고 있던 터번을 잡으며 말했습니다.

「노인이여, 당신은 죽었소!」

그 말에 나탄은 단지 이렇게 말했을 뿐입니다.

「그래, 나는 그럴 가치가 있지.」

미트리다네스는 목소리를 듣고 그의 얼굴을 바라보더니 곧바로 그가 너그럽게 자신을 맞이하여 친절하게 함께 있어 주고 성실하게 충고해 준 사람이라는 것을 알아보았습니다. 그러자 금세 격정이 사라졌고 분노는 부끄러움으로 바뀌었습니다. 그리하여 그를 찌르려고 벌써 빼 들었던 검을 내던지고 말에서 내려 울면서 나탄의 발 앞으로 달려가 말했습니다.

「사랑하는 아버지, 당신의 너그러움을 명백히 알겠습니다. 아무런 이유도 없이 제가 원한다고 말한 당신의 목숨을 주기 위해 이렇게 오시다니 얼마나 신중하신지요. 하지만 신께서는 가장 필요한 순간에 저 자신보다 저의 의무를 고려하시어, 비천한 질투심에 감고 있던 제 지성의 눈을 뜨게 해주셨습니다. 그러니 당신이 저를 만족하게 해주시려고 준비하신 만큼 저도 바로 제 잘못에 대해 합당하게 참회해야 한다는 것을 알겠습니다. 그러므로 제 죄에 합당하다고 생각하시는 복수를 저에게 해주십시오.」

나탄은 미트리다네스를 일어나게 했고, 부드럽게 껴안고 입을 맞추면서 말했습니다.

「내 아들이여, 자네가 악의나 다른 무엇으로 부르든, 자네의 일에 대하여 용서를 구할 필요도 없고 내가 용서할 필요도 없다네. 자네가 증오 때문이 아니라 더 낫게 평가되기 위해 한 일이니까. 그러니 안심하고 살아가고, 나만큼 자네를 사랑하는 사람은 전혀 없다고 확신하게. 불쌍한 사람들처럼 돈을 쌓아 두려는 것이 아니라, 쌓아 둔 돈을 쓰려고 하는 자네 마음의 위대함을 나는 존중한다네. 유명해지기 위해 나를 죽이려고 했다는 것을 부끄러워하지 말고, 내가 거기에 대해 놀랐다고 생각하지도 말게. 최고의 황제들과 위대한 왕들이 자기 영토를 확장하고, 결과적으로 자기 명성을 확장한 것은, 다른 기술보다, 자네가 원한 것처럼 단지 한 사람이 아니라 무수한 사람을 죽이고 마을을 불태우고 도시를 무너뜨렸기 때문이라네. 그러니까 자네가 더 유명해지기 위해 나 하나 죽이려고 했다면, 그건 놀라운 일도 아니고 새로운 일도 아니며 매우 자주 있는 일이네.」

미트리다네스는 자신의 비틀린 욕망을 변명하지 않고, 오히려 나탄이 그것에 대해 찾아낸 구실을 칭찬했습니다. 또 그렇게 이야기하면서 어떻게 나탄이 그런 일을 결심하고, 또 충고하고 방법까지 알려 줄 수 있었는지 너무나 놀랍다고 말했습니다. 그러자 나탄이 말했어요.

「미트리다네스, 내 충고나 결심에 대해 자네가 놀라지 않기를 바라네. 나는 내 의지로 자네가 하려던 것을 따르려고 결심했고, 내 집에 온 사람이 나에게 요구한 것을 내가 할 수 있으면서도 충족해 주지 않은 적은 없었다네. 자네는 내 목숨을 원하여 왔네. 자네가 원하는 것을 듣고 나서, 나는 자네가 여기에서 원하는 것을 얻지 못하고 떠나는 유일한 사람이 되지 않도록, 곧바로 내 목숨을 선물하려고 결심했다네. 그리고 그걸 자네가 가져갈 수 있도록, 내 목숨을 가져가고 자네 목숨을 잃지 않도록 충고를 해주었지. 그러니 다시 한번 자네에게 말하고 부탁하건대, 자네가 원한다면 내 목숨을 가져가고 거기에 만족하게. 나는 내 목숨을 그보다 낫게 쓸 방법을 모르겠네.

나는 내 목숨을 벌써 80년 동안, 나의 즐거움과 위안에 사용했네. 그리고 다른 사람들과 일반적으로 모든 것이 그렇듯이 자연의 흐름에 따라, 이제 짧은 시간만 남아 있겠지. 그래서 그 목숨을 내 의지에 거슬러 자연이 빼앗게 간직하기보다 선물하는 것이 훨씬 낫다고 생각하네. 언제나 내 재물을 선물하고 소비한 것처럼 말이야. 100년은 작은 선물이네. 그러니 내가 이 땅에 남아 있을 6년이나 8년을 선물하는 것은 얼마나 작겠는가? 그러니까 자네에게 좋다면 가져가라고 부탁하네. 지금까지 사는 동안 자네만큼 이것을 원하는 사람은 아무도 없었으니까. 그리고 만약 원하는 자네가 가져가지 않는다면, 언제 그런 사람을 만날 수 있을지 모르니까. 그리고 만약 그런 사람을 만나지 못한다면, 목숨을 더 간직하는 만큼 그 가치는 줄어들 테지. 그러니 가치가 더 줄어들기 전에 가져가게나. 부탁하네.」

미트리다네스는 무척이나 부끄러워하면서 말했습니다.

「당신의 목숨처럼 소중한 것을 제가 당신에게서 가져가는 것은 물론이고 전에 그랬듯이 원하는 일도 없도록 신께서 도와주시기를. 당신의 목숨에서 햇수를 줄이지 않고, 만약 할 수 있다면 저의 햇수를 기꺼이 더해 드리고 싶습니다.」

그러자 나탄이 곧바로 말했어요.

「할 수 있다면 자네의 햇수를 더하고 싶은가? 그렇다면 내가 누구에게도 절대로 하지 않았던 일을 자네에게 할 거야. 말하자면 다른 사람의 것을 절대 가진 적이 없는 내가 자네의 것을 갖는 것이지.」

「네.」

미트리다네스는 곧바로 대답했습니다. 그러자 나탄은 말했어요.

「그렇다면 내가 자네에게 말하는 대로 하게. 자네는 지금처럼 청년으로 여기 내 집에 남아서 나탄이라는 이름으로 살아가게. 나는 자네의 집으로 가서 언제나 미트리다네스로 불리며 살겠네.」

그러자 미트리다네스는 대답했어요.

「만약 제가 당신이 지금까지 해오신 것처럼 잘할 줄 안다면, 깊이 생각할 것도 없이 당신의 제안대로 할 것입니다. 하지만 제 활동이 나탄의 명성을 줄일 것이 너무나도 분명해 보이고, 제 이름으로 실현할 수 없는 것을 다른 사람의 이름으로 망치고 싶지 않기 때문에, 따르지 않겠습니다.」

이런 말과 다른 기분 좋은 이야기들이 미트리다네스와 나탄 사이에 오갔으며, 나탄이 바라는 대로 둘은 함께 저택으로 돌아갔습니다. 나탄은 여러 날 동안 미트리다네스를 최고로 잘 대접했고, 모든 노력과 성의로 그의 크고 높은 의도를 위로해 주었습니다. 그리고 미트리다네스가 수행원들과 함께 집으로 돌아가려고 하자 나탄은 너그러움에 있어 그를 능가할 수 없다는 것을 충분히 알게 해준 다음에야 그를 보내 주었답니다.」]

넷째 이야기

모데나에서 온 젠틸레 데 카리센디 씨는 죽었다고 생각하여 매장된, 자기가 사랑하는 여인을 무덤에서 꺼낸다. 여인은 원기를 회복하고 사내 아기를 낳는다. 젠틸레 씨는 여인과 아기를 그녀의 남편 니콜루초 카차네미코에게 돌려준다.

어떤 사람이 자기 목숨을 내놓을 만큼 너그럽다는 것은 모두에게 경이로운 일처럼 보였습니다. 그래서 나탄이 스페인 왕과 클뤼니 수도원장의 관대함을 능가했다고 모두 진심으로 주장했습니다. 그에 대해 이런저런 이야기를 충분히 하고 나자 왕은 라우레타를 바라보면서 이야기하라는 신호를 했습니다. 그러자 라우레타는 곧바로 시작했습니다.

[젊은 여인들이여, 이야기된 멋지고 대단한 것들이 모두 관대함의 최고 높은 곳을 차지하고 있으니, 우리는 단지 주위만 배회할 뿐 이야기할 것이 남아 있지 않은 것 같습니다. 이야기할 소재를 엄청나게 많이 제공하는 사랑의 사건들에 손을 대지 않는다면 말입니다. 따라서 그런 이유에 더해 우리 나이에는 주로 그것에 이끌리기 때문에, 저는 사랑에 빠진 사람이 관대하게 행동한 것에 대해 이야기하고 싶습니다. 모든 것을 고려해 보면 그것은 앞에서 이야기된 관대함보다 부족해 보이지 않을 것입니다. 사랑하는 것을 소유하기 위해 보물도 선물하고, 우정도 잊고, 자기 목숨이나 명예, 명성, 그보다 더 중요한 것도 수많은 위험에 맡기는 것이 사실이라면 말입니다.

그러니까 롬바르디아[18]의 고상한 도시 볼로냐에 어느 기사가 살았는데, 덕성이나 고귀한 혈통에서 존경받을 만한 그는 젠틸레 데 카리센디[19] 씨였습니다. 젊은 그는 니콜루초 카차네미코의 아내 카탈리나 부인을 사랑했습니다. 그런데 그 사랑에 대해 부인으로부터 좋지 않은 반응을 받았기 때문에,

18 여기에서 롬바르디아는 이탈리아 북부를 포괄적으로 가리킨다(첫째 날 첫째 이야기 주석 44 참조). 행정 구역으로 볼로냐는 에밀리아로마냐 지방에 속한다.

19 카리센디Carisendi 가문은 뒤이어 나오는 카차네미코Caccianemico 가문과 마찬가지로 볼로냐의 주요 가문이었다. 단테의 『신곡』「지옥」31곡 136~138행에 나오는 볼로냐의 기울어진 가리센다Garisenda 탑이 그 가문의 이름에서 유래하였다.

거의 절망하여 모데나[20]의 포데스타로 부름을 받고 갔습니다.

　그 무렵 니콜루초는 볼로냐에 없었고 부인은 도시에서 3마일쯤 떨어진 별장에 있었습니다. 임신 중이었으므로 거기에 가 있었던 것입니다. 그런데 갑자기 격렬한 발작이 엄습했고, 너무나 강력하여 부인의 모든 생명의 표식을 꺼뜨릴 정도였으니 어느 의사는 그녀가 죽었다고 판단을 내렸습니다. 그리고 부인의 가까운 친척들은 부인으로부터 임신한 지 얼마 지나지 않았다는 말을 들었으므로 아기가 완전하게 자라지 않았으리라고 말했고, 그래서 다른 일은 제쳐 두고 오래 슬퍼한 뒤 거기에서 가까운 성당의 무덤에다 부인을 묻었습니다.

　젠틸레 씨는 곧바로 어느 친구로부터 그 소식을 전해 들었고, 비록 부인의 애정을 전혀 받지 못했어도 무척 슬퍼하여 결국에는 혼자 말했습니다.

　「그래, 카탈리나 부인, 당신은 죽었군요. 당신이 살아 있는 동안 나는 한 번도 당신의 눈길을 받을 수 없었지요. 그런데 이제 당신은 그렇게 죽어 자신을 보호할 수 없게 되었으니, 내가 당신의 입맞춤을 빼앗아도 괜찮겠지요.」

　그렇게 말하고는 밤이 되자 자기가 가는 것을 절대 비밀로 하라고 명령한 다음 하인 한 명과 함께 말을 타고 부인이 묻힌 곳으로 곧장 갔습니다. 그리고 무덤을 열고 그 안으로 조

---

20 Modena. 원문 〈모도나Modona〉는 볼로냐 북서쪽의 가까운 도시이다.

심스럽게 들어가 곁에 누워, 자기 얼굴을 부인의 얼굴에 가까이 가져가 많은 눈물을 흘리면서 여러 번 입을 맞추었지요. 그런데 우리가 알다시피 사람들, 특히 사랑하는 사람들의 욕망은 만족할 줄 모르고 언제나 더 큰 것을 바라기에 그는 거기에서 멈추지 않으려고 결심하며 말했습니다.

「세상에! 나는 왜 여기까지 왔으면서 가슴을 만지지 않는 거야? 전혀 만져 본 적도 없고, 다시는 만질 수도 없는데 말이야.」

그래서 그런 욕망에 이끌려 부인의 가슴에 손을 얹고 한동안 있었는데, 부인의 심장이 약간 뛰는 것 같은 느낌이 들었습니다. 모든 두려움을 쫓아내고 더욱 주의를 기울여 느껴 본 그는 부인이 분명히 죽지 않았다는 것을 발견했어요. 비록 생명력이 희미하고 약했지만 말입니다. 그래서 하인의 도움을 받으며 가능한 한 부드럽게 무덤에서 부인을 끌어냈고, 말 앞에 태우고 아무도 모르게 볼로냐의 자기 집으로 데려갔습니다.

집에는 그의 어머니가 있었는데, 훌륭하고 현명한 그녀는 아들에게서 모든 것을 자세하게 듣고 나서 연민에 이끌려 조용히 커다란 불을 지피고 목욕물로 부인의 꺼져 가는 생명을 되살렸습니다. 생명력이 되돌아오자 부인은 크게 한숨을 내쉬더니 말했습니다.

「세상에! 내가 지금 어디 있는 거예요?」

그러자 훌륭한 부인은 대답했어요.

「안심해요, 당신은 지금 안전한 곳에 있어요.」

　　정신을 차린 부인은 주위를 둘러보고 자기가 어디 있는지 잘 모르는 데다 앞에 젠틸레 씨가 있는 것을 보더니 놀라움에 가득하여, 그의 어머니에게 어떻게 그곳에 오게 되었는지 말해 달라고 부탁했습니다. 그러자 젠틸레 씨는 자세하게 모든 것을 이야기했어요. 그러자 부인은 괴로워하면서 가능한 한 그에게 감사한 다음, 이어서 그가 자신에게 간직한 사랑과 친절함을 베풀어 그의 집에서 자신이나 남편의 명예에 해가 되는 일을 겪지 않게 하고 날이 새면 자기 집으로 돌아가게 해달라고 부탁했습니다. 그러자 젠틸레 씨는 대답했습니다.

　　「부인, 저의 욕망이 과거에 어떤 것이었든, 저는 당신을 지금이나 앞으로나 여기에서나 다른 곳에서나 단지 사랑스러운 누이로만 대하려고 합니다. 하느님께서 저에게 은총을 베푸시어, 예전에 당신에게 품었던 사랑으로 인해 당신을 죽음에서 되살아나게 해주셨으니까요. 하지만 제가 오늘 밤 당신에게 베풀게 된 이런 호의는 보상받을 가치가 있습니다. 그러므로 저의 부탁을 거부하지 마시기를 바랍니다.」

　　그에 대해 부인은 단지 자신이 정숙하게 할 수 있는 일이라면 준비가 되어 있다고 온화하게 대답했습니다. 그러자 젠틸레 씨가 말했습니다.

　　「부인, 당신의 모든 친척과 모든 볼로냐 사람은 당신이 분명히 죽었다고 믿고 있으며, 따라서 집에서 당신을 기다리는 사람은 아무도 없습니다. 그러니 제가 모데나에서 곧바로 돌아올 테니 그때까지 여기에서 제 어머니와 함께 조용히 머물러 주시라는 부탁을 드리고 싶습니다. 당신에게 이런 부탁을 드리는 이유는 이 도시의 훌륭한 시민들이 있는 자리에서 당신 남편에게 당신을 놀랍고 소중한 선물로 주고 싶기 때문입니다.」

부인은 친척들에게 자기가 살아 있다는 것을 알려 즐겁게 해주고 싶었지만, 젠틸레 씨의 요구가 진지한 것이었으므로 따를 수밖에 없다는 것을 알고 그대로 따르려고 결심했고, 자신의 믿음을 걸고 약속했습니다. 그런데 그렇게 대답하자마자 부인은 해산할 때가 되었다는 것을 느꼈고, 젠틸레 씨어머니의 애정 어린 도움을 받아 얼마 뒤 예쁜 사내 아기를 분만했습니다. 그것은 젠틸레 씨와 어머니의 즐거움을 두 배로 늘려 주었습니다. 젠틸레 씨는 마치 부인이 자기 아내인 것처럼 모든 필요한 것을 준비하고 부인에게 도움이 되도록 조치한 다음 비밀리에 모데나로 돌아갔습니다.

모데나에서 임기를 마치고 볼로냐로 돌아가야 할 때가 되자, 젠틸레 씨는 볼로냐에 들어가는 날 오전 자기 집에서 니콜루초 카차네미코를 포함하여 볼로냐의 많은 귀족에게 성대하고 멋진 연회를 베풀도록 준비했습니다. 그리고 돌아와 말에서 내린 그는 손님들을 맞이하였고, 마찬가지로 부인이 더 건강하고 아름다워졌으며 아기도 잘 있는 것을 발견하고 말할 수 없이 즐거워하며 손님들과 함께 식탁에 앉았고, 많은 음식을 성대하게 대접하게 했습니다. 그리고 식사가 거의 끝나 갈 무렵 그는 부인에게 자기가 하려는 것을 미리 말하고 해야 할 일을 함께 정해 두었으므로 이렇게 말하기 시작했습니다.

「여러분, 언젠가 들은 바로는, 페르시아에는 저의 판단으로 볼 때 좋은 풍습이 있다고 합니다. 누군가 친구를 최고로 대접하고 싶으면 자기 집으로 초대하여, 아내든 여자 친구든 딸이든 또는 다른 무언가 자기가 가장 소중히 여기는 것을 친구에게 보여 주면서, 가능하다면 그처럼 자기 마음도 기꺼이 보여 주고 싶다고 밝힌다는 것입니다. 그런 풍습을 저는 볼로냐에서 따라 해보고 싶습니다. 하지만 그것을 하기 전에 제가 여러분에게 제기하는 의혹에 대해 생각하는 바를 말씀해 주시기를 바랍니다. 어떤 사람이 훌륭하고 매우 충직한 하인을 집에 데리고 있는데, 하인이 심각한 병에 걸립니다. 그 사람은 병든 하인의 종말을 보려고 기다리지도 않고 하인을 길 한가운데 두고 남이 데려가든 말든 그 이상 돌보지 않습니다. 그런데 어느 이방인이 와서 병든 하인에 대한 연민에 움직여 자기 집으로 데려가 비용을 쓰며 잘 보살펴서 전처럼 건강을 되찾게 합니다. 그렇다면 저는 알고 싶습니다. 이방인이 하인을 데리고 있으면서 봉사하게 하고 있는데, 원래 주인이 요구했을 때 두 번째 주인이 돌려주려고 하지 않는다면, 원래 주인이 당연한 권리로 유감으로 생각하거나 괴로워할 수 있는지 말입니다.」

귀족들은 자기들끼리 다양하게 논의하더니 모두 하나의 견해에 동의했고, 훌륭하고 멋지게 말을 잘하는 니콜루초 카차네미코에게 대답을 위임했습니다. 그는 먼저 페르시아의 풍습을 칭찬한 다음 자기는 다른 사람들과 함께 이런 견해라

고 말했습니다. 그러니까 첫 번째 주인은 그런 경우 하인을
버렸을 뿐만 아니라 내버렸기 때문에 이제 하인에 대해 어떤
권리도 없으며, 두 번째 주인이 베푼 호의로 하인은 그의 것
이 되는 것이 정당해 보이고, 따라서 그가 하인을 데리고 있
어도 처음 주인에게 어떤 피해도 주지 않고 폭력이나 불의가
되는 것도 아니라고 말입니다. 식탁에 있던 다른 많은 훌륭
한 사람도 모두 함께 니콜루초의 대답에 동의한다고 말했습
니다. 젠틸레 씨는 니콜루초가 그렇게 대답한 것에 만족하여
자기도 그런 의견에 동의한다고 했고 이어서 말했습니다.

「이제 제가 약속한 대로 여러분을 대접할 시간입니다.」

그리고 하인 두 명을 불러 부인에게 보냈고, 우아하게 옷
을 입고 치장한 부인에게 나와서 귀족들을 즐겁게 해달라고
부탁하게 했습니다. 부인은 귀여운 아기를 팔에 안고 두 하
인의 시중을 받으며 들어왔고, 젠틸레 씨가 원하는 대로 어
느 훌륭한 사람 옆에 앉았습니다. 젠틸레 씨는 말했습니다.

「여러분, 이분이 제가 가장 소중하게 여기고 다른 것과 마
찬가지로 갖고 싶은 것입니다. 제 말이 옳다고 생각하시는지
보십시오.」

귀족들은 부인을 맞이하여 많이 칭찬하였고, 젠틸레 씨가
소중하게 여길 만하다고 확인하면서 부인을 바라보기 시작
했습니다. 그리고 많은 사람이 죽었다고 생각하지 않았다면
바로 부인이 누구인지 말했을 것이지만, 누구보다 특히 니콜
루초가 그녀를 바라보았습니다. 그는 젠틸레 씨가 약간 멀어
지자 그녀가 누구인지 알고 싶은 욕망에 불타올라 더 참지

못하고 그녀에게 볼로냐 사람인지 아니면 이방인인지 물었습니다. 부인은 남편의 질문을 듣고 힘들게 대답을 참았으니 약속을 지키기 위해 침묵한 것입니다. 다른 사람은 그녀에게 그 아기가 그녀의 아이인지 물었고, 또 어떤 사람은 그녀가 젠틸레 씨의 아내인지 아니면 다른 어떤 친척인지 물었으나, 부인은 누구에게도 대답하지 않았습니다. 하지만 젠틸레 씨가 오자 손님 중 누군가가 말했습니다.

「젠틸레 씨, 이분은 정말 아름다운데 마치 벙어리 같군요. 정말 그런가요?」

그러자 젠틸레 씨는 말했어요.

「여러분, 이분이 지금 말하지 않은 것은 덕성이 사소하지 않다는 증거입니다.」

그 사람은 이어서 말했습니다.

「그러니까 이분이 누구인지 당신이 말해 주십시오.」

젠틸레 씨는 말했습니다.

「기꺼이 그렇게 하지요. 다만 한 가지 저에게 약속해 주십시오. 제가 무슨 말을 하든, 제 이야기가 끝날 때까지 누구도 자기 자리에서 움직이지 마십시오.」

거기에 대해 모두 약속했고 벌써 식탁들은 치워졌으니 젠틸레 씨는 부인 옆에 앉으면서 말했습니다.

「여러분, 이 여인은 조금 전 제가 여러분에게 질문했던 그 충실하고 믿음직한 하인입니다. 이 여인은 자기 가족들로부터 소중한 대접도 받지 못하고, 비천하고 쓸모없는 하인처럼 길 가운데에 버려졌는데, 제가 거둬들여 저의 돌봄과 제 손의 노력으로 죽음에서 끌어냈습니다. 그리고 하느님께서 저의 선한 애정을 돌봐 주시어 무서운 시체에서 이렇게 아름다운 모습으로 만들어 주셨습니다. 어떻게 저에게 이런 일이 일어났는지 더 분명히 이해하도록 간략하게 여러분에게 설명하겠습니다.」

그리고 부인에 대한 자신의 사랑부터 시작하여 그때까지 일어난 일을 자세하게 이야기했으니 듣고 있던 사람들은 매우 놀랐습니다. 그리고 그는 덧붙였습니다.

「그러므로 만약 여러분이, 특히 니콜루초 씨가 조금 전의 판단을 바꾸지 않았다면, 이 여인은 당연히 저의 것이며, 누구도 정당한 권리로 저에게 이분을 요구할 수 없습니다.」

이에 대하여 누구도 대답하지 못했고 오히려 모두 그가 앞으로 할 말을 기다리고 있었습니다. 니콜루초와 거기 있던 다른 사람들은 부인에 대한 연민에 눈물을 흘렸습니다. 하지만 젠틸레 씨는 일어나 어린 아기를 팔에 안고 부인의 손을 잡더니 니콜루초에게 가서 말했습니다.

「이제, 친구여,[21] 나는 당신에게 당신의 아내, 당신과 그녀의 가족이 버렸던 아내를 돌려주는 것이 아니라, 내 대자(代子)의 어머니를 이 그녀의 아들과 함께 선물하고 싶소. 이 아들은 분명히 당신에 의해 탄생했고, 내가 세례 때 안고 있었으며 젠틸레라는 이름을 주었다오. 그러니 당신에게 부탁하건대, 그녀가 우리 집에서 석 달 정도 머물렀다고 해서 당신

---

21 원문은 〈compare〉, 즉 〈대자(代子)의 아버지여〉이다.

에게 덜 소중하지 않게 대해 주오. 하느님께서 아마, 실제로 일어났듯이, 내 사랑이 그녀를 되살리는 원인이 되도록, 전에 내가 그녀를 사랑하게 하신 것 같소. 그 하느님의 이름으로 당신에게 맹세하는데, 그녀는 아버지나 어머니 또는 당신과 함께 살았던 것 못지않게 내 집에서 내 어머니 옆에서 정숙하게 살았소.」

그렇게 말하고는 부인을 향해 말했어요.

「부인, 이제 저에게 한 모든 약속에서 당신을 풀어주니 니콜루초에게 자유롭게 가셔도 됩니다.」

그리고 부인과 아기를 니콜루초의 팔에 건네주고 자리로 돌아가 앉았습니다. 니콜루초는 따뜻하게 부인과 아기를 받았으니 희망이 멀어졌던 만큼 더 기뻤습니다. 그리고 젠틸레 씨에게 가능한 한 최대의 감사를 했습니다. 다른 사람들도 모두 연민의 눈물을 흘리며 그런 일을 많이 칭찬했고, 그 이야기를 들은 사람은 모두 마찬가지였습니다. 부인은 엄청난 환영과 함께 자기 집으로 돌아갔고, 마치 부활한 것처럼 볼로냐 사람들은 오랫동안 놀라움과 함께 그녀를 바라보았습니다. 그리고 젠틸레 씨는 언제나 니콜루초와 그의 가족과 부인 가족의 친구로 살았답니다.

그러니까 너그러운 여인들이여, 여기에서 뭐라고 말하겠습니까? 왕이 왕관과 왕홀을 선물한 것이나 수도원장이 아무런 대가도 없이 악당을 교황과 화해시킨 것, 노인이 자기 목숨을 적의 칼에 내주는 것이 젠틸레 씨의 행동과 비교할 수 있다고 생각하십니까? 젊고 불타는 젠틸레 씨는 다른 사람이 부주의하게 내버리고 좋은 행운 덕분에 자기가 거둬들인 것에 대해 정당한 권리를 가진 것처럼 보이는데도 정직하게 자신의 불꽃을 절제했을 뿐만 아니라, 열망하고 빼앗고 싶은 것을 가지고 있으면서도 너그럽게 되돌려주었습니다. 저에게는 앞의 어떤 이야기도 이것과 비슷해 보이지 않네요.]

다섯째 이야기

디아노라 부인은 안살도 씨에게 1월의 정원을 5월의 정원처럼 만들어 달라고 요구하고, 안살도 씨는 흑마술사와 거래하여 그렇게 해준다. 그러자 남편은 부인에게 안살도 씨의 욕구를 들어주라고 허락하고, 남편의 너그러움을 들은 안살도 씨는 부인을 약속에서 풀어준다. 그리고 흑마술사는 안살도 씨에게서 아무것도 받지 않고 그를 풀어준다.

그 즐거운 모임의 모든 사람이 최고의 칭찬과 함께 젠틸레 씨를 하늘까지 높이 올려 주었을 때, 왕은 에밀리아에게 이어서 이야기하라고 지시했습니다. 에밀리아는 마치 이야기하기를 열망한 것처럼 자유분방하게 이렇게 시작했습니다.

[섬세한 여인들이여, 아무도 젠틸레 씨가 너그럽게 행동하지 않았다고 정당하게 말하지 못할 것입니다. 하지만 그 이상으로 너그러울 수 있음은 증명하기 쉽지 않을 것인데, 저는 그런 이야기를 하고 싶습니다.

프리울리[22]는 비록 춥지만 아름다운 산, 많은 강, 맑은 샘이 있는 멋진 지방으로 그곳에 우디네라는 도시가 있습니다. 거기에 전에 디아노라 부인이라는 아름다운 귀부인이 살았는데, 성격 좋고 호감을 주는 질베르토라는 매우 부유한 사람의 아내였습니다. 그 여인은 자신의 가치로 인해 안살도 그라덴세 씨라는 높은 귀족 신분 출신에 무술과 예의로 널리 유명한 사람에게서 최고의 사랑을 받았습니다. 그는 열렬하게 부인을 사랑하면서 그녀의 사랑을 받기 위해 모든 일을 했으며, 종종 사람을 보내 조르기도 했으나 헛수고였어요.

부인에게는 기사의 요구가 괴로웠는데, 요구하는 모든 것을 아무리 거부해도 그가 멈추지 않고 자기를 사랑하고 요구하리라는 것을 알고, 자기 판단으로는 새롭고 불가능한 요구로써 그를 떨쳐내려고 생각했습니다. 그래서 그가 자기에게 자주 보내는 여자에게 어느 날 이렇게 말했습니다.

「이봐요, 당신은 안살도 씨가 무엇보다 나를 사랑한다고 여러 번 말했고 그의 놀라운 선물들도 전달해 주었지요. 나는 그 선물들을 그분에게 돌려주고 싶어요. 그것들로 인해 내가 그분을 기쁘게 해주도록 이끌리지는 않으니까요. 만약 내가 당신이 말하는 만큼 그분의 큰 사랑을 확인할 수 있다면, 틀림없이 나는 그분을 사랑하고 그분이 원하는 대로 하도록 이끌릴 것이에요. 그러니까 내가 요구하는 것으로 나에게 신뢰를 준다면 나는 그분의 요구에 따를 준비가 되어 있어요.」

22 Friuli. 이탈리아반도 북동부 끝의 지방으로 그 중심지는 우디네Udine이다.

여자는 말했습니다.

「부인, 그분이 무엇을 해주기를 당신은 원하십니까?」

부인은 대답했어요.

「내가 바라는 것은 이것이에요. 다가오는 1월에 이 도시 가까이에 마치 5월이 된 것과 다름없이 녹색 풀과 꽃, 푸르른 나무 들이 가득한 정원을 원해요. 그분이 그것을 하지 못하면 이제 당신이나 다른 누구도 다시는 나에게 보내지 말아야 해요. 만약 그 이상 귀찮게 하면, 괴롭지만 지금까지 내 남편과 가족들에게 완전히 감추고 있었던 것을 말해서 그에게서 벗어나도록 할 거예요.」

기사는 부인의 요구와 제안을 듣고, 비록 어렵고 거의 불가능한 일처럼 보였으며, 부인이 요구하는 것은 오로지 자신의 희망을 포기하게 하기 위해서임을 알았지만, 아무리 불가능해 보이더라도 시도해 보려고 결심했습니다. 그리고 세상 곳곳으로 사람을 보내 이 일에 대해 도움이나 충고를 줄 사람을 찾았습니다. 그리고 한 사람이 그에게 왔는데, 보수만 충분하다면 흑마술을 하겠다고 제안했습니다. 안살도 씨는 엄청나게 많은 돈으로 그와 합의하였고 즐겁게 정해진 시기를 기다렸습니다. 때는 왔고 굉장한 추위에 모든 것이 눈과 얼음으로 가득했는데, 그 유능한 사람은 1월 첫날로 넘어가는 밤 도시 근처의 아름다운 풀밭에 흑마술을 걸었지요. 다음 날 아침 사람들의 증언에 의하면 전혀 본 적이 없는 가장 아름다운 정원이 나타났으니, 풀과 나무와 온갖 종류의 과일들이 가득했습니다. 안살도 씨는 매우 기쁘게 그것을 보았고,

거기 있던 멋진 과일과 꽃 중에서 몇 개를 따서 몰래 부인에게 보냈습니다. 그것을 통해 자기가 부인을 사랑한다는 것을 알게 하고, 맹세와 함께 제시한 약속을 기억하고, 신의 있는 부인답게 나중에 약속을 지킬 수 있도록 말입니다.

부인은 벌써 꽃과 과일을 본 많은 사람에게서 경이로운 정원에 대해 들었기 때문에, 자신의 약속에 대해 후회하기 시작했습니다. 하지만 비록 후회하면서도 그 새로운 것을 보고 싶었기에 도시의 다른 많은 여인과 함께 정원을 보러 갔습니다. 그리고 놀라움과 함께 칭찬한 다음 자신의 의무를 생각하며 다른 누구보다 괴로운 심정으로 집으로 돌아갔습니다. 괴로움이 얼마나 컸는지 감출 수 없을 정도였고, 결국 밖으로 드러나면서 남편이 알아채게 되었고 그녀에게서 원인을 알고 싶어 했습니다. 부인은 부끄러워서 오랫동안 말하지 않았으나 결국 어쩔 수 없이 모든 것을 자세히 설명했습니다. 질베르토 씨는 그 말을 듣고 처음에는 무척 화가 났지만, 부인의 순수한 의도를 고려하여 현명하게 화를 억누르고 말했습니다.

「디아노라, 여자가 심부름하는 사람의 말을 듣고, 또 어떤 조건으로 자기 정조를 누군가와 거래하는 것은 현명하지도 않고 정숙하지도 않은 행동이오. 귀를 통해 마음이 받아들이는 말은 많은 사람이 평가하는 것보다 큰 힘을 가지고 있으며, 사랑하는 사람들에게는 거의 모든 것이 가능한 법이오. 그러니 먼저 말을 듣고 다음에 거래한 것은 잘못이오. 하지만 나는 당신 마음의 순수함을 알고 있으니까, 약속의 속박에서 벗어나도록 다른 사람이라면 허용하지 않을 것을 당신에게 허용하겠소. 게다가 흑마술사에 대한 두려움에 이끌린 것이기도 하오. 만약 당신이 속이면 안살도 씨가 혹시 흑마술사를 통해 우리에게 해를 끼칠 수도 있으니까 말이오. 그러니 당신이 그에게 가서 방법이 있다면 당신의 정숙함을 간직하면서 그런 약속에서 풀려나도록 노력해 보기를 바라오. 만약 달리할 수 없다면, 이번 한 번만 마음이 아니라 몸을 허락해요.」

남편의 말을 들은 부인은 울면서 그런 관용을 원하지 않는다고 했습니다. 질베르토 씨는 부인이 아무리 거부해도 그렇게 하는 것이 좋다고 했습니다. 그리하여 다음 날 새벽 무렵 부인은 지나치지 않게 치장하고 하인 두 명을 앞세우고 옆에는 하녀 한 명을 데리고 안살도 씨의 집으로 갔습니다. 안살도 씨는 부인이 왔다는 말을 듣고 깜짝 놀랐으며 일어나서 흑마술사를 불러 말했습니다.

「당신이 당신 기술로 나에게 얼마나 좋은 것을 얻게 했는지 보시오.」

그리고 부인을 만나러 갔고, 어떤 무분별한 욕망에도 따르지 않고 진지하게 존경심과 함께 맞이했습니다. 불을 크게 지핀 멋진 방으로 모두 들어갔고, 그는 부인을 앉게 하고 말했습니다.

「부인, 부탁하건대 만약 제가 당신께 품은 오랜 사랑이 보상받을 만하다면, 이런 시간에 이렇게 하인들과 함께 오시게 된 진정한 이유를 알려 주십시오.」

부인은 부끄러워하며 눈가에 눈물이 가득한 채 대답했어요.

「사랑이 저를 당신에게 이끈 것도 아니고 신뢰가 저를 이곳으로 오게 한 것도 아닙니다. 제 남편의 명령 때문에 온 것입니다. 남편은 자신과 저의 명예보다 당신의 무분별한 사랑의 노고를 더 존중하여 제가 여기 오게 했습니다. 그이의 명령에 따라 저는 이번에는 당신의 모든 욕구에 따를 준비가 되어 있습니다.」

안살도 씨는 처음에도 놀랐지만, 부인의 말을 듣고 나서 훨씬 더 크게 놀랐습니다. 그리고 질베르토의 너그러움에 감동하여 열정이 연민으로 바뀌기 시작했고 그래서 말했습니다.

「부인, 당신이 말한 대로라면, 제 사랑에 연민을 가진 사람의 명예를 제가 훼손하는 것을 하느님께서는 원하시지 않는군요. 그러니 부인께서는 제 누이와 다르지 않게 원하시는 만큼 여기 머물다가 원할 때 자유롭게 떠나실 수 있습니다. 그리하여 진정으로 당신의 남편이 베풀어 주신 그 커다란 호의에 알맞은 감사의 말씀을 전해 주세요. 앞으로 언제나 저를 형제이며 종으로 대해 주실 수 있도록 말입니다.」

부인은 그 말을 듣고 더할 나위 없이 기뻐하며 말했습니다.

「당신의 품행을 존중하여 저는 이렇게 왔는데 당신이 저에게 보여 주신 이런 일이 일어날 것이라고 저는 전혀 생각할 수 없었고, 이에 대해 언제나 감사하게 생각하겠습니다.」

그리고 작별 인사를 한 다음 명예롭게 하인들과 함께 질베르토에게 돌아가 일어난 일을 이야기했습니다. 그리하여 질베르토와 안살도 씨는 매우 가깝고 충실한 우정으로 맺어졌습니다. 안살도 씨는 흑마술사에게 약속한 보상을 하려고 준비했는데, 흑마술사는 안살도 씨에 대한 질베르토의 너그러움과 부인에 대한 안살도 씨의 너그러움을 보고 이렇게 말했습니다.

「자신의 명예에 대해 너그러운 질베르토와 자신의 사랑에 대해 너그러운 당신을 보고 나니, 하느님께서는 저도 마찬가지로 저의 보상에 대해 너그럽지 않은 것을 원하시지 않는군요. 그러므로 약속한 보상은 당신에게 속하니 당신 것으로 놔두시기를 바랍니다.」

안살도 씨는 부끄러웠고 일부라도 주려고 노력했지만 헛수고였습니다. 마술사는 사흘 뒤 자기 정원을 거두고 떠나려고 했으므로 하느님의 가호를 빌며 작별했습니다. 그리고 가슴속에서 욕정의 사랑은 꺼지고 부인에 대한 정숙한 애정만 남았습니다.

사랑스러운 여인들이여, 여기에서 우리는 뭐라고 말해야 할까요? 거의 죽은 부인과 희망이 사라져 벌써 미지근해진 사랑을, 더욱더 열렬히 사랑하고 더욱더 강한 희망에 불붙어 있으면서 그렇게 뒤쫓던 먹이를 손에 잡은 안살도 씨의 이런 너그러움보다 앞에 놓을 수 있을까요? 그런 너그러움을 이런 너그러움과 비교할 수 있다고 생각하는 것은 어리석은 일일 것입니다.」

여섯째 이야기

승리한 늙은 카를로 왕은 젊은 처녀를 사랑하지만,
자신의 어리석은 생각을 부끄러워하며 그 처녀와 자매를
다른 사람과 명예롭게 결혼시켜 준다.

누가 더 큰 너그러움을 보여 주었는지, 질베르토인지, 안살도 씨인지, 아니면 흑마술사인지, 디아노라 부인의 사건과 관련한 여인들 사이의 다양한 논쟁을 누가 충분하게 이야기할 수 있을까요? 너무나도 길어질 것입니다. 하지만 왕은 한동안 논쟁하도록 허용한 다음 피암메타를 바라보며 이야기를 시작하여 논쟁을 끝내라고 명령했고. 그녀는 지체하지 않고 곧바로 시작했습니다.

[고귀한 여인들이여, 저는 우리 같은 이런 모임에서는 이야기한 것의 의미가 무척 모호하여 다른 사람들에게 논쟁의 소재가 되지 않도록 광범위하게 이야기해야 한다고 언제나 생각하고 있었습니다. 논쟁은 우리보다 학교에서 공부하는 사람들에게 더 적합하고, 우리에게는 실패와 물렛가락만으로 충분하지요. 그러므로 저는 마음속에 논쟁이 될 만한 이야기를 생각하고 있었는데, 여러분이 이전 이야기 때문에 논쟁하는 것을 보고 그것을 놔두고 다른 것을 이야기하려고 합니다. 평범한 사람이 아니라 훌륭한 왕이 자신의 명예를 소홀히 하지 않고 기사도답게 행동한 이야기입니다.

여러분은 모두 늙은 왕 카를로 또는 카를로 1세[23]에 관한 이야기를 여러 번 들었을 것입니다. 그의 위대한 과업과 만프레디 왕에게서 거둔 승리로 인해 피렌체에서 기벨리니 당파가 쫓겨나고 궬피 당파가 돌아왔고, 그 여파로 네리 델리 우베르티[24] 씨라는 기사가 자신의 모든 가족과 함께 많은 돈을 가지고 피렌체에서 나왔는데, 카를로 왕의 품 안이 아닌 곳에서 살려고 하지 않았습니다. 그래서 한적한 곳에 살며 거기에서 편안하게 여생을 보내기 위해 스타비아의 카스텔람마레[25]로 갔습니다. 그리고 그곳 도시의 다른 거주 지역들에서 석궁으로 쏜 화살이 닿을 정도의 거리에, 그 지역에 풍부하게 많은 올리브나무와 개암나무와 밤나무 사이의 소유지를 사들였고, 거기에다 멋지고 아늑한 집을 지었고, 집 옆에다 멋진 정원을 만들었으며, 정원 한가운데에는 샘물이 풍부했기에 우리 방식대로 맑고 아름다운 연못을 만들어 많은 물고기로 가득 채웠습니다.

네리 씨는 날마다 정원을 더 아름답게 만드는 일에만 몰두하고 있었는데, 어느 날 카를로 왕이 무더운 날씨에 잠시 휴

23 호엔슈타우펜 왕가와의 전쟁에서 승리하여 시칠리아 왕국을 차지한 카를로 단조 1세를 가리킨다(둘째 날 다섯째 이야기 주석 56과 둘째 날 여섯째 이야기 주석 65 참조).
24 우베르티Uberti 가문은 피렌체의 유명한 가문으로 기벨리니 당파에 속했다.
25 스타비아의 카스텔람마레Castellammare di Stabia는 현재의 행정 구역으로는 나폴리에 속하는 나폴리 남쪽 폼페이 근처의 구역이다. 원문 〈Castello a mare〉는 〈바닷가의 성(城)〉이라는 뜻이다. 스타비아는 고대 로마 시대에 그 자리에 있던 도시 스타비아이Stabiae에서 유래하였다.

식을 취하려고 카스텔람마레로 갔고, 거기에서 네리 씨의 아름다운 정원에 대한 말을 듣고 구경하고 싶었습니다. 그리고 누구의 소유인지 듣고, 기사가 자기와 다른 당파에 속했으므로 그와 더 친숙해지고 싶었습니다. 그래서 사람을 보내 네 명의 수행원을 데리고 사적으로 다음 날 저녁 그와 함께 정원에서 식사하고 싶다고 전했지요.

그것을 네리 씨는 무척 소중하게 생각했기에 성대하게 준비하였고, 자기 가족과 함께 할 일을 가능한 한 즐거운 마음으로 정해 놓고 아름다운 정원에서 왕을 맞이했습니다. 왕은 네리 씨의 정원과 집을 모두 둘러보고 칭찬한 다음 연못 옆에 식탁이 차려졌으므로 손을 씻고 나서 식탁 중 하나에 앉았고, 수행원 중 한 명인 몽포르의 백작[26]을 자기 옆에 앉게 하고 다른 한쪽 옆에는 네리 씨가 앉게 했습니다. 그리고 함께 온 다른 세 명은 네리 씨가 정해 둔 순서대로 앉게 했어요. 조용하고 평온한 분위기 속에 맛있는 음식들과 진귀한 최고급 포도주가 멋지고 훌륭한 순서에 따라 나왔고, 그에 대해 왕은 무척 칭찬했습니다.

그렇게 왕이 즐겁게 식사하며 한적한 분위기를 즐기는 동안 각자 열다섯 살 정도의 젊은 처녀 두 명이 정원으로 들어왔습니다. 둘 다 황금 실 같은 금발에 머리칼이 모두 곱슬곱

26 카를로 단조 1세의 신하 중 하나인 기 드 몽포르Guy de Montfort (1243~1288/1291)이다. 이탈리아어 이름은 귀도Guido로 본문에서는 그렇게 부르고 있다. 그는 아버지의 복수를 위해 영국의 왕 에드워드의 사촌 헨리를 살해했고, 따라서 단테는 그를 지옥에 배치하였다(『신곡』「지옥」 12곡 118~120행 참조).

슬했고, 풀어 헤친 머리칼 위에 빈카[27]로 만든 가벼운 화환을
올리고 있었으며, 얼굴이 얼마나 섬세하고 아름다운지 다른
무엇보다 천사 같았습니다. 그리고 피부 위로 아주 섬세하고
눈처럼 하얀 아마(亞麻) 옷을 입었는데, 허리띠 위로는 몸에
달라붙을 정도였고 허리띠 아래로는 발까지 길게 천막 모양
으로 넓게 펼쳐져 있었습니다. 앞에서 오는 처녀는 어깨 위
에 그물 한 쌍을 걸치고 왼손으로 붙잡고 있었으며, 오른손
에는 기다란 막대기를 들고 있었지요. 뒤이어 오는 다른 처
녀는 왼쪽 어깨 위에 냄비를 메고 같은 왼쪽 팔 아래에는 작
은 나뭇단을 끼고 손에는 삼발이를 들고 있었으며, 다른 손
에는 기름병과 불이 붙은 작은 횃불을 들고 있었습니다.

　앞으로 온 처녀들은 부끄러운 듯 정숙하게 왕에게 경의를
표했고, 이어서 연못 쪽으로 갔습니다. 냄비를 들고 온 처녀
는 냄비와 다른 물건들을 내려놓고 다른 처녀가 가져온 막대
기를 들고 둘 다 연못 안으로 들어갔습니다. 연못의 물은 처
녀들의 가슴까지 닿았어요. 네리 씨의 하인 중 하나가 곧바
로 거기에다 불을 피웠고, 냄비를 삼발이 위에다 올리더니
안에다 기름을 부었고, 처녀들이 물고기를 던져 주기를 기다
리기 시작했습니다. 처녀 중 한 명은 물고기들이 숨어 있다
고 생각하는 곳을 휘젓는 동안 다른 처녀는 그물을 펼쳤습니
다. 왕은 커다란 즐거움과 함께 그런 모습을 주의 깊게 바라
보았고, 처녀들은 짧은 시간에 많은 물고기를 잡았습니다.

27 vinca. 협죽도과의 원예용 식물이다.

그리고 하인에게 던져 주자, 하인은 그것들을 거의 산 채로 냄비 안에 집어넣었습니다. 처녀들은 지시받은 대로 가장 멋진 물고기들을 골라 왕과 몽포르 백작과 아버지 앞의 식탁 위로 던지기 시작했습니다. 물고기들은 식탁 위에서 퍼덕거렸고, 그것을 보고 왕은 놀랍도록 즐거워했으며, 마찬가지로 자신도 물고기를 잡아 조심스럽게 처녀들에게 던져 주었습니다. 그렇게 한참 장난하는 동안 하인은 자기가 받은 물고기를 요리했고, 네리 씨가 지시한 대로 맛있고 진귀한 요리가 아니라 중간 정도의 요리로 왕 앞에 내놓았습니다.

물고기를 충분히 잡은 처녀들은 물고기가 익은 것을 보고 새하얗고 섬세한 옷이 몸에 달라붙은 채 연못에서 나왔습니다. 그리고 각자 가져온 물건들을 다시 들고 부끄러운 듯이 왕 앞을 지나 집 안으로 돌아갔습니다. 왕과 백작과 봉사하는 다른 사람들은 한참 처녀들을 바라보았고, 아름다움과 멋진 행동, 그 외에도 즐겁고 예절 바른 태도에 각자 속으로 많이 칭찬했습니다. 하지만 다른 누구보다 왕이 좋아하였으니, 처녀들이 물에서 나왔을 때 온몸을 구석구석 얼마나 주의 깊게 바라보았던지 누군가가 찔러도 느끼지 못했을 정도입니다. 그리고 처녀들이 누구이며 어떻게 된 일인지 모른 채 다시 생각하면서 그녀들에게서 즐거움을 얻고 싶은 뜨거운 욕망이 가슴속에서 일어나는 것을 느꼈습니다. 그러니까 만약 조심하지 않았다면 자신이 사랑에 빠졌을 것임을 분명히 알았던 것입니다. 모든 면에서 둘이 얼마나 서로 닮았는지 둘 중에서 누가 더 마음에 드는지 왕 자신도 몰랐습니다. 하지만 한동안 그런 생각에 잠겨 있다가 왕은 네리 씨에게 두 처녀가 누구인지 물었고, 네리 씨는 대답했습니다.

「폐하, 한 번의 분만에서 태어난 제 딸들[28]입니다. 하나는 미녀[29] 지네브라이고, 다른 하나는 금발 이소타라고 합니다.」

그러자 왕은 많이 칭찬하며 어서 결혼시키라고 권했고, 네리 씨는 방법이 없어 결혼시킬 수 없었다고 변명했습니다. 그러는 동안 식사에서 내놓을 것으로 과일밖에 남지 않았는데, 두 처녀가 고급 비단옷을 입고 매우 아름다운 모습으로 커다란 두 개의 은접시에 계절이 제공하는 다양한 과일을 가득 들고 와서 왕 앞의 식탁 위에 놓았습니다. 그리고 약간 뒤로 물러나더니 다음과 같은 노랫말로 시작하는 노래를 부르기 시작했습니다.

내가 지금 도착한 곳에, 아모르여,
오래 머무를 수 없습니다.

얼마나 달콤하고 기분 좋은 노래였는지 즐겁게 바라보며 듣고 있던 왕에게는 마치 모든 품계의 천사들[30]이 내려와 노래하는 것 같았습니다. 노래를 마친 처녀들은 무릎을 꿇고 공손하게 이제 가도 좋겠는지 왕에게 허락을 구했습니다. 왕은 처녀들이 가는 것이 서운했으나 즐거운 표정으로 허락했

28 쌍둥이 자매라는 뜻이다.
29 일종의 별명이다.
30 학자마다 서로 다르지만, 천사들은 다양한 품계로 구분된다고 믿었다.

습니다. 그렇게 저녁 식사가 끝나고 왕은 수행원들과 함께 말을 타고 네리 씨와 헤어진 뒤 이런저런 이야기를 나누며 왕궁으로 돌아갔습니다.

왕궁에서 왕은 자신의 사랑을 감추고 있었으나 어떤 중요한 업무가 있어도 미녀 지네브라의 아름다움과 사랑스러움을 잊을 수 없었고, 지네브라에 대한 사랑 때문에 그녀와 닮은 자매까지 사랑하게 되었으니, 사랑의 끈끈이에 사로잡혀 다른 것은 거의 생각할 수도 없을 정도였습니다. 그래서 다른 이유를 대며 네리 씨와 매우 친숙해졌고 지네브라를 보기 위해 자주 그의 아름다운 정원을 방문했습니다. 그리고 이제 더 견딜 수 없고 다른 방법을 찾지 못하자 처녀 중 단지 한 명뿐 아니라 둘 다를 아버지에게서 빼앗을 생각에 빠지게 되었고, 자신의 사랑과 의도를 몽포르 백작에게 밝혔습니다. 백작은 훌륭한 사람이었으므로 이렇게 말했습니다.

「폐하, 폐하께서 말씀하시는 것이 저는 무척 놀랍습니다. 어린 시절부터 오늘까지 다른 누구보다 폐하의 품행을 잘 알고 있는 만큼 이렇게 많이 놀란 적은 없습니다. 아모르가 더 쉽게 발톱으로 움켜잡을 수 있었던 예전의 젊은 시절에도 그런 열정을 가지신 적이 없었는데, 벌써 노년에 가까운 지금 그런 말씀을 들으니, 폐하께서 사랑에 빠지셨다는 것이 얼마나 새롭고 이상한지 마치 기적 같습니다. 그리고 그것에 대해 폐하를 비난하는 것이 제 임무라면, 폐하께 드릴 말씀을 잘 압니다. 폐하께서는 새롭게 정복한 왕국에 속임수와 배신이 가득하고 무지한 백성들 사이에서 아직도 무장하고[31] 계시며, 커다란 문제들과 중요한 업무에 완전히 몰두하여 아직 앉아 있을 수도 없는 상황입니다. 그런데 그 많은 일들 사이에서 유혹적인 사랑에 이끌리셨군요. 그것은 대범한 왕의 행동이 아니라 심약한 청년의 행동입니다.

게다가 더 나쁜 일로, 폐하께서는 불쌍한 기사에게서 두 딸을 빼앗고 싶다고 말씀하십니다. 그는 자기 집에서 자기 능력 이상으로 폐하를 대접했고, 더욱 잘 대접하려고 거의 벌거벗은 두 딸을 폐하께 보여 주었습니다. 그것을 통해 자기가 폐하를 얼마나 신뢰하는지 증명하고, 폐하가 약탈하는 늑대가 아닌 왕임을 확고하게 믿는다는 것을 증명하려고 말입니다. 그런데 만프레디가 여자들에게 가한 폭력으로 인해 폐하께서 이 왕국에 들어오시게 되었다는 것을 그렇게 빨리 잊으셨습니까? 폐하를 대접한 사람에게서 그의 명예와 소중한 것과 희망과 위안을 빼앗는 일보다 더 큰, 영원한 형벌을 받아야 할 배신이 저질러진 적이 있습니까?

폐하께서는 혹시 〈그자가 기벨리니 당파 사람이었기 때문에 그렇게 했다〉고 말하면 충분한 변명이 되리라고 생각하실지 모르겠습니다. 하지만 누구인지 막론하고 그렇게 보호를 요청하는 사람을 그런 식으로 대하는 것이 국왕의 정의입니까? 왕이시여, 만프레디에게 승리하고 코라디노[32]를 물리치신 것이 폐하께 가장 큰 영광이라고 기억하지만, 훨씬 더 큰 영광은 자기 자신을 이기는 것입니다. 그러므로 다른 사람들

---

31 아직 전쟁이 완전하게 끝나지 않았다는 뜻이다.

을 통치해야 하는 폐하께서는 폐하 자신을 이기고 그런 욕망을 억제하시고, 영광스럽게 얻은 것을 그런 오점으로 망치지 않으시기를 바랍니다.」

그 말은 왕의 마음을 쓰라리게 찔렀고, 그것이 얼마나 진실한지 아는 만큼 더 괴롭게 했습니다. 그래서 잠시 뜨거운 한숨을 쉬고 나서 말했습니다.

「백작, 잘 훈련된 전사에게는 아무리 강한 다른 모든 적도 자기 자신의 욕망에 비하면 약하고 쉽게 이길 수 있다고 생각하오. 그러나 아무리 괴로움이 크고 말할 수 없는 힘이 필요하다고 해도 그대의 말은 나를 자극하였으니, 너무 많은 날이 지나기 전에, 내가 다른 적을 이길 수 있는 것과 마찬가지로 나 자신도 이길 수 있다는 것을 행동으로 그대에게 보여 주겠소.」

그렇게 말하고 많은 날이 지나기 전에 나폴리로 돌아온 왕은, 어떤 비열한 일을 할 빌미를 자신에게서 없애기 위해, 또 기사에게 받은 환대에 보상하기 위해, 자신이 무척이나 열망하던 것을 다른 사람이 갖게 하기가 힘들었지만, 그래도 두 처녀를 결혼시키려고 결정했습니다. 네리 씨의 딸이 아니라 마치 자기 딸처럼 말입니다. 그리고 네리 씨가 좋아하게 많은 지참금을 주었고, 미녀 지네브라는 마페오 다 팔리치 씨

32 만프레디의 아들 코라도Corrado(독일어 이름은 콘라트Konrad) 5세 (1252~1268)를 가리킨다. 코라디노Corradino는 코라도의 애칭으로 어린 나이에 왕위에 올랐으므로 그렇게 불렀다. 그는 카를로 단조 1세에 대항하여 나폴리와 시칠리아 왕국을 되찾으려다가 포로가 되어 열여섯 살에 살해되었다. 그의 죽음으로 호엔슈타우펜 왕가도 실질적으로 막을 내리게 되었다.

와, 금발 이소타는 굴리엘모 델라 마냐 씨와 결혼시켰으니, 둘 다 고귀한 기사이자 높은 귀족이었어요. 그렇게 결혼시킨 다음 왕은 말할 수 없는 괴로움과 함께 풀리아로 갔고, 연이은 노고에 몰두하면서 자신의 격렬한 욕망이 수그러지게 했습니다. 그리하여 사랑의 사슬을 깨뜨리고 부수었으며, 살아 있는 동안 그런 열정에서 자유로워졌답니다.

왕이 두 처녀를 결혼시키는 것은 사소한 일이라고 말하는 사람들이 있을 것이며 저도 거기에 공감합니다. 하지만 사랑에 빠진 왕이 자기 사랑의 잎이나 꽃, 열매를 따거나 얻지도 않고, 자기가 사랑하는 여인을 결혼시키는 그런 일을 했다면 정말 위대하다고 말하고 싶습니다. 관대한 왕은 고귀한 기사에게 크게 보답하고, 사랑하는 처녀들을 칭찬받을 만큼 명예롭게 해주고, 자기 자신을 강하게 이기면서 그렇게 했던 것입니다.]

일곱째 이야기

피에트로 왕은 병이 난 리사가 자신에게 품은 열렬한 사랑에 대해
들고 그녀를 위로하고, 이어서 귀족 청년과 결혼시킨다.
그리고 리사의 이마에 입을 맞추면서 자신은 언제나
그녀의 기사라고 말한다.

피암메타가 이야기의 끝에 이르자 카를로 왕의 남자다운

관대함은 많은 칭찬을 받았습니다. 비록 그 자리에 있던 기벨리니 당파에 속한 한 여인은 칭찬하려고 하지 않았지만 말입니다. 그리고 왕의 명령을 받은 팜피네아는 이렇게 시작했습니다.

[존경스러운 여인들이여, 만약 다른 이유로[33] 그를 싫어하는 사람이 아니라면, 훌륭한 카를로 왕에 대해 여러분이 말하는 것처럼 칭찬하지 않는 사람은 아무도 없을 것입니다. 그에 못지않게 칭찬할 만한 이야기가 저의 기억에 떠올랐으므로 여러분에게 들려드리고 싶습니다. 그의 정치적 반대자가 우리 피렌체 처녀에게 한 일입니다.

프랑스인들이 시칠리아에서 쫓겨났을 때,[34] 팔레르모에 우리 피렌체 출신 약제사가 살았습니다. 베르나르도 푸치니라는 매우 부자인 그와 아내는 벌써 결혼해야 할 아름다운 외동딸을 두고 있었습니다. 그리고 아라곤의 피에트로 왕이 시칠리아의 군주가 되었으므로 팔레르모에서 귀족들과 함께 매우 성대한 축제를 열었습니다. 축제에서 왕은 카탈루냐식 마상 창 시합에서 직접 경기하였는데, 베르나르도의 딸 리사가 다른 여인들과 함께 창문으로 말을 타고 달리는 왕을 보게 되었습니다. 그런데 얼마나 놀랍게 왕이 마음에 들었는지, 한 번 또 한 번 바라보는 동안 열렬한 사랑에 빠졌습니다.

축제가 끝나고 리사는 아버지의 집에 머물러 있으면서 그

33 정치적인 이유를 암시한다.
34 1282년 〈시칠리아 저녁 기도 사건〉을 계기로 프랑스인들이 쫓겨나고 아라곤의 피에트로 3세가 시칠리아의 왕이 되었을 때이다.

고귀하고 놀라운 사랑 외에 다른 것을 전혀 생각할 수 없었습니다. 그리고 그 사랑과 관련하여 리사에게 가장 괴로운 것은 낮은 자기 신분을 인식하는 것이었으니, 그것은 어떤 행복한 결말도 희망하지 못하도록 했습니다. 그런데도 왕을 사랑하는 것을 단념하고 싶지 않았고, 더 나쁜 일이 일어날까 두려워서 그것을 감히 드러내지도 못했습니다.

왕은 그런 것을 깨닫지도 못했고 신경도 쓰지 않았으니, 그에 대해 리사는 상상 이상으로 견딜 수 없이 괴로웠습니다. 그리하여 사랑이 점점 커지고 그에 따라 괴로움이 더욱 가중되면서 아름다운 처녀는 더 견디지 못하고 병이 들었고, 날이 갈수록 분명하게 마치 태양 앞의 눈처럼 쇠약해졌습니다. 아버지와 어머니는 그것에 괴로워하면서 끊임없는 간호와 의사들과 약들로 가능한 모든 것을 동원하여 딸을 돌보았으나 소용없었으니, 리사는 자기 사랑에 절망하여 더 살고 싶지 않다고 생각했기 때문이지요.

그런데 리사의 아버지는 딸이 원하는 모든 것을 해주었으므로, 만약 적절한 방법이 있다면, 죽기 전에 자신의 사랑과 의도를 왕에게 전달하고 싶다는 생각이 그녀의 머릿속에 떠오르게 되었습니다. 그리하여 어느 날 아버지에게 아레초 사람 미누초를 데려와 달라고 부탁하였습니다. 당시 미누초는 왕도 기꺼이 보려고 하는 매우 섬세한 노래꾼이며 연주자로 알려져 있었지요. 베르나르도는 리사가 그의 노래와 연주를 듣고 싶어 한다고 생각했고, 그래서 그에게 알렸습니다. 미누초는 기분 좋게 해주는 사람이었기에 곧바로 리사에게 왔습니다. 그리고 사랑스러운 말로 리사를 위로한 다음 비올라로 달콤하게 음악[35]을 연주하고 이어서 노래를 몇 곡 불렀지요. 미누초는 리사를 위로한다고 생각했지만, 그 노래와 연주는 그녀에게 불과 불꽃이 되었습니다. 그런 다음 리사는 그에게만 할 말이 있다고 했고, 그래서 다른 사람들이 나가자 그녀는 말했습니다.

「미누초, 나는 내 비밀을 가장 믿음직하게 지켜 줄 사람으로 당신을 선택했어요. 무엇보다 내가 말하는 사람 외에는 누구에게도 그 비밀을 절대 밝히지 말아 주세요. 그리고 그 일에 있어 당신이 나를 도와주기를 바라므로 당신에게 부탁합니다. 그러니까 이것을 알아야 해요, 미누초. 우리의 군주 피에트로 왕이 자신의 즉위를 축하하는 성대한 축제를 벌였던 날, 그분이 마상 창 시합을 하는 모습을 보고 내 영혼이 얼마나 강렬하게 그분에 대한 사랑에 불붙었는지, 그래서 나는 이런 상태에 이르게 되었어요. 왕에 대한 내 사랑이 얼마나 부당한지 잘 알고 있지만, 그 사랑을 쫓아낼 수 없을 뿐 아니라 누그러뜨릴 수도 없으니, 나로서는 너무나도 견디기 힘들어서 고통을 덜기 위해 죽으려고 결심했고, 그렇게 할 거예요. 만약 내가 죽기 전에 그분이 모르신다면, 나는 위로받지 못하고 비참하게 가겠지요. 그리고 이러한 내 처지를 그분에게 알리는 데 있어 당신만큼 적절한 사람을 모르기에 당신에게 부탁하고 싶어요. 그러니 거절하지 말아 주세요. 그리고

---

35 원문 〈stampita〉는 프랑스 남부 프로방스 지방에서 유행하던 음악의 일종으로 원래 악기 연주가 수반되는 노래였다고 한다.

그렇게 하게 되면 저에게 알려 주세요. 위로받고 죽으면서 내가 이 고통에서 벗어날 수 있게 말이에요.」

그렇게 말한 다음 울면서 침묵했습니다. 미누초는 그녀의 고귀한 마음과 잔인한 의도에 깜짝 놀랐고 무척이나 가슴이 아팠습니다. 그리고 곧바로 그의 마음속에 적절하게 그녀에게 봉사할 방법이 떠올랐기에 말했습니다.

「리사, 당신에게 약속하는데, 절대 실망시키지 않을 테니 안심해요. 그리고 그렇게 위대한 왕에게 마음을 둔 당신의 고귀한 사랑을 칭찬하면서 내가 당신에게 도움을 줄게요. 당신이 위로받고 싶다면, 그 도움이 유용하여 앞으로 사흘이 지나기 전에 당신에게 정말로 소중한 소식을 전할 수 있으리라고 믿어요. 그러니 시간을 낭비하지 않으려면 지금 준비하러 가야겠어요.」

리사는 그것에 대해 처음부터 다시 부탁하고 힘을 내겠다고 약속한 다음 그와 작별했습니다. 바로 떠난 미누초는 그 당시 아주 훌륭한 시인이었던 시에나 사람 미코[36]를 만나 부탁하였고, 다음과 같은 칸초네를 짓게 했습니다.

아모르여, 어서 내 임에게 가서
내가 겪고 있는 고통을 이야기하고,
두려움 때문에 내 욕망을 감추느라

---

36 일부에서는 단테가 『속어론*De vulgari eloquentia*』에서 언급했고 그의 작품도 남아 있는 〈시에나 사람 미누스 모카투스Minus Mocatus senensis〉를 가리킨다고 해석하지만, 보카치오가 그냥 상상해 낸 인물일 수도 있다.

지금 나는 죽게 되었다고 말해 주오.

아모르여, 두 손 모아 당신의 자비를 청하니,
내 임이 사는 곳으로 가서
내 가슴은 달콤하게 사랑에 빠져
자주 그를 열망하고 사랑한다고 말해 주오.
그리고 나를 완전히 불태우는 불꽃에
죽을까 두렵고, 그분 때문에 열망하고
두려워하고 부끄러워하면서 겪는
그렇게 힘든 괴로움에서
내가 언제 떠날지도 모르니,
세상에! 내 고통을 제발 그분이 알게 해주오.

아모르여, 나는 그분을 사랑하는데,
나를 이렇게 괴롭게 하는 분에게
단 한 번이라도 내 욕망을
커다란 두려움 속에 겉으로 감히
드러낼 용기를 당신은 내게 주지 않았어요.
이렇게 죽어 가는 나에게 죽음은 괴로운데,
만약 내가 얼마나 괴로운지 그분이 아신다면,
만약 내 상태를 그분에게 알려 줄
용기가 나에게 주어진다면,
혹시 그분이 싫어하시지 않을까 모르겠군요.

아모르여, 당신은 원하지 않아서
나에게 그런 용기를 주지 않았으니,
내 마음을 임이 알게 해주오.
세상에! 심부름꾼을 통해서나 표정으로,
달콤한 나의 주인[37]이여, 당신께 자비를 청하니,
그분에게 가서 다른 기사들과 함께
창과 방패로 시합하던 그분을
내가 본 날을 상기시켜 주고,
심장이 쇠진할 만큼 사랑에 빠진
나를 바라보게 해주오.

그런 노랫말에다 미누초는 소재가 요구하는 대로 부드럽고 애처로운 음악을 작곡하였고, 사흘째 되는 날 궁정으로 갔습니다. 피에트로 왕은 아직 식사 중이었는데, 그에게 비올라 연주와 함께 노래를 불러 달라고 했습니다. 그리하여 미누초는 연주하면서 그 노래를 불렀는데, 얼마나 달콤했는지 왕궁 홀에 있던 모든 사람이 매료된 것처럼 모두 말없이 귀를 기울였고, 왕은 특히 다른 사람들보다 더 그랬습니다. 그리고 미누초가 노래를 끝내자 왕은 전혀 들어 본 적 없는 것 같은 그 노래가 어디서 나왔는지 물었습니다. 미누초는 대답했습니다.

「폐하, 노랫말을 쓰고 음악을 작곡한 지 아직 사흘도 되지

37 아모르를 가리킨다.

않았습니다.」

왕이 그 이유를 묻자 그는 대답했어요.

「그것은 폐하께 외에는 감히 밝힐 수 없습니다.」

왕은 그의 말을 듣고 싶어 식탁을 치운 다음 그를 방으로 불렀고, 거기에서 미누초는 자기가 들은 모든 것을 이야기했습니다. 그러자 왕은 기뻐하며 처녀를 칭찬하였고, 그렇게 용기 있는 처녀에게 연민을 갖고 싶다고 말했습니다. 그러니 자신을 대신하여 처녀에게 가서 위로하고, 바로 그날 저녁 기도 시간 무렵 자기가 반드시 방문하러 가겠다고 전하라고 했습니다.

미누초는 처녀에게 그렇게 즐거운 소식을 전하게 되어 무척 기쁜 마음으로 비올라를 들고 곧장 갔고, 그녀와 단둘이 모든 것을 이야기한 다음 비올라를 연주하며 그 노래를 불렀습니다. 그러자 처녀는 무척 기쁘고 만족하였으니, 즉시 건강을 되찾는 분명한 징후를 보였습니다. 그리고 집안의 누구도 그것에 대해 알거나 추측하지 못한 가운데 열망 속에 자기 군주를 만날 저녁 기도 시간을 기다리기 시작했습니다.

왕은 너그럽고 온화한 군주였으니 미누초에게 들은 것에 대하여 여러 번 생각했고, 처녀와 그녀의 아름다움을 잘 알았으므로 더욱더 연민에 젖었습니다. 그리고 저녁 기도 시간이 되자 말을 타고 마치 바람을 쐬러 가는 척하면서 약제사의 집이 있는 곳으로 갔습니다. 이어서 약제사의 매우 아름다운 정원을 열라고 명령하여 거기에서 말에서 내렸고, 잠시 후 베르나르도에게 딸을 아직 결혼시키지 않았는지 물었습니다. 베르나르도는 대답했어요.

「폐하, 아직 결혼하지 않았습니다. 게다가 병이 나서 지금
도 많이 아픕니다. 그런데 사실 아홉째 시간[38]부터 놀라울 만
큼 많이 나아졌습니다.」

왕은 그렇게 나아진 것이 무엇을 의미하는지 곧바로 이해
하였고 이렇게 말했습니다.

「그렇게 아름다운 처녀가 벌써 세상을 뜬다면 진정으로 불
행한 일일 것이오. 우리가 가서 만나 봅시다.」

그리고 수행원들과 베르나르도와 함께 바로 옆에 있는 처
녀의 방으로 갔고, 안으로 들어가서 처녀가 몸을 약간 일으
킨 채 열망 속에 자신을 기다리고 있는 침대로 다가가더니
그녀의 손을 잡고 말했어요.

「처녀여, 이게 무슨 일이오? 당신은 젊고 다른 여인들에게
위안이 되어야 할 텐데, 어찌 병이 난 것이오? 그대에게 부탁
하니, 우리를 위하여 곧바로 낫도록 힘내기를 바라오.」

처녀는 다른 무엇보다 사랑하는 이의 손이 닿는 것을 느끼
자 약간 부끄러워하면서도 마치 천국에 있는 것 같은 즐거움
을 느꼈고, 할 수 있는 대로 이렇게 대답했습니다.

「폐하,[39] 저의 미약한 힘으로 너무 무거운 짐을 지고 싶은
것이 이렇게 아픈 원인이 되었습니다. 폐하의 너그러운 연민
덕택에 곧 그 병에서 낫게 될 것입니다.」

38 오후 3시이다.
39 원문은 〈Signor mio〉로, 〈나의 주인이여〉 또는 〈나의 군주여〉를 뜻
한다.

　　단지 왕만이 처녀의 감추어진 말을 이해하면서 그녀를 더욱 높게 평가했고, 그런 신분의 딸로 태어나게 한 운명을 속으로 여러 번 저주했습니다. 그렇게 한동안 처녀와 머물며 다시 위로한 다음 떠났습니다. 왕의 이런 따뜻한 마음은 많은 칭찬을 받았고 약제사와 딸에게는 커다란 영광이 되었습니다. 처녀는 다른 어떤 여인이 자기 연인에게 만족하는 것보다 만족하였고, 더 나은 희망의 도움을 받아 며칠 만에 병이 나았고 전보다 훨씬 아름다워졌습니다.

　　처녀의 병이 낫자 왕은 그런 사랑에 어떤 보상을 내릴지 왕비와 논의한 다음 어느 날 말을 타고 많은 귀족과 함께 약제사의 집으로 갔고, 정원으로 들어가 약제사와 딸을 불렀습니다. 그러는 동안에 왕비는 많은 부인과 함께 왔고, 처녀는 그녀들에게 환대받았으며, 놀라운 잔치가 시작되었습니다. 얼마 후 왕은 왕비와 함께 리사를 불러 이렇게 말했습니다.

　　「훌륭한 처녀여, 그대가 품은 커다란 사랑으로 우리에게서 큰 영광을 받게 되었으니 우리의 배려에 만족하기를 바라오. 그 영광은 이런 것이오. 그대는 결혼할 때가 되었으므로 우리가 정해 주는 사람을 남편으로 맞이하면 좋겠소. 그래도 언제나 우리를 그대의 기사로 불러 주기를 바라고, 또 그 사랑에 대해서는 단 한 번 그대의 입맞춤만 원하다오.」

　　처녀는 부끄러움에 얼굴이 빨개졌고, 왕의 즐거움을 자기 즐거움으로 만들면서 낮은 목소리로 말했어요.

　　「폐하, 만약 제가 폐하를 사랑했다는 것이 알려지면 분명히 사람들은 대부분 미쳤다고 생각할 것입니다. 저 자신이 누구인지 모르고, 게다가 제 신분뿐 아니라 폐하의 신분을 제가 모른다고 생각할 겁니다. 하지만 오로지 사람들의 마음을 보시는 하느님께서 아시듯이, 처음 폐하를 좋아했을 때 폐하께서는 왕이시고 저는 약제사의 딸이라는 사실을 알았으며, 제 마음의 열정을 그렇게 높은 곳으로 지향하면 저에게 불행이 되리라는 것을 알고 있었습니다.

하지만 폐하께서 저보다 잘 아시겠지만, 누구도 합리적인 선택에 따라 사랑하지 않고 욕망과 즐거움에 따라 사랑합니다. 그런 법칙에 저는 여러 번 힘껏 저항했으나 더 저항할 수 없었기에 폐하를 사랑했고 지금도 사랑하며 영원히 사랑할 것입니다. 사실 저는 폐하를 향한 사랑에 사로잡히면서 언제나 폐하께서 원하시는 대로 하려고 결심했습니다. 그러므로 저는 폐하께서 저에게 정해 주시는 분을 기꺼이 남편으로 맞이하고, 저에게 명예를 주실 그분을 소중하게 대할 뿐만 아니라, 만약 폐하께서 불 속에서 살라고 말씀하시면 그것을 원하신다고 믿으며 즐겁게 그렇게 할 것입니다.

왕이신 폐하를 기사로 모신다는 것이 저에게 얼마나 어울리는지, 그것은 폐하께서 아실 테니 거기에 대해 저는 대답하지 않겠습니다. 제 사랑에 대해 단 한 번 원하시는 입맞춤은 왕비님의 허락 없이는 허용되지 않을 것입니다. 폐하와 여기 계시는 왕비님께서 저에게 베푸시는 이 커다란 너그러움에 대해 저는 보답할 것이 없으니, 하느님께서 저를 대신하여 감사와 보답을 해주시기를 기원합니다.」

그리고 여기에서 침묵했습니다. 처녀의 대답은 왕비의 마음에 들었으니, 왕이 말한 것처럼 현명한 처녀라고 생각했지요. 왕은 처녀의 아버지와 어머니를 불렀고, 자신이 하려는 일에 대해 만족한다는 말을 듣고 어느 청년을 불렀습니다. 귀족이지만 가난한 페르디코네라는 청년이었는데, 그의 손에 반지를 주었고 거절하지 않는 그와 리사를 결혼시켰습니다. 그들에게 왕과 왕비는 진귀한 보석을 많이 주었고, 게다가 왕은 곧바로 아주 훌륭하고 결실이 풍성한 두 곳의 영지 체팔루와 칼타벨로타[40]를 선물하면서 말했습니다.

「이것을 신부의 지참금으로 그대에게 선물하노라. 우리가 그대에게 바라는 것은 장차 시간이 흐르면서 알게 될 것이다.」

그렇게 말한 뒤 처녀에게 말했습니다.

「이제 그대의 사랑에 대해 우리가 받아야 할 열매를 받고 싶소.」

그리고 두 손으로 그녀의 머리를 잡고 이마에 입을 맞추었습니다. 페르디코네, 리사의 아버지와 어머니, 그리고 리사는 만족하여 무척이나 기뻐하였고 즐거운 결혼식을 벌였습니다. 그리고 많은 사람의 확언에 의하면 왕은 처녀에게 약속을 잘 지켰으니, 살아 있는 동안 언제나 자신은 그녀의 기사라고 했으며, 모든 무술 시합에서 그녀가 보낸 표식[41]만 달

40 체팔루Cefalù는 팔레르모 동쪽 해안의 지명이고, 칼타벨로타 Caltabellotta는 팔레르모 남쪽 내륙의 지명이다.
41 중세 기사들이 귀부인에게서 받아 갑옷 위에 달고 다니던 띠나 스카프를 가리킨다.

았답니다.

그렇게 행동함으로써 왕은 가신들의 마음을 사로잡았고 다른 사람들에게 훌륭한 행동의 동기를 제공했으며 영원한 명성을 얻었습니다. 오늘날에는 그런 것을 겨냥해 지성의 활시위를 당기는 사람이 거의 없으니, 군주들이 대부분 잔인해지고 폭군이 되었기 때문이지요.]

여덟째 이야기

소프로니아는 지시포의 아내가 된다고 믿었는데, 티투스 퀸투스 풀비우스의 아내가 되어 그와 함께 로마로 간다. 로마에서 지시포는 티투스에게 멸시당했다고 믿고, 죽기 위해 자기가 사람을 죽였다고 주장한다. 티투스는 지시포를 알아보고 구해 주기 위해 자기가 죽였다고 말하는데, 살인을 한 사람이 그것을 알고 자수한다. 그리하여 옥타비아누스는 모두를 풀어주고, 티투스는 지시포에게 자기 누이를 아내로 주고, 모든 자기 재산을 그와 공유한다.

팜피네아의 이야기가 끝나고 모두, 특히 기벨리니 당파에 속한 여인이 피에트로 왕을 칭찬한 다음, 왕의 명령을 받은 필로메나는 이렇게 시작했습니다.

[훌륭한 여인들이여, 왕들은 원한다면 모든 위대한 일을 할 수 있고, 특히 왕들에게는 관대함이 요구된다는 것을 누가 모르겠습니까? 그러니까 능력 있는 사람이 자기에게 속하

는 행동을 하는 것은 잘하는 일이지만, 능력이 없어 덜 요구되는 행동을 하는 사람이 칭찬받아야 하는 만큼이나 그것에 대해 놀라거나 최고의 칭찬을 하지는 않아야 할 것입니다. 그러므로 저는 여러분이 왕들의 행동을 많은 말로 칭찬하고 아름답게 생각하겠지만, 저는 우리와 똑같은 사람들의 행동이 왕들의 행동과 비슷하거나 더 크다면, 훨씬 더 좋아하고 칭찬할 것이라고 조금도 의심하지 않습니다.

그러니까 옥타비아누스 카이사르가 아직 아우구스투스로 불리지 않았으나 삼두정치라는 임무에서 로마 제국을 통치하던 시절[42] 로마에 부블리우스 퀸투스 풀비우스[43]라는 귀족이 살았습니다. 그는 티투스 퀸투스 풀비우스라는 매우 재능 있는 아들을 두었는데, 철학을 공부하도록 아테네로 보내면서 오랜 친구인 크레메테[44]라는 그곳 귀족에게 가능한 대로 부탁하여 맡겼습니다. 티투스는 크레메테의 집에 유숙하면서 그의 아들 지시포와 함께 지냈고, 크레메테는 티투스와 지시포가 철학자 아리스티포의 가르침을 받으며 공부하게 했습니다.

그리고 두 청년은 함께 지내며 성품이 얼마나 잘 어울리는지 둘 사이에 아주 큰 형제애와 우정이 생겼으니 죽음 외에

42 그러니까 대략 기원전 43년에서 기원전 30년 사이이다.
43 실존 인물이 아니라 보카치오가 상상해 낸 인물로 로마 시대에 널리 사용되던 성과 이름을 조합하여 만든 이름이다.
44 그리스어식 이름으로는 크레메스이다. 마찬가지로 지시포는 기시포스, 그리고 아리스티포는 아리스티포스에 해당할 것이지만, 이탈리아어 표기에 따랐다.

다른 이유로는 분리될 수 없을 정도였고, 둘 중 누구도 함께 있지 않으면 행복도 없고 휴식도 없었습니다. 둘은 함께 공부하기 시작했고, 각자 똑같이 훌륭한 재능을 가졌기에 똑같은 보조로 놀랄 만한 칭찬을 받으며 철학의 영광스러운 수준에 이르렀습니다. 그리고 둘 다 친자식처럼 데리고 있는 크레메테의 커다란 즐거움과 함께 그런 생활을 하며 3년이 흘렀습니다. 3년이 지났을 때, 모든 일이 그러하듯이 늙은 크레메테는 이 세상을 떠났습니다. 공동의 아버지로 섬기던 두 청년은 똑같이 슬퍼했으니, 크레메테의 친척들이나 친구들은 그런 경우 둘 중 누구를 더 위로해야 할지 몰랐습니다.

그리고 몇 달 뒤 지시포의 친척들과 친구들이 티투스와 함께 지시포에게 아내를 얻으라고 권유했고, 아테네의 시민이며 귀족 가문 출신으로 열다섯 살 정도에 놀라울 정도로 아름다운 소프로니아라는 처녀를 골라 주었습니다. 결혼식 날짜가 다가오면서 지시포는 어느 날 티투스에게 아직 본 적이 없는 신부를 자기와 함께 보러 가자고 부탁했어요. 그리고 신부의 집으로 갔고, 신부는 둘 사이에 앉아 있었는데, 티투스는 마치 친구 신부의 아름다움을 평가하는 사람처럼 매우 주의 깊게 바라보기 시작했습니다. 그리고 그녀의 모든 부분이 엄청나게 마음에 들었으므로 속으로 무척이나 칭찬하였는데, 겉으로는 전혀 드러내지 않으면서 그녀에 대한 강력한 사랑에 불붙었으니, 어떤 연인도 그토록 불타오르지는 않을 정도였습니다.

하지만 둘은 한동안 그곳에 머문 다음 집으로 돌아왔습니다. 집에서 티투스는 혼자 방에서 자기 마음을 사로잡은 그녀를 생각하기 시작했고, 생각하면 할수록 더 뜨겁게 불타올랐습니다. 그것을 깨닫고 수많은 뜨거운 한숨 후에 혼자 말하기 시작했습니다.

「아! 네 인생은 불쌍하구나, 티투스! 네 마음과 사랑과 희망을 어디에 또 무엇에 두느냐? 크레메테와 그분의 가족에게서 받은 대접을 생각하면, 그리고 너와 지시포 사이의 완벽한 우정을 생각하면, 지시포의 신부인 그 처녀를 누이처럼 존중해야 한다는 것을 너는 모르느냐? 그러니까 누구를 사랑하는 거야? 마음을 현혹하는 사랑에 너는 어디로 이끌려 가는 것이야? 유혹적인 희망에 어디로 이끌려 가느냐? 지성의 눈을 뜨고 너 자신을 알아라, 불쌍한 녀석아. 이성을 뒤따르고, 탐욕스러운 욕심을 억제하고, 불건전한 욕망을 조절하고, 네 생각을 다른 곳으로 돌려라. 너의 욕정에 저항하고, 시간이 있는 동안 너 자신을 극복해라. 너는 그것을 원하지 않아야 해. 이것은 옳지 않아. 네가 뒤따르려는 생각은, 비록 분명히 얻을 수 있더라도 얻지 않아야 하고, 피해야 해. 진정한 우정이 요구하는 것을 고려해 너는 그러지 않아야 해. 그러니까 어떻게 할 것이냐, 티투스? 올바른 일을 하고 싶다면, 그 부당한 사랑을 버려야 해.」

그런 다음 소프로니아를 기억하고는 정반대로 돌아서서 자신이 말한 것을 모두 비난하면서 말했어요.

「사랑의 법칙은 다른 어떤 법칙보다 강한 힘을 갖고 있어. 그것은 우정의 법칙뿐만 아니라 신의 법칙도 깨뜨리지. 아버

지가 딸을 사랑하고, 오빠가 누이를 사랑하고, 계모가 의붓
아들을 사랑하는 일이 얼마나 많았지? 벌써 수천 번이나 있
었어. 자기 친구의 아내를 사랑하는 것보다 훨씬 괴물 같은
짓인데도 말이야. 게다가 나는 젊어. 그리고 젊음은 사랑의
법칙에 완전히 종속되어 있어. 그러니까 사랑이 원하는 것을
나도 따라야 해. 정직한 일은 더 성숙한 사람들에게 속해. 나
는 사랑이 원하는 것 이외에 다른 것을 원할 수 없어. 그녀의
아름다움은 모든 남자의 사랑을 받을 가치가 있어. 그러니
젊은 내가 그녀를 사랑한다고 해서 누가 합당하게 나를 비난
할 수 있겠어? 나는 그녀가 지시포의 신부이기 때문에 사랑
하는 것이 아니라, 누구의 신부였든지 사랑했을 것처럼 그녀
자체를 사랑해. 그것은 운명의 잘못이야. 다른 사람이 아니
라 내 친구 지시포에게 그녀를 주었으니까 말이야. 그리고
그녀가 아름다움으로 인해 합당하게 사랑받아야 한다면, 알
려지더라도 다른 사람이 아니라 내가 사랑하는 것이 지시포
에게 더 만족스러울 거야.」

그리고 이런 생각을 한 자기 자신을 비웃으며 다시 정반대
로 돌아갔습니다. 그렇게 이것에서 저것으로, 저것에서 이것
으로 바뀌면서 단지 그날 낮과 밤뿐만 아니라 다른 여러 날
을 보냈고, 먹는 것도 잊고 자는 것도 잊었으니, 쇠약해져 자
리에 눕게 되었습니다. 지시포는 그가 여러 날 동안 생각에
잠겨 있다가 이제 병이 든 것을 보고 무척 괴로웠으므로 곁
에서 떠나지 않고 온갖 노력과 배려로 위로하려고 노력했고,
끈기 있게 자주 그의 생각과 병의 원인을 물었습니다. 하지

만 티투스는 여러 번 지어낸 말로 대답했는데, 그 사실을 지시포가 알았기에, 티투스는 중압감을 느끼며 눈물과 한숨 속에 이렇게 대답했습니다.

「지시포, 신들이 원한다면 나에게는 사는 것보다 죽는 것이 훨씬 더 나을 것 같네. 운명이 나의 덕성을 시험하는 상황으로 이끌었고, 내가 무척 부끄럽게 승리했다는 것을 생각하면 그렇네. 그러니 나는 나에게 합당한 처벌, 그러니까 죽음을 기다리고 있네. 내 비열함을 기억하며 사는 것보다 죽음이 나에게 훨씬 합당할 거야. 자네에게는 어떤 것도 감출 수 없고 또 감추지 않아야 하니까 정말 부끄럽지만 내 비열함을 자네에게 털어놓겠네.」

그리고 처음부터 시작하여 자기 생각들의 원인과 그 생각들의 싸움이 어땠으며, 최종적으로 어떤 생각이 승리했는지, 그리고 자기가 소프로니아에 대한 사랑으로 죽어 가고 있다는 것을 털어놓았습니다. 그러면서 그것이 얼마나 부당한지 알고 있으므로 그에 대한 참회로 죽으려고 결심했으며, 죽음이 곧 다가올 것으로 믿는다고 했습니다. 지시포는 그 말을 듣고 그의 눈물을 보면서 한동안 생각에 잠겼습니다. 비록 조금 더 절제되기는 했지만 자기도 그 처녀의 아름다움에 매료되어 있었으니까요. 하지만 곧바로 소프로니아보다 친구의 목숨이 자신에게 더 소중하다고 생각했고, 그래서 친구의 눈물에 자신도 눈물을 흘리고 울면서 이렇게 말했습니다.

「티투스, 자네는 위로가 필요하지 않을지라도, 자네의 강렬한 열정을 그렇게 오랫동안 감춤으로써 우리의 우정을 훼손하였으므로, 나는 자네를 비난하고 싶네. 자네에게는 옳지 않아 보이겠지만, 그렇다고 옳은 일과 마찬가지로 옳지 않은 일이라고 해서 친구에게 감추어서는 안 되지. 친구는 옳은 일에 대해 함께 즐거움을 얻는 것처럼 옳지 않은 일을 친구의 마음에서 없애 주려고 노력해야 하니까 말이네. 하지만 지금 그런 불평은 놔두고, 더 필요하다고 생각하는 것에 대해 말하겠네.

자네가 나와 약혼한 소프로니아를 열렬하게 사랑한다는 것이 나에게는 놀랍지 않고, 오히려 그렇지 않았다면 놀라울 테지. 그녀의 아름다움을 알고, 좋아하는 것이 탁월한 만큼 더 큰 열정에 이끌리는 자네 마음의 고귀함을 알고 있으니까 말이네. 그리고 자네가 합리적으로 소프로니아를 사랑하는 만큼, 비록 자네는 표현하지 않지만, 나에게 그녀를 허용한 운명의 부당함이 자네에게 괴로울 것이야. 만약 그녀가 내가 아닌 다른 사람의 여인이라면 자네의 사랑은 옳은 것으로 보일 테니까.

하지만 평소처럼 자네가 현명하다면, 운명이 그녀를 나에게 주지 않고 누구에게 준다면 자네는 더 고마워하겠는가? 다른 누가 그녀를 얻든, 아무리 자네 사랑이 옳더라도, 그 사람은 자네를 위해서가 아니라 자신을 위해 그녀를 사랑할 거야. 만약 자네가 실제로 그렇듯이 나를 친구로 여긴다면 그렇게 생각하지 않아도 돼. 그 이유는 이러하지. 우리가 친구가 된 이후로 나는 무엇이든 내 것이 자네 것이 아니라고 생각한 적이 없어. 달리 방법이 없을 만큼 일이 진행되지 않았다면, 여전히 나는 그렇게 하겠네. 게다가 이번에는 그녀가 오로지 자네 것이 되도록 할 수 있고, 그렇게 할 것이네. 내가 올바르게 할 수 있는 일을 자네에게 해줄 수 없다면, 내 우정이 자네에게 얼마나 중요한지 알 수 없으니까 말이네.

사실 소프로니아는 내 신부이고 나는 그녀를 무척 사랑하고 결혼식을 기다렸다네. 하지만 나보다 훨씬 잘 아는 자네가 더 큰 열정으로 그녀처럼 귀중한 것을 열망하고 있으니, 그녀는 내 신부가 아니라 자네의 신부로 내 침실에 올 테니까 안심하게. 그러니 생각을 버리고, 울적함을 내쫓고, 잃어버린 건강과 위로와 즐거움을 되찾고, 지금부터는 내 사랑보다 훨씬 더 가치 있는 자네 사랑의 보답을 기쁜 마음으로 기다리게.」

티투스는 지시포의 말을 듣고 그 안에 담긴 유혹적인 희망이 즐거움을 주는 만큼 합당한 이유로 부끄러움을 느꼈지요. 지시포의 너그러움이 클수록 그걸 이용하는 것은 정말로 부당해 보였으니까요. 그래서 울음을 멈추지 않고 힘겹게 말했습니다.

「지시포, 자네의 너그럽고 진정한 우정은 내가 합당하게 해야 할 일이 무엇인지 아주 분명하게 보여 주는군. 신께서 더 합당한 자네에게 선물하신 그녀를 내가 자네에게서 받는 일이 없게 해주시기를. 만약 신께서 그녀가 나에게 더 어울린다고 생각하셨다면 자네에게 보내지 않으셨으리라고 자네나 다른 사람들이 생각해야 할 거야. 그러니 신께서 자네를 선택하신 현명하신 생각과 선물을 즐겁게 받아들이게. 그리

고 그런 행복에 합당하지 않은 나에게 마련해 주신 눈물 속
에 내가 소진하도록 놔두게. 그 눈물을 내가 극복하면 자네
에게 좋을 것이고, 만약 눈물이 나를 압도한다면 나는 고통
에서 벗어날 것이네.」

그러자 지시포가 말했어요.

「티투스, 만약 내가 원하는 대로 따르도록 자네에게 강요
하고 자네를 이끌 만큼 많은 자유를 우리의 우정이 나에게
허용한다면, 내가 가장 하고 싶은 일은 바로 이런 것이네. 만
약 자네가 내 부탁에 기꺼이 따르지 않더라도, 친구의 행복
을 위해 마땅히 사용해야 하는 힘으로 나는 소프로니아가 자
네 것이 되게 할 거야. 사랑의 힘이 얼마나 강한지 나는 알아.
단 한 번이 아니라 여러 번, 사랑하는 사람을 불행한 죽음으
로 이끌었다는 것도 알아. 그리고 내가 보니 자네는 죽음 가
까이에 있고, 뒤로 돌아갈 수도 없고 눈물을 극복할 수도 없
으니, 더 나아가다가 결국 패배하여 죽게 될 거야. 그러면 분
명히 나도 곧이어 뒤따라갈 거네.

그러니까 만약 내가 다른 이유로 자네를 사랑하지 않더라
도, 내가 살기 위해서라도 자네 목숨은 나에게 소중해. 그러
므로 소프로니아는 자네 것이 될 거야. 자네는 그렇게 원하
는 것을 쉽게 찾을 수 없을 것인데, 나는 쉽게 내 사랑을 다른
여자에게 돌려서 자네와 나를 모두 만족시킬 거야. 만약 아
내를 찾는 일이 친구를 찾는 것처럼 드물거나 힘들다면, 아
마 나는 그렇게 너그럽지 않을 거야. 나는 다른 친구보다는
아내를 쉽게 찾을 수 있으니까 차라리 그렇게 하고 싶어. 나

는 그녀를 잃는다고 말하고 싶지 않아. 다른 사람이 아니라 자네에게 줌으로써 또 다른 나에게 건네주는 것이니까 잃는 게 아니야. 자네를 잃기보다 그녀를 좋은 것에서 더 좋은 것으로 옮겨 주고 싶어. 그러므로 내 부탁이 자네에게 의미가 있다면 부탁하니, 이런 괴로움에서 벗어나 자네와 나를 동시에 위로해 주게. 그리고 좋은 희망과 함께 자네의 뜨거운 사랑이 사랑하는 여인에게서 열망하는 즐거움을 누릴 준비를 하게.」

티투스는 그렇게 소프로니아가 자기 아내가 되는 것에 동의하기가 부끄러웠고 그래서 여전히 집요하게 거부했지만, 한편에서 사랑이 이끌고 다른 한편에서 지시포의 위로가 부추겼으므로 이렇게 말했습니다.

「그래, 지시포, 자네가 나에게 부탁하는 것을 하면 내가 무엇을 더 위한 것인지, 내 즐거움 아니면 자네의 즐거움을 위한 것인지 모르겠네. 그리고 자네의 관대함은 합당한 내 부끄러움을 압도할 정도이니 어쨌든 나는 그렇게 하겠네. 하지만 이것은 분명히 알아 두게. 나는 자네에게서 단지 사랑하는 여인뿐만 아니라 그녀와 함께 내 목숨을 받았다는 것을 모르지 않아. 나 자신보다 더 나에게 자비로운 자네가 베풀어 주는 것이 얼마나 고마운지 자네의 명예와 행복을 위해 내가 가능한 한 자네에게 보답할 수 있도록 신들께서 도와주시기를.」

그 말에 이어 지시포가 말했습니다.

「이 일이 제대로 성사되게 하고 싶다면 이런 방법을 써야 할 거야. 자네도 알다시피 내 가족과 소프로니아 가족의 오랜 협상 끝에 그녀는 내 신부가 되었어. 그러므로 내가 지금 그녀를 아내로 원하지 않는다고 말하게 되면 엄청난 소동이 벌어질 것이고, 내 가족과 그녀의 가족을 혼란하게 만들 것이야. 그래도 그녀가 자네의 아내가 될 수 있다면 상관없겠지. 하지만 만약 내가 그런 식으로 소프로니아를 버린다면 그녀의 가족은 곧바로 그녀를 다른 사람에게 줄까 걱정인데, 그 다른 사람은 아마 자네가 아닐 것이고, 그러면 내가 얻지 못할 것을 자네도 잃게 될 거야. 그러니까 자네만 괜찮다면 이미 시작한 것을 그대로 추진하고, 그래서 내 신부로서 그녀를 집으로 데려와 결혼식을 올려야 할 것 같아. 그런 다음 우리가 할 수 있는 방식으로 자네가 비밀리에 그녀를 자네 아내로서 함께 잠자리에 들게 하는 거야. 그리고 나중에 적당한 시간과 장소에서 사실을 밝히고, 가족들이 좋아하면 잘 된 것이지. 설령 좋아하지 않아도 일은 이미 벌어졌으니 뒤로 돌아갈 수 없기 때문에 억지로 만족해야 할 거야.」

　그런 충고는 티투스의 마음에 들었어요. 그리하여 지시포는 소프로니아를 자기 신부로 집에 받아들였고, 티투스는 벌써 병이 나아 준비하고 있었지요. 성대한 잔치를 벌이고 밤이 되자 여자들은 신부를 남편의 침대에 남겨 두고 떠났습니다. 티투스의 방은 지시포의 방과 붙어 있었고, 한쪽 방에서 다른 방으로 갈 수 있었습니다. 그래서 지시포는 자기 방에서 모든 불을 끄고 몰래 티투스에게 갔고, 이제 아내와 함께 잠자리에 누우러 가라고 말했습니다. 티투스는 그 말을 듣고 부끄러움에 압도되어 후회하였고 가는 것을 거부했지만, 지시포는 진심으로 그의 즐거움을 위해 준비되어 있었기에 오랜 논쟁 끝에 티투스를 안으로 들여보냈습니다. 티투스는 침대에 이르자 소프로니아를 안고 마치 농담하듯이 조용히 자기 아내가 되고 싶냐고 물었습니다. 소프로니아는 지시포라 믿고 그렇다고 대답했어요. 그러자 티투스는 화려하고 멋진 반지를 그녀의 손가락에 끼워 주면서 말했습니다.

「그럼 나는 당신의 남편이 되고 싶소.」

그렇게 결혼이 완성되었고, 티투스는 길고 사랑스러운 즐거움을 그녀에게서 누렸습니다. 지시포 외에는 그가 소프로니아와 잠자리를 함께했다는 것을 아무도 모른 채 말입니다.

그런 방식으로 티투스와 소프로니아의 결혼이 이루어졌을 때 그의 아버지 푸블리우스가 이 세상을 떠났고, 그래서 그의 일을 위해 곧바로 로마로 돌아오라는 편지를 받았습니다. 그리하여 티투스는 로마로 갈 때 소프로니아를 데려가려고 지시포와 함께 논의했는데, 그녀에게 어찌 된 일인지 상황을 설명하지 않고는 그렇게 하지도 않아야 하고 또 할 수도 없었습니다. 그래서 어느 날 소프로니아를 방으로 불러 사건이 어떻게 되었는지 모두 설명했고, 티투스는 그들 둘 사이에 있었던 많은 일을 상기시키면서 그것을 분명하게 밝혔습니다. 소프로니아는 잠시 둘을 번갈아 바라보더니 하염없이 울기 시작하면서 지시포의 속임수에 대해 한탄했습니다. 그리고 아무 말도 하지 않고 자기 아버지의 집으로 가서 아버지와 어머니에게 자신들이 지시포에게 당한 속임수에 대해 말했고, 자신은 그들이 믿는 것처럼 지시포의 아내가 아니라 티투스의 아내라고 밝혔습니다.

그것은 소프로니아의 아버지에게 정말 괴로운 일이었기에 자기 가족과 지시포의 가족과 함께 오랫동안 많은 언쟁을 벌였으니, 수많은 혼란과 논란이 벌어졌습니다. 지시포는 자기 가족과 소프로니아의 가족에게 증오의 대상이 되었고, 모두 그가 비난받아야 마땅할 뿐만 아니라 엄벌을 받아야 한다고 말했습니다. 하지만 지시포는 자신이 올바른 일을 했다고 주장했으며, 소프로니아를 자기보다 더 나은 사람과 결혼하게 했으니까 그녀의 가족에게 감사를 받아야 한다고 주장했습니다.

다른 한편으로 티투스는 모든 말을 듣고 커다란 괴로움 속에 견디고 있었는데, 그리스인들은 자신들에게 대응할 사람이 나올 때까지 최대한 비난과 위협으로 밀고 나가다가, 대응할 사람이 나오면 그때야 겸손해질 뿐 아니라 비열해진다는 것을 알고 있었기에, 이제 더 이상 대응 없이 그들의 논쟁을 견디면 안 된다고 생각했습니다. 그리고 그는 로마인의 용기와 그리스인의 지혜를 가지고 있었기에 적절하게 지시포의 가족들과 소프로니아의 가족들을 어느 신전에 모이게 했고, 지시포와 단둘이 들어가 기다리고 있던 그들에게 말했습니다.

「많은 철학자가 말하길 필멸의 인간들이 하는 일은 불멸의 신들이 배려하고 조치한 것이라고 하지요. 그러므로 어떤 사람들은 일어나는 일이나 절대 일어나지 않을 일은 필연이라고 생각합니다. 비록 다른 사람들은 단지 일어난 일만 필연이라고 생각하지만 말입니다. 그런 의견들을 약간의 배려와 함께 살펴보면, 돌이킬 수 없는 것을 비난하는 사람은 자기가 신들보다 더 현명함을 증명하고 싶은 것밖에 안 된다는 것을 아주 분명하게 알 수 있습니다. 신들은 어떤 오류도 없이 영원한 법칙으로 우리와 우리의 것들을 지배하고 배치한다고 믿어야 하는데도 말입니다. 그러므로 신들의 일을 비난하는 것은 어리석고 비합리적인 오만함이니, 대담하게 그런 일에 이끌리는 사람들이 어떤 사슬에 묶여야 합당한지는 쉽게 알 수 있습니다.

만약 제가 이해하듯이 소프로니아를 지시포에게 주었는데 제 아내가 된 것에 대하여 여러분이 말하고 있는 것이 사실이라면, 제가 판단하기에 여러분은 그런 사람들에 속합니다. 소프로니아가 지시포의 아내가 아니라 제 아내가 되어야 한다는 것은, 현재의 결과로 알 수 있듯이 오래전에 이미 정해진 일임을 간과하고 있기 때문이지요. 하지만 신들은 우리의 일에 전혀 관여하지 않는다고 추측하면서 신들의 비밀스러운 섭리와 의도에 대해 말하는 것은 많은 사람에게 이해하기 힘든 것처럼 보이기 때문에, 저는 사람들의 추론으로 내려가 보고 싶습니다. 그리고 그 추론들에 대해 말하면서 저는 저의 습관과 많이 상반되는 두 가지를 해야 할 것입니다. 하나는 저를 어느 정도 칭찬하는 것이고, 다른 하나는 다른 사람을 어느 정도 비난하거나 비하하는 것입니다. 그러나 저는 진실로부터 멀어지고 싶지 않고 또 지금의 주제가 요구하므로, 저는 두 가지를 모두 하겠습니다.

여러분의 불평은 이성보다 분노에 자극되어 있고 끊임없이 숙덕거리면서, 아니, 소란을 피우면서 지시포를 비난하고 깨물고 모욕하고 있습니다. 여러분이 여러분의 충고로 지시포에게 아내로 준 여인을 지시포가 자기 충고로 저에게 아내로 주었다고 말입니다. 반면에 저는 지시포가 최고의 칭찬을 받아야 한다고 생각하는데, 그 이유는 두 가지입니다. 하나는 그가 친구로서 해야 할 일을 했기 때문이고, 다른 하나는 그가 여러분보다 훨씬 현명했기 때문입니다. 한 친구가 다른 친구를 위하는 우정의 거룩한 법칙을 지금 제가 설명하고 싶지는 않습니다. 단지 우정의 결속은 핏줄이나 친척 관계의 결속보다 더 강하다는 것만 여러분에게 상기시키면 충분하니까요. 친구는 우리가 선택하지만, 친척은 운명이 우리에게 주기 때문입니다. 그러므로 지시포가 여러분의 호의보다, 제가 그의 친구로서 지금 간직하고 있는 제 목숨을 더 사랑했다고 해서 전혀 놀랄 일이 아닙니다.

하지만 두 번째 이유를 봅시다. 여기에서는 지시포가 여러분보다 더 현명했다는 것을 광범위하게 설명해야겠군요. 여러분은 신들의 섭리에 대해 아무것도 모르는 것 같고 우정의 힘에 대해서는 더더욱 모른 것 같기 때문입니다. 그러니까 여러분의 배려, 여러분의 충고, 여러분의 결정은 소프로니아를 청년 철학자 지시포에게 주었고, 지시포[45]는 그녀를 다른 청년 철학자에게 주었습니다. 여러분은 그녀를 아테네 사람에게 주었고, 지시포는 로마 사람에게 주었습니다. 여러분은 그녀를 귀족 청년에게 주었고, 지시포는 더 귀족인 청년에게 주었습니다. 여러분은 그녀를 부유한 청년에게 주었고, 지시포는 더 부유한 청년에게 주었습니다. 여러분은 그녀를 사랑하지 않을 뿐만 아니라 잘 모르는 청년에게 주었고, 지시포는 그녀를 자신의 모든 행복이나 자기 목숨보다 사랑하는 청년에게 주었습니다.

제 말이 사실이며 여러분이 한 말보다 더 칭찬받아야 한다는 것을 자세하게 검토해 보시기를 바랍니다. 제가 지시포처럼 청년이며 철학자라는 것은 더 길게 설명할 필요 없이 제 얼굴과 제 공부가 증명할 수 있습니다. 저와 지시포의 나이는 똑같고, 우리는 언제나 함께 똑같은 과정으로 공부했습니다. 지시포는 아테네 사람이고, 저는 로마 사람이라는 것은 사실입니다. 만약 도시들의 영광에 대해 논의한다면, 저는 자유로운 도시 출신이고, 지시포는 조공을 바치는 도시 출신이라고 말하겠습니다. 저는 전 세계의 주인 도시 출신이고, 지시포는 저의 도시에 복종하는 도시 출신이라고 말하겠습니다. 저는 군사력과 통치권과 학문이 매우 번창하는 도시 출신이고, 반면 지시포는 단지 학문에 대해서만 자기 도시를 칭찬할 수 있다고 말하겠습니다.

그 외에도 비록 여러분은 저를 매우 소박한 학생으로 보겠지만, 저는 로마의 하층민 쓰레기에게서 태어나지 않았습니

---

45 원문 〈quel di Gisippo〉는 직역하면 〈지시포의 그것〉으로 지시포의 배려, 충고, 결정을 가리킨다. 이어지는 문장들도 마찬가지인데 간략하게 〈여러분〉과 〈지시포〉로 옮겼다.

다. 저의 저택들과 로마의 공공장소들은 제 선조들의 옛날 모습으로 가득하고, 로마의 연대기들은 퀸투스 가문 사람들이 로마의 카피톨리움[46] 언덕에서 거행한 많은 개선식으로 가득합니다. 우리 가문 이름의 영광은 오랜 세월에 쇠퇴하지 않고 오히려 지금 더 번창하고 있습니다. 품위 있는 청빈이 로마 귀족 시민들의 오래되고 광범위한 유산이라는 것을 머릿속에 상기하면서 저의 재산에 대해서는 침묵하겠습니다. 민중들은 그런 청빈을 비난하고 재물을 칭찬하더라도 저는 탐욕이 아니라 행운의 사랑을 받은 덕분에 풍족한 재산을 가지고 있습니다.

그리고 여기에서는 지시포의 친척이라는 사실이 분명히 중요했을 것이고 지금도 그렇다는 것을 저는 잘 알고 있습니다. 하지만 저는 로마에서 분명히 그에 못지않게 여러분에게 중요할 것입니다. 로마에서 여러분은 제 최고의 손님이 될 것이며, 공적인 일이나 사적인 필요에서 제가 여러분에게 유용하고 성실하고 유능한 후원자가 되리라는 것을 고려하면 말입니다.

그렇다면 감정을 내려놓고 이성으로 고려해 보면 누가 지시포의 생각보다 여러분의 생각을 더 칭찬하겠습니까? 분명 아무도 없을 것입니다. 그러니까 소프로니아는 로마의 오래

---

46 라틴어로 카피톨리움Capitolium 또는 카피톨리누스 언덕Mons Capitolinus은 로마 건국의 토대가 된 일곱 언덕 중 하나로, 주요 신전이 있는 그곳에서 개선식이 거행되기도 했다. 현대 이탈리아어로는 캄피돌리오 Campidoglio 또는 카피톨리노Capitolino 언덕이라 부른다.

되고 부유한 귀족이며 지시포의 친구인 티투스 퀸투스 풀비우스와 잘 결혼했으며, 따라서 그것에 대하여 괴로워하거나 불평하는 사람은 부당하게 그러는 것이고 자신이 무엇을 하는지 모르고 있는 것입니다. 혹시 소프로니아가 티투스의 아내가 된 것에 대해 괴로워하지 않으나, 그의 아내가 된 방법에 대해, 그러니까 친구나 친척이 아무것도 모르게 몰래 도둑질하듯이 그렇게 한 것에 대해 괴로워한다고 말하는 사람도 있을지 모릅니다. 그런데 그것은 놀랄 일도 아니며 처음 일어나는 일도 아닙니다.

아버지의 의지에 거슬러 남편을 얻은 여자들, 처음에는 아내보다 친구였던 여자들, 자기 연인과 함께 달아난 여자들, 말로 하기 전에 먼저 임신이나 출산으로 결혼을 명백히 밝히고 어쩔 수 없이 결혼을 받아들이게 한 여자들에 대해 저는 말하지 않겠습니다. 소프로니아에게 그런 일은 일어나지 않았으며, 오히려 체계적이고 신중하고 솔직하게 지시포가 그녀를 티투스에게 주었습니다. 또 어떤 사람은 지시포가 그녀와 결혼할 자격이 없는 자와 결혼하게 했다고 말할 수도 있습니다. 그것은 어리석고 여자 같은 불평이며 고려할 가치도 없습니다. 결정된 결과로 일이 이루어지도록 운명이 다양한 방법과 특이한 도구를 사용하는 것은 새삼스럽지 않습니다.

결과만 좋다면, 철학자가 아닌 갖바치가 저의 일을 공개적으로나 은밀하게 자기 판단에 따라 처리하더라도[47] 저는 신경 쓰지 않을 것입니다. 물론 갖바치가 신중하지 않다면, 다시는 그렇게 할 수 없도록 저는 조심해야 하겠지만 그렇지 않다면 그에게 감사해야겠지요. 만약 지시포가 소프로니아를 잘 결혼시켰다면, 그 방식에 대해 괴로워하는 것은 불필요한 어리석음이며, 만약 그의 지혜를 신뢰하지 않는다면, 여러분은 그가 다시는 결혼시킬 수 없도록 조심해야 하지만, 이번에는 그에게 감사하십시오.

어쨌든 저는 책략이나 속임수로 소프로니아라는 사람 안에 담긴 여러분 혈통의 정숙함과 명료함에 어떤 오점도 남기려고 하지 않았다는 것을 아셔야 합니다. 그리고 비록 몰래 그녀를 아내로 삼았지만, 저는 약탈자처럼 그녀의 처녀성을 빼앗으려고 하지 않았고, 적처럼 여러분과의 인척 관계를 거부하며 정직하지 않게 그녀를 소유하려고 하지 않았으며, 진실로 그녀의 우아한 아름다움과 덕성에 열렬하게 불타올라 그랬던 것입니다. 아마 여러분이 생각하는 방법으로 제가 그녀를 얻으려고 했다면, 여러분이 무척 사랑하는 그녀를 제가 로마로 데려가지 않을까 하는 걱정으로 인해 결국 저는 그녀를 얻지 못했을 것임을 알고 있었습니다.

그래서 저는 이제 여러분에게 명백히 밝혀진 비밀스러운 계략을 사용했고, 지시포에게 그가 하려고 하지 않았을 일을

47 아펠레스와 갖바치 사이의 일화를 암시한다. 기원전 4세기 그리스 최고의 화가로 평가되던 아펠레스의 그림을 보고 어느 갖바치가 신발 그림에서 잘못된 점을 지적하였고 아펠레스는 바로 수정하였다. 그런데 갖바치는 다리 그림에 대해서도 비판하였고, 그에 대해 아펠레스는 〈갖바치는 신발 외에는 판단하지 말아야 한다〉고 반박했다고 한다. 이 일화는 대(大) 플리니우스Gaius Plinius Secundus(23/24~79)가 『박물지Naturalis Historia』 35권 85절에서 소개하였다.

저를 위해 시켰던 것입니다. 그런 다음에 저는 그녀를 열렬하게 사랑할지라도 연인이 아니라 남편으로서 결합하려고 노력했고, 그녀 자신이 진실이라 증언할 수 있을 텐데, 그래서 저는 합당한 말과 반지로 그녀와 결혼했습니다. 그녀에게 가까이 접근하기 전에 저를 남편으로 원하느냐고 질문했고 그녀는 그렇다고 대답했으니까요. 만약 그녀가 속은 것 같다면, 제가 아니라 그녀가 비난받아야 할 것입니다. 저에게 누구냐고 묻지 않았으니까요. 그러니까 그것이 바로 소프로니아가 티투스 퀸투스의 아내가 되도록 친구 지시포와 그녀를 사랑하는 제가 활용한 커다란 잘못, 커다란 죄, 커다란 과오이며, 그로 인해 여러분은 지시포를 괴롭히고 위협하고 비난하고 있습니다. 그런데 만약 그가 어느 악당이나 건달, 하인에게 그녀를 주었다면 여러분은 더 어떻게 하겠습니까? 어떤 사슬, 어떤 감옥, 어떤 형벌로 충분할까요?

하지만 이제 그만 놔둡시다. 지금은 제가 기대하지 않던 시간이 되었으니까요. 그러니까 제 아버지께서 돌아가셨고 저는 로마로 돌아가야 합니다. 그래서 소프로니아를 함께 데려가고 싶은 마음에 여러분에게 지금까지 감춰 두었을 일을 밝혔습니다. 여러분이 현명하다면 그것을 즐겁게 허용하겠지요. 만약 제가 여러분을 속이거나 모욕하고 싶었다면, 그녀를 조롱당한 상태로 여러분에게 남겨 둘 수 있었을 테니까요. 하지만 신께서 그것을 허용하지 않으시니 로마인의 정신에 그런 비열함은 절대 깃들 수 없습니다.

그러니까 신들의 동의를 통해, 사람들의 법률을 통해, 그리고 제 친구 지시포의 칭찬받을 만한 지혜와 저의 전략을 통해 소프로니아 그녀는 제 아내가 되었습니다. 그런데 여러분은 신들이나 다른 사람들보다 현명하다고 생각하는지 저에게 무척 괴로운 두 가지 방식으로 그것에 대해 비난하고 있습니다. 하나는 제가 원하지 않는데 아무 권리 없이 소프로니아를 붙잡아 두고 있는 것이고, 다른 하나는 당연히 감사해야 할 지시포를 마치 적처럼 대하는 것입니다. 그런 것에서 여러분이 얼마나 어리석게 행동하고 있는지 지금 더 설명하고 싶지 않습니다. 다만 친구로서 여러분에게 충고하건대 여러분의 분노를 내려놓고 모든 괴로움을 버리고 소프로니아를 저에게 돌려주어 제가 여러분의 친척으로 즐겁게 떠나 살아가게 해주십시오. 이미 일어난 일을 여러분이 좋아하든 아니든 분명히 알아야 하는데, 만약 여러분이 그러지 않으면 저는 지시포를 데려갈 것이며, 로마에서는 여러분이 싫어할지언정 합당하게 저의 아내인 소프로니아도 틀림없이 데려갈 것입니다. 그리고 로마인의 분노가 얼마나 강한지 여러분을 적으로 삼아 분명히 알게 해줄 것입니다.」

티투스는 그렇게 말한 다음 완전히 분노한 표정으로 일어나 지시포의 손을 잡고 신전에 있던 모든 사람에게 별로 신경 쓰지 않는 것처럼 머리를 흔들고 위협하듯이 나갔습니다. 신전에 남아 있던 사람 중 일부는 티투스의 주장에 그와의 우정과 친척 관계에 이끌렸고, 일부는 그의 마지막 말에 깜짝 놀랐지만, 지시포가 원하지 않았으니 지시포라는 친척을 잃고 티투스를 적으로 얻는 것보다, 티투스를 친척으로 맞이하는 것이 최선이라고 모두 동의하였습니다. 그래서 그들은 티투스를 찾아가서 소프로니아가 그의 아내가 되는 것에 찬성하며, 그를 소중한 친척으로 받아들이고 지시포를 좋은 친구로 받아들이겠다고 말했습니다. 그리고 친척과 친구로서 함께 잔치를 벌인 다음 떠났고 소프로니아를 티투스에게 돌려보냈지요. 소프로니아는 현명했기에 어쩔 수 없이 필요에 이끌려 지시포에게 품고 있던 사랑을 곧바로 티투스에게 돌렸고, 그와 함께 로마로 가서 커다란 환영을 받았습니다.

아테네에 남아 있던 지시포는 거의 모든 사람으로부터 별로 대접받지 못했고, 얼마 지나지 않아 일부 시민들과 자기 집안사람들과의 분쟁으로 인해 영구 추방 선고를 받아 초라하고 불쌍하게 아테네에 추방되었습니다. 그 과정에서 지시포는 가난할 뿐 아니라 거지가 되었으니, 가능한 방법을 찾아 혹시 티투스가 자기를 기억하는지 보려고 로마로 갔습니다. 그리고 티투스가 살아 있으며 모든 로마인에게 환대받는다는 것을 알고 그의 집 앞에서 티투스가 오기를 기다렸는데, 비참한 자기 모습 때문에 감히 말을 걸지 못하고 그의 눈에 뜨이려고 노력했지요. 티투스가 자기를 알아보고 부를 수 있도록 말입니다.

그런데 티투스는 그냥 지나갔고, 지시포에게는 그가 자기를 보고 피하는 것처럼 보였기에 예전에 그를 위해 했던 것을 기억하고 분노하고 절망하여 떠났습니다. 그리고 벌써 밤이 된 데다 굶주리고 돈도 없었으며 어디로 가야 할지도 몰랐으니, 다른 무엇보다 죽고 싶었고, 도시의 매우 외진 곳으

314

로 가게 되었습니다. 거기에서 커다란 동굴을 보고 그날 밤을 지내기 위해 들어갔고 맨땅 위에서 초라한 옷차림으로 오랜 슬픔에 잠겨 있다가 잠이 들었습니다. 그런데 밤에 함께 도둑질을 한 두 사람이 훔친 물건을 가지고 새벽녘에 그 동굴에 왔고, 싸움을 벌이다가 더 힘이 센 자가 다른 사람을 죽이고 가버렸습니다. 그것을 보고 들은 지시포는 자살하지 않고도 자신이 무척 열망하던 죽음을 맞이할 방법을 찾은 것 같았고 그래서 떠나지 않고 한참 머물렀으니, 벌써 사건을 들은 법정의 관리들이 와서 난폭하게 지시포를 붙잡아 데려 갔습니다. 심문받은 지시포는 자기가 그를 죽였으며 동굴에서 떠날 수 없었다고 자백했고, 그리하여 마르쿠스 바로라는 법무관은 당시의 관례에 따라 그를 십자가형으로 사형시키라고 명령했습니다.

바로 그 시간에 우연히 티투스는 법정에 와 있었는데, 불쌍한 사형수의 얼굴을 보고 그 이유를 듣고 나서 곧바로 지시포라는 것을 알아보았고, 그의 불행과 어떻게 그곳에 오게 되었는지에 대해 깜짝 놀랐습니다. 그리고 그를 도와주려고 열심히 노력했는데, 자신이 죄를 뒤집어쓰고[48] 그를 풀어주게 하는 것 외에 다른 방법이 없다는 것을 알고 곧바로 앞으로 나가 외쳤습니다.

「마르쿠스 바로, 당신이 사형을 선고한 저 불쌍한 사람을 다시 부르시오. 그는 죄가 없으니까요. 나는 당신의 관리들

48 원문은 〈자신을 고발하고〉이다.

이 오늘 아침 시체로 발견한 사람을 죽이는 죄로 신들을 모욕했는데, 지금 다른 죄 없는 사람의 죽음으로 또다시 신들을 모욕하고 싶지 않습니다.」

바로는 깜짝 놀랐고, 법정[49]에 있던 모든 사람이 그 말을 들었으며 법률이 명령하는 것을 자기 명예를 걸고 철회할 수 없었으므로 무척 괴로웠으나 지시포를 다시 불러오게 했고 티투스 앞에서 말했습니다.

「당신은 왜 고문당하지도 않았는데 저지르지 않은 죄를 자백하여 목숨을 버리는 어리석은 짓을 하는 거요? 당신이 밤에 사람을 죽였다고 말했는데, 지금 이 사람이 와서 당신이 아니라 자기가 죽였다고 말하고 있소.」

지시포는 돌아보고 그가 티투스라는 것을 보았고, 그가 전에 받은 은혜에 고마워하며 자기를 살리기 위해 그런다는 것을 잘 알았습니다. 그래서 연민에 울면서 말했습니다.

「법무관님, 정말로 제가 죽였습니다. 저를 살리려는 티투스의 연민은 너무 늦었습니다.」

한편 티투스는 이렇게 말했어요.

「법무관님, 법무관님이 보다시피 그는 이방인이고 살해된 사람 옆에서 무기도 없이 발견되었습니다. 그리고 그의 비참한 상태를 보면 죽고 싶어 하는 이유를 알 수 있을 것입니다. 그러니 그를 풀어주고 죄를 지은 저를 처벌하십시오.」

바로는 두 사람의 요구에 놀랐고, 누구도 죄가 없다는 것

---

49 원문은 〈pretorio〉, 즉 〈법무관실〉이다.

을 벌써 추측했습니다. 그래서 두 사람을 풀어줄 방법을 생각하고 있는데 푸블리우스 암부스투스라는 청년이 왔습니다. 그는 희망 없는 자였으며, 모든 로마인에게 악명 높은 도둑으로 실제로 살인을 저지른 자였어요. 그런데 둘 다 자기가 저질렀다고 자백하는 죄가 그들에게 없다는 것을 알고 둘의 순수함에 마음이 부드러워지고 커다란 연민에 움직여 바로 앞으로 가서 말했습니다.

「법무관님, 제 운명이 그들의 어려운 문제를 해결해 주도록 저를 이끄는군요. 제 안에서 어떤 신이 제 죄를 자백하도록 자극하고 이끄는지 모르겠습니다. 그러니까 그들 중 누구도 자기가 범인이라고 자백하는 죄를 짓지 않았다는 것을 알아야 합니다. 사실은 제가 오늘 새벽 날이 샐 무렵에 그 사람을 죽였습니다. 그리고 제가 죽인 사람과 훔친 물건을 나누는 동안 여기 있는 이 불쌍한 사람이 잠자고 있는 것을 보았습니다. 티투스는 제가 변호할 필요가 없습니다. 그의 명성은 온 사방에 알려져 있고 그런 일을 저지를 사람이 아닙니다. 그러니까 풀어주고, 저를 붙잡아 법률이 정한 형벌을 내려 주십시오.」

옥타비아누스는 벌써 그런 일에 대해 들었으니, 세 사람을 모두 데려오게 했고 어떤 이유로 각자 사형 선고를 받으려고 하는지 듣고자 했습니다. 세 사람은 각자 이야기했습니다. 옥타비아누스는, 두 사람은 죄가 없었기 때문에, 세 번째 사람은 그들에 대한 사랑을 고려하여 모두 풀어주었습니다.

티투스는 지시포를 붙잡고 먼저 그의 미적거림과 불신을

꾸짖은 다음 놀라울 정도로 환대했고 자기 집으로 데려갔습니다. 소프로니아는 연민의 눈물과 함께 그를 오빠처럼 맞이했습니다. 그리고 그가 한동안 회복하고 자기 신분과 덕성에 어울리는 옷으로 갈아입게 한 다음 티투스는 먼저 자신의 모든 재산과 소유지를 그와 공유하기로 했고, 이어서 풀비아라는 누이를 불러 그에게 아내로 주었습니다. 그런 다음 말했어요.

「지시포, 여기에서 나와 함께 살든지, 아니면 내가 선물한 모든 것을 가지고 아테네로 돌아가든지, 이제 자네에게 달려 있네.」

지시포는 한편으로는 자기 도시에서 받은 추방에 강요되고 다른 한편으로는 티투스의 고마운 우정에 대한 합당한 사랑에 이끌려 로마인이 되기로 했습니다. 로마에서 그는 자기 아내 풀비아와 함께, 또 티투스와 그의 아내 소프로니아와 함께 언제나 한집에서 대부분 행복하게 살았으며, 날이 갈수록 가까운 친구가 되었답니다.

그러니까 우정은 정말로 신성한 것으로 특별히 존중해야 할 가치가 있을 뿐만 아니라 영원한 찬사로 칭찬해야 합니다. 관대함과 고귀함의 신중한 어머니로서, 고마움과 호의의 누이로서, 증오와 탐욕의 적으로서, 언제나 부탁을 기다리지 않고 다른 사람이 해주기를 바라는 것을 덕망 있게 해줄 준비가 되어 있으니까요. 그런 신성한 결과를 오늘날에는 두 친구 사이에서 보기가 어려우니, 단지 자신의 유익함만 바라보는 사람들의 초라한 탐욕의 죄와 부끄러움이 우정을 지상의 모든 극단적인 한계 너머로 영원히 추방했습니다.

만약 우정이 아니라면 어떤 사랑, 어떤 재산, 어떤 친척 관계가 티투스의 탄식과 눈물과 열정을 지시포의 가슴속에 느끼게 하여 자신이 사랑하던 고귀하고 아름다운 신부를 티투스의 아내가 되게 했을까요? 만약 우정이 아니라면 어떤 법률, 어떤 위협, 어떤 두려움이 외로운 곳에서, 어두운 곳에서, 자기 침대에서 지시포의 젊은 두 팔이 아마 때로는 유혹적이었을 젊은 처녀의 포옹을 자제하게 했을까요? 만약 우정이 아니라면 어떤 신분, 어떤 업적, 어떤 이익이 지시포로 하여금 친구를 만족시켜 주기 위해 자기와 소프로니아의 친척들을 잃는 것에 신경 쓰지 않고, 사람들의 정숙하지 않은 소문에 신경 쓰지 않고, 조롱과 비난에 신경 쓰지 않게 했을까요? 그리고 다른 한편으로 만약 우정이 아니라면 누가 티투스로 하여금 못 본 척할 수 있는데도 지시포를 스스로 원했던 십자가형에서 구하기 위해, 바로 자기가 죽을 준비가 되게 했을까요? 만약 우정이 아니라면 누가 티투스로 하여금 전혀 망설이지 않고 운명이 모든 것을 앗아간 지시포와 함께 많은 재산을 공유할 정도로 관대해지게 했을까요? 만약 우정이 아니라면 누가 티투스로 하여금 어떤 의혹도 없이 자기 누이를 가난하고 극단적으로 초라한 지시포의 아내로 줄 만큼 따뜻하게 만들었을까요?

사람들은 수많은 친척 관계와 많은 형제, 많은 자식을 원하고, 자기 돈으로 하인들의 숫자를 늘리지요. 하지만 그런 사람 중 누구라도 아버지나 형제나 주인의 커다란 위험을 없애 주는 배려보다는 자신의 사소한 위험을 더 걱정하지요. 반면 친구에게는 완전히 정반대로 하는 것을 봅니다.]

아홉째 이야기

상인으로 변장한 살라딘은 토렐로 씨의 환대를 받는다. 십자군에 참가한 토렐로 씨는 아내에게 재혼하라고 기한을 정해 준다. 그는 포로로 붙잡혀 매를 훈련하는 일을 하다가 술탄에게 알려지고, 술탄은 그를 알아보고 자신을 알아보게 한 다음 최고로 대접한다. 토렐로 씨는 병이 났는데, 마법으로 하룻밤에 파비아로 가게 되고, 재혼하는 아내의 결혼식에서 자기를 알아본 아내와 함께 집으로 돌아간다.

필로메나가 이야기를 마치자 모든 사람이 똑같이 티투스의 관대한 보은을 칭찬하였을 때, 왕은 디오네오에게 마지막 자리를 남겨 두고 이렇게 이야기하기 시작했습니다.

[우아한 여인들이여, 필로메나는 우정에 대해 진실을 말했고 이야기를 끝내면서 합당하게 요즈음 사람들은 우정을 그렇게 존중하지 않는다고 한탄했습니다. 만약 우리가 세속의 결점들을 바로잡거나 비난하기 위하여 여기에 있다면, 저는 긴 이야기로 그 뒤를 따를 것입니다. 하지만 우리의 목적은 다른 것이므로, 저는 상당히 길어도 전체적으로 재미있는 이야기로 살라딘의 관대함 중 하나를 보여 주고 싶다는 생각이 떠올랐습니다. 제 이야기를 들으시면[50] 비록 우리의 악습

때문에 누군가의 우정을 충분하게 얻을 수 없을지라도, 최소한 언젠가는 보상이 있으리라고 희망하면서 친절을 베푸는 즐거움을 얻도록 말입니다.

그래서 이야기하자면 몇 사람이 주장하는 바에 의하면 프리드리히 1세[51] 황제 시절에 성지를 탈환하기 위해 그리스도인들의 대규모 원정이 있었답니다. 당시 바빌로니아[52]의 술탄으로 탁월한 군주였던 살라딘[53]은 그것을 상당히 먼저 알고 잘 대비하기 위하여 그리스도인 군주들의 원정 준비를 직접 보려고 마음먹었지요. 그래서 이집트의 자기 일을 모두 정리한 다음 매우 현명한 고관 두 명과 하인 세 명만 데리고 상인으로 변장하여 길을 떠났습니다. 그리고 여러 그리스도인 지방을 거쳐 롬바르디아로 가기 위해 말을 타고 산을 넘어가는데, 밀라노에서 파비아로 가는 중간에 벌써 저녁이 되었고, 토렐로 디 스트라[54] 씨라는 귀족을 만났는데, 그는 하인들과 개들과 매들을 데리고 티치노[55]강 근처에 있는 자신

50 원문은 〈제 이야기에서 들으실 것을 통해〉로 되어 있다.

51 프리드리히Friedrich(이탈리아어 이름은 페데리코Federico) 1세는 신성 로마 제국의 황제(재위 1155~1190)로 페데리코 2세(첫째 날 일곱째 이야기 주석 101 참조)의 할아버지이다. 그는 제3차 십자군 전쟁에 참여하여 성지로 가던 중 강에 빠져 죽었다.

52 원문은 〈바빌로니아〉로, 이집트의 카이로를 가리킨다.

53 첫째 날 셋째 이야기 주석 65 참조.

54 Torello di Strà. 실존 인물이었던 토렐로 데 스트라다Torello de Strada(1200~1237)를 가리키는 것으로 해석되기도 한다. 그는 페데리코 2세 황제를 위해 파르마, 피사 등의 포데스타를 역임하였고, 따라서 같은 시대 사람이 아니다. 보카치오는 이야기의 신빙성을 강조하기 위해 시대착오적인 실존 인물을 동원한 것으로 보인다.

의 멋진 별장으로 가는 중이었습니다. 그들을 보자 토렐로 씨는 이방인 귀족들이라고 생각하여 대접하고 싶었습니다. 그래서 살라딘이 하인 중 한 명에게 거기에서 파비아까지 얼마나 걸리는지 성문이 닫히기 전에 도착할 수 있을지[56] 묻자, 하인이 대답하게 놔두지 않고 자기가 직접 대답했습니다.

「나리들, 성문이 닫히기 전까지 파비아에 도착할 수 없을 것입니다.」

그러자 살라딘이 말했습니다.

「그렇다면 우리는 이방인인데, 잘 숙박할 수 있는 곳을 알려 주면 좋겠습니다.」

토렐로 씨는 대답했어요.

「기꺼이 그렇게 하겠습니다. 저는 어떤 일로 저의 하인 중한 명을 파비아 근처까지 보내려고 생각하고 있었는데, 그를 당신들과 함께 보내겠습니다. 그가 당신들을 아주 편안하게 숙박할 수 있는 곳으로 안내할 것입니다.」

토렐로 씨는 가장 신중한 하인에게 가까이 다가가 해야 할 일을 지시하고 그들과 함께 보냈습니다. 그리고 자신은 신속하게 자기 별장으로 가서 가능한 한 훌륭하고 멋진 저녁 식사를 준비하게 하고 정원에 식탁을 차리게 한 다음 문 앞에서 기다렸습니다. 하인은 그들과 여러 가지 이야기를 나누면서 다른 길로 벗어나게 하여 그들이 눈치채지 못하게 주인의 별장으로 안내했습니다. 토렐로 씨는 그들을 보자 한걸음에

---

55 Ticino. 원문은 〈테시노Tesino〉로, 파비아 근처로 흐르는 강이다.
56 원문은 〈안으로 들어갈 시간까지 도착할 수 있을지〉이다.

맞이하고 웃으면서 말했습니다.

「나리들, 정말 잘 오셨습니다.」

살라딘은 매우 신중하였으므로 곧바로 깨달았지요. 그 기사[57]가 만약 처음 만났을 때 초대하면 자신들의 초대를 받아들이지 않을까 걱정했고, 그래서 저녁에 자신과 함께 있는 것을 거부하지 못하도록 재치 있게 자기 집으로 안내했다는 것을 말입니다. 그래서 그의 인사에 대답하면서 말했습니다.

「나리, 만약 친절한 사람들에 대해 불평할 수 있다면, 우리는 당신에게 약간 불만입니다. 당신이 우리의 길을 약간 방해한 것은 놔두더라도, 단 한 번의 인사 외에 우리가 당신의 호의를 받을 가치가 없는데도, 이런 당신의 친절함을 받아들이도록 강요했으니까요.」

기사는 현명하고 말을 잘할 줄 알았기에 대답했습니다.

「나리들, 당신들의 모습에서 제가 이해하는 바에 의하면 저의 이런 대접은 당신들에게 초라합니다. 하지만 사실 파비아 외곽에서는 좋은 숙소에 머무르실 수 없고, 따라서 약간 불편하게 길을 우회하신 것에 대해 언짢게 생각하지 마십시오.」

그렇게 말하는 동안 그의 하인들이 주위로 와서 그들이 말에서 내리자 말들을 마구간으로 데려갔고, 토렐로 씨는 세 명의 귀인을 미리 준비해 놓은 방으로 안내하여 거기에서 신발을 벗게 하고 아주 시원한 포도주로 원기를 약간 회복하게

57 토렐로 씨를 가리킨다.

했으며, 저녁 식사 시간까지 즐거운 이야기를 나누었습니다. 살라딘과 수행원들과 하인들은 모두 라틴어[58]를 알고 있었기에 서로 아주 잘 이해했고, 그들 모두에게 토렐로 씨는 매우 호감을 주고 예절 바르고 지금까지 만난 누구보다 말을 잘하는 사람으로 보였습니다. 다른 한편으로 토렐로 씨가 보기에 그들은 생각했던 것보다 훨씬 더 대단한 사람들 같았고, 따라서 그날 저녁 더 엄숙한 연회와 배려로 대접할 수 없었던 것에 대해 괴로웠습니다. 그래서 다음 날 아침 만회하려고 생각하여 하인 중 한 명에게 해야 할 일을 알려 준 다음, 매우 현명하고 마음이 담대한 자기 부인에게 가도록 거기에서 가깝고 어떤 성문도 닫히지 않는[59] 파비아로 보냈습니다. 그리고 이어서 귀인들을 정원으로 안내하여 친절하게 누구이며 어디로 가는지 물었고, 그러자 살라딘은 대답했어요.

「우리는 키프로스 상인들이고 키프로스에서 왔는데, 우리 일을 위해 파리로 가는 길이오.」

그러자 토렐로 씨는 말했습니다.

「제가 알기로 키프로스에는 상인들이 많은데, 당신들처럼 고귀한 사람들이 이 고장에서도 나오도록 하느님께서 도와주시면 좋겠습니다!」

그렇게 이런저런 이야기를 나누는 동안 저녁 식사 시간이 되었기에 그들이 식탁에서 접대받게 했는데, 갑자기 준비된

---

58 당시 이탈리아에서 통용되던 언어였다.
59 앞에서 토렐로 씨는 성문이 닫히기 전에 파비아에 도착할 수 없을 것이라고 말했는데, 자신의 대접을 받아들이게 하기 위함임을 알 수 있다.

식사였어도 아주 잘 체계적으로 접대받게 했습니다. 식탁을 치우고 오래되지 않았을 때 토렐로 씨는 그들이 피곤하다는 것을 깨닫고 멋진 침대에서 쉬게 했고, 자신도 곧이어 자러 갔습니다.

파비아로 보낸 하인은 부인에게 말을 전했고, 여성의 정신 보다 왕가의 정신을 가진 부인은 곧바로 토렐로 씨의 친구들과 하인들을 많이 불러 성대한 연회에 필요한 모든 것을 준비하게 했습니다. 그리고 횃불을 밝히고 도시의 많은 귀족을 연회에 초대하였고, 옷장에서 천과 휘장과 청설모 모피를 꺼내게 했고, 남편이 자신에게 전달한 것을 완벽히 준비하게 했습니다.

날이 밝자 살라딘 일행은 일어났고, 그들과 함께 토렐로 씨는 말을 타고 자기 매들을 데려오게 한 다음 근처의 습지로 안내했으며, 매들을 어떻게 날리는지 보여 주었습니다. 그런데 살라딘이 파비아의 좋은 숙소로 안내해 줄 사람에 대해 질문했기에 토렐로 씨가 말했습니다.

「제가 그렇게 하지요. 파비아에 가야 하니까요.」

그들은 그 말을 믿고 만족했으며 그와 함께 길을 떠났습니다. 벌써 셋째 시간[60]이 되었을 무렵 그들은 파비아에 도착했고, 좋은 숙소로 간다고 생각했는데, 토렐로 씨와 함께 그의 집으로 가게 되었습니다. 그의 집에는 벌써 50여 명의 주요 시민들이 귀인들을 맞이하기 위하여 와 있었고 곧바로 그들

60 오전 9시이다.

말의 등자와 고삐 주위로 모였습니다. 살라딘과 수행원들은 그것을 보고 무슨 일인지 너무나 잘 깨닫고 말했습니다.

「토렐로 씨, 우리가 당신에게 요구한 것은 이런 것이 아닙니다. 당신은 우리가 지난밤을 지나칠 만큼 잘 보내게 해주었습니다. 그러므로 부담 없이 저희 길을 가도록 두세요.」

그러자 토렐로 씨는 대답했어요.

「나리들, 엊저녁 당신들에게 한 일에 대해서는 당신들보다 행운에게 감사하고 싶습니다. 행운이 길을 가던 당신들로 하여금 필요에 따라 저의 누추한 집으로 오게 해주었으니까요. 그리고 오늘 아침에는 주위에 있는 이 모든 고귀한 사람들과 함께 당신들을 대접하고 싶습니다. 이들과 함께 식사하기를 거부하는 것이 예의라고 생각하시면 그렇게 하셔도 됩니다.」

살라딘과 수행원들은 굴복하고 말에서 내려 귀족들의 즐거운 환대를 받았고, 그들을 위해 화려하게 준비된 방들로 안내되었고, 여행용 옷을 벗고 잠시 휴식을 취한 다음 눈부시게 차려진 홀로 갔습니다. 손을 씻고 식탁에 앉은 그들은 대단하게 준비된 멋진 음식을 성대하게 대접받았으니, 황제가 그 자리에 왔더라도 그 이상 대접할 수 없을 정도였습니다. 그리고 비록 살라딘과 수행원들은 위대한 인물들로 대단한 것을 익숙하게 보았음에도 그런 것에 매우 놀랐고, 토렐로 씨가 영주가 아닌 평범한 시민임을 알고 그의 자질을 존중했습니다.

식사가 끝나고 식탁을 치운 다음 고상한 주제에 대해 잠시 이야기하다가 날씨가 무척 더웠기에 토렐로 씨가 원하는 대로 파비아의 귀족들은 모두 쉬러 갔습니다. 귀인 세 명과 함께 남은 토렐로 씨는 함께 어느 방으로 들어가서 자신의 귀중한 것을 모두 보여 준 다음 그곳으로 훌륭한 자기 아내를 불렀습니다. 매우 아름답고 훌륭한 부인은 화려한 옷을 입고 천사 같은 어린 아들 둘을 양쪽에 거느리고 그들 앞으로 와서 기분 좋게 인사를 했습니다. 그들은 부인을 보고 일어나 정중하게 맞이하여 자신들 사이에 앉게 하고 멋진 두 아들을 반갑게 맞이했습니다. 함께 즐겁게 이야기하던 부인은 토렐로 씨가 잠시 멀어지자 그들이 어디에서 왔으며 어디로 가는 중인지 상냥하게 물었습니다. 귀인들은 토렐로 씨에게 대답한 것처럼 대답했지요. 그러자 부인은 즐거운 표정으로 말했습니다.

「그렇다면 제가 여성으로서 생각한 것이 유용하겠군요. 그러니 당신들에게 드리려는 작은 선물을 거절하거나 하찮게 여기지 말고 특별한 호의로 받아 주시기를 바랍니다. 여자들은 작은 마음에 따라 작은 것을 준다는 점을 고려하여 선물의 질보다는 선의를 보고 받아 주십시오.」

그리고 각자에게 옷 두 벌씩을 가져오게 했으니, 하나는 모직 안감의 옷이고 다른 하나는 청설모 모피 옷으로 일반 시민이나 상인의 옷이 아니라 군주의 옷 같았습니다. 그리고 비단 겉옷과 속옷 세 벌도 가져왔습니다. 부인은 말했어요.

「이것을 받으세요. 저는 남편에게 이런 옷을 입게 하지요. 당신들이 부인에게서 멀리 떠나 있으며 지금까지 온 길과 갈 길이 멀고, 상인들은 깨끗하고 섬세한 사람들이라는 것을 고려하면, 옷들은 비록 가치는 별로 없어도 여러분에게 소중할 수 있습니다.」

귀인들은 깜짝 놀랐고, 토렐로 씨가 전혀 부족함 없이 대접하려고 한다는 것을 분명히 알았으며, 상인들 옷이 아니라 귀족의 옷이라는 것을 보고 토렐로 씨가 신분을 알아차린 것이 아닌지 의심했습니다. 그래도 부인에게 한 명이 대답했습니다.

「부인, 이것들은 매우 훌륭하여 가볍게 받을 것이 아닌데, 당신이 그렇게 부탁하시니 거부할 수가 없군요.」

그런 다음 토렐로 씨가 돌아왔고, 부인은 작별 인사를 하고 떠났으며 그와 비슷하게 하인들에게도 어울리는 선물을 주게 했습니다. 토렐로 씨는 그날 온종일 함께 머물자고 간곡히 부탁했고, 그래서 그들은 낮잠을 잔 다음 자신들이 받은 옷을 입고 토렐로 씨와 함께 말을 타고 잠시 시내를 돌아다녔고, 시간이 되자 많은 명예로운 사람들과 함께 저녁 식사를 했습니다. 그리고 시간이 되어 자러 갔고 날이 밝자 일어났는데, 자신들의 지치고 비루먹은 말 대신 세 마리의 튼튼하고 멋진 말을 발견했고, 마찬가지로 하인들에게도 튼튼한 새 말들이 마련되어 있었습니다. 그것을 보고 살라딘은 수행원들을 돌아보며 말했습니다.

「신[61]께 맹세코 이분처럼 친절하고 사려 깊고 완벽한 사람은 본 적이 없소. 그리스도인 왕들이 이 기사처럼 자기 신분

61 이슬람 신자이므로 〈알라〉로 옮길 수도 있다.

에 어울리는 왕들이라면, 바빌로니아의 술탄은 자신을 공격하려고 준비하고 있는 모든 왕이 아니라 단 한 명도 기다릴 필요가 없을 것이오.」

살라딘은 거절해야 소용없다는 것을 알고 매우 정중하게 감사하면서 말에 올라탔습니다. 토렐로 씨는 많은 동료와 함께 도시 밖으로 상당히 먼 길을 배웅했으니, 살라딘은 벌써 많은 정이 들어 토렐로 씨와 헤어지는 것이 가슴 아팠으나 서둘러 떠나야 했기에 그에게 돌아가라고 부탁했습니다. 토렐로 씨는 그들과의 이별이 섭섭했으나 말했습니다.

「나리들, 당신들이 원하니 그렇게 하겠습니다. 하지만 이렇게 말하고 싶군요. 저는 당신들이 누구인지 모르고, 당신들이 말하는 것 이상으로 알려고 질문하지도 않겠습니다. 그러나 당신들이 누구든 이번처럼 상인이라고 하지는 마십시오. 그럼 안녕히 가십시오.」

살라딘은 벌써 토렐로 씨의 모든 동료와 작별 인사를 했으므로 그에게 이렇게 말했습니다.

「기사님, 당신의 믿음을 확인하기 위해 언젠가 우리의 상품을 당신에게 보여 드리겠습니다. 그럼 잘 가시오.」

그리하여 살라딘은 만약 삶이 지속되고 다가올 전쟁이 삶을 빼앗지 않는다면, 토렐로 씨가 자신에게 해준 것 못지않게 그를 대접하리라고 굳게 결심하고 수행원들과 함께 떠났습니다. 그리고 수행원들과 함께 토렐로 씨와 부인과 그의 모든 물건과 행동과 사실에 대해 이야기하면서 모든 것을 칭찬했습니다. 커다란 노고가 없지 않았으나 서방 전역을 돌아본 다음 수행원들과 함께 알렉산드리아로 돌아갔고, 충분한 정보를 가지고 방어 준비를 했습니다. 토렐로 씨는 파비아로 돌아갔고 그 세 사람이 누구인지 오랫동안 생각했으나 진실에 도달하거나 가까이 가지도 못했습니다.

십자군 원정 때가 되어 사방에서 대규모 준비를 하게 되자 토렐로 씨는 아내의 간청과 눈물에도 불구하고 참가하려고 결심했습니다. 그리고 모든 준비를 하고 말을 타려고 하면서 지극히 사랑하는 아내에게 말했습니다.

「부인, 당신이 알다시피 나는 육신의 명예와 영혼의 구원을 위해 이 원정에 가려는 것이니, 우리의 모든 것과 명예를 당신에게 부탁하오. 그리고 가는 것은 확실하지만, 많은 일이 일어날 수 있으니, 돌아오는 것은 전혀 확실하지 않소. 그러니 당신이 나에게 호의 하나를 베풀어 주기를 바라오. 나에게 무슨 일이 일어나든지 내 목숨에 대한 확실한 소식을 듣지 못하면, 내가 떠나는 오늘부터 시작하여 일 년, 한 달, 하루 동안 재혼하지 말고 나를 기다려 주오.」

부인은 크게 울면서 대답했어요.

「여보, 당신이 떠나면서 나에게 안겨 주는 고통을 어떻게 견딜지 모르겠어요. 하지만 만약 내 목숨이 고통보다 강하다면, 당신에게 어떤 일이 일어나든지, 나는 토렐로 씨의 아내로 그 기억과 함께 살다가 죽고 싶어요.」

그러자 토렐로 씨는 말했습니다.

「부인, 당신이 나에게 약속하는 것을 최대한 지킬 것이라고 확신하오. 하지만 당신은 젊고 아름답고 훌륭한 가문 출

330

신이며, 당신의 덕성이 사방에 알려져 있으니, 만약 내가 죽었다고 생각하면,[62] 의심할 여지 없이 여러 위대한 귀족이 당신 오빠들과 친척들에게 당신을 요구할 것이오. 그러면 오빠들과 친척들에 이끌려 당신이 아무리 원해도 막아 내지 못하고 어쩔 수 없이 그들이 원하는 대로 해야겠지요. 그런 이유로 나는 당신에게 이 기한을 요구하고 그 이상은 요구하지 않겠소.」

부인은 말했어요.

「나는 가능한 한 당신에게 말한 대로 할 거예요. 그런데도 달리해야 한다면 당신이 말하는 대로 따르겠어요. 당신이나 내가 그런 상황에 이르지 않도록 하느님께 기도합니다.」

말을 마치자 부인은 울면서 토렐로 씨를 껴안았고 손가락에서 반지 하나를 빼내 그에게 주면서 말했습니다.

「내가 당신을 다시 만나기 전에 죽는다면 이것을 보면서 나를 기억해 주세요.」

토렐로 씨는 반지를 받고 말에 올라탔고, 모든 사람에게 작별 인사를 한 다음 길을 떠났습니다. 그리고 제노바에 도착하여 동료들과 함께 갤리선에 올라 출발했고, 얼마 후 아코[63]에 이르러 다른 그리스도인 부대와 합류했습니다. 그런데 거의 곧바로 부대 안에 치사율이 높은 엄청난 전염병이 퍼지기 시작했고, 그동안 살라딘의 행운 때문인지 아니면 전략 때문인지 살아남은 그리스도인은 모두 간단하게 그의 포

로가 되었고 여러 도시로 나뉘어 감옥에 갇혔습니다. 토렐로 씨는 그렇게 붙잡힌 포로 중 하나였고 알렉산드리아의 감옥으로 끌려갔습니다.

거기에서 그는 알려지지도 않고 알려지는 것도 두려워하면서 매를 길들이는 데 탁월한 대가였기에 어쩔 수 없이 매를 길들이는 일에 몰두했습니다. 살라딘도 그런 소식을 듣고 그를 불러 자신의 매 조련사로 삼았습니다. 토렐로 씨는 살라딘에게 단지 〈그리스도인〉으로 불렸고, 자신도 살라딘이 바로 그 사람이라는 것을 알아보지 못했습니다. 그는 단지 파비아만 생각했고, 여러 차례 탈출하려고 시도했지만 성공하지 못했습니다. 그런데 제노바인 몇 명이 자기 시민들의 석방을 위해 살라딘에게 사절로 왔다가 떠나야 했으므로, 토렐로 씨는 부인에게 자기가 살아 있으며 가능한 한 빨리 돌아갈 테니 기다리라고 편지를 쓰려고 했습니다. 그리고 알고 있던 사절 중 한 사람에게 그 편지를 자기 아저씨인 첼도로의 산 피에트로[64] 성당의 수도원장에게 전해 달라고 간곡하게 부탁했습니다.

토렐로 씨가 그런 상황에 있는 동안 어느 날 살라딘은 그와 함께 매에 관하여 이야기하고 있었습니다. 그러다 토렐로 씨가 미소를 지으면서 입가에 특별한 표정을 지었는데, 살라딘이 파비아의 그의 집에 머물면서 자주 보았던 표정이었지

---

64 San Pietro in Ciel d'Oro. 파비아에 있는 유명한 성당으로 단테의 『신곡』 「천국」 10곡 124~128행에서도 언급된다. 〈첼도로Ciel d'Oro〉(단테는 〈첼다우로Cieldauro〉라 불렀다)는 〈황금 하늘〉이라는 뜻이다.

요. 그래서 뚫어지게 그를 바라보았고 바로 그 사람 같았기에, 하던 이야기를 멈추고 말했습니다.

「그리스도인이여, 말해 봐라, 너는 서방의 어느 고장 출신이냐?」

토렐로 씨는 말했습니다.

「저는 롬바르디아 사람으로 파비아라는 도시에서 왔습니다. 신분이 낮고 가난한 사람입니다.」

그 말을 듣고 살라딘은 확신하였고 즐거워하며 속으로 말했습니다.

「신께서 내가 그의 호의에 얼마나 감사하고 있는지 보여 줄 기회를 주셨구나!」

그리고 다른 말 없이 자신의 모든 옷을 어느 방에 진열하게 하고 그를 데려가 말했습니다.

「보아라, 그리스도인이여, 이 옷 중에 전에 본 적이 있는 옷이 있는지.」

토렐로 씨는 살펴보기 시작했고, 아내가 살라딘에서 선물한 옷을 보았습니다. 확실히 그 옷이라고 확신하지 못하였으나 그래도 대답했지요.

「폐하, 잘 모르겠으나, 저 두 벌은 제가 전에 저의 집에 머문 상인 세 명에게 입게 한 옷과 분명히 비슷합니다.」

그러자 살라딘은 그 이상 참지 못하고 부드럽게 그를 껴안으며 말했습니다.

「당신은 토렐로 디 스트라 씨군요. 나는 당신의 아내가 이 옷들을 선물한 상인 세 명 중 하나요. 이제 내 상품이 무엇인지 당신이 확실하게 보여 줄 기회가 왔군요. 당신과 헤어지면서 그럴 날이 있으리라고 말했던 것처럼 말이오.」

토렐로 씨는 그 말을 듣고 무척 기뻤고 동시에 부끄러웠습니다. 그런 손님을 맞이하였다는 것이 기뻤고, 초라하게 대접한 것 같아 부끄러웠던 것입니다. 그에게 살라딘이 말했어요.

「토렐로 씨, 신께서 당신을 여기 나에게 보내 주셨으니, 이제 내가 아니라 당신이 주인이라고 생각하시오.」

그리고 서로 매우 기쁘게 맞이한 다음 그에게 왕실의 옷을 입게 했고, 자신의 모든 고관 앞으로 데려가 그의 훌륭함에 대해 많이 칭찬했고, 그의 호의를 감사하게 생각하는 모든 사람은 자신처럼 그를 대접하라고 명령했습니다. 그때부터 모두가 그렇게 했는데, 그의 집에서 살라딘의 동료였던 두 사람이 다른 누구보다 특히 그랬습니다. 그렇게 갑작스럽고 높은 영광 속에서 토렐로 씨는 잠시 롬바르디아의 일을 잊게 되었으니, 특히 자기 편지가 아저씨에게 도착했을 것이라고 확고하게 믿었기 때문이지요.

그런데 그리스도인들이 살라딘에게 포로로 붙잡힌 날 전장이나 부대 안에서 낮은 신분의 프로방스 기사가 죽어서 묻혔는데, 그의 이름이 토렐로 디 디뉴르뱅[65] 씨였습니다. 토렐로 씨의 고귀함은 부대에 알려져 있었으므로 〈토렐로 씨가 죽었다〉는 말을 들은 사람은 누구든지, 토렐로 디 디뉴르뱅

---

65 Digne-les-Bains. 원문은 〈디녜스Dignes〉로, 프로방스 지방의 도시이다.

이 아니라 토렐로 디 스트라 씨가 죽었다고 믿었습니다. 그리고 그가 곧이어 포로로 잡히면서 잘못된 소문은 정정되지 않았습니다. 그리하여 많은 이탈리아인이 그런 소식을 가지고 돌아갔고, 그중에는 그가 죽는 것을 보았고 묻히는 것을 보았다고 경솔하게 말하는 사람도 있었습니다. 그의 아내와 친척들은 그 소식을 듣고 말할 수 없이 큰 슬픔에 빠졌으며, 그들뿐 아니라 그를 아는 모든 사람이 슬퍼했습니다.

부인의 슬픔과 고통과 눈물이 어땠는지 이야기하려면 길 것입니다. 부인은 몇 달 동안 끊임없는 슬픔에 괴로워했고, 차츰 덜 괴로워하기 시작할 무렵 롬바르디아의 주요 남자들이 아내로 요구하면서 오빠들과 다른 친척들이 재혼하라고 그녀를 재촉했습니다. 부인은 큰 슬픔에 여러 번 거부했지만 결국 친척들이 원하는 대로 하지 않을 수 없었으니, 그녀가 토렐로 씨와 약속한 기한까지 재혼하지 않겠다고 했기 때문이었습니다. 파비아에서 부인의 일이 그런 상황이었으며 벌써 재혼해야 할 기한이 여드레 남았을 때, 알렉산드리아에 있던 토렐로 씨는 제노바 사절들과 함께 제노바로 가는 갤리선에 탔던 사람을 만났습니다. 그래서 그를 불러 어떻게 여행하였고 언제 제노바에 도착하였는지 물었습니다. 그러자 그는 말했어요.

「나리, 저는 크레타에서 내렸는데, 거기에서 듣기로 갤리선이 불행을 겪었답니다. 시칠리아 근처에서 위험한 폭풍이 몰아쳐 바르베리아[66]의 암초에 부딪혀 아무도 살아남지 못했답니다. 제 형제 둘도 그들과 함께 죽었습니다.」

토렐로 씨는 그의 말이 사실이라 믿었고, 자기가 아내에게 요구한 기한이 며칠 뒤면 끝난다는 것을 기억하고 또 자기 상태에 대해 파비아에서 전혀 모른다는 것을 깨닫고, 틀림없이 아내가 재혼하리라고 생각했습니다. 그리하여 커다란 고통에 빠졌으니 먹는 것도 잊고 자리에 누웠고 죽으려고 결심했습니다. 그를 무척 사랑하던 살라딘은 그 말을 듣고 왔습니다. 그리고 여러 번 많이 부탁한 끝에 그가 괴로워하고 병든 이유를 알고 미리 자신에게 말하지 않았다고 많이 나무랐습니다. 이어서 필요하다면 정해진 기한 안에 파비아로 돌아가게 해줄 테니 안심하라고 하면서 어떻게 할 것인지 말해주었습니다.

토렐로 씨는 살라딘의 말을 믿었고, 그런 일이 가능하며 여러 번 이루어졌다는 말을 자주 들었으므로 위안을 얻고 살라딘에게 서둘러 그렇게 해달라고 부탁했습니다. 살라딘은 그 기술을 이미 실험해 본 적이 있는 흑마술사를 불러 침대에 누운 토렐로 씨를 어떻게 하룻밤 사이에 파비아로 옮길 것인지 방법을 찾으라고 지시했습니다. 그러자 흑마술사는 그렇게 하겠지만, 먼저 그가 깊이 잠들어야 한다고 대답했습니다. 그렇게 하도록 지시하고 살라딘은 토렐로 씨에게 돌아갔고, 그가 가능하면 정해진 기한 안에 파비아로 돌아가고 싶으며, 만약 그렇게 할 수 없다면 죽고 싶다고 마음먹은 것을 발견하고 이렇게 말했습니다.

66 아프리카 해안을 가리킨다(셋째 날 열째 이야기 주석 78 참조).

「토렐로 씨, 당신이 부인을 진정으로 사랑하고 그녀가 다른 사람과 재혼하지 않을까 두려워하는 것은 신께서도 아시니, 나는 조금도 비난할 수 없소. 나는 지금까지 많은 여자를 보았지만, 덧없는 꽃 같은 아름다움을 제쳐 두더라도 부인의 품행과 예절과 습성은 최고로 칭찬받고 소중하게 여겨야 할 것이오. 행운이 당신을 이곳으로 보냈으니, 당신과 내가 살아 있는 동안 이 왕국을 동등하게 군주로 다스리며 함께 산다면 아주 좋으리라고 생각했소. 그런데 신께서 그것을 나에게 허용하지 않으셨소. 당신은 정해진 기한 안에 파비아로 돌아가거나 아니면 죽으려는 생각을 마음속에 가지고 있는데, 그것을 제시간에 알았다면 좋았을 것이오. 당신의 덕성에 합당하게 어울리는 그런 영광과 성대함과 수행원들과 함께 당신의 집으로 돌려보냈을 테니까 말이오. 그런데 그런 것이 나에게 허용되지 않았고, 당신은 곧바로 집으로 돌아가기를 원하니, 당신에게 말한 방식으로 내가 할 수 있는 한 해볼 것이오.」

그러자 토렐로 씨는 말했습니다.

「폐하, 폐하께서 말씀하시지 않아도, 저에게 합당하지 않을 만큼 최고로 높은 폐하의 호의는 증명되었습니다. 그리고 폐하께서 말씀하시는 것을 저는 분명히 믿으며 살다가 죽을 것입니다. 하지만 저는 떠나려고 결심하였으니 폐하께서 말씀하신 일을 빨리 해주시라고 부탁드립니다. 내일이 저를 기다리라고 한 마지막 날이니까요.」

살라딘은 틀림없이 그렇게 할 것이라고 말했습니다. 그리고 다음 날 밤에 그를 기다리면서 살라딘은 화려하고 멋진 침대를 커다란 홀에다 준비하게 했고, 그들의 풍습에 따라 금실로 수놓은 천과 벨벳으로 만든 요를 깔고, 그 위에다 아주 커다란 진주와 진귀한 보석으로 장식한 이불을 덮었는데, 그것은 이곳 서방에서는 값이 무한한 보물이었습니다. 그리고 그런 침대에 어울리는 베개 두 개를 올려놓았지요. 그렇게 한 다음 이미 건강을 되찾은 토렐로 씨에게 사라센식 옷을 입혔는데, 누구도 본 적 없는 가장 아름답고 화려한 옷이었습니다. 또 머리에는 그들 방식으로 기다란 터번을 두르게 했습니다. 그리고 벌써 시간이 늦었으므로 살라딘은 많은 고관과 함께 토렐로 씨가 있는 방으로 가서 옆에 앉아 거의 눈물을 흘리면서 말했습니다.

「토렐로 씨, 당신과 헤어져야 할 시간이 다가오는군요. 당신이 해야 할 여행의 성격 때문에 내가 함께 갈 수도 없고 수행원을 보낼 수도 없으니, 여기 방에서 당신과 작별 인사를 하려고 왔소. 당신과 작별하기 전에 우리 사이의 우정과 사랑으로 부탁하니, 나를 기억하고 우리의 삶이 끝나기 전에 가능하다면 롬바르디아에서 당신 일을 잘 정리한 다음 나를 만나러 한번 오시오. 당신이 기뻐하는 것을 보았지만, 지금 당신이 서둘러야 하므로 내가 제대로 해주지 못하는 부족함을 메꿀 수 있도록 말이오. 그런 일이 있기 전에 당신이 편지로 나를 방문하는 것은 어렵지 않을 것이니, 당신이 나에게 요구하고 싶은 것에 대해서는 분명히 다른 누구보다 당신을 위해 기꺼이 할 것이오.」

토렐로 씨는 눈물을 억제할 수 없었고, 그래서 눈물에 가로막혀 몇 마디 말로 대답했으니, 살라딘의 호의와 가치는 절대 잊지 않을 것이며, 시간이 허락하는 대로 틀림없이 그의 요구대로 하겠다고 했습니다. 그러자 살라딘은 그를 부드럽게 껴안고 입을 맞추면서 많은 눈물과 함께 말했습니다.

「신과 함께 잘 가시오.」

그리고 방에서 나갔고, 다른 모든 고관도 뒤이어 작별 인사를 하고 살라딘과 함께 침대가 준비된 홀로 갔습니다. 하지만 벌써 밤이 깊었고 흑마술사는 실행하기 위하여 서두르고 있었으며, 의사가 물약을 가지고 토렐로 씨에게 와서 그를 강화하는 약이라고 하며 마시게 했고, 얼마 지나지 않아 그는 잠들었습니다. 그렇게 자는 동안 살라딘의 명령에 따라 멋진 침대로 옮겨졌고, 그 위에다 엄청난 가치의 크고 멋진 관[67]을 올려놓았는데, 살라딘이 토렐로 씨의 부인에게 보낸 관이라는 것을 분명히 알아볼 수 있게 표시해 두었습니다. 이어서 토렐로 씨의 손가락에, 불붙은 횃불처럼 빛나고 값어치를 평가할 수 없는 루비가 박힌 반지를 끼워 주었습니다. 그런 다음 검을 두르게 해주었는데, 그 장식의 값어치는 쉽게 평가할 수 없을 정도였습니다. 그 외에도 허리띠의 죔쇠를 앞에 달아 주었는데, 거기에는 본 적 없이 많은 진주들과 다른 보석들이 박혀 있었고, 그의 양쪽 옆에는 금화들이 가득한 아주 커다란 황금 항아리 두 개를 놓고, 진주가 박힌 머

---

67 뒤에서 밝혀지듯이 결혼식에서 신부가 머리에 쓰는 관이다.

리그물과 반지와 허리띠와 다른 것들을 주위에 많이 놓아두었으니, 모두 이야기하려면 오래 걸릴 정도였습니다. 그런 다음에 토렐로 씨의 머리에 입을 맞추고 흑마술사에게 그를 보내라고 말했습니다. 그러자 곧바로 살라딘의 눈앞에서 토렐로 씨와 침대가 사라졌고, 살라딘은 고관들과 함께 남아 이야기를 나누었습니다.

토렐로 씨는 위에서 말한 모든 보석과 장신구와 함께 자신이 바란 대로 벌써 파비아에 있는 첼도로의 산 피에트로 성당에 있었고 아직 자고 있었는데, 새벽기도 종이 울렸을 때 성당지기 수도자가 등불을 들고 성당으로 들어왔습니다. 그리고 곧바로 화려한 침대를 보고 깜짝 놀랐을 뿐만 아니라 엄청나게 두려웠기에 뒤로 돌아 달아났습니다. 그가 달아나는 것을 보고 수도원장과 수도자들은 놀라서 이유를 물었지요. 수도자가 설명하자 수도원장은 말했습니다.

「오! 자네는 어린애도 아니고 이 성당에 새로 온 것도 아닌데, 그리 가볍게 놀라야겠느냐. 이제 우리가 가서 누가 너를 겁주었는지 보자.」

그리하여 등불을 더 많이 밝히고 수도원장은 모든 수도자와 함께 성당 안으로 들어갔고, 그렇게 경이롭고 화려한 침대와 그 위에서 잠자고 있는 기사를 보았습니다. 그리고 두렵고 소심해져 침대에 조금도 다가가지 못한 채 진귀한 보석들을 바라보는 동안, 약효가 다했는지 토렐로 씨가 깨어나 커다란 한숨을 내쉬었습니다. 그것을 본 수도자들과 수도원장은 깜짝 놀라 소리쳤습니다.

「주님, 저희를 도와주소서!」

그리고 모두 달아났습니다. 토렐로 씨는 눈을 뜨고 주위를 둘러보았고, 자기가 분명히 살라딘이 보낸 곳에 있다는 것을 알고 무척 만족했습니다. 그래서 일어나 앉아 주위에 있는 것들을 자세히 살펴보면서, 전부터 살라딘의 관대함을 알고 있었으나 이제 훨씬 더 그렇다는 것을 분명히 알았습니다. 그러는 동안 달리 움직이지 않은 채 수도자들이 달아나는 소리를 듣고 그 이유를 알고 수도원장의 이름을 부르기 시작했고, 자신은 조카 토렐로이니 두려워하지 말라고 부탁하기 시작했습니다. 그 말을 듣고 수도원장은 더 두려워졌으니, 그가 몇 달 전에 죽은 것으로 알았기 때문이지요. 하지만 잠시 후 진실한 증거에 안심하였고, 자기를 부르는 소리를 듣고 성호를 그은 다음 그에게 다가갔습니다. 그에게 토렐로 씨는 말했지요.

「오 신부님, 무엇을 두려워하나요? 하느님 덕분에 저는 살아 있고, 바다 건너에서 이곳으로 돌아왔어요.」

그는 비록 긴 수염에다 아랍식으로 옷을 입고 있었으나 잠시 후 수도원장은 그를 알아보았고, 완전히 안심하여 그의 손을 잡고 말했습니다.

「내 아들이여, 잘 돌아왔다! 우리가 두려워한다고 놀라지 마라. 이곳에는 네가 죽었다고 확고하게 믿지 않는 사람이 아무도 없으니까. 게다가 네 아내 아달리에타 부인이 친척들의 부탁과 위협에 굴복하여 자기 의지에 거슬러 재혼하기로 되어 있다는 것을 말해야겠구나. 오늘 오전 새 남편에게 가야 하고, 결혼식과 피로연에 필요한 것은 준비되어 있단다.」

토렐로 씨는 화려한 침대에서 내려와 수도원장과 수도자들의 놀라움 속에서 인사를 나누었고, 필요한 일을 끝낼 때까지는 자기가 돌아온 것에 대해 누구에게도 말하지 말라고 모두에게 부탁했습니다. 이어서 풍부한 보석들을 안전한 곳에 보관하게 한 다음 그 순간까지 자신에게 일어난 일을 수도원장에게 이야기했습니다. 수도원장은 그의 행운에 즐거워하면서 그와 함께 하느님께 감사의 기도를 올렸어요. 그런 다음 토렐로 씨는 수도원장에게 자기 아내의 새 남편이 누구인지 물었습니다. 수도원장이 말해 주자 토렐로 씨는 그에게 말했습니다.

「돌아온 것이 알려지기 전에 저는 이 결혼식에서 제 아내의 태도가 어떤지 보고 싶어요. 그러니 성직자가 그런 잔치에 가는 것은 관례가 아니나 저를 위해 우리가 갈 수 있게 조치해 주기를 바랍니다.」

수도원장은 기꺼이 그러겠다고 대답했고, 날이 밝자 사람을 보내 새신랑에게 동료 한 명이 결혼식에 참석하고 싶다고 전달하게 했고, 친절한 신랑은 좋다고 대답했습니다. 그리하여 식사 시간이 되자 토렐로 씨는 입고 있던 옷차림 그대로 수도원장과 함께 새신랑의 집으로 갔고, 그를 본 모든 사람이 놀라 바라보았으나 그를 전혀 알아보지 못했습니다. 수도원장은 모두에게 그는 술탄이 프랑스 왕에게 보낸 사라센 사절이라고 말했습니다. 그리하여 토렐로 씨는 바로 자기 아내 맞은편 식탁에 앉게 되었고, 그래서 큰 즐거움과 함께 아내를 바라보았는데, 그녀의 얼굴은 결혼식이 달갑지 않은 표정 같았습니다. 마찬가지로 아내도 그를 몇 번 바라보았는데도 전혀 알아보지 못한 것 같았으니, 무성한 수염과 이상한 옷차림과 그가 죽었다는 확고한 믿음 때문이지요. 하지만 토렐로 씨는 아내가 자신을 기억하는지 시험해 볼 때가 된 것 같았기에 자기가 떠날 때 아내가 선물한 반지를 손에 들고 아내 앞에서 시중드는 소년을 불러 말했습니다.

「내가 하는 말이라고 신부에게 전해라. 우리 고장 풍습으로는 여기 나 같은 이방인이 그녀처럼 결혼하는 신부의 연회에서 식사할 때, 그가 연회에 왔다는 것을 소중하게 여긴다는 증거로 신부는 술잔에 포도주를 가득 채워 그에게 보내고, 이방인은 원하는 만큼 마시고 술잔에 뚜껑을 닫아 다시 보내면 신부가 나머지 포도주를 마신다고 말이야.」

소년은 신부에게 그 말을 전했고, 현명하고 예절 바른 그녀는 그가 높은 고관이라 믿고 참석에 감사한다는 것을 보여주기 위하여 앞에 있던 커다란 황금 잔을 씻어 포도주를 가득 채워 그에게 갖다주라고 했습니다. 토렐로 씨는 반지를 입안에 넣고 포도주를 마시면서 아무도 모르게 술잔 안에 떨어뜨렸고, 포도주를 조금 남기고 뚜껑을 닫아 부인에게 보냈습니다. 부인은 잔을 받고 손님의 풍습에 따르려고 뚜껑을 열고 잔을 입에 대다가 반지를 발견하고 아무 말 없이 한동안 바라보았습니다. 그리고 그것은 바로 토렐로 씨가 떠날 때 자기가 준 반지임을 알아보고 반지를 집어 들었고, 이방인이라 믿었던 그를 뚫어지게 바라보았고, 남편이라는 걸 알아보고 미친 것처럼 앞에 있던 식탁을 땅바닥에 뒤엎으며 소리쳤습니다.

「이분은 제 남편이에요, 이분은 정말로 토렐로 씨입니다!」

그리고 그가 앉아 있던 식탁으로 달려갔고, 자기 옷이나 식탁 위에 있던 것들에 신경 쓰지도 않고 힘껏 그 위로 몸을 던지면서 그를 단단히 껴안았고, 누가 무슨 말을 해도 그의 목에서 떨어지지 않았습니다. 결국 토렐로 씨가 앞으로 껴안을 시간은 얼마든지 있을 테니까 잠시 진정하라고 말한 뒤에야 떨어졌어요.

부인이 몸을 일으키자 결혼식은 온통 엉망이 되었고, 한쪽에서는 토렐로 씨가 그런 기사로 돌아온 것을 기뻐하다가 토렐로 씨의 부탁에 모두가 조용해졌어요. 그러자 그는 자기가 떠난 날부터 그때까지 일어난 모든 일을 모두에게 이야기했고, 마지막으로 자기가 죽은 것으로 믿고 자기 아내와 결혼하려 한 귀족에게 자기가 살아 있으니 다시 데려가도 불쾌해하지 말라고 했습니다. 새신랑은 비록 약간 당황하기는 했어도 너그럽게 친구처럼 대답했으니, 자기가 신부에게 준 선물은 그녀의 뜻에 따라 좋은 대로 하라고 했습니다. 부인은 새신랑에게서 받은 반지와 관을 내려놓았고, 술잔에서 꺼낸 반지를 끼고 살라딘이 보낸 관을 썼습니다. 그리고 모여 있던 집에서 나와 결혼식의 모든 사람을 이끌고 토렐로 씨의 집으로 갔습니다. 슬픔에 잠겨 있던 모든 친척과 친구와 다른 모든 사람은 마치 기적처럼 그를 바라보았고, 즐겁고 오랜 잔치로 축하했습니다.

토렐로 씨는 귀중한 자기 보석들을 나누어 결혼식 비용을 낸 사람과 수도원장과 다른 많은 사람에게 주었고, 여러 심부름꾼을 통하여 살라딘에게 행복하게 잘 돌아왔으며 자신은 그의 친구이자 종으로 생각한다는 편지를 보냈습니다. 그리고 훌륭한 부인과 함께 전보다 더 친절을 베풀면서 오랫동안 잘 살았답니다.

토렐로 씨와 사랑스러운 부인의 괴로움은 그렇게 끝났고, 그들의 즐겁고 신속한 친절함은 그런 보상을 받았습니다. 많은 사람이 그렇게 하려고 노력하지만, 방법은 알아도 제대로 할 줄은 모릅니다. 왜냐하면 친절함을 베풀기 전에 그보다 더 큰 보상을 바라기 때문이지요. 그러니 이들에게 보상이 뒤따르지 않더라도 누구도 놀라지 않아야 할 것입니다.]

열째 이야기

살루초 후작은 아내를 맞이하라는 부하들의 권유에 이끌려
자기 방식대로 하기 위해 농부의 딸을 아내로 맞이한다. 그리고
두 아이를 얻는데, 아내에게 아이들을 죽였다고 믿게 한다.
그런 다음 그녀를 싫어하여 다른 아내를 얻는 척하면서 자기 딸을
아내인 것처럼 집으로 돌아오게 하고, 아내를 속옷 차림으로 내쫓는다.
그리고 그녀가 그 모든 것을 참고 견디는 것을 보고
소중하게 집으로 돌아오게 하고 성장한 두 아이를 보여 주고,
후작 부인으로 대하고 또 대접받게 한다.

모두가 좋아한 것 같은 왕의 긴 이야기가 끝나자 디오네오가 웃으면서 말했습니다.

「그날 밤 유령의 일어선 꼬리를 내려 주리라고 기대했던 새신랑은 여러분이 토렐로 씨에게 보내는 모든 칭찬에 한쪽 귀도 기울이지 않았을 것입니다.」

그리고 이어서 자기 혼자만 남은 것을 알고 이야기하기 시작했습니다.

[온순한 저의 여인들이여, 제가 보기에 오늘 하루는 왕이나 술탄 같은 사람들에게 할애된 것 같습니다. 따라서 여러분에게서 너무 멀어지지 않도록 저는 어느 후작의 관대하지 않고, 비록 결국에는 좋게 끝나지만 미친 짐승 같은 행동에 대하여 이야기하고 싶습니다. 그런 일을 한 사람에게는 커다란 죄였기 때문에 누구도 그렇게 따라 하지 말라고 충고합니다.

벌써 오래전에 살루초[68]의 후작 중에 한 가문의 큰아들로 괄티에리라는 청년이 있었습니다. 그는 아내도 없고 자식도 없이 사냥과 매사냥에만 시간을 보내며 아내를 얻거나 자식을 두려는 생각은 전혀 하지도 않았습니다. 그런 점에서 그는 매우 현명하다고 평가할 만했지요. 하지만 그의 부하들은 좋아하지 않았기에 아내를 얻으라고 여러 번 권유했습니다. 후작에게 상속인이 없고 자신들에게 주인이 없지 않도록 말입니다. 그리고 훌륭한 부모에게서 태어나 좋은 희망을 바랄

---

68 Saluzzo. 이탈리아 북서부 피에몬테 지방의 작은 도시이다.

수 있고 그를 흡족하게 해줄 아내를 찾아 주겠다고 제안했지요. 그들에게 괄티에리는 대답했습니다.

「내 친구들이여, 자네들은 내가 절대로 하지 않겠다고 완전히 결심한 것을 강요하는군. 자기 방식과 잘 어울리는 여자를 찾기가 얼마나 어려운 일이며, 정반대의 여자들이 얼마나 많은지, 자신과 어울리지 않는 아내를 만나는 남자의 삶이 얼마나 힘든지 고려해서 그런 건데 말이야. 그리고 자네들은 부모의 행동에서 딸을 안다고 믿고, 그래서 내가 좋아할 아내를 찾아 주겠다고 말하지만 정말 어리석은 일이네. 자네들은 어디에서 딸의 아버지를 알고 어떻게 어머니의 비밀을 알 수 있는지 모르기 때문이지. 설령 부모를 알더라도 딸은 종종 아버지나 어머니와 달라. 하지만 그런 사슬을 나에게 묶는 것을 원한다면 만족하게 해주고 싶네. 그리고 만약 일이 잘못되어도 내가 나 외에 다른 사람 때문에 괴로워하지 않도록 나 스스로 아내를 찾고 싶네. 그리고 자네들에게 분명히 말하는데, 내가 누구를 아내로 맞이하든 자네들로부터 존중받지 못한다면, 자네들의 권유로 내 의지와 달리 아내를 맞이한 것이 얼마나 힘든지를 자네들은 큰 피해와 함께 느끼게 될 것이네.」

훌륭한 부하들은 그가 아내를 얻기만 하면 만족한다고 대답했습니다. 얼마 전부터 괄티에리는 자기 집에서 가까운 마을에 사는 가난한 처녀의 태도가 마음에 들었고 상당히 아름다워 보였으므로, 그녀와 함께라면 아주 편안하게 생활할 수 있으리라고 생각했습니다. 그래서 그 이상 찾지도 않고 그녀와 결혼하려고 마음먹었고, 매우 가난한 그녀의 아버지를 불러 딸을 아내로 맞이하기로 합의했습니다. 그런 다음 괄티에리는 지역의 모든 친구를 모이게 하여 말했습니다.

「내 친구들이여, 여러분은 내가 아내를 맞이하기를 원했기에, 나는 아내를 갖고 싶은 욕망보다 여러분의 만족을 위해 그렇게 하려고 하오. 여러분은 나에게 한 약속, 그러니까 내가 누구를 얻든지 만족하고 부인으로서 존중하겠다고 약속한 것을 기억할 것이오. 그리고 내가 여러분에게 약속한 것을 지키고, 여러분이 나에게 약속한 것을 지킬 시간이 되었소. 나는 내 마음에 따라 아주 가까운 곳에서 처녀를 찾았고 그녀를 아내로 맞이하고 싶어 며칠 안에 집으로 데려올 생각이오. 그러니까 어떻게 결혼식 잔치를 멋지게 할 것인지, 어떻게 여러분이 그녀를 맞이할 것인지 생각하시오. 내가 여러분의 약속에 만족하고, 여러분이 내 약속에 만족한다고 말할 수 있도록 말이오.」

사람들은 모두 즐겁게 좋다고 대답했고, 누구를 얻든 부인으로 맞이할 것이며 모든 면에서 부인으로 존중할 것이라고 했습니다. 그리고 이어서 모두 성대하고 멋지고 즐거운 잔치를 준비하기 시작했고, 괄티에리도 마찬가지로 그랬습니다. 그는 화려하고 멋진 결혼식을 준비하고 많은 친구와 친척과 높은 귀족과 주변의 다른 사람들을 초대하게 했습니다. 게다가 결혼하려고 마음먹은 처녀와 체격이 비슷한 여자의 치수에 맞추어 아름답고 화려한 옷들을 많이 재단하여 만들게 했고, 그 외에도 허리띠와 반지와 화려하고 멋진 관과 신부에게 필요한 모든 것을 준비하게 했습니다. 결혼식을 하기로 정한 날이 되자 괄티에리는 셋째 시간 절반 무렵[69]에 말에 올라탔고, 모든 사람이 축하하러 오고 필요한 모든 것이 준비되자 말했습니다.

「여러분, 신부를 데리러 갈 시간이오.」

그리고 모든 사람과 함께 길을 떠나 작은 마을로 갔고, 처녀의 아버지 집에 도착했는데 샘에서 물을 길어 돌아오던 처녀를 만났습니다. 처녀는 다른 여자들과 함께 괄티에리의 신부가 오는 것을 보러 가려고 무척 서두르고 있었지요. 괄티에리는 그녀를 보고 그리셀다라는 이름으로 불렀고, 아버지가 있는지 물었습니다. 그러자 처녀는 부끄러워하며 대답했어요.

「네, 나리, 집에 계세요.」

그러자 괄티에리는 말에서 내려 모두에게 기다리라고 명령하고 혼자 초라한 집 안으로 들어갔고, 처녀의 아버지 잔누콜로를 발견하고 말했습니다.

「나는 그리셀다와 결혼하려고 왔소. 하지만 먼저 당신 앞에서 그녀에게 몇 가지 물어보고 싶소.」

그리고 처녀에게 만약 자기가 아내로 맞이하면 자신을 기쁘게 해주려고 노력할 것인지, 자기가 무슨 말을 하거나 무엇을 해도 절대 화내지 않을 것인지, 순종할 것인지 등에 대해 질문했고, 처녀는 모든 것에 그렇게 하겠다고 대답했습니

69 대략 오전 7시 30분이다.

다. 그러자 괄티에리는 그녀의 손을 잡고 밖으로 데리고 나왔고, 자신의 모든 동료와 다른 모든 사람 앞에서 그녀를 벌거벗게 했습니다. 그리고 자기가 만들게 한 모든 옷을 가져오게 해서 곧바로 옷을 입고 신발을 신게 했으며, 헝클어진 머리 위에 관을 쓰게 했고, 그런 일에 모든 사람이 깜짝 놀란 가운데 그가 말했습니다.

「여러분, 내가 아내로 맞이하려는 여자는 바로 이 여자입니다. 그녀가 나를 남편으로 원한다면 말입니다.」

그런 다음 자기 모습에 부끄러워하며 망설이고 있는 그녀를 향해 말했습니다.

「그리셀다, 당신은 나를 남편으로 맞이하고 싶소?」

그러자 그녀는 대답했지요.

「저의 주인님, 그렇습니다.」

그러자 그는 말했습니다.

「그리고 나도 당신을 내 아내로 맞이하고 싶소.」

그리고 모든 사람 앞에서 그녀와 결혼했고 그녀를 말에 태워 수행하는 사람들과 함께 집으로 명예롭게 데려갔습니다. 집에서 성대하고 멋진 결혼식을 올렸는데, 잔치는 마치 프랑스 공주와 결혼한 것과 다르지 않았습니다. 젊은 신부는 옷과 함께 마음과 행동도 바뀐 것 같았습니다. 앞에서 말했듯이 그녀는 얼굴과 몸매가 아름다웠고, 아름다운 만큼 무척 우아하고 온화하고 예절 바른 모습이 되었고, 양 떼를 돌보던 잔누콜로의 딸이 아니라 어느 귀족의 딸인 것 같았습니다. 그래서 그녀를 알고 있던 모든 사람을 깜짝 놀라게 했습니다.

게다가 남편에게 얼마나 순종적이고 고분고분했는지 그는 자신이 세상에서 가장 만족하고 편안한 남자라고 생각할 정도였고, 마찬가지로 남편의 부하들에게도 얼마나 자상하고 너그러운지 그녀를 자기 자신보다 더 좋아하고 기꺼이 존경하지 않는 사람은 아무도 없을 정도로 모두가 그녀의 행복과 번영과 칭송을 바랐습니다. 괄티에리가 그녀를 아내로 맞이한 것은 별로 현명하지 않았다고 말하던 사람들도 이제 그가 세상에서 가장 현명하고 신중한 남자라고 말했습니다. 가난한 옷과 초라한 차림 아래에 감추어진 그녀의 고귀한 역량을 괄티에리 외에는 누구도 알아보지 못했을 것이기 때문이지요.

간단히 말해 후작령뿐 아니라 사방에서 얼마 지나지 않아 그녀의 가치와 훌륭한 행동에 대하여 이야기했고, 그녀와 결혼한 남편에 대해 부정적으로 말하던 것은 정반대로 뒤집혔습니다. 그리고 괄티에리와 함께 산 지 얼마 지나지 않아 그녀는 임신하였고 시간이 되어 딸을 낳았으니 괄티에리는 무척 기뻐했습니다.

하지만 잠시 후 그의 마음속에 이상한 생각이 떠올랐으니, 오랜 시련과 견딜 수 없는 것들로 그녀의 인내심을 시험해 보고 싶었던 것입니다. 처음에는 말로 괴롭혔지요. 자기 부하들이 그녀의 낮은 신분에 대해 매우 불만이고, 특히 아들을 낳을 것으로 기대했는데 딸을 낳은 것에 실망하여 수군거리고 있다고 말하면서 화난 척했습니다. 그 말을 듣고 부인은 표정이나 온순한 태도를 전혀 바꾸지 않고 말했습니다.

「주인님, 저에 대해 당신에게 명예와 위안이 된다고 생각하시는 대로 하십시오. 저는 모든 것에 만족할 테니까요. 제가 아는 저 자신은 그들보다 낮고 당신이 친절하게 저에게 베풀어 주신 이 영광을 받을 가치가 없으니까요.」

이 대답은 괄티에리에게 매우 소중했으니, 그녀가 자신이나 다른 사람들이 준 영광에도 조금도 교만해지지 않았다는 사실을 알았기 때문입니다. 얼마 후에는 부인에게 부하들이 그녀의 딸을 견딜 수 없어 한다고 에둘러 말한 다음 하인 한 명에게 언질을 주어 부인에게 보냈습니다. 하인은 매우 고통스러운 표정으로 말했어요.

「마님, 제가 죽지 않으려면 주인님께서 명령하시는 것을 해야 합니다. 주인님께서는 명령하셨습니다, 제가 마님의 이 딸을 데려가서….」

그리고 더 말하지 않았습니다. 부인은 하인의 말을 듣고 표정을 보더니 괄티에리가 한 말을 기억하고 하인이 딸을 죽이라고 명령받았다는 것을 깨달았습니다. 그래서 곧바로 요람에서 딸을 안아 들고 입을 맞추고 축복했으며, 가슴속에 커다란 고통을 느끼면서도 표정도 바꾸지 않고 하인의 팔에 넘겨주며 말했습니다.

「받으세요. 저의 주인님께서 당신에게 명령하신 것을 완수하세요. 하지만 짐승들이나 새들이 잡아먹지 않도록 해주세요. 그렇게 하라고 명령하지 않으셨다면요.」

하인은 아기를 데려갔고 괄티에리에게 부인이 한 말을 전했지요. 괄티에리는 그녀의 의연함에 놀랐고, 아기를 볼로냐에 사는 어느 친척 여인에게 보내면서 누구의 딸인지 절대 말하지 말고 정성껏 기르고 가르치라고 부탁했습니다.

그러고 나서 부인은 다시 임신했고, 예정된 때에 사내아이를 낳았습니다. 괄티에리는 무척 좋아했지요. 하지만 전에 한 일로 만족하지 않고 더 큰 고통으로 부인을 괴롭혔으니, 어느 날 화난 표정으로 말했습니다.

「부인, 당신이 아들을 낳은 후로 나는 도저히 부하들과 함께 살 수 없게 되었소. 잔누콜로의 손자가 내 뒤를 이어 자기들의 주인이 되리라는 생각에 너무 심하게 불평하고 있소. 그러니 내가 여기에서 쫓겨나지 않으려면 지난번에 했던 것처럼 해야 하고, 결국에는 당신을 내쫓고 다른 아내를 맞이해야 하지 않을까 두렵소.」

부인은 인내심 있게 그의 말을 들었고 단지 이렇게 대답했을 뿐입니다.

「저의 주인님, 당신이 만족하고 당신에게 좋은 대로 하세요. 저에 대해서는 전혀 생각하지 마시고요. 당신이 좋아하는 모습을 보는 것보다 저에게 더 소중한 것은 없으니까요.」

며칠 지나지 않아 괄티에리는 딸에게 했던 것과 똑같은 방법으로 하인을 아들에게 보냈고, 마찬가지로 죽인 척하고 딸처럼 볼로냐로 보내 기르게 했습니다. 거기에 대해 부인은 딸에 대해 그랬던 것처럼 표정도 변하지 않았고 아무 말도 하지 않았습니다. 그래서 괄티에리는 무척 놀랐고 다른 어떤 여자도 그렇게 할 수 없었을 것이라고 속으로 생각했지요. 그는 그녀가 자식들을 너무나도 사랑하는 모습을 보았는데,

만약 그렇지 않았다면 그녀가 그 이상 신경 쓰지 않을 수 있으니 의연한 것이라 믿었을 것입니다. 하지만 그녀가 현명하다는 사실을 알았습니다. 부하들은 그가 자식들을 죽였다고 믿고 그를 무척 비난하며 잔인한 사람이라고 생각했고 부인을 많이 동정했습니다. 부인은 그렇게 죽은 아이들에 대해 슬퍼하는 여인들에게, 아이들을 낳은 아버지가 원하는 일이었다고 말했을 뿐입니다.

하지만 딸이 태어나고 여러 해가 지났을 때 괄티에리는 그녀의 인내심을 마지막으로 시험할 때가 되었다고 생각했습니다. 그래서 여러 부하와 함께 도저히 그 이상 그리셀다를 아내로 데리고 살 수 없다고 말했고, 자기가 잘 몰랐고 젊은 나이에 가볍게 아내를 맞이했다고 말했고, 따라서 가능하다면 교황으로부터 그리셀다를 버리고 다른 아내를 맞이하도록 허락받겠다고 했습니다. 거기에 대해 착한 부하들은 그를 비난했지만, 그는 단지 그렇게 해야 한다고 대답할 뿐이었습니다.

부인은 그 말을 듣고 자신은 아마 다시 아버지의 집으로 돌아가 예전처럼 양들을 돌보며, 모든 행복을 원하는 남자를 다른 여자가 차지하는 것을 보아야 할 것 같았기에 속으로 무척이나 괴로웠습니다. 하지만 그래도 운명의 다른 모욕들을 견뎌 낸 것처럼 태연한 표정으로 그 모욕도 견뎌 내려고 마음먹었습니다. 얼마 지나지 않아 괄티에리는 로마에서 위조된 편지를 보내게 했고, 부하들에게 교황이 그 편지로 그리셀다를 버리고 다른 아내를 맞이할 수 있도록 허락한 것처

럼 믿게 했습니다. 그리하여 그리셀다를 불러 많은 사람 앞
에서 말했습니다.

「부인, 교황님의 허락을 받았으니 당신을 버리고 다른 아
내를 맞이할 수 있게 되었소. 내 선조들은 신분 높은 귀족으
로 이 지역의 주인이었고, 반면에 당신의 선조들은 농부였소.
이제 당신은 내 아내가 아니니 가져온 지참금을 가지고 잔누
콜로의 집으로 돌아가시오. 그리고 나는 나에게 어울리는 다
른 아내를 데려올 것이오.」

부인은 그 말을 듣고 여자의 본성에 어울리지 않을 만큼
별로 괴롭지 않은 듯이 눈물을 억제하고 말했습니다.

「주인님, 저는 제 낮은 신분이 당신의 귀족 신분에 전혀 어
울리지 않는다는 것을 언제나 알고 있었습니다. 그리고 당신
과 함께 산 것에 대해 하느님과 당신께 감사드리며, 제가 선
물로 받은 것이 아니기에 제 것으로 만들거나 간직하지 않았
고, 언제나 빌린 것으로 생각했습니다. 이제 당신이 다시 가
져가기를 원하시니 저는 기꺼이 돌려주겠어요. 자, 여기 당
신이 저와 결혼할 때 준 당신의 반지를 받으세요. 당신은 제
가 가져온 지참금을 가져가라고 명령하시는데, 그것을 위해
지불인을 부를 필요도, 자루나 노새도 필요 없습니다. 당신
이 벌거벗은 저를 데려오신 것을 저는 잊지 않고 있으니까요.
만약 당신에게서 얻은 아이들을 낳은 이 몸을 모든 사람에게
보이는 것이 정숙하다고 판단하신다면, 저는 벌거벗고 가겠
습니다. 하지만 부탁하오니, 제가 가져왔으나 지금은 지니지
않은 제 처녀성에 대한 보상으로, 지참금 외에 단지 속옷 한

벌만 입고 가게 해주세요.」

괄티에리는 다른 누구보다 울고 싶었으나 단호한 표정으로 말했어요.

「그렇다면 속옷 한 벌은 입고 가시오.」

주위에 있던 사람들은 옷 한 벌을 주라고 부탁했습니다. 십삼 년 이상 그의 아내였는데, 속옷 차림으로 그렇게 초라하고 모욕적으로 내보내지 않아야 한다고 말입니다. 하지만 아무런 소용이 없었고, 그래서 부인은 속옷 차림에 맨발로 머리에 아무것도 쓰지 않고 작별 인사를 한 뒤 그의 집에서 나갔고, 보고 있는 모든 사람의 눈물과 슬픔 속에 아버지의 집으로 돌아갔습니다.

잔누콜로는 괄티에리가 자기 딸을 아내로 맞이한 것이 진실이라고 전혀 믿지 않았지요. 그래서 언제든지 그런 경우를 예상하고 딸이 괄티에리와 결혼한 날 아침 벗어 둔 옷을 간직하고 있었습니다. 그 옷을 딸은 다시 입고 전에 그랬듯이 아버지 집에서 사소한 일들을 하기 시작했고, 강한 마음으로 적대적인 운명의 잔인한 공격을 감내하였습니다.

괄티에리는 그렇게 하고 나서 부하들에게 파니코[70] 백작의 딸을 아내로 맞이할 것이라고 했습니다. 그리고 결혼식을 성대하게 준비하라고 하면서 사람을 보내 그리셀다를 불렀고, 그녀가 오자 말했습니다.

「내가 새롭게 얻은 아내를 맞이하려고 하는데, 처음 올 때

---

70 Panico. 원문은 〈파나고Panago〉로, 볼로냐의 구역이다.

명예롭게 맞이하고 싶소. 그런데 당신이 알다시피 이 집에는 방들을 정리하고 그런 잔치에 필요한 많은 일을 할 줄 아는 여자가 없소. 당신이 다른 누구보다 그런 집안일을 잘 아니까 해야 할 일을 정돈하고, 당신이 원하는 대로 부인들을 초대하고 이 집의 안주인처럼 접대하시오. 그리고 잔치가 끝난 다음 당신 집으로 돌아갈 수 있소.」

그런 말이 모두 칼처럼 그리셀다의 가슴을 찔렀지만, 그녀는 행운이 그랬듯이 그에게 품고 있던 사랑을 내려놓을 수 없었기에 대답했어요.

「저의 주인님, 저는 준비되어 있습니다.」

그리고 거칠고 조잡한 직물[71] 옷을 입고 얼마 전 속옷 차림으로 나왔던 집으로 들어갔고, 방들을 쓸고 정돈하기 시작했습니다. 그리고 거실마다 벽들과 의자 위에 천을 덮고, 부엌을 준비하고, 마치 그 집의 하녀인 것처럼 모든 것에 손을 대기 시작했고, 필요한 만큼 모든 것을 준비하고 정돈할 때까지 멈추지 않았습니다. 이어서 괄티에리를 대신하여 지역의 모든 여인을 초대하고 잔치를 기다리기 시작했습니다. 그리고 결혼식 날이 되자 초라한 옷을 입은 그대로 안주인다운 태도와 마음으로, 오는 부인들을 웃는 얼굴로 맞이했습니다.

괄티에리는 파니코 백작 가문과 결혼한 볼로냐의 친척 여인에게 아이들을 성실하게 키우라고 했는데, 딸은 벌써 열두 살이 되어 누구보다 아름다웠고, 아들은 여섯 살이 되었습니

71 원문은 〈로마냐 직물〉이다(여섯째 날 다섯째 이야기 주석28 참조).

다. 괄티에리는 친척 여인의 남편에게 사람을 보내 자기 딸과 아들을 데리고 살루초로 와 달라고 부탁하면서 멋지고 명예로운 수행원들을 거느리고 오도록 준비해 달라고 부탁했습니다. 그리고 딸을 자기 아내인 양 데리고 간다고 모두에게 말하고, 딸이 누구인지 누구에게도 절대 알리지 말라고 부탁했습니다. 백작은 괄티에리의 부탁대로 준비하여 출발하였고, 며칠 뒤 처녀와 남동생과 고귀한 수행원들과 함께 식사 시간에 살루초에 도착하였으며, 모든 마을 사람과 인근의 많은 사람이 괄티에리의 새로운 신부를 기다리고 있는 것을 보았습니다. 처녀는 부인들의 영접을 받으며 식탁이 차려진 홀로 들어갔고, 그리셀다는 초라한 모습 그대로 기쁘게 그녀를 맞이하며 말했습니다.

「부인, 환영합니다!」

부인들은 괄티에리에게 그리셀다를 이방인들 앞에 그렇게 보이지 않도록 다른 방에 있게 하든지, 아니면 그녀가 입던 옷 중 하나를 빌려주라고 여러 번 부탁했으나 허사였고, 그래서 그냥 식탁에 앉아 봉사하기 시작했습니다. 모든 사람이 처녀를 바라보았고, 모두 괄티에리가 아내를 잘 바꾸었다고 말했는데, 누구보다 특히 그리셀다가 처녀와 남동생을 칭찬했습니다.

괄티에리는 자기 부인의 인내심에 대해 시험해 보고 싶은 모든 것을 했다고 생각했는데, 그 새로운 상황에도 그녀가 전혀 바뀌지 않는 것을 보고는 둔감해서 그런 것은 아니라고 확신했지요. 부인이 매우 현명하다는 것을 알고 있었기 때문에, 평온한 표정 아래에 감추고 있는 괴로움에서 그녀를 벗어나게 할 시간이라고 생각했습니다. 그래서 부인을 부르더니 모든 사람 앞에서 미소를 지으며 말했습니다.

「우리의 신부를 어떻게 생각하오?」

그리셀다는 대답했어요.

「주인님, 저는 아주 훌륭하다고 생각합니다. 제가 짐작하듯이, 아름다운 만큼 현명하다면, 당신은 그녀와 함께 세상에서 가장 행복한 주인님으로 살아갈 것이라고 저는 조금도 의심하지 않습니다. 하지만 가능한 한 부탁드리건대, 전에 당신의 부인이었던 여자에게 주신 그런 괴로움을 이 신부에게는 주지 마십시오. 그녀가 견뎌 낼 수 있다고 믿기 어려우니까요. 이전 부인은 어렸을 때부터 줄곧 고생했지만, 이 신부는 더 어리고 섬세하게 자랐기에 말입니다.」

그리셀다는 그가 새 신부를 아내로 맞이할 것이라 확고하게 믿고 있으며, 그렇다고 해서 전혀 나쁘게 말하지 않는 것을 본 괄티에리는 그리셀다를 자기 옆에 앉히고 말했습니다.

「그리셀다, 이제 당신의 오랜 인내심이 결실을 거둘 때가 되었고, 나를 잔인하고 사악하고 짐승 같다고 평가했던 사람들에게 내가 한 일에는 목적이 있었다는 것을 알려 줄 때가 되었소. 나는 당신에게 아내가 되는 방법을 가르치고 싶었고, 그 사람들에게는 아내를 얻고 다루는 방법을 가르치고 싶었고, 나 자신에게는 당신과 함께 살아가는 동안 영원한 평온을 얻는 방법을 가르치고 싶었소. 당신을 아내로 맞이하러 갔을 때 나는 그 영원한 평온이 나에게 오지 않을까 두려웠다오. 그래서 시험해 보기 위해 당신이 아는 그 많은 방법으로 당신에게 고통을 주고 괴롭혔지요. 그리고 당신이 말이나 행동으로 나의 즐거움에서 멀어지지 않았다는 것을 분명히 알았고, 내가 바라던 위안을 당신에게서 얻을 수 있을 것 같으므로, 오랫동안 당신에게서 빼앗은 것을 단번에 돌려주고 고통을 가장 달콤하게 달래 주고 싶소. 그러니 내 신부라고 당신이 믿었던 이 처녀와 남동생을 기쁜 마음으로 받으시오, 당신과 나의 자녀들이니까. 당신과 많은 사람이 내가 잔인하게 죽였다고 오랫동안 믿었던 아이들이오. 그리고 나는 당신 남편이고 다른 무엇보다 당신을 사랑하오. 누구도 나만큼 아내에게 만족하지 못한다고 자부하면서 말이오.」

그렇게 말하고 부인을 껴안고 입을 맞추었으며, 기쁨에 겨워 우는 그녀와 함께 일어나 그 말을 듣고 깜짝 놀란 딸이 앉아 있는 곳으로 가서 부드럽게 입을 맞추며 껴안았고 아들에게도 그랬으니, 그녀와 거기에 있던 많은 사람은 오해에서 벗어났습니다. 부인들은 기쁘게 식탁에서 일어나 그리셀다와 함께 방으로 갔고 최고의 축하와 함께 그녀의 옷들을 꺼내 우아한 옷을 입게 했고, 누더기 속에서도 의연해 보였던 여주인으로서 다시 홀로 돌아오게 했습니다. 그리고 자녀들과 함께 성대한 잔치를 벌였으니, 모든 사람이 매우 기뻐했고 즐거움과 축하는 배가되었으며 며칠 동안 이어졌습니다. 사람들은 괄티에리가 지나치게 쓰라리고 견딜 수 없게 자기 부인을 시험했으나 그가 현명하다고 생각했으며, 다른 누구보다 특히 그리셀다가 현명하다고 생각했습니다.

며칠 뒤 파니코 백작은 볼로냐로 돌아갔고, 괄티에리는 일하고 있던 잔누콜로를 데려와 장인으로 명예롭게 대접하면서 커다란 위안 속에 살다가 노년을 마치게 해주었습니다. 그리고 이어서 딸을 훌륭하게 결혼시킨 다음 그리셀다와 함께 언제나 가능한 한 잘 대접하면서 오랫동안 편안하게 살았답니다.

사람을 다스리기보다 돼지 돌보는 일에 더 어울리는 자들의 왕가에 그러하듯이, 가난한 집에도 하늘에서 성령이 내려온다는 말 외에, 여기에서 더 무슨 말을 할 수 있을까요? 그리셀다 외에 누가 괄티에리의 엄격하고 들어 본 적도 없는 시험을 태연하고도 즐거운 표정으로 견뎌 낼 수 있을까요? 괄티에리에게는 아마 속옷 차림으로 집에서 쫓겨났을 때 멋진 옷을 얻기 위해 다른 남자의 털가죽을 흔들게 해줄 그런 아내를 만났어도 나쁘지 않았을 것입니다.]

디오네오의 이야기가 끝나자, 여인들은 거기에 대해 누구는 이쪽으로, 누구는 저쪽으로 나뉘었고, 누구는 이것을 비난하고, 누구는 저것을 칭찬하면서 많이 이야기했습니다. 왕은 하늘로 얼굴을 들고 태양이 벌써 저녁 기도 시간을 향하여 기울어진 것을 보고 앉은 자리에서 일어나지 않고 이렇게 말하기 시작했습니다.

「사랑스러운 여인들이여, 여러분도 아시듯이, 사람들의 지혜는 과거의 일을 기억하고 현재의 일을 아는 것뿐만 아니라 그 두 가지를 통해 미래의 일을 내다보는 데 있으며, 현자들은 그것을 가장 위대한 지혜라고 평가합니다. 아시다시피 우리는 흑사병이 시작되고 우리 도시의 끊임없는 고통과 괴로움과 울적함에서 벗어나 우리의 건강과 목숨을 유지하고 약간의 위안을 얻기 위해 피렌체에서 나왔는데, 내일이면 보름이 됩니다. 제가 판단하기에 우리는 정숙했습니다. 제가 잘 살펴보았다면, 비록 즐겁고 어쩌면 육욕을 자극하는 이야기들이 있었고, 계속해서 잘 먹고 마시고, 연주하고 노래하는 것이 모두 약한 마음을 덜 정숙한 일로 자극할 수 있지만, 여러분이나 우리의 어떤 행동이나 말, 무엇도 비난받을 일은 없었습니다. 제가 보기에 우리는 변함없는 정숙함과 화합, 형제 같은 친숙함을 보고 느꼈으며, 그것은 의심할 바 없이 여러분과 저의 명예와 품위에 매우 중요합니다.

그러므로 너무 익숙해져서 지겨움으로 바뀌는 일이 일어나지 않도록, 또 우리가 너무 오래 머무르면서 어떤 비난이 나오지 않도록, 하루씩 맡은 통솔의 영광이 아직 제게 조금 남았으므로, 여러분도 좋다면 이제는 우리가 떠난 곳으로 돌아가는 것이 좋다고 생각합니다. 더구나 여러분이 잘 살펴보신다면, 우리의 모임은 벌써 주위의 다른 모임들에 알려져 있으므로 우리의 위안을 빼앗는 일이 늘어날 수도 있습니다. 그러므로 여러분이 저의 충고에 동의하신다면, 내일 아침 우리가 떠날 때까지 저에게 부여된 왕관을 유지하겠습니다. 반면에 만약 여러분이 다르게 생각하신다면, 다음 날을 위해 왕관을 씌워 드릴 준비가 되어 있습니다.」

여인들과 청년들 사이에 여러 논의가 있었지만, 결국 왕의 충고가 유용하고 적당하다고 생각했고, 그래서 왕이 말한 대

로 하기로 했습니다. 그리하여 왕은 집사를 불러 다음 날 해
야 할 일에 대해 함께 말했고, 저녁 식사 시간까지 자유 시간
을 주고 자리에서 일어났습니다.

여인들과 청년들은 자리에서 일어나 평소에 그랬듯이 누
구는 이런 즐거움, 누구는 저런 즐거움에 몰두했고, 저녁 식
사 시간이 되자 최고의 즐거움과 함께 식사했고, 식사가 끝
난 뒤 노래하고 연주하면서 원무를 추기 시작했습니다. 라우
레타가 춤을 이끌자, 왕은 피암메타에게 노래하라고 명령하
였고, 그녀는 매우 즐겁게 노래하기 시작했습니다.

아모르가 질투 없이 온다면,
무엇을 원하든지, 나처럼
즐거워할 여자는 없을 것이오.

만약 아름다운 연인의 즐거운 젊음이
여인을 만족하게 해줘야 한다면,
덕성의 가치나,
아니면 대담함이나 용맹함,
지혜나 교양, 멋진 말솜씨,
아니면 완벽한 즐거움,
그 모든 것을 내 희망[72]에서 본다오,
나는 분명히 그런 행복 속에

72 희망의 대상인 사랑하는 남자를 가리킨다.

사랑에 빠진 여자니까요.
하지만 다른 여자들도 나처럼
현명하다는 것을 알고 있으니
나는 두려움에 떨고 있지요.
그리고 내 마음을 빼앗는 그이를
다른 여자들도 원하는 것을 알고
언제나 더 나쁜 일을 생각하고,
그래서 내 최고의 행복인 그이는
나를 슬프게 하고 큰 한숨 속에
괴롭게 살아가게 하지요.

만약 내가 가치를 느끼는 만큼
내 주인님에게 충실함을 느낀다면,
나는 질투하지 않을 것이오.
하지만 연인을 유혹하는
그런 일이 많이 보이니
나는 모든 남자를 나쁘게 보고,
그것이 괴로워 죽고 싶고,
그이를 보는 모두를 의심하고
내게서 빼앗지 않을까 두렵답니다.
그러니 어떤 여자도 나에게
그런 모욕을 주지 않도록
하느님께 기도합니다.
만약 어떤 여자가

말이나 눈짓이나 속임수로
그런 것에서 나에게 피해를
주거나 찾고, 내가 그걸 안다면,
내가 흉해지지 않도록
그 미친 짓에 쓰라리게 울게 할 테니까요.

피암메타가 노래를 마치자 옆에 있던 디오네오가 웃으면서 말했습니다.

「여인이여, 모르고 당신의 것을 빼앗지 않도록 모든 여자에게 알려 주다니 정말 친절하시군요. 당신을 화나게 만들 테니까요.」

이어서 다른 노래들을 불렀고, 벌써 자정이 가까워졌으므로 왕이 원하는 대로 모두 자러 갔습니다. 그리고 날이 밝자 모두 일어났는데, 집사가 벌써 모든 물건을 보냈으므로 신중한 왕의 안내에 따라 피렌체로 돌아갔습니다. 세 청년은 일곱 여인을 만났던 산타 마리아 노벨라 성당에 남겨 두고 작별 인사를 했고, 다른 즐거움을 찾으러 갔습니다. 그리고 여인들은 적당한 시간에 각자 집으로 돌아갔습니다.

<h1 style="text-align:center">작가의 맺음말</h1>

고귀한 젊은 여인들이여, 저는 여러분을 위로하려고 오랫동안 힘든 일을 했는데, 제가 보기에, 하느님의 은총이 저를 도와주고 제 능력보다 여러분의 자비로운 기도 덕분에, 이 작품을 시작하면서 약속한 것을 충분히 완수했다고 믿습니다. 그러므로 먼저 하느님께, 그리고 이어서 여러분에게 감사드리면서 힘들게 일한 손과 펜에게 휴식을 주어야겠지요. 그런 휴식을 주기 전에 아마 여러분 중 누군가 또는 다른 사람이 말할 수도 있는 몇 가지에 대해(제가 보기에 분명히 이 작품은 다른 것보다 특별한 특권을 갖고 있지 않고, 넷째 날 서두에서 설명한 것으로 기억합니다만) 암묵적인 질문에 이끌린 것처럼 간략하게 대답하고자 합니다.

혹시 여러분 중 어떤 여인은 제가 이 이야기들을 쓰면서 너무 자유분방했다고 말할 수도 있습니다. 때로는 정숙한 여자들이 말하거나 듣기에 매우 부적절한 것을 여자들이 자주 말하거나 듣게 했다고 말입니다. 저는 그것을 부정하는데, 정숙한 용어들로 말하면서 누군가에게 부적절할 만큼 정숙하지 않은 이야기는 전혀 없기 때문입니다. 저는 그것을 매우 적절하게 잘했다고 생각합니다.

하지만 그랬다고 가정해 봅시다. 저는 여러분과 논쟁하고 싶지 않습니다. 여러분이 저를 이길 것이니까요. 그래서 말하건대 제가 왜 그렇게 했는지 대답하자면 많은 이유가 준비되어 있습니다. 먼저 일부 이야기에 그런 것이 있다면, 그건 이야기의 성격상 필요한 것이므로 이해력 있는 사람이 합리적인 눈으로 바라본다면 분명하게 알 수 있을 것입니다. 이야기의 성격을 훼손하지 않으려면 다르게 표현할 수 없다는 것을 말입니다. 그리고 만약 그런 이야기의 일부에서, 혹시 사실보다 말을 더 중요시하고 선행보다 겉모습에 더 몰두하는 위선적인 여자가 보기에 어울리지 않는 자유분방한 말이 있을지 모르겠지만, 저는 이렇게 말하겠습니다. 남자들이나 여자들이 날마다 〈구멍〉이나 〈막대기〉, 〈절구〉, 〈절굿공이〉, 〈소시지〉, 〈순대〉[73], 그런 비슷한 말을 온통 부적절하게 하는 것보다 제가 그렇게 쓴 것이 더 부적절하지는 않다고 말입니다. 게다가 저의 펜에는 화가의 붓보다 권위가 덜 부여된 것이 분명합니다. 화가는 최소한 어떤 정당한 비난을 받지 않고, 미카엘 천사가 검이나 창으로 뱀을 죽이고 게오르기우스 성인[74]이 드래곤을 죽이는 모습을 원하는 곳에다 그리는 것은 제쳐 두더라도, 그리스도를 남자로, 하와를 여자로 그리고, 인류의 구원을 위하여 십자가에서 돌아가신 그분의 발이 때로는 못 하나로, 때로는 두 개로 십자가에 박힌 모습을 그립니다.

73 원문은 〈mortadello〉로 볼로냐에서 만드는 소시지의 일종이다.
74 게오르기우스Georgius 성인(275/281?~303)은 팔레스티나 출신 초기 그리스도교 순교자로 디오클레티아누스 황제의 박해 때 순교한 것으로 전해진다. 그는 특히 리비아의 어느 도시를 괴롭히던 드래곤을 죽이고 제물로 바쳐진 공주를 구해 낸 전설로 널리 알려져 있었고 중세 이후 이와 관련된 많은 예술 작품이 탄생하였다.

더구나 이런 이야기는 매우 정숙한 마음과 용어로 말해야 하는 성당에서 하는 것도 아니고(비록 성당의 역사에서는 제가 쓴 것보다 심한 일들이 많이 일어났지만 말입니다), 다른 곳에 못지않게 정숙함이 요구되는 철학자들의 학교에서 하는 것도 아니며, 어떤 곳이든 성직자들이나 철학자들 사이에서 하는 것도 아닙니다. 이것은 자신이 살기 위해 속옷을 머리에 쓰고 가는 것이 정숙한 여자들에게 부적절하지 않은 시대에, 이야기에 영향을 받지 않는 성숙하고 젊은 사람들끼리 정원이나 즐거운 장소에서 하는 이야기입니다.

이런 이야기는 다른 모든 것과 마찬가지로 듣는 사람의 관점에서 유익할 수도 있고 해로울 수도 있습니다. 친칠리오네나 스콜라이오[75]나 다른 많은 사람에 의하면 포도주는 사람들에게 좋지만 열이 있는 사람에게는 해롭다는 것을 누가 모르겠습니까? 열 있는 사람들에게 해롭다고 해서 포도주가 나쁘다고 해야 할까요? 불은 사람들에게 매우 유용하다는 것, 아니, 꼭 필요하다는 것을 누가 모르겠습니까? 그런데 불이 집과 마을과 도시를 태운다고 해서 나쁘다고 해야 할까요? 그와 마찬가지로 무기는 평화롭게 살기를 바라는 사람들의 목숨을 지켜 줍니다. 그리고 종종 사람들을 죽이기도 하는데, 무기의 사악함 때문이 아니라 그것을 사용하는 사람들의 사악함 때문입니다.

75 둘 다 이름난 술꾼을 가리킨다. 친칠리오네는 첫째 날 여섯째 이야기에서 이미 언급되었고, 스콜라이오Scolaio도 환칭(換稱)으로 술꾼을 가리킨다.

부패한 정신은 절대로 언어를 올바르게 이해하지 못하며, 정숙한 언어가 부패한 정신에 유익하지 않은 것처럼, 정숙하지 않은 언어는 건전한 정신을 더럽히지 못합니다. 진흙이 햇살을 더럽히지 못하거나 지저분한 흙이 아름다운 하늘을 더럽히지 못하는 것처럼 말입니다. 어떤 책, 어떤 언어, 어떤 문자가 성경의 언어보다 더 건강하고, 더 가치 있고, 더 존경할 만합니까? 그런데도 성경의 언어를 왜곡되게 이해함으로써 자신과 다른 사람들을 파멸로 이끈 사람이 많았지요. 모든 사물은 그 자체로 정해진 목적에는 좋지만, 잘못 사용되면 많은 것에 해로울 수 있습니다. 제 이야기에 관해서도 그렇게 말하고 싶습니다. 누군가 제 이야기에서 사악한 충고나 사악한 효과를 끌어내려고 해도 제 이야기는 전혀 그것을 막지 않을 것입니다. 혹시 이야기 안에 그런 것이 있더라도 비틀리고 왜곡된 것으로 얻은 것입니다. 그리고 누군가 제 이야기에서 유익함과 좋은 결실을 얻으려고 해도 거부하지 않을 것입니다. 제 이야기는 이야기되는 그 시대나 그 사람들이 읽는다면, 그저 유익하고 정숙하다고 평가되고 받아들여질 것입니다. 자기 고해 신부를 위해 주기도문을 외거나 아니면 케이크나 파이를 만들려는 여자는 그냥 내버려 두십시오. 제 이야기는 읽어 달라고 어떤 여자도 뒤쫓지 않습니다. 비록 위선적인 여자들도 때로는 사소한 것들에 대해 말하고 행동하지만 말입니다.

그와 비슷하게 여기에는 차라리 없는 것이 더 나을 이야기들이 있다고 말하는 여자들이 있습니다. 그럴 수도 있지요.

하지만 저는 이야기된 것 외에는 쓸 수 없었고 또 쓰지도 않아야 했습니다. 그리고 그 이야기를 한 사람은 잘 이야기했을 테니까, 저도 잘 썼을 것입니다. 그런데도 제가 제 이야기들을 생각해 내고 쓴 사람이라고 추정하는 사람들도 있을지 모르나 저는 그러지 않았습니다. 그래서 말하는데, 저는 모든 이야기가 아름답지 않더라도 부끄러워하지 않을 것입니다. 왜냐하면 하느님 외에 모든 것을 완벽하게 잘하는 대가는 없기 때문이지요. 탁월한 기사들을 처음으로 길러낸 카롤루스 마그누스[76]도 그들만으로 군대를 만들 만큼 많이 길러낼 수는 없었습니다.

대다수 사물에는 다양한 성격이 있어야 합니다. 어떤 밭도 좋은 풀들 사이에 쐐기풀이나 남가새[77]나 가시덤불이 없도록 잘 경작된 적은 없습니다. 더구나 여러분이 대부분 그렇듯이 단순한 젊은 여자들에게 이야기하면서 매우 정교한 것을 찾으려고 하거나 매우 정확하게 말하려고 힘들게 노력하는 것은 어리석은 일이었을 것입니다. 어쨌든 이 이야기들을 읽는 사람은 자극적인 것을 놔두고 재미있는 것만 골라 읽어도 됩니다. 이 이야기들은 누군가를 속이지 않기 위해 모두 첫머

---

76 Carolus Magnus(742?~814). 프랑스어 이름은 샤를마뉴Charlemagne. 중세 프랑크족의 왕으로 800년 교황 레오 3세로부터 〈로마인의 황제〉라는 칭호를 받았다. 그는 이베리아반도를 점령한 사라센인들과 전쟁을 벌였다는 기록이 있고, 그때 활약한 기사들의 무훈을 노래하는 기사 문학이 중세와 르네상스 시기에 많은 인기를 끌었다.

77 원문은 〈triboli〉로, 학명은 〈*Tribulus terrestris*〉이다. 바닷가 모래밭에서 자라는 한해살이풀로 열매에 날카로운 가시들이 있다.

리에 품 안에 감춘 것을 표시해 놓고 있습니다.[78]

그런데도 너무 긴 이야기들이 있다고 말하는 사람도 있을 것입니다. 그런 사람에게 저는 말하고 싶습니다. 다른 할 일이 있는 사람은 비록 짧더라도 이 이야기들을 읽는 것은 어리석은 일이라고 말입니다. 그리고 제가 집필하기 시작하여 노고의 끝에 도달한 지금까지 많은 시간이 흘렀지만, 그런데도 제 머리에서 빠져나가지 않은 사실은, 저의 노고를 다른 사람이 아니라 시간 여유가 있는 여인들에게 제공한다는 것이었지요. 따라서 시간을 보내기 위해 읽는 사람에게는, 그런 목적에서라면, 긴 이야기란 있을 수 없습니다. 짧은 이야기는 시간을 보내기 위해서가 아니라 유용하게 활용하려는 학자들에게 훨씬 더 적합하지요. 사랑의 즐거움에 모두 소비하지 못할 만큼 시간이 남아도는 여인 여러분보다 말입니다. 더구나 여러분 중에 누구도 공부하러 아테네나 볼로냐나 파리에 가지 않으므로,[79] 공부에 섬세한 재능을 가진 사람들보다 여러분에게는 길게 이야기하는 것이 더 적합합니다.

제 이야기에 잡담과 우스갯소리가 너무 많고, 진지하고 중후한 사람이 그렇게 쓴 것은 합당하지 않다고 말하는 사람도 있으리라고 저는 의심하지 않습니다. 그런 사람에게 저는 감사해야 하므로 감사를 드립니다. 좋은 열정으로 제 명성을

78 각 이야기 앞에 짤막한 요약문을 싣고 있다는 뜻이다.

79 아테네는 로마 시대에 학문의 중심지로 많은 로마 시민이 유학하였고, 볼로냐 대학교와 파리 대학교는 보카치오 시대에 학문의 중심지로 알려져 있었다.

염려해 주기 때문이지요. 하지만 그들의 반박에 이렇게 대답하고 싶습니다. 저는 제 삶의 대부분 진지하였고, 따라서 제가 진지하지 않다고 생각하는 여인들에게 이야기할 때 저는 중후하지 않고 오히려 물 위에 떠 있는 것처럼 가볍다고 말입니다. 그리고 사람들의 죄를 비난하기 위한 성직자들의 설교는 오늘날 대부분 우스갯소리와 잡담과 농담으로 가득하다는 것을 고려하여, 저는 여인들의 울적함을 쫓아내기 위하여 쓴 이야기에 똑같이 그런 것이 있어도 나쁘지 않다고 생각했습니다. 어쨌든 그래서 너무 많이 웃게 된다 해도, 예레미야의 탄식이나 구세주의 수난, 마리아 막달레나의 회개[80]가 쉽게 그것을 치유할 수 있을 것입니다.

그리고 제가 어딘가에서 성직자들의 진실을 쓰고 있어서 제 혀가 사악하고 유독하다고 생각하는 사람도 있겠지요? 그렇게 말하는 여자들도 용서하고 싶습니다. 왜냐하면 정당한 이유가 있다고 믿을 수밖에 없기 때문이지요. 성직자들은 훌륭한 사람들이고, 하느님의 사랑을 위해 모든 불편함을 피하고[81] 모아서 한꺼번에 방아를 찧으면서[82] 하느님의 사랑에 대해 다시 말하지 않으니까요. 그리고 그들 모두에게서 염소 냄새가 약간 나는 것만 제외하면 그들과 함께 어울리는 것은 매우 즐거울 것입니다.

80 성 주간에 부르는 예레미의 탄식에 대한 노래, 구세주의 수난에 대한 대중적인 노래, 마리아 막달레나의 회개에 대한 대중적인 노래를 가리킨다.
81 여섯째 날 열째 이야기에서 수도자 치폴라가 한 말을 그대로 반복하고 있다.
82 여덟째 날 둘째 이야기에서 사제가 벨콜로레 부인에게 한 말이다.

그렇지만 고백하건대 세상일은 안정적이지 않고 언제나 변화하며, 따라서 제 글[83]에도 그런 일이 일어날 수 있습니다. 저에 대한 일이라 제가 판단할 수 없어서 가능한 한 피하려고 하지만, 얼마 전 어느 이웃 여인은 저의 글이 세상에서 가장 훌륭하고 가장 달콤하다고 말했습니다. 사실 그 말을 들었을 때는 앞에 쓴 제 이야기들이 얼마 남지 않았을 무렵입니다. 위에서 말한 여자들은 악의적으로 그렇게 말하기 때문에, 저는 이것이 그들에 대한 대답으로 충분하기를 바랍니다.

이제 여러분이 각자 느끼는 대로 말하고 믿으라고 두고 제 말을 끝낼 때이니, 당신의 도움으로 오랜 노고 끝에 저를 원하던 목적지에 이르게 해주신 하느님께 소박하게 감사를 드립니다. 사랑스러운 여인들이여, 이 이야기를 읽는 것이 어떤 이유로 누군가에게 유용하다면, 저에 대해 기억하면서 하느님의 은총과 함께 평화롭게 사시기를 바랍니다.

여기에서 〈갈레오토 군주〉라는 부제가 붙은
『데카메론』이라는 책의 마지막 열째 날이 끝난다.

83 원문은 〈lingua〉로, 〈혀〉나 〈언어〉를 의미한다.

르네상스 최고의 소설
『데카메론』

1. 보카치오의 간략한 생애

조반니 보카치오Giovanni Boccaccio(1313~1375)의 삶과 문학은 르네상스가 화려하게 꽃피기 시작할 무렵에 걸쳐 있다(국립 국어원의 외래어 표기법에 따르자면 〈보카초〉로 표기해야겠으나 오랜 관용에 따라 〈보카치오〉로 표기한다). 중세에서 근대로 넘어가는 전환기 또는 과도기의 인물로서 보카치오가 남긴 영향은 크고 광범위하며, 이탈리아나 유럽의 르네상스 문학에 대한 논의에서 빠뜨릴 수 없는 고전 작가이다.

보카치오는 1313년 6월과 7월 사이에 피렌체 또는 피렌체 중심지에서 남서쪽으로 35킬로미터 떨어진 체르탈도Certaldo에서 사생아로 태어났다. 아버지는 피렌체 출신 상인 보카치오(또는 보카치노Boccaccino) 디 켈리노di Chellino이고, 어머니는 체르탈도의 하층민 여자로 추정된다. 소년기에 그는 피렌체의 아버지 집으로 들어가 기본적인 교육을 받았으며, 1327년에는 아버지를 따라 나폴리로 갔다. 당시 아버지는 바르디Bardi 가문을 위한 환전 대리인으로 나폴리에 파견되어 있었는데, 아들이 집안의 전통에 따라 상인으로 활동하기를 원했다.

그러나 보카치오는 상업에 관심이 없었고, 아버지의 권유로 나폴리 대학교의 법학부에 등록했으나 법학 공부보다 문학에 열정을 불태우기 시작하였다. 비록 상인의 길을 걷지 않았어도 상업 세계와의 접촉은 『데카메론』의 작가 보카치오에게 많은 영향을 주었다. 동방과 서방 여러 곳을 오가는 상인들에게서 들은 다채로운 이야기들은 『데카메론』에 흥미로운 소재를 제공했을 뿐만 아니라, 책 속의 이야기에서 상인들이 주요 등장인물로 나오기도 한다.

당시 나폴리는 지방 도시의 범주에서 크게 벗어나지 못한 피렌체와는 달리 화려하고 개방적이며 다른 세상으로 열린 도시였고 젊은 보카치오의 상상력을 자극하였다. 당시의 로베르토 단조Roberto d'Angiò(1276~1343) 왕은 궁정에 방대한 규모의 도서관을 갖출 만큼 교양과 문화를 아는 군주였다. 나폴리의 그런 문화적 분위기는 문학에 대한 보카치오의 열망을 불태우기에 충분하였다. 보카치오는 단조 왕가의 궁정에 출입하면서 열정적으로 작품 활동에 몰입했고 라틴어나 속어로 많은 작품을 쓰기 시작하였다.

그렇게 탄생한 작품들이 『디아나의 사냥Caccia di Diana』(1333~1334), 『필로스트라토Filostrato』(1335), 『필로콜로Filocolo』(1336~1339), 『테세이다Teseida』(1339~1340) 등이다. 그러면서 시인들 사이에 유행하던 소위 〈궁정 사랑

courtly love)의 대상으로 피암메타Fiammetta라는 여인에 대한 사랑의 열정을 노래하기 시작하였다. 별로 신빙성은 없으나 전해지는 바에 의하면 피암메타는 로베르토 단조 왕의 사생아 딸 마리아 다퀴노Maria d'Aquino(?~1382)와 동일시되었다.

그러나 나폴리에서의 열정적인 생활은 오래가지 못했다. 1340년 보카치오의 아버지는 상당히 많이 투자한 은행의 파산으로 심각한 경제적 위기에 부딪혔고 보카치오를 피렌체로 소환하였다. 경제적 어려움에 더해 피렌체의 문화적 환경에 적응하지 못한 보카치오는 나폴리로 돌아가기 위해 노력했지만 뜻을 이루지 못하였다. 그렇지만 차츰 고향 피렌체에 대해 애정을 품기 시작하면서 새로운 길을 찾게 되었다. 나폴리와 다른 분위기이지만 당시 피렌체는 나름대로 뛰어난 문인들과 예술가들의 활동을 통해 르네상스의 화려한 꽃을 피우고 있었다. 문학에서는 단테와 페트라르카의 고향이었고, 조토를 비롯한 예술가들이 새로운 양식과 기법을 시도하던 본고장이었다. 특히 단테와 페트라르카는 보카치오의 문학을 이끄는 원동력이 되었다.

피렌체에서 보카치오는 경제적 어려움을 극복하기 위해 여러 방면으로 노력하였고, 라벤나와 포를리의 궁정에서 일자리를 찾으려고 했으나 실패하였다. 그래도 피렌체 정부의 위임으로 외교 사절로 파견되거나 일시적으로 공공 업무를 맡기도 했다. 그런 생활 속에서도 문학에 대한 열정으로 작품 활동에 몰입하였고, 그리스와 로마의 고전 작품들을 읽고 연구하면서 새로운 방향을 찾으려고 노력했다. 그렇게 피렌체에서 집필한 작품으로 『아메토의 요정Ninfale d'Ameto』(1341~1342), 『사랑의 환상Amorosa visione』(1342~1343), 『피암메타의 애가Elegia di Madonna Fiammetta』(1343~1344), 『피에솔레의 요정Ninfale fiesolano』(1344~1345) 등이 있다. 그리고 이어서 위대한 걸작 『데카메론』을 완성하였다.

그리하여 시인이자 인문학자로 유명해진 보카치오에게 당혹스러운 일이 벌어졌다. 시에나 출신 수도자 피에트로 페트로니Pietro Petroni(1311~1361)가 죽기 직전 동료 수도자 조아키노 차니Gioacchino Ciani에게 보카치오와 페트라르카 등 당시 중요한 인물들에 대한 예언을 남긴 것이다. 수도자 차니는 1362년 보카치오를 방문하여 페트로니의 예언을 전했는데, 세속적 즐거움을 찬양하는 작품 활동을 그만두지 않고 생활 방식을 바꾸지 않으면 죽은 뒤에 영혼이 저주받으리라는 예언이었다. 그런 예언에 충격을 받은 보카치오는 그리스도교 믿음과 배치되는 인문학과 문학 연구를 포기하고 자신의 세속적 작품을 모두 불태우려고 생각하였다. 그러나 문학의 도덕적이고 종교적인 영감을 강조하는 페트라르카의 편지를 받고 생각을 바꾸었다.

그다지 편안하다고 할 수 없는 생활 속에 보카치오는 1360년대부터 주로 체르탈도에서 생활하였다. 이따금 피렌체 정부의 외교 사절이나 다른 공적인 임무를 맡았으며 1371~1372년에는 나폴리에 잠시 체류하기도 했으나 수종

(水腫)을 비롯한 질병에 시달렸다. 1374년 페트라르카의 죽음 소식을 석 달 뒤에야 듣고 애도했던 보카치오는 이듬해인 1375년 12월 21일 체르탈도의 집에서 죽음을 맞이하였고, 그의 유해는 그곳 성당에 안치되었다.

2. 『데카메론』에 대해

(1) 집필 시기와 제목

『데카메론』은 흑사병이 무수한 목숨을 앗아간 사건을 계기로 1349년 무렵에 쓰기 시작하여 1353년 완성된 것으로 보인다. 이 걸작은 서서히 독자들의 관심을 사로잡기 시작하였고 인기는 갈수록 높아졌다. 1370년대에 이미 필사본으로 널리 유통되었으며, 활판 인쇄술이 보급된 후 15~16세기 사이에 무려 192종의 인쇄본으로 출판되었다. 그렇게 수요가 많았을 정도로 『데카메론』에 대한 독자 대중의 인기는 대단하였다.

그러나 작품에서 드러나는 성직자들이나 수도자들의 부패와 타락에 대한 신랄한 비판, 그리고 일부 대담하고 논쟁적인 관념과 표현으로 인해 여러 가지 수난을 당하기도 하였다. 대표적인 예로 1497년 2월 7일 당시 피렌체 시민들의 정신적인 지도자 역할을 하던 도미니쿠스회 수도원장 지롤라모 사보나롤라Girolamo Savonarola(1452~1498)의 추종자들이 벌인 소위 〈허영의 소각Falò delle vanità〉에서 주요 배척 대상이 되었다. 거기에다 유럽을 휩쓸던 종교 개혁의 격렬한 물결에 대항하기 위해 열린 트렌토 공의회의 파급 효과 중 하나로 1559년 로마 교황청에서 작성된 〈금서 목록Index librorum prohibitorum〉에 포함되기도 했다. 해당 저술을 읽거나 소유하지도 않아야 한다는 것이었다. 그래도 『데카메론』의 인기는 수그러들지 않았고 이탈리아를 넘어 유럽 전역에서 독자들을 사로잡았다.

『데카메론Decameron』이라는 작품의 제목은 고대 그리스어 문헌에 대한 보카치오의 관심을 보여 준다. 보카치오는 페트라르카를 통해 인문주의에 눈뜨게 되었다. 그러니까 고전 시대의 작품들을 읽고 연구하고 즐기면서 새로운 시대의 지평을 열기 위해 노력하였고, 그 과정에서 단지 고대 로마의 라틴어 문헌뿐만 아니라 그리스어 문헌까지 범위를 확장하였다. 그리하여 작품 창작 못지않게 보카치오는 고전 연구에 몰입하였는데, 거의 모든 것이 독학으로 이루어졌으니 놀라울 정도로 열정적이었다. 구체적인 예로 보카치오는 1360년 칼라브리아 출신 그리스 수도자 레온치오 필라토 Leonzio Pilato(?~1366)를 피렌체로 불렀고, 까다로운 그의 성격에도 불구하고 두 해 동안이나 데리고 있으면서 피렌체 대학교에서 그리스어를 강의하고 호메로스의 작품을 번역하게 했다.

그런 노력이 작품의 제목에 영향을 주었다. 〈Decameron〉은 숫자 〈10〉을 뜻하는 그리스어 〈데카δέκα〉에다 〈날〉 또는 〈일〉을 뜻하는 용어의 복수 소유격 〈헤메론ἡμερῶν〉을 덧붙인 말로 〈10일의〉를 뜻한다. 말하자면 〈10일의 작품〉이라는 말이다. 그 제목은『데카메론』에서 마치 지나가듯이 언급하는 밀라노 출신 암브로시우스Ambrosius 성인(340?~397)의 작품『헥사메론Hexameron』을 모방한 것이다. 〈6일의〉를 뜻하는 암브로시우스 성인의 작품은「창세기」에서 짤막하게 이야기하는 사건, 그러니까 천지창조가 이루어진 엿새 동안의 사건에 대해 깊이 있게 논의하고 성찰한다. 그와 비슷하게 〈데카메론〉이라는 제목도 작품의 구성과 밀접하게 연결되어 있다.

(2) 흑사병과『데카메론』

『데카메론』의 탄생에 결정적인 역할을 한 것은 흑사병이다. 1347년 말부터 피렌체에 퍼지기 시작한 흑사병은『데카메론』의 집필 계기가 되었을 뿐만 아니라 작품의 구성과 주제에 결정적인 영향을 주었다. 당시의 끔찍한 상황에 대해서는 작품의 앞부분에서 자세하게 묘사된다. 흑사병이 작품의 탄생을 위한 동기를 제공했다면, 제목은 작품의 구조를 집약적으로 보여 준다. 간단히 말해『데카메론』은 흑사병을 계기로 열흘 동안 서술된 이야기들로 구성되어 있는데, 그 주요 뼈대는 작품 서두의 서문과 첫째 날의 서문에서 상세하게 설명된다.

작품 전체의 서문 앞에는 내용을 간략하게 압축한 이런 문장이 실려 있다. 《갈레오토 군주》라는 부제가 붙은『데카메론』이라는 책이 시작된다. 여기에는 일곱 여인과 세 청년이 열흘 동안 서술하는 이야기 100편이 들어 있다.〉 치명적인

흑사병이 피렌체를 엄습하는 동안 사회적 신분이 높은 열 명
의 젊은 남녀, 즉 여인 일곱 명과 청년 세 명이 죽음의 공포와
잇따르는 장례의 슬픔을 잊기 위해 피렌체 근처 언덕의 별장
으로 가서 여러 가지 즐거움과 함께 보름 동안 지내다가 피
렌체로 돌아간다는 이야기가 전체적인 틀이다.

별장에서 젊은이들은 무료함을 달래기 위해 오후 시간에
모여 각자 하나씩 이야기를 하자고 정한다. 그렇지만 예수
그리스도의 수난일인 금요일과 토요일에는 경건하게 지낸다
는 의미에서 쉬기로 한다. 따라서 수요일부터 시작하여 보름
동안 별장에 머물러도 이야기를 나누는 날은 열흘이다. 열흘
동안 열 명의 젊은 남녀가 각자 이야기하기 때문에 모두
100편의 이야기로 구성되어 있다. 거기에다 이야기와 저녁
식사가 끝난 뒤 날마다 벌어지는 여흥 시간에 춤과 함께 부
르는 노래로 발라드ballade(이탈리아어로는 발라타ballata)
나 칸초네canzone가 한 편씩 덧붙여져 있다.

그리고 〈갈레오토 군주〉라는 작품의 부제(副題)는 이야기
들의 목적과 관련되어 있다. 그렇지만 보카치오는 갈레오토 군
주에 대한 구체적인 정보를 제공하지 않는다. 당시 독자들은
그 맥락을 잘 알고 있으리라는 생각에 그랬을 것이다. 갈레오
토Galeotto(프랑스어와 영어 이름은 〈Galehaut〉, 〈Galahaut〉,
〈Galhault〉 등)는 아서 왕의 전설에 나오는 대표적인 등장인
물 중 하나로 13세기 초 프랑스 고어(古語)로 쓴 기사 문학
작품에서 처음으로 등장하는데, 〈머나먼 섬의 군주le sire des
Isles Lointaines〉라 불렸다고 한다.

382

그는 특히 절친한 기사 란칠로토Lancillotto(프랑스어와
영어 이름은 〈Lancelot〉)와 지네브라Ginevra(프랑스어와 영
어 이름은 〈Guinevere〉) 왕비 사이의 사랑에서 중개자 역할
을 하였다. 단테는 『신곡』「지옥」제5곡에서 갈레오토의 책
이 형수와 시동생 사이의 불륜적 사랑에서 결정적인 역할을
하였다고 이야기한다. 간단히 말해 갈레오토 군주는 사랑 문
제의 해결사였던 것이다. 바로 그런 맥락에서 『데카메론』은
사랑 때문에 괴로워하고 고통받는 사람들에게 해결 방안을
제시해 주고, 위로와 도움을 주는 역할을 한다는 의미에서
그런 부제로 불렀다는 것이다.

사랑의 괴로움에 시달리는 사람 중에서도 특히 여인들을
보카치오는 이야기의 주요 독자로 설정하였고, 그런 사실을
여러 차례 강조한다. 남자들은 사랑의 괴로움이나 슬픔이 있
더라도 여러 가지 방법으로 관심을 다른 데로 돌릴 수 있으
나 여자들은 사회적 제약으로 인해 그렇게 하지 못해 더 힘
들다고 지적한다. 『데카메론』은 바로 그런 여인들을 위로하
고 울적함을 달래 주기 위한 책이라는 것이다. 그리고 여인
들의 즐거움에 봉사하기 위한 책답게 여인들이 외로운 시간
을 보내기 위해 가볍게 읽을 수 있는 이야기, 진지하거나 학
문적인 논의가 아니라 웃음과 즐거움을 주기 위한 이야기로
구성되어 있다고 주장한다. 그것은 경박하고 외설스럽다는
비판에 대해 미리 자기방어를 하는 표현일 수도 있다.

한가롭고 여유 있는 여인들을 위한 가벼운 읽을거리를 제
공하는 것이 주요 목적이라고 단언함으로써 보카치오는 장

래 소설 장르의 방향을 예견하는 것처럼 보인다. 근대 부르주아 시대에 소설이 비약적으로 발전하는 과정에서 여성 독자들이 중요한 역할을 했다는 사실을 고려해 보면, 이야기꾼으로서 보카치오의 선견지명을 짐작할 수 있을 것이다. 두말할 필요 없이 뚜렷하고 명확한 독자 계층의 설정은 작품의 성패 여부를 결정하는 요인이 되기도 한다.

(3) 작품의 구성과 주제

열 명의 남녀 젊은이가 열흘 동안 주고받는 100편의 이야기로 구성된 『데카메론』은 이야기 속에 이야기가 들어 있는 소위 액자식 구성의 전형적인 작품이다. 등장인물들이 나름대로 자기 이야기를 들려주고, 때로는 그 이야기 안에서 또 다른 이야기가 나오기도 한다. 액자식 구성에는 여러 장점이 있다. 다양하고 많은 이야기를 하나의 커다란 틀 또는 액자로 엮을 수 있고, 서로 다른 관점을 제시할 수도 있고, 끝없이 많은 이야기가 생성될 수 있게 해줌으로써 일종의 하이퍼텍스트를 지향할 수 있다. 물론 그런 액자식 서사 기법은 새로운 것이 아니라 고전 시대부터 여러 작가에 의해 다양하게 사용되던 작품 구성 방식 중 하나였다.

그러나 문제점도 내포하고 있는 기법이다. 자칫하면 방만하고 무질서하게 사건이나 이야기를 나열하게 될 위험도 있다. 그러니까 하나의 통일적이고 조화로운 작품이 되도록 다양한 이야기들을 효율적으로 연결하고 조직하는 것이 중요한데, 『데카메론』은 그런 면에서 성공한 작품이라고 할 수 있다. 주제별로 이야기를 조화롭게 배치하는 등 독자들의 관심을 계속 집중시킬 수 있도록 여러 가지 전략을 활용하기 때문이다. 그리하여 복합적으로 겹친 중층적 구조 안에서 각각의 이야기가 서로 유기적으로 탄탄하게 연결되어 있다.

가장 두드러지는 것은 전체적인 상황 설정이다. 흑사병의 두려움과 고통을 잊기 위해 열 명의 젊은 남녀가 이상적인 별장으로 피신하여 이야기와 노래와 춤으로 즐겁게 시간을 보낸다는 설정은 독자의 관심을 끌 수밖에 없다. 현실과 이상을 갈라놓은 것 같은 극단적인 대비 상황은 교묘한 심리적 자극과 함께 이야기에 이끌리도록 유도한다. 거기에다 100편의 이야기가 산만하게 흩어지지 않도록 각 날에 미리 정해 놓은 주제로 이야기를 제한하여 관심의 이탈을 막아 준다.

물론 여기에도 예외는 있다. 첫째 날과 아홉째 날에는 특정 주제에 얽매이지 않고 각자 좋아하는 이야기를 자유롭게 들려주기로 한다. 반면 나머지 날들에는 정해진 주제가 있다. 둘째 날에는 여러 역경으로 고생하다가 행복한 결말에 도달한 이야기, 셋째 날에는 열망하던 것을 교묘하게 얻거나 잃어버린 것을 되찾는 이야기, 넷째 날에는 사랑이 불행한 결말로 끝나는 이야기, 다섯째 날에는 잔인하거나 불행한 사건 뒤에 행복한 일이 일어나는 이야기, 여섯째 날에는 기발한 재치나 순발력 있는 대응으로 위험을 피하는 이야기, 일곱째 날에는 여자가 사랑을 위해서나 자신을 구하기 위해 남편을 속이는 이야기, 여덟째 날에는 누군가가 다른 사람을 속이는 이야기, 마지막으로 열째 날에는 사랑이나 다른 일에 너그럽고 관대하게 대하는 이야기로 구성되어 있다.

이렇게 다양한 주제 설정은 단조로움을 피하면서 전체적인 틀 안에서 조화로운 이야기 배치를 가능하게 해준다. 탄력적인 구성을 위한 또 다른 장치로 등장인물 디오네오는 주제의 제약을 받지 않을 특권을 갖도록 허용된다. 언제나 마지막 열 번째로 이야기하면서 주어진 주제에 얽매이지 않는다는 것이다. 이런 예외는 파격적인 구성으로 예상하지 못한 즐거움을 주기 위한 전략 중 하나이다.

『데카메론』의 이야기 100편은 다양함을 특징으로 하는데 모두 보카치오의 순수한 창작물은 아니다. 보카치오는 여러 원천에서 끌어낸 이야기들을 적절하게 활용한다. 고대 그리스와 로마 시대의 작품을 비롯하여 중세의 다양한 운문과 산문 작품, 음유 시인들의 노래, 민담이나 전설, 우화, 도덕적 이야기들, 이전의 이야기 모음집 등에서 소재를 얻었으며, 출전에서 거의 그대로 옮겨 적은 이야기도 있다. 그런데도 효과적인 편집과 구성과 배치로 유기적이고 통일적인 작품이 탄생하게 하였다.

그리고 작품 전체의 서문을 비롯하여 각 날의 서문과 각 이야기 앞에는 그 내용을 압축적으로 짤막하게 요약한 글이 실려 있다. 그것은 여러 가지로 유용한 역할을 하는데, 무엇보다 한가롭게 이야기 전체를 읽을 시간적 여유가 없는 사람에게 도움을 준다. 또는 보카치오 자신이 지적하듯이 필요하다면 건너뛰면서 재미있는 이야기만 골라 읽을 수 있도록 독자를 배려하는 장치이다.

『데카메론』의 이야기들은 인간 삶의 갖가지 다채로운 모습을 만화경처럼 보여 주는데, 많은 경우 예외적이고 극단적인 사건처럼 보인다. 삶의 극단적인 변화는 어떠한 경우든 사람들의 관심을 끌고 그 원인과 결과에 대해 되짚어 보도록 유도한다. 그리고 그러한 삶의 굴곡을 결정하는 주체는 바로 포르투나Fortuna, 즉 행운 또는 운명이라고 오래전부터 믿었다. 보통 명사를 신격화하여 여신이라 부르기도 하는 포르투나는 『데카메론』의 이야기 대부분에서 실질적인 주인공 역할을 한다. 단테의 『신곡』에서 포르투나는 신의 섭리에 지배되는 부분으로 인식되는 것과 달리 『데카메론』에서는 완전히 우연적인 요인으로 기능하면서 결정적인 중요성을 갖고 있다.

그리고 주로 사랑 때문에 빚어지는 갖가지 흥미로운 사건에 초점을 맞춘다. 그런 의미에서 대다수 이야기의 또 다른 주인공은 사랑의 신 아모르Amor라고 할 수 있다. 게다가 여인들을 위한 작품이라고 서문에서 명시한 만큼 사랑 사건에서 주로 여인의 입장과 상황을 옹호하고 대변하는 것처럼 보인다. 사랑의 결실이라고 할 수 있는 성적 즐거움에 대해서도 마찬가지이다. 예를 들어 돈 많고 늙은 남편과 젊은 아내 사이에서 나타날 수 있는 성적인 불균형에 관해 이야기하면서 사랑을 토대로 하는 결혼이 아니라 이해관계나 사회적 인습에 의한 남성 중심적 결혼이 문제라고 지적한다. 최소한 이런 부분에서 볼 때 『데카메론』은 여성 해방을 선구적으로 주장하는 작품으로 평가된다.

(4) 보카치오와 단테, 페트라르카

보카치오에 대하여 논의할 때 단테나 페트라르카와의 관계를 빼놓을 수 없다. 이 세 시인은 이탈리아뿐만 아니라 르네상스 시대 유럽 문학의 발전에 획기적으로 공헌하였기 때문이다. 게다가 보카치오는 그 두 선배 시인의 영향 아래에서 자신의 문학 세계를 형성하였고, 결국에는 그들과 어깨를 나란히 할 수 있는 단계에 이르렀다.

단테에 대한 보카치오의 사랑과 존경은 여러 가지로 증명되었고 그는 최초의 〈단테학자〉라고 일컬어지기도 한다. 보카치오는 『신곡』의 탁월한 해석자였을 뿐만 아니라 단테의 생애를 추적하여 기록한 『단테를 찬양하는 논고*Trattatello in laude di Dante*』를 집필하였다. 1361년에서 1365년 사이에 쓴 것으로 추정되는 이 글은 단테에 관한 중요한 정보들을 담고 있으며, 나중에 여러 형식으로 수정되고 편집되었다. 그중 하나는 〈단테의 삶Vita di Dante〉이라는 제목으로 1477년에 인쇄된 『신곡』의 판본에 실렸다.

그리고 1350년 보카치오는 라벤나를 방문하여 단테의 딸 베아트리체 수녀를 만난 것으로 전해진다. 그뿐만 아니라 1373년에는 피렌체 정부의 제안으로 매년 금화 100피오리노의 보수를 받기로 하고 바디아 피오렌티나Badia Fiorentina 수도원에 부속된 산토 스테파노Santo Stefano 성당에서 『신곡』을 매일 공개적으로 읽고 해설하는 강연을 시작하였다. 건강이 나빠지면서 「지옥」 제17곡에서 중단되었으나 그 강연은 『신곡』의 위대함을 증명하는 중요한 계기가 되었다.

그뿐만 아니라 『데카메론』은 『신곡』의 그림자로 탄생한 것처럼 보인다. 실제로 두 고전 작품은 여러 가지 측면에서 비교되는데, 형식이나 내용에서 서로를 거울처럼 되비쳐 준다. 『신곡』은 운문으로 쓴 100편의 〈노래canto〉로 되어 있고, 『데카메론』은 산문으로 쓴 100편의 〈이야기novella〉로 되어 있다. 『신곡』이 저승 여행 이야기라면, 『데카메론』은 이승의 다채로운 모습에 대한 보고서이다. 내용의 측면에서 『신곡』은 철학과 신학, 종교적 믿음에 대한 작품이고, 반면 『데카메론』은 현실을 살아가는 사람들의 이야기이자 모순적이고 부조리한 현실 세계를 아이러니한 눈으로 바라보는 작품이다.

보카치오의 그런 열정은 『신곡』의 제목에도 영향을 주었다. 단테는 자신의 걸작을 가리켜 〈코메디아comedia〉(현대 이탈리아어로는 〈commedia〉), 즉 〈희극〉이라고 불렀는데(「지옥」 제16곡 128행, 제21곡 2행), 보카치오는 단순히 그렇게 부르기에는 너무 위대한 작품이라고 생각하여 〈신의〉, 〈신성한〉을 뜻하는 형용사 〈divina〉를 앞에 덧붙였다. 그리하여 탄생한 제목이 〈La divina commedia〉인데 1555년 베네치아에서 인쇄된 판본에서 처음으로 사용된 이후 일반적으로 그렇게 부른다. 그 제목과 관련하여 19세기의 탁월한 비평가 프란체스코 데 상크티스Francesco de Sanctis(1817~1883)는 『데카메론』을 가리켜 〈La commedia umana〉라고 불렀다. 말하자면 〈신의 희극〉과 대비되는 〈인간의 희극〉이라는 것인데, 제목뿐만 아니라 내용에서도 단테의 작품을 패러디한 작품으로 보았기 때문이다. 우리나라에서는 일본의 영향일 것으로 짐작되지만, 〈신곡〉에 대응하여 〈인곡(人曲)〉으로 번역하기도 한다.

페트라르카에 대한 보카치오의 열정도 이에 못지않았다. 페트라르카는 1341년 로마의 원로원 궁전에서 장엄한 의식과 함께 월계관을 수여받은 계관 시인이 되었다. 시인으로서는 최고의 영광이었다. 피렌체에서는 페트라르카의 추종자 모임이 이미 형성되어 있었고, 피렌체로 돌아온 보카치오는 자연스럽게 그들과 어울리면서 위대한 시인을 찬양하였다. 그러다가 1350년 희년(禧年)을 맞이하여 순례하러 로마로 가던 페트라르카와 직접 만나게 되었고, 이후 많은 서신 교환과 함께 여러 차례 만나면서 둘 사이의 우정과 존중은 깊어졌다. 보카치오가 인문주의에 관심을 기울이면서 문학의 지평을 넓히게 된 것도 페트라르카의 영향 때문이었다.

1351년 보카치오는 파도바에 머무르던 페트라르카를 방문하였는데, 단테의 『신곡』을 갖고 있지 않은 것을 비난하였다. 그리고 피렌체로 돌아와 필사본 한 부를 보내 주었다. 그에 대하여 페트라르카는 보카치오에게 보낸 편지에서 감사하다는 말과 함께 『신곡』에 모방할 만한 것이 있다고 논평하였으나 그 외에 세부적이고 구체적인 평가는 없었다. 보카치오가 보내 준 『신곡』 필사본은 지금 바티칸에 보관되어 있는데, 보카치오가 자필로 직접 옮겨 적은 것이라고 알려졌다가 나중에 아니라는 반박을 받았다. 그래도 페트라르카의 주석 일부가 들어 있는 귀중한 자료이다.

그렇게 페트라르카와 보카치오는 서로에게 충고와 조언

을 아끼지 않았다. 특히 페트라르카는 보카치오에게 인문주의적 연구와 작품 창작의 열망을 북돋아 주었고, 어느 수도자의 황당한 예언 때문에 『데카메론』과 다른 작품들이 불타 버릴 위기에서 구해 주었다. 페트라르카의 애정 어린 설득 덕택에 보카치오의 작품들은 살아남았고 오늘날까지 전해지고 있다.

이처럼 위대한 두 시인의 영향 아래에서 보카치오는 나름대로 독창적인 문학 세계를 펼칠 수 있었다. 『데카메론』은 분명히 바로 그런 열정과 교감의 결실이었다. 나중에 뛰어난 인문학자이며 시인이었던 피에트로 벰보Pietro Bembo (1470~1547) 추기경은 이탈리아 속어 문학에 대해 논의하면서 14세기의 위대한 두 작가의 작품이 모범이 된다고 주장했는데, 운문에서는 페트라르카의 『칸초니에레Canzoniere』, 산문에서는 보카치오의 『데카메론』이라는 것이다. 벰보의 그런 주장은 200여 년의 세월이 지난 뒤에도 그 위대한 세 시인을 능가할 만한 작가가 아직 나타나지 않았다는 사실을 증명한다. 그러면서 동시에 그들의 위대함을 다시 한번 강조하는 것처럼 보인다.

(5) 중세와 근대 사이

일반적으로 『데카메론』의 보카치오는 근대 소설의 선구자라는 평가를 받는다. 무엇보다 르네상스와 함께 새롭게 변화하는 시대의 감수성과 정신을 담고 있기 때문이다. 그것은 바로 중세적 사고방식에서 벗어났다는 뜻이다. 중세 유럽은 그리스도교를 모든 가치 판단의 기준으로 삼은 사회였다. 따라서 종교의 절대적이고 관념적이고 초월적인 가치를 중요시하였는데, 시대의 변화와 함께 부정적 측면들이 사회의 여러 분야에서 나타나고 있었다. 『데카메론』은 지상 세계의 세속적 가치에 더 많은 관심을 기울이면서 그런 문제점들을 비판하였다.

예를 들어 성직자들이나 수도자들의 부패와 타락, 무능함에 대하여 놀라울 정도로 날카롭고 신랄한 비판을 퍼붓는다. 그런 비판은 작품 여러 곳에서 기회가 있을 때마다 반복되었고, 일부 구절은 나중에 교회와 성직자들을 비판하려는 사람에게 모델이 되기도 하였다. 종교의 허울 아래 숨겨진 허위와 위선과 어리석음은 주로 맹신자들을 통하여 적나라하게 드러나는데, 보카치오는 그들에 대해서도 경멸적인 태도로 일관한다. 전근대적 사고방식으로 인해 탐욕이나 질투에 사로잡힌 사람들에 대해 비판하는 이야기도 마찬가지이다.

그런데 때로는 정도가 지나친 것처럼 보이기도 한다. 특히 어리석고 단순한 사람에 대한 보카치오의 경멸은 놀라울 정도이다. 예를 들어 실존 인물로 피렌체의 화가였던 칼란드리노를, 동료들이 놀리고 피해를 주거나 곤경에 빠뜨리는 이야기가 무려 네 편이나 나오는데, 하나같이 지나치다고 느껴질 정도로 무자비하다. 너무 잔인하고 가학적인 취향이 아닌지 의심이 들 정도이다. 복수에 대한 이야기에서도 지나친 상황이 보이는데, 사랑하는 여인으로부터 모욕당한 학자가 복수하는 장면이 대표적인 경우이다. 학자 또는 문인으로서 보카치오의 자부심을 엿볼 수 있는 이야기로 널리 인용되는 만큼 그런 느낌은 더욱 강렬해진다. 극적인 효과를 강조하다 보니 그런 것이라고 짐작되지만, 그래도 지나치게 가혹하다는 느낌을 지우기 어렵다.

어쨌든 『데카메론』이 전통적인 작가들과 달리 새로운 관념과 태도를 보여 주는 것은 사실이다. 그런 맥락에서 단테는 중세를 마무리하는 작가이며, 보카치오는 르네상스의 시작을 알리는 작가라는 해석이 일반적이다. 간단히 말해 보카치오는 『데카메론』을 통하여 근대성을 선구적으로 제시한 작가라는 것이며, 여러 이야기에서 드러나는 여성 중심적 관념이 그 대표적인 증거로 제시된다.

그렇지만 다른 한편으로 보카치오는 여전히 중세의 관념에서 벗어나지 못했다는 지적을 받기도 한다. 예컨대 중세 유럽의 지식인들 사이에 널리 퍼져 있던 남성 우월주의적 관념이 작품 여러 곳에서 발견된다. 여자는 남자에게 종속되어야 하며, 정숙하고 순종적인 것이 미덕이라는 관념으로, 그것은 단테나 페트라르카의 글에서도 쉽게 찾아볼 수 있다. 그런데 그런 편견이 『데카메론』에서도 반복되어 나타난다. 더구나 여성 등장인물 자신의 입을 통해 그런 인식을 드러내는데, 그것은 자체 모순처럼 보이기도 한다. 여인들을 위한 이야기책이라고 강조할 뿐만 아니라, 사랑 사건 이야기에서 여인들의 입장을 옹호하는 태도와 어긋나는 것처럼 보이기 때문이다.

그 외에도 마치 과거의 덕성과 질서와 예의범절이 사라져 아쉽다는 듯이 회고하면서 시대의 변화에 따라 바뀐 생활 태도나 인식에 대해 비판하기도 하는데, 그것 역시 전근대적인 사고방식의 연장선이라고 할 수 있다. 그런 이중적이면서 어중간한 입장을 근거로 보카치오와 『데카메론』이 아직은 중세의 틀에서 완전히 탈피하지 못했다고 판단하기도 한다.

그런 평가와는 상관없이 『데카메론』은 삶의 현실을 새롭게 혁신적인 관점에서 보여 주었고, 고전 작품이 으레 그렇듯이 다른 훌륭한 작품의 탄생을 자극하였다. 예를 들어 제프리 초서Geoffrey Chaucer(1343~1400)의 『캔터베리 이야기*The Canterbury Tales*』에 영향을 주었을 가능성이 크다. 실증적이고 직접적인 증거는 없지만 『데카메론』이 창작의 밑거름이 되었음은 분명해 보인다. 초서가 이탈리아를 방문했을 때 보카치오를 직접 만났으리라고 추정하는 학자도 있다. 일부 이야기에서 알 수 있듯이 최소한 보카치오의 작품을 읽은 것은 분명하다. 단테와 페트라르카를 직접 거론하는 것으로 짐작해 볼 때 그럴 개연성이 높다. 어쨌든 거의 반세기의 시차를 두고 탄생한 두 걸작은 여러 가지로 비슷하여 서로 대비된다. 문학 외에 현대에 들어와 『데카메론』의 이야기들은 영화나 드라마로 각색되었다. 특히 작가이자 영화감독 파솔리니Pier Paolo Pasolini(1922~1975)의 영화는 여러 논란과 함께 큰 성공을 거두었다.

『데카메론』의 이야기들은 지상의 삶을 살아가는 사람들의 갖가지 모습을 있는 그대로 적나라하게 재현하고 있다. 다소 과장되고 극단적인 측면도 있지만, 사람들의 다양한 심리와 함께, 있는 그대로 보여 주는 삶의 현장은 결코 밝고 아름다운 모습만은 아니다. 대부분 탐욕과 질투, 허위와 위선이 가득하고, 서로 속고 속이는 가운데 벌어지는 희극적인 상황을 이야기한다. 그 이면에서는 우리 인간 삶의 우울한 자화상이 드러나는 것 같다.

그런 사실을 보카치오도 분명히 인식했던 것 같다. 그것은 작품의 여러 부분에서 엿볼 수 있다. 마지막 열째 날의 주제는 너그러움 또는 관대함인데, 마치 모순투성이 인간 현실에 한 줄기 희망의 메시지를 전달하려는 것처럼 보인다. 단테의 『신곡』과 페트라르카의 『칸초니에레』가 마지막 부분에서 영혼의 구원과 평화를 기원하는 것과 비슷하다. 열 명의 남녀 젊은이들이 이상적인 별장에서 아무 걱정 없이 즐겁게 생활하다가 다시 괴롭고 슬픈 현실 세계로 돌아간다는 상황 설정도 그런 희망과 연결되어 있다. 흑사병으로 인한 극한적인 상황에서도 너그럽게 서로를 배려하고 양보함으로써 더 나은 사회로 나아갈 수 있다고 강조하는 듯하다. 그것은 코로나19 팬데믹이 전 세계를 놀라게 한 오늘날의 상황과 비교해 볼 수 있을 것이다. 그리고 그런 측면에서 『데카메론』은 현대를 살아가는 우리에게도 우리 자신의 모습을 되비추어 준다고 할 수 있다.

『데카메론』을 번역해 달라는 출판사의 요청을 몇 번 거절했었다. 몇 가지 번역본이 나와 있으므로 사족이 되리라고 생각하였기 때문이다. 하지만 보카치오의 텍스트를 뒤적여

보면서 새롭게 번역해 보는 것도 나쁘지 않겠다는 생각이 들었다. 그리고 고전 작품일수록 언제나 새로운 번역을 통하여 그 의미의 폭이 넓어질 수 있다는 사실을 새삼 되새기면서 번역을 시도하게 되었다.

번역할 때마다 느끼는 일이지만, 원전의 본래 의미에 가까이 다가가기 위하여 노력하는 과정에서 예상하지 못한 작가의 모습과 마주하게 되는 즐거움도 있다. 보카치오의 텍스트도 많은 곳에서 그런 뜻밖의 발견을 하게 해주었다. 『데카메론』이 고전으로 손꼽히고 독자들의 지속적인 사랑을 받는 이유를 실감하게 된 것이다.

번역은 카를로 살리나리Carlo Salinari(1919~1977) 교수가 편집한 판본(Editori Laterza, 1986)을 저본으로 삼았고, 비토레 브란카Vittore Branca(1913~2004) 교수의 편집본(UTET, 1956)을 비롯하여 여러 가지 판본을 함께 참조하였다. 판본마다 약간씩 다르기는 해도 전반적으로 두드러진 차이를 보이지 않았다. 가장 큰 차이는 문단 나누기가 없거나 서로 다르다는 데 있었으므로 어느 판본을 따를지 결정하기가 어려웠다. 결국 임의로 문단을 나눌 수밖에 없었다. 읽기가 어렵고 답답할 정도로 빽빽해 보이는 문장을 피하기 위해서였다. 그리고 맥윌리엄George Henry McWilliam의 영어 번역본(Penguin Classics, 1995)과 월드먼Guido Waldman의 영어 번역본(Oxford World's Classics, 2008)도 참조하였는데, 여러 곳에서 의역이 눈에 띄었다.

『데카메론』은 이탈리아어 산문의 모범으로 평가되는 만큼 정확하고 산뜻한 문장으로 유명하다. 하지만 700년 전의 작품으로 표현 방식이나 의미 구조가 지금과는 다를 수밖에 없다. 대부분 한 문장이 상당히 길고 때로는 복합적인 논리 구성으로 연결되어 있다. 통사 구조와 사고방식도 우리말과는 완전히 다를 뿐 아니라 정확하고 논리적인 표현을 위해서인지 여러 가지 대명사와 접속사도 많이 사용된다.

기본적으로 원문에 충실한 번역을 목적으로 하였지만, 그 모든 것을 그대로 살리기는 어려웠다. 그래도 가능하다면 사소한 단어도 놓치지 않고 원래의 호흡을 간직하려고 노력하였다. 그러다 보니 약간 어색해 보이는 문장도 있겠으나 크게 거슬리지 않는 한 그대로 두었다. 하지만 우리말 가독성도 고려하지 않을 수 없으므로 불가피한 경우 문장을 여러 개로 나누거나 의역하기도 하였다. 이해를 돕기 위해 군데군데 역주를 붙였다. 불필요하게 읽기를 방해할 수도 있겠지만 일부 독자에게는 도움이 되리라고 생각한다.

모든 번역은 미완성이 될 수밖에 없는데 고전 작품의 번역에서는 더더욱 그럴 것이다. 미처 발견하지 못한 미흡한 부분들은 기회가 되는 대로 보완할 예정이다. 언제나 좋은 책을 위해 노력하는 열린책들 가족 여러분에게 감사를 드린다.

2026년 1월
김운찬

조반니 보카치오 연보

1313년 6월과 7월 사이에 피렌체 또는 피렌체 근처의 체르탈도에서 사생아로 태어남. 아버지는 피렌체 출신의 상인 보카치오 디 켈리노, 어머니는 체르탈도의 하층민 여자로 추정됨. 소년기에 피렌체의 아버지 집에서 기본적인 교육을 받음.

1320년 아버지가 귀족 가문 출신의 마르게리타 데 마르돌리와 결혼함.

1327년 바르디 가문을 위한 환전 대리인으로 파견되어 있던 아버지를 따라 나폴리로 감. 아버지는 집안의 전통에 따라 아들이 상인이 되기를 원했으나 보카치오는 개방적이고 화려한 나폴리의 문화적 환경 속에서 문학 공부에 몰두함.

1330~1331년 아버지는 상업과 환전 업무에 관심이 없는 보카치오를 나폴리 대학교의 법학부에 등록하게 했으나, 보카치오는 법학보다 문학 강의에 더 열성적이었음.

1340년 아버지의 투자 실패로 경제적 위기에 부딪혀 피렌체로 돌아옴. 경제적 어려움에 더해 피렌체의 문화적 환경에 적응하지 못하면서 나폴리로 돌아가려고 노력하지만 실패함.

1345~1346년 라벤나의 폴렌타 가문 궁정에 머무름.

1347~1348년 포를리의 오르델라피 가문 궁정에 머무름. 라벤나와 포를리의 궁정에서 원하는 자리를 얻지 못하고, 흑사병이 퍼지면서 피렌체로 돌아옴.

1349년 흑사병으로 아버지가 사망함.

1349~1351년 『데카메론』 집필.

1350년 희년을 맞이하여 로마를 순례하려던 페트라르카와 만남. 8월과 9월 사이에 라벤나를 방문하여 단테의 딸 베아트리체 수녀를 만남.

1351년 피렌체 정부의 위임으로 파도바에 머물던 페트라르카를 만나고 밀라노에 대항하는 동맹을 위하여 사절로 파견됨.

1351~1365년 『단테를 찬양하는 논고*Trattatello in laude di Dante*』 집필. 이 작품은 여러 형태로 수정되고 편집되었으며, 그중 하나는 〈단테의 삶*Vita di Dante*〉이라는 제목으로 1477년 『신곡』의 인쇄본에 실림.

1354년 5월과 6월 사이에 아비뇽의 교황 인노켄티우스 6세에게 사절로 파견됨.

1355년 사생아 딸 비올란테 사망.

1359년 밀라노의 비스콘티 가문 궁정에 파견되어 페트라르카와 만남.

1360년 칼라브리아 출신 수도자 레온치오 필라토를 피렌체로 불러 강의와 번역을 맡김. 피렌체 정부를 전복하려는 음모가 발각되면서 보카치오도 연루되었다는 의혹으로 1365년까지 외교 사절이나 공공 업무에서 배제됨.

1362년 수도자 피에트로 페트로니의 위협적인 예언에 충격을 받아 작품들을 불태우고 문학 공부를 포기하려고 생각했으나 페트라르카가 만류함.

1363년 주로 체르탈도에 거주하면서 1365년부터 피렌체 정부로부터 외교 사절 임무를 맡기도 함.

1368년 파도바의 아르콰에 정착한 페트라르카를 마지막으로 만남.

1371~1372년 나폴리에 체류한 다음 체르탈도로 돌아옴.

1373년 피렌체 정부의 제안으로 바디아 피오렌티나 수도원의 산토 스테파노 성당에서 단테의 『신곡』을 매일 공개적으로 읽고 해설하는 강연을 시작하지만, 건강이 나빠지면서 중단함.

1374년 페트라르카의 죽음 소식을 석 달 뒤에야 들음.

1375년 12월 21일 체르탈도의 집에서 죽음. 유해는 그곳 성당에 안치됨.

열린책들 세계문학 298 데카메론 하

옮긴이 **김운찬** 한국외국어대학교 이탈리아어과와 동 대학원을 졸업하였고, 이탈리아 볼로냐 대학교에서 움베르토 에코의 지도로 화두(話頭)에 대한 기호학적 분석으로 박사 학위를 취득하였다. 1991년부터 2022년까지 대구가톨릭대학교 교수로 재직하였고 지금은 명예 교수다. 지은 책으로 『현대 기호학과 문화 분석』, 『「신곡」 읽기의 즐거움』, 『움베르토 에코』가 있고, 옮긴 책으로 단테의 『신곡』, 『향연』, 페트라르카의 『칸초니에레』, 아리오스토의 『광란의 오를란도』, 타소의 『해방된 예루살렘』, 레오파르디의 『노래들』, 에코의 『논문 잘 쓰는 방법』, 『이야기 속의 독자』, 『일반 기호학 이론』, 『문학 강의』, 칼비노의 『우주 만화』, 『교차된 운명의 성』, 파베세의 『달과 불』, 『레우코와의 대화』, 『피곤한 노동』, 비토리니의 『시칠리아에서의 대화』 등이 있다.

지은이 조반니 보카치오 **옮긴이** 김운찬 **발행인** 홍예빈
발행처 주식회사 열린책들 **주소** 경기도 파주시 문발로 253 파주출판도시
전화 031-955-4000 **팩스** 031-955-4004
홈페이지 www.openbooks.co.kr **이메일** literature@openbooks.co.kr
Copyright (C) 주식회사 열린책들, 2026, *Printed in Korea.*
ISBN 978-89-329-1298-1 04800 **ISBN** 978-89-329-1499-2 (세트)
발행일 2026년 1월 20일 세계문학판 1쇄

열린책들 세계문학
Open Books World Literature